The Legend of MOSUO

摩梭女人傳奇

這裡有驚天地泣鬼神的愛，
有七竅生煙、攘臂皆目的怒，
有月缺花殘般的悲歡離合，
有許許多多的說不清、道不明……

目次

1 初識摩梭方言

瀘沽湖美麗的身形像一個馬蹄印，相傳這是格姆女神和她的「阿夏」瓦如卡那男神相會那晚，因纏綿沉醉，男神跨上神馬剛準備離去時天就亮了，天亮後他再也不能回去，神馬被韁繩一緊而踏下一個深深的馬蹄窩，馬背上的男神化成了東邊回頭望的瓦如卡那山，女神傷心的眼淚注滿了馬蹄窩，她化成了格姆山。

這個被愛情的眼淚汪滿的湖泊，你看懂馬蹄印形的故事後，再隨著幾個軍人走進湖畔的摩梭村寨，就準備好了一個遊「東方女兒國」的美麗心情……

「這的話好懂，倒著聽就行。」

「倒著聽？」

「什麼都同咱們內地反著，要不講，明早到了總管府，那少英一開口，你準覺得鼻子連著耳朵，眼睛長到了嘴上。」

「他們不會說漢話？」

「也會。」

「那是有口音？」

「猜上七七四十九天也不著邊，比方咱們說：『我有一匹馬。』人家說：『我有馬一匹。』」

「我有馬一匹？」

「他們把『數』都排在『名』的後邊：我有雞三隻，你有豬四頭，這有山五座，那有人六個。」

「也還好懂。」

「嘿，我是為了讓你能聽明白，還沒有全照他們的話說。他們說：雞我三隻有，豬你四頭有，山這五座有，人那六個有。」

「有這麼說的？」

「就這麼說。更神的是起初聽不懂，聽著聽著稀裡糊塗的你也就明白了，還會來幾句。我尋思是不是老祖宗們就這麼說，我們村有位大爺活到八十七了，說話就有點像他們。還有那些剛斷奶的孩子，也是這味……」

「孫富猴，別瞎扯了，快給指導員講吧。」

「我不是在講嘛，隊長。你一到永寧壩就想聽懂摩梭人的話，非得細細地聽，聽出味兒來。」

「話還有味？」

「光大蔥蘸醬有味？這話裡的不比那差，是那種……那種說不出來的味。」

「孫富猴，別繞了！」

「隊長，要不你來講。」

「……」

「指導員，你仔細聽：我打雷聽見，他我的跟前來。」

「這……」

「你細嚼慢嚥：我——打雷——聽見，不就是『我聽見打雷』？他——我的——跟前——來，不就是『他來到我跟前』？」

「哦。」

「再聽：今晚歌新的一唱，大山裡住長長。」

「是不是晚上唱新歌，要長久地住在大山裡？」

「行，到底指導員是知識分子。」

「他們怎麼把話顛倒著說？」

「這不是母系社會嗎，女人為大。」

「我想，明早到了總管府，那少英會對你怎麼說：我總管那少英是——我是總管那少英；我歡歡喜喜得見解放大軍你們——我很高興見到你們解放軍；解放的不擁護的不可以——不擁護解放的不對；我永寧壩子解放擁護的全全——我永寧的人全都擁護解放；今天我們臉面見臉面……」

「臉面見臉面？」

「就是見面、認識，那不是臉對著臉嗎？」

「噢……」

「這種話多著吶，尤其是老年人愛說，有許多話一百個我也想不出來，他們管鋪蓋叫做睡窩；毛驢叫耳長，可牠尾巴也不短啊；跟隨叫後跟；讓開叫後做，有的讓開就讓開並不做什麼呀；帽子啊頭長，頭長；賊叫做人偷，倒也是人偷；春米叫做碓敲，碓敲；皮子叫做皮皮；槍叫手捏……指導員，你沒睡著吧？」

「啊。」

「這些話你都得記住。說腸子腫了，就是倒了楣的意思；昨天眼睛得見的時候，就是天亮了；說動來動去，就是活動。我把他們連起來說一遍：村子我們腸子腫了，昨天眼睛得見的時候，山上動來動去土匪有，一下下村子衝來嘍。這是說：『我們村子倒楣了，昨天天剛亮，山上有土匪在活動，一會就衝進我們村裡……』你聽著哪吧？」

「呵……」

「咱們說的話他們都懂，可從他們嘴裡出來味就不一樣了，就像雞窩裡孵出了鴨子。指導員，你說世界上還有比這永寧更怪的地方嗎？」

「呵……」

「你睡著了？」

「呵……」

「孫富猴，別說了，他太累了。」

「不講就不講，外來人都認為這裡就有讓老婆姑娘陪睡覺的規矩。隊長，你吹燈吧。」

「噗！」

黑暗。

冥冥黑暗中我在疾速墜落。像從高高的崖頂上失落的一塊沉甸甸的石頭，落得光溜溜，赤條條，呼呼生風，又像一片輕飄飄的羽毛，輕盈得袒露出怦怦跳動的心房。黑暗如同深淵，深淵如同井筒，井筒筆直、光滑。黑暗原來是墨黑的，散發著辣辣的麻籽油燈熄滅的氣味。這味也篤定墨黑，唯這辣辣的味兒正越來越淡，猶如飄逝的煙，離我遠去。我正越墜越深，彷彿有隻無形的巨手正把我越攥越緊……

倏然，震顫、凝滯。

到底了嗎？

是到了有妻女陪宿的地方嗎？

就是這兒？我向前走，四周密密匝匝的黑羊在騷動，牠們搖晃著肥大的屁股向四下逃竄，猶如大風驅趕的雲團，迷離的塵埃霧靄紛紛揚揚。瞬間，一切消失殆盡，眼前唯見一片開闊的大地，一座突兀的宮殿的屋宇。那尺磚鑲砌的厚牆，已暗暗泛綠，磚縫被風雨掏深；翅簷屋頂上的琉璃瓦光彩尚存，卻白癬斑斑；朱紅漆的大門依然正宗朱紅，豁然敞開，只是那黃銅門釦烏黑。好生面熟，我走過去。

門裡，一人一桌一椅。那人雪白的山羊鬍，坐椅伏桌，正睡覺。一副琥珀色的老花眼鏡撂在厚厚的硬殼本子上，上書顏體黑字：登記簿。這不是我們學院圖書館守門的張大爺嗎？那雪白的山羊鬍、那琥珀色的眼鏡、那顏體的登記簿，非他莫屬。再瞧屋裡林立的書架也那般熟悉，仍是那般擁擠。我想起那會在師長面前你竟答不出母系社會至今有多少年，那才是中學的課程。我窘赧不減。便躡躡地走向門裡，就在跨過門欄，抬起後腳，即刻越過他面前時，「你來何幹？」張大爺一如既往地發出威嚴的喝問，「這裡只為解決高深疑難問題提供方便。」

他還伏在桌上做酣睡狀。

「我要查查，有沒有妻女陪宿的地方。」我訥訥。

「荒唐，無稽之談。」

「不，這是研究人類的發展史。」我大著膽說。

他抬起頭，瞇縫著眼，雪白的山羊鬍尖向室內一翹。我惶惶進去。

我的眼球像玻璃珠在密密的書脊上滾動，跳躍，一個球追著一個球，撞得「噹噹」響。

看見了！厚如城磚的《人類社會》，淡青色的書脊上塵土寸厚，書脊有一塊白色疤痕，灰塵掩映中宛如小蛾子。這不是我借過的那本書嗎？那疤痕也是我不小心留下的，沒錯，正是它。瞬間，忘卻的似乎正排著隊回來，我竟全想起來了，想起掛破書脊的那顆小釘子，想起讀書時的情景……我伸手取下那沉甸甸的書，一下子就翻到了七百七十一頁，一下子就看到了那一行，一下子竟似背誦起來：一百五十萬年前至三百萬年，人類處於原始人能人群，屬於直立人文化。到約十萬年前，人類進入母系社會，標誌智人文化的開始，同時也從舊石器時代進入了新石器時代。到五千年前，母系社會結束，轉入父系社會至今……

2 摩梭雲雨初試

門口有人咳嗽，咳得深沉、幽遠，好像提醒了我，急忙一目十行地翻閱，查找有妻女陪宿的地方。南下這一路大家都在傳，在雲南的最偏僻、最隱祕的某座山下的某座湖邊的某個地方，有個奇特的規矩：凡有外人投宿，主人均讓自己的妻子或女兒陪客人睡覺。這個奇特的規矩的最奇特的地方是不管你信不信，沒人不愛談論它的……我飛快地翻，飛快瀏覽，書頁翻動像飛轉的輪子，轉出金光銀星、月亮太陽。戛然，我停住手，凝視一行行粗黑的大字：永寧摩梭人實行阿夏婚姻，即男女雙方互為情人，不娶不嫁，隨時可分可合，望門而居。英俊漂亮的男女，有的阿夏多者可達百餘人……

呵，一百個情人！

我正驚歎，有騎者風風火火闖進來。是師長。他騎匹高大的棗紅馬，馬在宮殿般的室內打著旋轉，像一團急劇燃燒的火焰。

他在馬上大聲吼叫：「戰鬥已經打響，你躲在這裡幹什麼?!」

「我查資料，找不著妻女陪宿的地方……」

「還找什麼，特遣分隊已經進村了，你快去，快快去！」

師長一扯韁繩，電光一閃，走了。

我朝著血汪汪的太陽走去。它呈橢圓形，猶如直立的碩大的鴨蛋，毛絨絨的；它紅得濕漉漉的，散發著密密麻麻的小飛蟲，滿世界飛跑；它們鑽進我的眼裡、裸露的皮膚裡，癢癢的，我也變得半紅半黃，半乾半濕。然而那太陽卻始終無法靠近，似乎越走距離它越遠。終於，它拋出一片山巒、峽谷、村莊。

這是普普通通的小山村。一片高高低低的屋脊上飄著一團紫色的氤氳。村裡無聲無息。我正為那寂靜踟躕，忽聽紛遝聲，但見通往村莊的大道上走來一條黃龍似的隊伍，那當頭的兵高高挑著一面耀眼的青天白日旗。

我藏進樹叢。

黃龍在村口盤起身子，盤得方方正正，猶如一塊方陣。那士兵橫看成行，豎看成排，蜂巢般整齊密集，青天白日旗立在中央。陡然，那旗子往橫裡來回一揮，立時，軍號如公雞啼鳴，軍鼓似暴雨落地，槍聲如炮，喊聲如雞飛、狗咬、貓叫，威武而熱鬧。頓時，那村子被嘹亮、急促、激烈、昂揚、嘶啞的聲音淹沒，各種激情在村莊上空碰撞出五光十色、騰騰煙塵。

少頃，喧鬧聲止，那村莊又顯露出來。那高高低低的屋脊上仍罩著一團紫微微的氤氳，仍是無聲無息。靜了大概有響聲響的那麼長，那青天白日旗又動了，雞屎出　般勢不可擋的向前一凸。立刻，士兵們吶喊著，螞蟻般勇敢地衝進村裡。

旗幟尚立在村外，還有一圈護旗兵。

寂靜。夕陽照耀著筍尖似的旗尖，發出光亮相擦的「沙沙」聲。每每夕陽滑下旗頭一寸，便見一個護旗兵跑向村裡。自大隊士兵螞蟻般湧進村後，就沒再聽見一點響聲，也不見一個人出來報信。護旗兵一個接一個地跑進村子，只是一個也不見回來。最後一個護旗兵也顛顛地跑向村子，腰後的刺刀拍打著他圓圓的屁股；一陣涼風颳來，無人護衛像掛滿枯葉的老樹似的旗杆，搖也沒搖就直直地仆倒了。

我看見那旗杆倒下的地方原已有橫七豎八的光杆杆，白生生的一堆，辨不出是屍骨還是旗杆。

村莊越顯闃寂，悄然無聲中冒出一股煙。不，是一朵雲。不，是一群女人從村中翩翩而來。她們身材頎長，步履輕盈，黑衫白裙，烏黑的髮辮垂至腰間，像一朵朵飄浮的雲團。且每個人或揹在後，或抱在懷裡一個小猴子，呀，那不是猴子，像早先衝進村裡的國民黨兵！他們在女人身上像嬰孩一般大小，安逸、自在、嬉鬧、玩耍，那聲音也像嬰孩般奶聲奶氣。

我愣然得屏住呼吸，呆呆地看著她們飄飄然然走向山間，消失在那濃重的暮色中。

我趕忙鑽出樹叢，摸進村裡。

街空巷靜，萬籟俱寂。四處牆壁上畫著各種形狀的圖案，像魚、像鳥、像人、像山，卻又總有些不像，是象形文字吧？一扇黑的院門開了，走出一位年輕的女人，她問的話讓人似懂非懂卻能明白意思。

她問我：「進村幹什麼？是討飯吃，還是討水喝？」

我說：「趕路走乏了，不想吃、不想喝，只是想睡覺。」

她嫣然一笑，低頭招呼我進去。

我尾隨她進了一間不大的屋子。室內很暗，僅有一張大床，床上鋪著粗麻布罩子，黑色的。看見床睏倦席捲全身，我甩了鞋便倒在床上，但聽見門「吱呀」一聲關上了，門槓「咣啷」插上，隨即好像她又走到床前，就聽一陣聲響。我疑惑地撐開一條眼縫，大驚失色——她正在脫衣服，已經脫下襯衣，露出雪白雪白的臂膀和裹著紅兜肚的胸脯。

「妳要幹什麼？」我想起妻女陪宿的規矩，大叫，「沒有，沒有那回事，只有母系社會，它也早就不存在了！」

她喜眉笑眼，不答話，白晃晃地爬上床來，渾身散發著奇香。我縮到床裡頭，她偎在我身邊。我使勁推她，如同推水反而越偎越緊，反而把她鼓鼓的胸脯上的紅布推掉了，裸露出光芒燦爛的豐滿乳房。屋裡頓時亮閃得耀眼。那乳房一個像太陽，金光四射，灼炙逼人；一個像月亮，銀光閃爍，清澈透心。赤裸裸的軀體博大得如同天空，如同大地，上面有柔軟的雲，有偉岸的高山，有莽蒼的森林，有灼熱的溫泉，有風，有雨，有雷，有電……

是大腿、是腹部、是肩膀彷彿動了動，是動了，我便見茫茫深邃的黑暗，飄飄忽忽，稍後凝滯。那深處傳來隱約的響聲，縹縹緲緲，極為遙遠，像是從另一個世界傳來：「叮——鈴，叮——鈴，叮——鈴！」我宛如看見矗立的巨大寶塔形寺廟，是寺頂上的小銅鈴在響？濃郁的酥油味，忽明忽暗的清油燈光，威嚴的神像，神神迷迷地浮現出來。我又像墜入流雲騰霧的夢中，看見五光十色、光怪陸離的亮點，那是我的思緒：「人到了這是不是都要變？」

羅石虎怎麼會那樣？

昨晚是我先派人去送信，把帶來的麗江軍事管制委員會的信函，分送土司府和總管府。信函是商請土司果錯甲池出任將即成立的永寧區政協主席，請總管那少英出任即將成立的永寧區區長。

那少英當即派人打著燈籠送來回信，邀請特遣分隊儘快總管府臉面臉面。我答覆：「今早帶隊裡的幹部去拜見總管。」送走信使，回到屋裡，羅石虎一屁股坐在地鋪上，掏出漢白玉嘴的小煙鍋，「啪啪啪」，劃斷了三根火柴，氣哼哼地說：

「甭去！那少英準沒安好心眼！」

「他想收拾咱們？」我吃驚。

羅石虎不吭聲，點煙，漢白玉煙鍋一紅一暗，映出他的寬臉龐，映出黑黝黝的連腮鬍，映出粗短的鬍茬。

「他不是好東西，比大地主還大地主！」

「這是民族地區，有民族政策。」

「你們去！俺不懂。」

「要請他出任區長，你這個隊長都不去見他，他能相信軍事管制委員會嗎？」我說。

正卡穀，孫富猴大呼小叫地回來。手裡端著從老鄉家裡買來的一碗白酒，非要我馬上喝了，解解乏。我告訴他，明早去見那少英，有他一個。

他不勸了，緩緩地蹲下來，把酒碗放地上，瞟羅石虎一眼，說：「隊長，南邊那個村子的情況，我還得跑一跑，得鬧明白了才好啊。」

羅石虎像沒聽見，「叭叭」抽煙。

「等見了那少英以後再去。」我說。

「跟村口那家拿了馬料還沒開錢，高文才說了，叫我明天就去給。」孫富猴又說。

「你也不想見那少英？」我問。

「沒。」孫富猴一愣，「我早就想見，看他是不是長了三隻眼。」

我笑了，叫他去找高文才來，研究一下明天的會見。特遣分隊裡就我們四個幹部。他起身就走，一腳碰翻了地上的酒碗，虧他手腳快，趕忙扶住，已所剩無幾。他臉紅了，惶惶地看我一眼，走了。

一會兒，隊員張曉成來了。他說想見見總管府裡什麼模樣，能不能讓他去。

羅石虎一句話就把他嗆回去：「你是幹部嗎？」

他退出去沒多大一會，高文才進來。他胸前沾著幾根草料桿，雙手濕漉漉的，進來就坐在門檻上，不看人，不言語，敦敦實實的像個老樹樁。他也不想去！

他們是怎麼了？那少英有三頭六臂？要有他們也該爭著去！

唉，他們不是做群眾工作的料。特遣分隊原本就不是為這個來的。我四兵團解放昆明之後，連克楚雄、南華、下關等重鎮，這時，中央軍委發來急電，令我部火速派出一支特遣分隊，探尋從雲南經川入藏的路線，如路線可取，則解放雲南的幾萬人民解放軍就馬不停蹄地經川入藏，參加解放西藏的戰鬥。特遣分隊要孤軍深入敵區，險關重重，師長親自從全師的戰鬥英雄中選出八個尖子。殊不料，他們剛插到這母系社會，就奉命原地待命，西藏有和平解放的趨勢。此時大部隊還遠在劍川，便命令他們在原地祕密開展群眾工作。也就在此時，師長從當地人士口中得知永寧摩梭人尚處於古老的母系社會，阿夏婚姻不娶不嫁。師長急忙電告縱隊首長，又命令我這個宣傳科長，換上便衣，像特遣分隊一樣扮成馬幫，跟著一個可靠的商人，晝夜兼程趕來永寧。

那少英會不會搞陰謀？特遣分隊是化裝來的，可半個月前打了一股土匪，就亮出了旗號，穿出了軍裝，那少英擺鴻門宴也不會等到今天。

風鈴聲縹縹緲緲。

3 清晨永寧驚魂

「黃鼠狼請客……」

羅石虎又在嘟囔，是第幾次了？若明若暗的屋裡，他一條腿跪在地鋪上，拽出槍套裡藍汪汪的勃朗寧手槍，手巴掌一抖，「咔嗒」，保險打開了。一道藍黑的波光從槍柄滾到槍管的盡頭，消失了，冷不丁又蕩了回來，保險輕聲闔上。空中劃過一道弧光，手槍像隻大屁股斑鳩，藏頭露尾地鑽進槍套。他把吊著槍套的皮腰帶往腰上一紮，勒得「咯咯」響，又從地鋪上抓起帽子，就那麼抓著，望著牆角出神。

我想起昨晚的爭執把話又嚥下。屋外傳來紛遝的腳步聲。門開了，孫富猴探顆頭進來：「小夥頭來了。」就又縮了回去，門又闔上，只留下一股清晨的涼氣。

屋外，高文才和小夥頭巴池池米正肩挨著肩，蹲在走廊盡頭烤火，孫富猴不見了。夜晚哨兵都在那取暖，土坯牆上印出火煙描繪的畫：一隻黑黢黢的凌空騰起的兀鷹，牠雙腳蹬抓著跳動的火苗，寬大的翅膀鋪著，布滿了整個牆壁，雄健的頭顱頂著瓦片，尖利的嘴被房樑遮住。寺院裡同我昨晚抵達時一樣，什麼也看不清，所不同的是那時墨黑一片，夜色沉沉；眼下一片瑩白，晨霧茫茫。

霧中傳來寺頂的風鈴聲，「叮鈴，叮鈴」。

小夥頭即村長。他看見我們靦靦腆腆地站起來，雙手垂下，躬身微笑。倏地張大嘴巴——好一會才收攏，趕快更殷勤地笑。他臉上堆起許多皺褶，使臉顯得更小、更緊，像個核桃；藍卡嘰布藏袍挺新，印著不少橫橫豎豎的皺褶，纏腰的黑布也有幾分光亮，藏青色的禮帽卻看不出新舊了。

「上層人物的衣服有領子，窮人不准有。」羅石虎對我耳語。

還有這種規矩？這地方……我盯著巴池池米的衣領，也就是衣領，普普通通的圍著脖子的矮牆。

「他可神了，」孫富猴從霧裡跑來，雙手還在忙著扣褲嘴的釦子，「我們去他還在睡覺，昨晚他說那總管約我們八點鐘到，這會又說不用去這麼早，喝喝酥油茶再去也不遲。」

「是早太多囉，早太多囉。」巴池池米連連點頭。

「那總管是不是約我們八點鐘到？是八點就該走了。」羅石虎指指腕上鏽跡斑斑的手錶，「會看錶嗎？六點半啦，從咱們烏求村走到永寧鎮口，要一個多小時，走到老總管家，不就到八點了。」

「鐘八點是囉，現在走的不是。」巴池池米笑嘻嘻。

「鐘八點的是，現在走的就是！」孫富猴一本正經比劃著。

「是老總管鐘八點說？人在幾個？」羅石虎抑揚頓挫。

我想笑，多麼可笑而又巧妙的連綴。人在幾個，比「有幾個人在」倒是簡明。

「是囉！人在一個我，嘴動老總管。」

天哪！如此顛顛倒倒竟還能說得通，聽得明，若不是親耳所聞，我真不相信漢話還能這麼說。

那邊，高文才慢吞吞地拆火，柴煙亂飄。

雖然語言相通，可還是講不通，羅石虎說得直搖頭歎氣，孫富猴呲牙裂嘴。

巴池池米眼睛著急，臉上還堆著笑：「嘿嘿，鐘八點就是鐘八點，就不是走的現在……」

我莫名其妙，不明白他們卡在哪了。

「不管是不是鐘八點，現在就走。」羅石虎惱了，不睬巴池池米的解釋。

穿過霧騰騰的院子，走出霧茫茫的門洞。

巴池池米在門前的柳樹下站住，怯怯地說：

「先去你們，一下下快快去的我。」

叫我們先去，他再來攆？我們都站下不動了。我的鼻子尖感到霧的流動，並挑破了它，從它所造成的縫隙中，我看見羅石虎眼裡掠過一道警覺的光亮。

他說：「咋？你想溜？」

「去早早，門他們還不開……他們……兇狗好幾個有……」巴池池米支支吾吾。

「那總管叫我們到底想幹什麼？」孫富猴輕聲細語。

「好好說，說實話。」高文才也開腔了。

「就是臉面見臉面囉，話和話通通，什麼還有，不曉得囉。」

「你說的都是實話？」羅石虎追問。

「要騙我們可不容易。」孫富猴拍拍巴池池米的肩膀。

「當真真囉，不信我話，你們老總管問得。」巴池池米急了。

「別囉嗦了，」我阻止他們再問，給他們使眼色，那些話要是傳到那少英的耳朵裡還了得！「我們路不熟，還是請小夥頭領路，一起去。」

巴池池米點頭。

他們幾乎同時看我一眼，又扭過頭去。

我們走進霧中，腳步聲參差不齊。

霧真濃。

霧，沙沙，沙沙，落在睫毛上濕漉漉，癢酥酥，直想眨。四下裡時有豬吟牛哼，半睡半醒的，和踏動圈板的聲音。沒人說話，羅石虎不說，孫富猴不說，高文才不說，巴池池米更不說，就只是走路。沉默像霧一樣飄散在我們中間，霧就像沉默的氛圍從眼睛、鼻子、嘴巴、耳朵、皮膚的毛孔鑽進心裡。我又感到了同他們的隔膜，和那莫名的困惑和忐忑。他們是不滿、嘔氣？霧乍看嚴實如牆，眼睛適應了，就辨認出許許多多活躍的顆顆粒粒，從細細的縫隙中似乎能看出很遠很遠，或許是因為他們單獨活動時間久了，又老待在危險之中，怪癖了。霧似白非白，白裡透黑，黑裡泛白，皆有些發藍。每一顆霧都有一個晶瑩的亮點，閃閃爍爍。他們仨在想什麼？你提個話頭吧，活躍一下，別結下芥蒂，要不以後怎麼工作？鞋底蹭著沙礫的聲音單調、刺耳。忽聽身後有響聲，隱隱約約，是腳步聲。剛過完年，尚屬農閒，誰起這麼早？我有些警覺，屏息聆聽，「嚓、嚓、嚓，沙、沙、沙」。那人時而疾步追趕，時而躡躡而行！距離約十米。

我看他們，路尚寬，五人並肩而行。高文才在左邊擋頭，卡賓槍提在手上，接過來是羅石虎，他凝視前面若有所思；越過我便是巴池池米，他垂著頭，臉上有幾分無奈的神情；再過去是孫富猴，肩挎卡賓槍，手按護木，眼睛睃巡側面。難怪他們都不講話，敢情是他們早就發現情況了。我也沉著地不吭聲，只是用心聽那腳步聲。

醬褐色的沙土路像在拐彎，霧中看不清，只是腳掌覺察路面向左傾斜，拐過彎，路似乎窄了些，彷彿是走到村中央了。後面那人還在跟蹤，「嚓、嚓、嚓……沙、沙、沙」；他緊攆幾步，又慢下來聽聽看看，再攆。羅石虎他們仍是不動聲色，我也鎮定自如，巴池池米亦若無其事，只是連連打哈欠，淚水汪汪。興許他真的什麼也不知道，小夥頭是土司行政官員中最低的一等。

霧騷動，翻翻湧湧，發出「錚錚」的摩擦聲。情況越發嚴重，四周都有腳步聲，遠遠近近，至少有十幾個人，把我們圍在中間。這些人絕不可能不約而同地想起個大早去散步！若是沒霧準看清他們的嘴臉。難怪羅石虎他們那麼猜疑，難怪他們那樣追問巴池池米，難怪他們不理睬我，我自愧弗如。心想：「他們只是監視，還是要怎樣？羅石虎他們會怎麼幹？」

忽然，後面的腳步聲重了，加快，加響，他要攆上來了！

他腳上的鞋肯定略大些，每落地一次，就把皮鞋幫「崴」的呻吟一聲。他落地時腳跟發出的聲音很響，那響聲中有種彈性，他還年輕。我想起是哪個原始部落，打獵必須將野物轟飛、轟絕；殺人必須等被殺者跑動，才追射追殺，他們信奉射殺跑動的生命，就能得到他跑動的力量。羅石虎他們依然神態如故地走著，巴池池米也沒事一樣，我也強制自己鎮靜、鎮靜……那人在逼近。近，近了，更近了……

我不可抑制地站下了，對他們說：「看，他來了！」

他們站下了，扭過頭來，完全是毫無準備的詫異神情。

我吃驚了：「有人跟蹤！」

霎時，高文才端起槍，孫富猴衝到我前頭。羅石虎握住了腰後的手槍，我只來得及把目光從他們身上伸向他——他，出現在霧中白乎乎的身影晃晃悠悠，悠悠晃晃，像從水中游來那麼慢。陡然，他一下子出現在我們面前，幾乎撞在孫富猴的槍口上，他興致勃勃，歪戴禮帽，白麻布衣褲，瞥我們幾個軍人一眼，同巴池池米點點頭，走了過去，又跳跳蹦蹦了幾步，又放慢腳步，消失在霧中。

「他是誰？」我問巴池池米。

「他村子前邊在，名字記不得他囉。」

「咋？」羅石虎問。

「你們沒發現？他一直跟蹤我們，你們聽，周圍這些傢伙也跟了不短了，像在圍過來。」我焦急。

羅石虎他們愕怔。

4 格姆女神趣聞

巴池池米目瞪口呆。

誰也不出聲，屏息靜聽。儘管看不見，聽得出四下裡的腳步聲有遠有近，有急匆匆，有躡手躡腳，有碎步，有慢步，有人踩斷了枯枝……孫富猴突然咯咯地笑起來，笑得用槍杵著地；羅石虎哈哈大笑，高文才不出聲地笑；巴池池米笑得嘻嘻的。

我摸頭不著腦。

「你咋忘了這是啥地方？他們都是走婚的漢子，晚上到女人家住，天一亮就快回自己家。」羅石虎說，「走吧，前邊就是村口，你好好看看。」

他們笑著朝前走，我窘赧地跟著。

我真忘了，按照結交阿夏的規矩，男方每天晚上到女方家中過夜，轉天雞叫就走，回自己家裡幹活。如果一方想中斷交往，是女方，那只消關起門來，不讓男子進家便罷了；是男方，他只消不去女方家裡就是了，兩人就即刻散夥，另尋他人。阿夏之交沒有經濟上的依附關係，也不存在經濟關係。女方家中任何事均與男方無關，給錢、出力皆屬自願；因為他既不是女人的丈夫，也不是孩子的爸爸，更不是那家老人的女婿。昨晚我好像是明白了，又總覺得糊塗，也就沒記住。此刻我急於想見見那些剛剛離開女人和孩子的既不是丈夫又不是爸爸的男人。

村口。孤獨的老樹撐開了霧罩，幾抱粗的主幹彎彎扭扭，分成幾杈，又繁衍出密密的枝條，雖無葉，仍如傘如蓋。樹根腳落葉層疊，黑烏烏一片。老樹屹立在三岔路口，路從村裡伸出，穿過樹冠，分成兩岔，指向西北的一條是去瀘沽湖，指向正北的一條是通永寧鎮。我說不出為什麼，就是堅持離大樹遠一點觀望。

來了，一個藏族打扮的漢子急匆匆走出村，繞到了老樹背後。那裡發出響亮的「嗶嗶」聲。一會兒，他過來了，還不等看清就從我們眼皮底下揚長而去。緊接著，村裡又出來一個年輕的小夥子。他穿著一身乾乾淨淨的白麻布衣褲，戴一頂狗皮帽子，瀟瀟灑灑，嘴裡哼著小調，手裡擺弄著一塊花手巾。他竟然頭也沒抬，踏上指向西北的小路，轉眼間消失在霧中。

「這傢伙天天來，怕是正熱乎！」孫富猴說。

「年紀輕輕走多多得，老來想走也不得走囉。」巴池池米說。

孫富猴噗哧笑了，羅石虎和高文才沒出聲。我模模糊糊知道他是說什麼。這傢伙！正在這時，從村裡走出三個四五十歲的老人，他們不說也不笑，各走各的，走得不緊不慢，從從容容，宛如走親戚，再不就是勞動歸來那麼消遙。他們在想什麼？他們怎麼不說笑？是不是有什麼規矩，我說不清心裡是什麼滋味，失望？驚訝？納悶？茫然？

我們繼續趕路。

霧，翻翻湧湧。

羅石虎乾咳一聲，開腔了：

「男人住女人家算啥，連山都是男山找女山。」

「山還有男女？」我詫異。

「要沒霧你就看見了，」羅石虎抬手指點，「東面那山最高，叫獅子山，倒也滿像一頭大獅子，趴在那裡還昂著頭。要是到跟前看，更像得嚇人。他們說它是母獅子，是女山神。周圍這多多少少的山頭都是男山神，都在挨著個等著做女山神的阿夏。」

「是嗎？」

「還說，女獅子山旁邊原先有座男獅子山，同女獅子山一模一樣，只不過是矮一點，也是像極了的。後來，兩個獅子吵架了，男獅子山一氣就跑了，不過沒跑多遠就讓女獅子山抓住了。只是男獅子山不願回來了，到現在也還站在瀘沽湖那邊。」

「講對對，一點錯不有。」巴池池米趕忙說。

我舉目四望，唯見霧靄翻翻湧湧，變幻莫測，像雲，像在天間迷迷茫茫。

「最高最高的山是女的，最好最好的水也是女的，這裡的一切好東西都是女的。」孫富猴接上話，「咱們南下這一路，長江、黃河都過來了，什麼湖呀塘的更沒少見，可就沒見過像瀘沽湖這麼漂亮的。真的，這高原的大山窩裡會藏著那麼一大片湖水，會那麼清亮，清得天上颳陣風，水裡也映得清清楚楚。他們管那湖叫『母親湖』。你還沒見他們的船吶，平底，方頭方腦。他們說摩梭人原本沒有船，有一次山洪爆發，淹了許多村子，人就更甭說了。有個女人很機靈，她抱住豬食槽，在水裡漂了三天三夜，得救了。以後她就發明了船。」

「當真真，假一點不有。」巴池池米又說。

這不是對女性崇拜的象徵嗎？我隱隱約約有一種沉重感。

「山上有很多相思鳥，哥哥、妹妹不停地叫叫，」高文才頓了頓，又說：「鸚鵡、黃雀、老鴉都跟著叫得像哥哥、妹妹，石頭要會說話，保不準也會叫了，會找阿夏。」

大家齊笑。

我忽然感到畏懼，正色說：「咱們可不能聽走了心呵！」

笑沒了，話沒了，唯有鞋底磨蹭沙礫的單調刺耳的聲音。

我真恨這聲音！

霧亮了，無論是臃腫富態的、輕盈瀟灑的，抑或是纖細如煙的，都披上薄如蟬翼的金色紗幔，上面綴滿了顆顆沙粒大的金星。它們在追逐、翩躚、嬉戲，攪得漫天金光閃耀，猶如無數面黃金的大鑔在抖、輕擦，聲聲可聞。

走出鎮裡的木屋群，一片平坦的開闊地，約百十米寬，褐色的土壤在陽光下泛起一層虛光。越發顯得褐；開闊地那邊。龐大的總管府牆高宅深，屋脊鱗次櫛比，前半部陽光燦爛，後半部霧靄繚繞。平坦地、開闊地映襯出總管府的朱紅門樓，威嚴、高大，有拔地而起之勢，門樓的翹簷屋頂鑲鋪著琉璃瓦，赤橙黃綠青藍紫，競相爭豔。門前臺階上，左右各塑一尊赭色的石獅；門洞裡像有差役肅立。

門前塑獅倒同漢族闊人相仿，我想。

「等等你們囉，」巴池池米讓大家站下，滿臉堆笑，「去看看我。」

他顛顛地跑向總管府。

事情來得突然，他走得利索，我茫然。回頭看他們三個：羅石虎吃驚地瞪著他遠去的背影；孫富猴咬牙跺腳；高文才張著嘴發呆。

我說：「他可能是通報一聲。」

「指導員，我去轉轉，小心點好。」孫富猴拽緊槍揹帶走了。

「我……我也去看看。」高文才朝另一個方向走了。

羅石虎看著我，蹲下來，從兜裡掏出漢白玉小煙鍋，伸進黑布煙袋，摸摸索索地上煙葉，好半天也沒抽出來。我望別處，看看耀眼的藍天，又望望那邊總管府的朱紅門樓。

「指導員，」羅石虎輕喚，我轉身望著他——他還蹲著望著地，眼神悒鬱，煙桿還插在煙袋裡，「待會，俺就甭進去了，有啥你跟他說。俺留在外邊防著，呵。」

他說得懇切、柔和，像學生對老師。

我大受感動，細聲慢語：「你是隊長，不見他不好。一起進去。」

羅石虎手捂著煙袋又摸摸索索地裝煙，好一會才抽出煙桿，噙在嘴上。鎮裡湧出一群人，有男有女，還有馱著包裹的小馬，他們說說笑笑地過去了。

高文才回來了，快快地，衝我搖搖頭，便湊到羅石虎面前，討過煙袋，摸出一張紙，捲煙。他剛點煙，孫富猴也回來了，他滿臉心事重的樣兒：

「沒發現什麼。不過，不怕一萬只怕萬一呵，最好是我留在外邊警戒，我也不稀罕見那個總管。」

「對對，要不，我和孫富猴都不用去了。」高文才站起來。

「你們到底怎麼了？都怕那少英！他有三頭六臂？」我按捺不住了。

「看你說的，我們還怕他？」孫富猴拍拍手裡的卡賓槍，「咱是不想見他，待會兒我一個人去跟他談。」

「就是。」高文才嘟囔。

我不搭腔。羅石虎望著總管府，嘴裡噙著煙桿。我忽然發現他的煙鍋沒亮，沒煙。

我說：「你抽煙咋不點火？」

羅石虎紅了臉，惱怒：「關你啥事？」他把煙鍋往地上使勁磕。

我懵了。孫富猴和高文才也傻眼了。羅石虎磕了幾下，也停住了，尷尬地站起來，原地轉了一圈，又望那總管府。我也朝那望去：巴池池米顛顛跑來了。

5 拜見少英總管

「來早早囉，鎮裡回酥油茶喝喝。」巴池池米笑著，喘著。

「不是說八點鐘見面嗎？」我也疑惑了。

「鐘八點是囉，現在的不是。」

「現在就是八點，你們搞啥鬼？」羅石虎火。

「那總管到底想談什麼？」孫富猴憤。

「要不老實說我們就回去。」高文才倔。

「不得回呵。鐘八點是囉，太陽要照他屋子亮亮，現在霧多多還有，鐘八點還不是……」

巴池池米焦急得像隻可憐的猴子。我忽然醒悟，那少英說的鐘八點，就是太陽照亮總管府的時候，偏偏今天霧大，再不就是那少英沒說清，或許是巴池池米沒聽清，反正巴池池米戰戰兢兢，既不敢問，又要照他說的辦。多麼威風的總管！

「小夥頭，是不是要等到太陽把總管府全照亮了，你才能領我們去，不能早，也不能晚？」

「指導員心我的知道全全。早去、晚去小夥頭做不得了，褲子脫去，下屁股狠狠打。」巴池池米激動。

他們三個不說話了。

我們踅進鎮裡的木屋群落。幢幢高大的木屋呈暗紅色，房屋棟棟相連，院院相接。牆壁，一色腿粗的杉松，剔皮削方，兩頭砍出凹口，橫豎交叉銜咬，根根壘摞成壁；屋頂，塊塊尺長尺寬的木板，層層疊疊，自上向下，井然有序。杉松初呈淡黃，日曬風吹煙熏，便黯黯發紅，木屋越顯堅固、緊湊。渾然的密密匝匝的木屋，使得空氣中洋溢著木的質樸、古老的氛圍。

房屋布局也整齊劃一，家家戶戶均是四幢木屋圍成方方正正的一個小院。院門安在畜廄屋的中央。我們穿過門洞，進入院裡。巴池池米介紹說，迎面的小樓是經堂，左邊同樓房齊高的大大的平房稱之正屋，是吃飯、接客和老年婦女睡覺的地方。與正屋相對的樓房摩梭話叫尼札意，就是女兒樓，樓房有走廊，板壁鑲得嚴實，隔成好幾間屋子，是年輕女人的臥室。樓下裝糧食等雜物。有的人家年輕女人多，女兒樓不夠住，就在門洞的上面隔出幾間臥室，保證年輕女人每人一間屋。門樓的下面是畜圈。

我疑惑不解，問：「男人睡哪？」

「男人房子家裡不有，」巴池池米指指樓下緊挨畜圈的堆雜物的房子，「要睡家裡就草料房裡囉。」

我目瞪口呆。

巴池池米衝著正屋吆喝了一聲，說的是摩梭話，便率先進屋。

跨進屋裡，頓時像掉進了墨缸。光聽見有人說話，有人往外走，好像是女人，伴有裙子的「沙沙」聲。我忙朝旁邊讓。我踩著誰了，又被誰拽住，拽住了我的胳膊，拉著我向前走了兩步，轉了半個身，我驚訝地看見：一團火苗在空中燃燒，燒得熾烈有聲，火苗忽閃忽閃，就那麼懸空竄躍，不掉不落。火光映出了下邊的火塘和鍋呵、架呵。

巴池池米在火塘右側招呼：「指導員，裡頭坐你。」他指著左側的麻布墊子。

羅石虎在我前邊，我推他：「你快進去坐。」

「他們有規矩，得你去坐首。」

都坐定了，我這才看清，燃燒在頭上方的火團，是塊擱在鐵絲籃裡的松明，鐵絲籃的一頭拴在高高的屋穹的某個地方。這就是所謂的松明燈吧。火光只映亮了火塘周圍，看不出屋子到底有多大。但火光閃耀視界朦朧和頭頂上涼陰陰的空曠感，使我覺察到屋子很大，又像不如外邊看的那麼大，好像是被分割了，卻又看不到門。屋子那頭似有一個高高寬寬的竈臺，那裡飄來煮豬食的味兒和大鐵鍋的鐵氣味。這麼大的一間屋子竟沒一扇窗戶，門口還豎了一道厚厚的板牆，一點光亮也不讓進，真不知道為什麼。

咚、咚、咚，巴池池米很賣勁地為我們打酥油茶，竹筒隨著他將塞子一提一放，發出悅耳的響聲。這是酥油和茶水撞擊著竹壁發出的聲響。本來那位年輕的主人端來酥油炒麵之後，要為我們打茶，他把人家攆走，親自動手。羅石虎又噙起漢白玉煙鍋；孫富猴掏出一個小鐵皮煙盒，捲紙煙，捲得細細的，像賣的。高文才從孫富猴盒裡取張煙紙，從羅石虎煙袋裡取煙末，捲煙，捲得像喇叭。

巴池池米很高興：「一樣的酥油、一樣茶、一樣打，一樣的味道的不有，香香的我小夥頭打，難吃的責卡打，牛都不吃的是瓦打。」

「他說的責卡是自由百姓，瓦相當於奴隸。」孫富猴端著茶盅，衝我笑笑。

「小夥頭，你說了不要我們出錢，你可要付錢給人家。」羅石虎說。

「坐他們這裡，就給他們面臉光彩了，他們我們給多多才對。」巴池池米笑。

剛才他可憐，現在他可恨。我忽然想起總管府那一片磚瓦宅邸，想那少英……

巴池池米將打好的酥油茶倒進一隻小碗，雙手捧著，低著頭，恭恭敬敬遞過來。他伸出袖子的雙腕剛剛伸過松明燈下，一顆火星迸下來，飛落在他手腕上。我心裡一顫，他仍舊頭不抬、手不動，端著滿滿一碗酥油茶，醬色的茶面平平穩穩，熱氣冉冉。我趕忙接過碗來，他這才匆匆一揩那灼著的部位，又往竹筒裡放酥油倒茶，竹筒又發出「咚、咚、咚」的響聲。

「指導員，你才才來，我們摩梭事不得多知道，規矩不得多知道。」巴池池米關切、鄭重，而又不無得意，「我要你不說給，朋友不是，小夥頭不配做。我要講給你清清楚楚、明白明白……」

根據傳統法規，土司家庭的長子承襲土司職務，掌管行政大權；次子承襲喇嘛寺堪布一職，掌握宗教大權，實行政教合一的統治。土司之下設一名總管和若干名把事。總管負責管理政治、軍事和司法等事務，把事又稱副總管，協助總管辦理各項事務。把事之下是總夥頭，管一至數個大村。總夥頭之下是小夥頭，管一至幾個小村子，巴池池米就只管一個小村。其他人又分為三個等級：司匹級的是從土司家族中分裂出來的貴族集團，享有一定特權。責卡是自由百姓，除要向土司等人納稅外，還承擔一定的種地、砍柴的義務。他們又多是以村為單位，負責各種農活和差事。瓦是主子的終身奴僕，可以被交換、轉讓、陪嫁，不可殺戮。奴僕有獨立的家庭和經濟，其後代仍是瓦。

但是近年來，隨著以馬幫運輸為主的商業的發展，永寧也發生了許多變化，有窮人變富的、富人變窮的、富人變得更富的，其中最引人注目的變化是土司果錯甲池家族日漸衰落，總管那少英家卻日益興盛。最能說明問題的是，過去，那少英的父親去土司府拜見果錯甲池的父親，五里外就要下馬，步行而去。現在那少英騎在馬上，一直到土司府的門前才下。巴池池米毫不掩飾對那少英的崇敬，讚不絕口。

「……一樣了你們和他，一個老婆他有，你們也是一個。阿夏他好幾個有，你們找我多多幫忙……」

唉，啼笑皆非。

他來了，從五彩繽紛的長廊深處走來。

門樓伸向院內三條走廊，他從中間一條出來。四個門衛悄悄退後，緊貼牆邊，垂手肅立；一直同我們寸步不離的巴池池米也往後退，差不多要退到門樓外邊去了。

他個不高，咖啡色呢子藏袍，寬寬的紅緞子腰帶，烏黑的長統皮靴，藏服使他顯得精悍強壯。他步履穩健，落地有聲；褐色的臉膛，頗有光彩，短短的銀髮，熠熠生暉。

他和藹地微笑，他彬彬有禮地躬躬腰，他伸手相握，手指硬戳戳、直挺挺，像一把胡蘿蔔。不知哪鑽出一個戴瓜皮帽，蓄山羊鬍的老頭，站在一旁介紹：

「這位是堂堂正正永寧總管府第二十一任總管那少英。」

「遠迎有失，請坐裡邊。」那少英說。

我忍住笑，做了自我介紹，又介紹了羅石虎、孫富猴和高文才。那少英逐一點頭，躬躬腰。嗣後，戴瓜皮帽的老頭引我們走上中間的走廊，他緊貼著齊腰高的彩色雕花欄杆引路，我和那少英並肩而行，其他人隨後。走廊頂端，屋門大開，那門牆皆由朱紅的板壁鑲連，並雕有精緻的鏤花圖案，古色古香，精巧別致。

那少英威嚴地走著，並不說話，戴瓜皮帽的老頭側身引路，偌大總管府鴉雀無聲。我想起孫富猴的介紹，老頭以前是那少英的漢人師爺，現在是把事。他土紅色長衫上有油膩膩的領子。

到了門前，那少英一笑，說話了：「進。」

6 罕見四堂審案

室內陽光燦爛。石榴紅的太師椅、高腳茶几，光滑鋥亮，貼牆環繞。屋東頭擺得寬鬆，只有兩把鋪著獸皮的太師椅，氣勢不凡。中間放一張茶几，椅子前面各有一塊長方形白麻布墊子。除了獸皮，這種擺設倒像滇西的大地主家。但這屋子很長，長得讓人意外。

「哎哎。」那少英指指椅子，謙讓。

「哎哎。」我也鸚鵡學舌。

「哎哎」著，我和那少英分別在鋪著獸皮的太師椅上就坐。羅石虎他們也就在左側的椅子上就坐，把事側在他們對面、那少英的右邊的椅子上落下半個屁股。

「那總管，我們這次來……」

我才開口，一陣裙衫的婆娑聲，幾個著黃布衫、綠百褶裙的女僕來了。她們走上前來，躬腰垂首，雙手將茶盤舉過頭頂放到茶几上，又安安靜靜地退下，一點腳步聲也聽不見。她們出進的是底端的一道門，關起門來就如同牆壁。看來這屋裡還有許多門。

我談黨的統一戰線、民族政策以及我軍入滇以來，彝族、白族、納西族等少數民族各界人士熱情支援，共圖建設新中國之大計。那少英神態專注，褐色臉膛上皺紋像刀刻一般，左手的幾個指頭一直捏著托茶盅的金邊小碟。直到我講完了，他才將茶盅湊到嘴邊，又趕忙移開，對我說：

「請，茶喝。」

我端起茶，嘬了一口。

那少英放下茶碟，慢吞吞地說：

「信下人你的送來，我裝著好好了，字個個得見囉……」

我心裡忽悠一下，「字個個得見」是說看過信了？瞥一眼把事，他神情木然。

「你們政府頭頭大大，眼睛望得見好好，區長我做得。瓦和責卡管不容易。馬不有想的腦袋，瓦和責卡有。」那少英呷口茶，接著說，「今天案就要理，一下看看一起去四堂衙門，一起理……」

「看看可以，理案我們不瞭解情況，規矩也不一樣。」我趕忙說。

沒走進來時的南門，也沒走女僕們進出的東門，把事推開那少英椅子後面的一扇板壁，一條長廊伸在眼前。廊柱和檩檩椽椽上，都畫滿五顏六色的圖案，廊外有綠樹紅花。

還是把事引路，他還是貼著邊上齊腰高的雕花欄杆，側身而行。那少英還是沉默不語；他給我的印象不壞，不像有些「土皇帝」，既傲慢、剛愎自用，又多疑、躲躲閃閃，使事情棘手複雜；看來他還開朗，認識到大勢所趨，儘管他的心情是沉重的，卻識時務。難怪巴池池米——他被留在大門口了——對他那麼畏懼，也許是出於欽佩他的精明而將他視若神明。看來羅石虎他們是多疑了。

藍灰色的牆壁聳立在走廊盡頭，遮天蔽日，走廊在大牆下分成兩股，各奔東西。同走廊銜接的大牆處有一道黑木門，有一個揹槍的土司兵。他看見我們趕忙開門。

哦，四堂衙門就是這樣！

四間寬敞的大屋橫向相連，一間高於一間，貫通一氣；牆壁上畫滿各種奇形怪狀、光怪陸離的鬼神和圖案。站在四堂上俯瞰：三堂兩側立有四個揹著火藥槍、挺胸垂手的土司兵；二堂兩側有六個雙手拄著槳狀木棍的壯漢；一堂空曠，左側有一道敞開的小門，映出一片光亮。

我們在四堂側面的椅子上坐下，那少英也沒謙讓，逕自帶著把事走向正中的位置。那裡有一張鋪著虎皮的椅子，椅子側邊有一張桌子，上面擺著茶盅和暗紅色的驚堂木。

那少英落坐，拈起驚堂木朝桌子上一拍，「啪！」極脆的豁亮響聲銀光迸濺般飛出四堂，衝過三堂，穿過二堂，撞著一堂的牆壁後，又返折回來，餘音嫋嫋地回到四堂。把事就趁著豁響的驚堂木聲，走下四堂、三堂，在二堂站定。

這時候，一堂的側門伸進一個黑幢幢的人影，它搖搖晃晃地越來越長，越來越長，猛一顫，影子不見了，但見有人跪在一堂。

那少英並不開口，堂上極靜。少頃，從一堂傳上來輕輕的「咕咕嚕嚕」聲，那人白麻布雙肩顫動，他在陳述。

我們在四堂上一句也聽不清，那少英不吭聲，把事也不叫告狀人大點聲，真不可思議。我們四個互相看看，不出聲地坐著。

俯瞰一堂，我忽然想到母系社會有沒有心理學，你看這四堂衙門，判案的居高臨下，高高在座，打官司的在得那麼低，這在心理上造成多麼強烈的壓抑。

把事走回來，原來那跪著的人不「咕嚕」了。把事只走到三堂，就向那少英大聲稟報：

「回總管老爺，告狀的人叫札石黑布奧，他半年前趕三匹馬來與左所村的尤梅做阿夏，尤梅是責卡等級。現在半年過去，三匹馬都換酒、換布換光了，尤梅家要攆他走。他請總管老爺做主，至少罰尤梅家賠他一匹馬。」

這叫什麼事？我往下看，那漢子仍跪著不敢抬頭。這裡，那少英微閉雙目，仰首而坐。

「臉不有告狀為阿夏，」他鼻子一哼，「攆他走！」

三堂的士兵齊聲嗥叫，二堂的衙役如狼似虎地揮著棍棒，衝下一堂。那人抱頭鼠竄。

羅石虎把椅子靠得「嘎吱」一聲。

又有人跪在一堂「咕咕」稟報。

片刻，把事又傳上話來：「亥古村小夥頭告責卡那吉給他女兒穿帶領長衫，還繡有花草，目無法規。」
「老規矩照辦，十板打。」那少英慢條斯理。
「那女孩實在太小，是否改罰？」把事怯聲說。
「嗯，豬膘一隻交。」
「要交給他們一隻醃好的肥豬。」孫富猴輕語。
「就這種傢伙，還讓當區長。」羅石虎咬牙切齒。
我沒吱聲，政策就是政策。
一堂又並排跪下了兩個人，他們的聲音比前邊的急促尖銳。
把事很快回到三堂傳話：「哈爾巴告益史三天前她給妹妹碗中下蠱，使他妹妹病到現在起不得床。益史告哈爾巴給他姐姐的奶頭上下蠱，使她姐姐的小孩到現在不能吃奶，快餓死了……」
「什麼是蠱？」我問羅石虎。
羅石虎搖頭，孫富猴說：「他們說有人有種害人的本領，他恨誰就在看見你吃東西的時候，用眼睛將看不見，也摸不著的蠱，射到碗裡、茶盅裡，甚至女人的奶頭上，叫你吃了肚子疼，直到死。」
「是迷信吧？」我說。
「迷不迷信反正他們信。」孫富猴說。
那少英做出裁決：各打十五板，今後永遠不得使「蠱」傷人。立刻，六個衙役衝下一堂，將兩個告狀的按倒在地，擼起褲子——原來巴池池米說的「下屁股」是大腿——高舉槳狀木棍，數著數著打起來。響聲震盪著整個四堂衙門：「啪！啪！啪！」
兩個被打者起初還忍痛，不哼不叫，待數到第五下，不知誰先「哼」了一聲，兩個便爭先恐後地「哼」起來，同衙役的數聲相呼應。

「哎喲喲……啪……七，哎喲喲……啪……八。」

他們倆幾乎是肩並肩地受刑，看不清他們是否在對視，是否在一起流淚。

一堂的呻吟聲由低變高，由粗變尖，越來越響，越來越刺耳，像空中飛著許多毛毛蟲，鑽進脖窩裡，渾身都長了刺似地發癢，屁股像是磨得露出了骨頭，我們三個都坐不住了。

幸好，那少英走了過來，說：

「死忙囉，不易當總管，不有哪個不服了，走得囉。」

這麼判案誰能不服？

我趁勢告辭，那少英沒挽留，執意送我們出府。出了四堂衙門，走出好遠了，還隱隱約約聽見那邊的呻吟聲。仍舊是把事在前面引路，他還是緊貼走廊側身而行。這又是一條我們尚未走過的走廊，總管府簡直是個迷宮。

那少英邊走邊慢吞吞地說：「家有法，法有國，摩梭人管法我有。小小大大事管全不行，有我管大，有夥頭們管小。人外來的事我管。規矩你們聽著是好，咱們處好好……」

我聽出他的話意，忙接上話：「我們解放軍是人民的子弟兵，專有愛護群眾，尊重群眾風俗習慣的紀律，如有人違反，絕不輕饒。譬如你們是阿夏婚姻，我們是一夫一妻，我們的人絕不在此交阿夏。倘若總管發現我們有人觸犯你們的規矩，請即時告訴我們。」

「是囉，事有大我一定說，事小嘛，你們照規矩辦囉，買酒大家給喝就得囉。」那少英放慢腳步，話說得更慢、更沉，「酒你們買得有不有？外來人國民黨兵、西藏商人全全這樣。去買得囉，請得囉。」

說話間已經來到大門的門樓下，我頗為驚訝、疑惑。照他的說法，我們已經違反了規矩，而按這個規矩我們該請村裡人喝酒。

我追問：「我們現在就該買酒，請大家喝？」

7 石虎險中陰招

那少英笑吟吟，微微頷首。

「是哪條規矩？」我聽出他不想直言，硬著頭皮問。

「規矩這個人人知道，不聽說你？『要下永寧壩，酒要先買下。』」

這話很耳熟，一時卻又不明白。我回頭看他們：孫富猴和高文才已經走下門樓，只有羅石虎在。他滿臉通紅，紅得發紫，就要迸裂、爆炸。他的眼睛惶惶地躲開我，是他觸犯了規矩？霎時，我想起他的寡言、多慮、緊張、猜疑，他逼問巴池池米，他視總管府為畏途，他……忽然，我想起了那個規矩，就是那句耳熟的話，是師長千叮嚀、萬囑咐時說的！我渾身的熱血都湧進腦袋，就像要從耳朵裡、眼睛裡、鼻子裡、嘴巴裡噴出來，憋得耳鳴眼花，鼻子冒煙，喉嚨火辣。我真想撕開個口子，讓衝撞、喧囂的熱血噴出去！

我不知道對那少英說了什麼，只是在握住那少英不善握手的僵硬的手指時，仔細端詳他：寬寬的淺褐額頭鑲有多麼密、多麼深的皺紋，我想起那一道道不知去向的神祕的走廊，那層層疊疊的四堂衙門，那小心翼翼側身而行的把事，那些腳底不出聲響的女僕，那靜謐無聲的偌大宅邸……

出了鎮子，我們走在赤裸裸的空曠的大地上，四周的山都退到天邊，變得很小。大地袒露著褐色的胸膛，沒有莊稼，秋天收去了，沒有野草，寒冬掐死了，只有犁頭留下的痕跡，它把這赤裸裸的胸膛劃出了一道道彎彎曲曲的口子，翻起一道道血淋淋的皮肉。正午的狠毒的太陽炙烤著赤裸的大地，大地罩著若有若無的煙靄，像一片欲燃的乾柴，空氣裡充滿了它焦灼、赧然、痛苦的腥味、苦味、澀味。一陣微風掠過，地裡扯起一片淡褐色的煙塵，那是往事的煙塵，那輕紗般的煙靄中有行進在滇緬公路上浩浩蕩蕩的部隊，有被作為指揮所的山巔小廟，有大動感情的師長，他在反覆叮囑：

「你告訴他們，誰要在那給解放軍丟臉，誰就不要回來！我也能揮淚斬馬謖！」

「那裡規矩很糟，說是：『要下永寧壩，先把酒買下。』只要請村子裡的小夥子喝上頓酒，就能隨便找阿夏。」

「他們八個是我們師裡的寶貝，可不能讓他們出事，丟一個都要找你！」

我走不動了，站下了，環視四周：空曠寂寞，闃無人影。就在這談吧，這可以吼，可以罵，甚至可以打！

我誰也不看，說：「你們先回去，我和隊長有事。」

巴池池米猶豫，想說什麼；孫富猴拽他一把，他們三個就走了。

他們走遠了。空地裡只剩下我和羅石虎，我卻吼不出，罵也罵不出，就坐下。就一屁股坐在乾得冒煙的湯乎乎的土地上，雙腳蹬起一股煙塵。

羅石虎也坐下，問：「咋？」

我抬頭望天，藍天耀眼，猶如烈日下的大海，一隻孤獨的兀鷹在旋轉，牠在往上飛，卻像往海裡栽。

「你、你要俺說啥？」他急。

那鷹又往下飛，像是從海裡騰起。

「俺不知道，啥也不知道。」他慌。

那鷹在平飛，像在海中游動。

「俺沒、沒找阿夏……」他痛苦。

鷹猛地往下一栽……

第一個景區是瀘沽湖及湖周邊的摩梭村落這個區的旅遊，一可看湖，二可看木楞子房和四合院，三可乘豬槽船遊湖島，四能在風情路上領略摩梭風情，五還可瞭解神祕的阿夏婚。湖西岸美麗的落水村，因交通便捷和湖畔理想的位置，成為這個景區的代表性景點。

「俺恨！」

「俺恨這地方……」

「俺恨這的女人！」

「咋，沒對你說？你看，就是那座山，多高，多好的山，多像一隻大獅子呵！周圍這些山誰有它的氣魄，可它是女山、女神、母獅子！世上哪有女人管男人的，解放區也只講男女平等，不虐待婦女。就這地方，老娘們管老爺們，一家之主是老娘們，老娘們傳種接代，光宗耀祖。好像男人找得越多的越、越他娘的能耐、光榮！」

「唉！」

「咋，你說大馬店是啥地方？札拉翁娃又是什麼人？按等級漢若阿底米家是百姓，是貧農，她哪來的那麼多錢，蓋那麼大的房子？光客房就十幾間！咋，就是靠她三個姑娘年輕漂亮，同來往商人做阿夏！」

「俺是雇馬幫的大商人，不能同趕馬人住一起，得住她家。隔壁就是札拉翁娃，這傢伙穿藏服，腰裡還別把銀殼藏刀；他說他是藏人，俺老覺得他是漢人。咋，他有錢有勢，是大商人，還是總管那少英的好朋友。他都五十多歲了，大概漢若阿底米的姑娘都讓他玩厭了，專到外面去找二十來歲的姑娘做阿夏。畜牲！」

「俺剛進店，他就鑽到屋裡來，說：『走這條道，要不是為這個（他比個抽大煙的樣子），那就是為找阿夏來的。』俺說：『是做買賣虧了本，想來弄點皮貨撈點錢，就冒冒失失來了。阿夏是聽說過，怕得病，不敢沾。』他說：『什麼梅黴，那都是嚇唬人的，沒那事，要找阿夏，只要同漢若阿底米說一聲，她會給你介紹。』」

「俺嚇一跳，咋，她貧農還幹這號味良心的事?!」

「可那札拉笥娃說，漢若阿底米是反對女兒同商人交阿夏，後來瞅著同商人交阿夏，這房子就蓋起來了，她不吱聲。咋，還主動給商人們介紹阿夏，給他們跑腿，拉皮條。要劃成分真該定他娘的地主！

「札拉笥娃不相信俺們只做皮貨買賣，對俺說怕得病，也半信半疑。晚上，他的阿夏來了，還給他帶來一壺酒。就一層木板隔著，他同那女人又逗又笑，這邊聽得一清二楚。你知道他都說些什麼？呸，真他娘的壞，真他娘的不要臉！」

「那屋裡沒法待，聽著他和那女人又笑又叫，還『哼哼嘰嘰』，這渾身就難受得坐不是，站也不是，像、像、像他娘的掉進螞蟻窩……」

「咋，你去試試！」

「俺出去轉悠，轉到半夜那傢伙睡成死豬了再回來。」

「待了幾天，那傢伙斜著眼問俺：『哪天起程？』」

「俺說：『路上不太平，想等有伴時一起走，人多眾勢，土匪就不敢搶了。』」

「他說：『你別裝了，天天半夜回來當我不知道，勾搭上誰了？是頭道水還是二道貨？』」

「俺趕忙裝膽小，求他別聲張，免得村裡的小夥子要罰俺買酒賠禮。他拍俺一掌，順手取走了俺的狗皮帽子，說是：『這可便宜你了，要是讓村裡小夥子知道，要先揍你，脫了褲子揍，然後再罰你買酒賠禮。』俺陪著笑臉，點著頭，哈著腰，心裡這個恨呵！打四五年參了軍，哪這麼窩囊過?!」

「有天黃昏，大馬店裡又來了兩個商人。他們漢話說得很地道，大概是札拉笥娃做了暗示，他們才改說摩梭話。你記住，他們一個叫戛拉才增，一個叫那若，同札拉笥娃是一夥的。我懷疑他們是國民黨特務！」

8 札拉投石問路

「那天晚上，俺沒出去，盯著他們。狗娘養的，天黑沒多久，經常來找札拉笤娃的那個女人尤梅，就帶著幾個年輕女人來了。札拉笤娃把俺也叫到屋裡，進屋一看俺就明白了，四個男的、四個女的，地上擺滿了大碗、小碗的酒肉。札拉笤娃說：『今天你就換換口味，也和我的弟兄們交個朋友。』」

「那兩個傢伙一個守著一個女人，把筷子硬往人家手裡塞。俺問陪我坐的年輕女人，也說是尤梅叫他們來和正經商人認識。就他娘的這麼個認識法！」

「那幾個傢伙，沒一句乾淨話，慢慢地就動手動腳了，往人家懷裡摸，男的笑，女的叫，俺臉上火燙燙的，眼睛不知往哪看……俺走，札拉笤娃忙叫，他正和女人撕扯，分不出身。咋，那個騷女人尤梅就來找，拽著俺的袖子不放。俺吼她：『俺拉屎！』」

「咋？」

「俺窩著一肚子火站在黝黑的院子裡，聽著樓上喊呵、叫呵，心想就眼睜睜地看著這幾個畜生胡來？俺就不信，這的男人就心甘情願地讓別的男人糟蹋他們的女人！他們就沒有血氣！他們就是膿包！他們規定來找阿夏的外地人要買酒請客，就說明他們不滿。我後悔沒問問那幾個女人的名字，要不到她們家裡去有多好。不過，那幾個女人的阿夏一定鬧得難受，恨得咬牙切齒！」

「俺跑到阿窩美家，她家也開馬店，高文才帶幾個人住那，村裡人都愛去那家馬店聊天。她家門樓下不關牲畜，也沒隔，就像一間大屋子，專供趕馬人歇腳、聊天。屋裡黝黑，黑乎乎的中間亮著一堆火，照出一圈人，飄著煙味、茶味。孫富猴也在那，正給大夥兒講他娘的豬八戒娶媳婦。他見俺就吆喝一聲，圍著火塘的人就動了動，讓出個空，俺就擠著坐下。俺四下一看，挺高興，除了俺們的人，有五個強壯的小夥子，還有兩個老頭。俺左邊緊挨著一個腰圓膀粗的傢伙，俺的胳膊肘感覺得出他胳膊多麼有勁，渾身都冒著力氣，人也比俺高一頭，站起來準大樹似的。再過去那個人腰板看不準，只看見他的臉龐，濃眉細眼，大嘴寬腮，正望著火出神。不用說，準是個有肝火的，對面緊挨著坐的那倆，像是親兄弟，隔著虛虛的火光，只見他倆一樣的圓眼闊額，半舊的黑麻布衣，光著大腳丫。再右邊那人長得不粗壯，但一副機靈、不讓人的精明相。還兩老頭我就沒細看。有這麼五個小夥子就足夠了，五個對三個，還會有怕的，更何況還有我們的人。俺都像看見把那三個傢伙揍得屁滾尿流了。」

「孫富猴大概看出俺有事，不講豬八戒了，任那些人催，也不講豬八戒，眼睛盯著俺說：『掌櫃的，你有事？』俺裝出一副受了氣，又氣不過的樣，講了札拉爾娃他們咋的胡作非為，還說那幾個女的都是他們強拉去的，鬼知道為什麼要替那些娘們遮掩。」

「孫富猴一跺腳跳起來，大罵：『他奶奶的，他們也太欺負我們摩梭人了，太不把摩梭人當人看了，這還了得?!』」

「張曉成跟著蹦起來，說：『山有山規，村有村法，他們請喝酒了嗎？他們在自己的村裡也不敢這麼撒野。』」

「高文才擼起袖子，咬緊牙，直說：『揍！揍！揍！』」

「俺站起來，一腳把小板凳踢到黝黑的牆角，也不知撞著什麼，『咚』的一響，俺說：『走！』走出兩步，回頭一看，咋，那五個小夥子都還坐著不動，一個在倒茶，一個還望著火出神，還有三個望著俺，不知該咋辦。俺火冒三丈，一步跨過去，問：『你們——不氣?!他們規矩都沒遵守！』」

「有個老頭說：『酒請一次就得，找一個請一次不是。』」

「大塊頭的那傢伙說什麼：『阿夏能做你也能做他，明天你做囉。』」

「俺傻眼了，看見對面那兄弟倆在嘀咕，就問：『你們說什麼？』他們問俺，札拉箚娃叫去的女人中，是不是有個嘴角長黑痣的，我說是，他們倆就笑了，俺記不清誰是哥哥、誰是弟弟，反正那弟弟聽俺問笑什麼，就指指他哥哥說：『女人那個昨天還他阿夏是。』他們說著摩梭話又笑了。」

「俺真是傻了。俺就坐下了。大夥重新坐好，他們又要孫富猴講豬八戒，他沒講，他們自己說說笑笑，熱鬧得很。俺望著燒得紅紅的火塘，想起俺們村劉、羅兩姓的世仇，為啥？最初就因為羅富的三小子羅大成，在井臺上摸了劉貴仁家的四丫頭劉枝枝的脖子一下，就一下，讓劉姓的族長看見了，鬧得劉枝枝上了吊，羅大成被打斷了胳膊。以後劉、羅兩姓打了十幾年的仗，出了五條人命，可這……」

「俺從地上摸起一根樹枝撥火。柴都燒成了火炭，一塊塊的，灰烏烏的，一挑就露出腥紅，『劈哩啪啦』迸火星，竄得高高的。俺一挑再挑，就是想看那火星，它越炸越歡；樹枝也冒煙了。有人咳嗽。坐在俺旁邊的大塊頭漢子穿一雙破毛皮鞋，都看不出原先的顏色了，鞋頭滿是紅土，俺挑一次，鞋就往後縮一次，怕落火星。挑了幾次，他用摩梭話嘟囔開了。咋，俺挑的勁更大，『劈哩啪啦』的火星像焰火飛起來，你瞪俺，俺瞪你，他說句摩梭話，那幾個小夥子也都站起來，老頭也起來了，像要圍過來，打架。高文才他們趕快起來勸。」

「孫富猴硬把俺拽到外面，拽俺上喇嘛寺。那時，就他帶兩個人住那。走到路上他問俺：『你是不是喝醉了？』」

「挨到很晚很晚俺才回大馬店。村裡很黑很黑，很靜很靜，鬼也見不著一個。人人都走婚，養狗的不多，狗在半夜見了人也不叫，哪像俺們北方的狗。風颳得颼颼的，沙土直往臉上撲，俺睏了，乏了，想著那幾個狗娘養的要是睡成死豬了，俺回去也能進被窩了。可是怪得很，咋，就在這黝黑的夜裡走著走著，就是被這颼颼的冷風吹著吹著，就是在只聽見俺自己的腳步的靜悄悄裡，俺看見一顆紅紅的流星像子彈劃著拋物線飛向天邊，頓時又希望那幾個傢伙還沒睡，還在和女人喝酒、說笑，讓他們一直鬧到天亮吧，只要那幾個女人沒同他們睡。」

「你說俺這是咋了？」

「俺在一個牆旮旯裡蹲下，唯恐回去早了催了他們睡覺。風吹著牆，那木牆上的沙土簌簌落下，直往脖子裡灌，牆縫裡鑽出一股馬糞尿味，和牲畜的熱氣。俺往前挪挪，縮緊脖子。走著還不覺太冷，蹲著可是越蹲越冷，恨不得縮成一團。腳也木了，鼻子像在流水，趕快吸一下。一會兒又流了，越吸流得越快。先吸一下還能管好一會，後來就不行了，一下接一下吸，一下吸慢了就感到癢癢地有東西流出鼻子。鼻子凍得鮮辣辣的。俺罵自己：『那幾個女的是你姐還是你妹？她們願意跟他們睡，關你屁事！』可俺還是沒挪窩，點上一鍋煙，雙手捂著抽，藉那煙鍋的火暖暖手。」

「俺想起家鄉辦喜事，再窮的人家雇不起轎，也要騎頭毛驢，新娘蒙上紅布，新郎戴紅花，還要請幾個吹嗩吶的，吹得『嗚哩哇啦』好不熱鬧。凡娶新，男的總是高興的，女的有哭有鬧，還有尋短見的，那多是給人做小，或鬧不當對，但終究還是高興的多。再窮的人家，賣房、賣地也要給兒子娶媳婦。娶媳婦美呵，人活一世哪有不娶親的？那戲裡唱山大王過得自在，不就說天天擺酒宴，夜夜入洞房！札拉笱娃這幫傢伙就過得像唱的一樣。咋，女人都讓他們占了，憑什麼?!好女不嫁二夫，她們算什麼？他娘的！」

「俺腳蹲麻了，凍僵了，火也大了，氣也粗了。真是的，俺在這挨凍為誰？值得嗎？俺想立起來就走，腿麻酥酥的，費了好大勁才直起來，歪歪斜斜走了好幾步，才順當了。俺捂著冷得辣疼的鼻子，就往大馬店跑。」

「門關著，俺用肩膀撞開那門，重重地往裡走。屋裡都黑了，也沒聲響。俺故意使勁跺著樓梯往上走，震得『噹噹』響。剛上了樓，就見屋裡走出三個黑影，立在走廊上，瞪著我。是札拉笱娃他們仨，俺把手伸進懷裡摸著槍。」

「他們罵罵咧咧地說，就因為我走了，多出一個女人沒人對付，她就吵著要走，鬧得那兩個女人不肯待。昨，她們三個要走，竟然使札拉箚娃的姘頭尤梅也要走，她們就都走了。那若惡恨恨地搡我一掌，又搡一掌，搡得俺差不多滾下樓梯去。俺都做好打的準備了，可一聽說那幾個女的吵著走了，這心好像就寬了，火沒了，氣也沒了，就是裝孫子。」

「俺高興得半夜沒睡，摩梭女人也是女人，都他娘的外來人壞！」

9 初戰札拉箚娃

「轉天，大馬店的氣氛有點不對勁？那三個傢伙不喝酒，也不大喊大叫，眼睛老在俺身上睃來睃去。札拉箚娃還裝沒事似地問俺：『阿夏到底是誰？昨晚哪去了？』俺還是同他打哈哈，他也沒再追問。到中午，他們就騎馬走了，說是有批貨要趕在解放軍到鹽源縣城之前，運出去。」

「晚上，剛點燈尤梅就來了。俺說札拉箚娃走了，咋，她說是來找俺。還說她從來就不喜歡札拉箚娃，早就喜歡上俺了，想同俺交阿夏。她先靠著門框說，又跨進屋裡，後來坐到了俺鋪上。那娘們的話簡直像條毒蛇，一圈圈往俺身上纏。俺把門開得大大的，就狠狠地瞪著她，就一句話也不說。她臉白了，溜了。」

「咋？」

「就那天晚上，俺怕尤梅再來，很晚了方回到大馬店，進了屋正要點燈，就有人忽地撲上來。那身上燙燙的、光滑滑的，那頭像馬駒直往我懷裡凸，俺以為尤梅是，一掌搡開她，也不知把她搡到哪裡去了，就聽見牆角裡『嘭』的一響。俺點亮燈，這才看見牆角靠著個女人，俺不認識，她光著身子，兩個小葫蘆似的奶子直動，白花花的。」

「俺慌了，四下看看，見門旁有一把大斧子，就抓過來，就高高舉起來。她瞪大眼睛，一聲怪叫，貓一樣竄出去。」

「咋，羅石虎不是孬種！」

「那陣俺就琢磨：『這多半是札拉箚娃搞的鬼。』可一琢磨這事，老看見那白花花的身子、小葫蘆似的奶子，真她娘的！」

「俺以為這下沒人再敢來了，咋，有天晚上俺回去，屋裡已經亮著燈了。一個年輕女人規規矩矩地坐在地鋪上。她穿白麻布衣、白麻布裙，臉通紅，眼睛也不抬起來，就像火苗一竄一竄地看人。俺問她來幹什麼，她說，聽人講俺沒阿夏，想同俺認識認識。她說話聲音很輕很細，像小羊羔，一直低著頭，臉更紅了，眼睛哪也不望，就望著地板縫。她可不像前邊那兩個女人。俺的臉也紅了，心直跳。俺說俺不找阿夏。她趕忙起身走了，一聲沒吭。」

「她能是札拉箚娃攛掇來的？咋想咋不像。她人是走了，可留下一股奇怪的味兒。明明是晚上，屋裡還點著油燈，卻有早晨一樣新鮮的味，不像在屋裡，倒像在有草有樹、有花有鳥的山上。真的。關上門，用手掃鋪，鋪上有一根長長的頭髮，黑亮亮的，手一碰，它像鐵絲彈起來，又像入水一樣落下。是她的。摩梭女人頭髮好，無論老少都在頭上盤著辮盤，還垂下長長的一束。聽說年輕人頭髮沒那麼長就摻上犛牛尾巴的細毛，可這是一根真正的頭髮，也說不清為什麼，就把它掛在板壁的釘子上了。」

「俺脫了衣服，鑽進被窩，又吹了燈，屋裡一片黝黑。黑暗中就看見那根細細的頭髮絲！它掛在那，像牽牛花的藤蔓繞著好看的圈圈，輕輕地搖晃，它黑得比黑暗還黑，也就顯亮，比屋裡任何東西都亮，倒是屋裡的黑暗在它輕輕晃悠下越來越往後退，越來越顯它。俺還聽見它『絲絲、絲絲』地響。有一會，俺懷疑是不是札拉箚娃搗的鬼，指使她留下一個怪物。可它晃著晃著眼瞅要掉了，俺的手就不由自主地伸了過去。」

「俺用手指輕輕撚撚，它翻了幾個好看的滾。又輕輕抻抻，它『嗡嗡』直響，湊到鼻子聞聞，它有股女人味，好像散開就是使屋裡像早晨一樣的新鮮味。俺也不知咋的，就把它在手上繞來繞去，俺想她的模樣，怎麼也想不起來，只看見她害羞得像火苗閃來閃去的眼睛，好像聽見板牆那邊又響起札拉箚娃的笑聲。俺好像又看見他把女人摟在懷裡，手伸進女人的衣領裡撲騰……俺忽然想扯碎手裡的頭髮絲，俺知道它不是個好東西！俺用雙手攥著它，使勁往兩邊拽，怪了，拽不斷！真的，俺傻眼了。好好攥住它，再拽，越拽越長，直到拽到兩頭也沒有斷……」

「手上汗太多了。」

「一天夜裡，札拉箚娃他們三個突然闖進俺屋裡，個個滿臉兇相，那若還握著匕首，一下扎在俺身後的板壁上，那若叫俺把刀拔出來，俺沒理他。那刀扎得很深，幾乎扎到刀把了。札拉箚娃說，他們沒走，一直待在村裡，他們知道俺一個阿夏也沒有，送到屋裡的也攆走了，他們說這種事只有共產黨才幹得出，問俺到底是幹什麼的？」

「瞞不過他們，俺爽性告訴他們：『共產黨俺很熟悉，還知道解放軍的大部隊就要到麗江了，很快就會到這，說不定已經來了。俺是幹什麼的你們別管，你們要是還想在這一帶做生意，那就老老實實的！』」

「俺一伸手，拔出扎在板壁上的刀，使勁朝門外一扔——你知道，俺射擊還行，扔手榴彈老沒準——那刀沒走門口出，勁使大了，扔斜了，一下子扎在板壁的裂縫裡，連刀把都『嘎』的一聲扎進去了。他們傻了，一個看一個，不說話。俺也糊塗了，咋這麼巧？」

「當下他們乖乖地走了。天亮以後，他們在屋裡又擺滿了酒肉，沒叫女人，光請俺過去。他們說自己是本份商人，願意和俺交朋友，後來，他們就走了。說這些幹什麼。」

「俺羅石虎不是孬種！」

「都他娘的蔣介石，他養的兵咋就那麼窩囊！打不經打，一個勁地敗，逃都他娘的不會逃！不要說雲南的、西藏的，只要四川的老蔣往外竄，隨便他往哪溜，我們也不會陷在這個旮旯裡啊！」

「當初師長咋說的來著？『組織你們這支特遣分隊，不是我師長的主意，也不是縱隊想出來的，是兵團首長下的命令，八成毛主席、朱總司令那裡都備了案。你們八個人是給大兵團入藏探路，是解放全中國最後一仗的刀尖！你們將面對狗急跳牆的蔣介石軍隊，還有土匪和五花八門的各種反動武裝，你們是去過五關斬六將，單刀赴會！』唉……」

「俺們是照他說的準備得足足的，為了全國的徹底解放，俺沒含糊過。俺和大夥兒都商量好了，誰要是負了重傷，絕不拖累集體行動，只要手能動，就自個革命到底。俺離開河南老家就帶出兩件東西：漢白玉的煙鍋，千層底布鞋。煙鍋是俺爹被地主老財逼死前用的，鞋是俺娘一針一線納的，還一回也沒穿過。輕裝那陣大夥勸俺把布鞋留下，化裝大商人不能穿北方布鞋。不，俺帶著它，到了節骨眼的時候要穿著它去衝，死了也好讓它領著俺的魂回伏牛山去，回俺們老羅家的祖墳！怪誰啊，剛走到這，師長就發報來，叫俺們原地待命。那天為了按時聯絡，俺和報務員是抱著頭軲轆到藏電臺的坡下，只要再晚那麼幾分鐘就錯過了聯絡時間，俺們也就離開了這個地方，也就什麼事都不會有了。」

「你看俺脖子上這條疤，就是石頭拉的……算了，有什麼看的。」

「俺們在這等，等得腳底板冒火！等了整整三天三夜，等來個什麼？繼續原地待命，祕密開展群眾工作，廣交朋友，宣傳新中國。繃得『嘎嘎』叫的鋸子，正起勁地鋸吶，忽然把繃繩裡的楔子給拔了，這鋸還有不散的？」

「俺懵了，都不知道咋對大夥說。俺們不是沒想過，全國就要解放了，仗就要打完了，以後就是太平好日子了，俺們盼著這一天吶！可它不該這樣冷不丁地就來了，正憋足勁想打的時候來了，在這麼個遠遠的古裡古怪的地方來了。過去，俺只知道人有男有女，哪會知道社會還分公母呵！」

「師長叫找窮人扎根串聯，這俺知道，俺幹過。可那是哪？這是哪？那陣子還不讓俺們打出旗號來？大部隊還沒到麗江，白天俺們還得裝成遊手好閒的商人，只能晚上活動。晚上誰家歡迎你去？你沒看見那些大清早匆匆回家的走婚漢，他們什麼時候到女人家去的？都是晚上，從天剛黑到半夜，家家開著門等的是他們，不是俺們！起初，俺們狗屁不懂，天一黑就熱心熱腸地摸進白天看好的窮人家裡，結果那家的男人以為我是他家女人的阿夏，女人又你以為是我的，我當成是她的，她又以為是你的。他們家大，有十幾口，多的三四十口，哪家沒幾個年輕女人。年老的男人、女人還忙著招呼俺，又端茶又擺吃的，年輕的女人望著俺『嘰嘰咕咕』也不知說些啥。反正，一會兒有個女人來火塘邊拿點什麼，眼珠直往你臉上滾，一會又有女人給你拿點什麼來，眼珠也是盯著你轉。沒多大工夫，俺就讓那家所有的女人都找各種藉口看過了，人家對我又冷淡了，不理不睬，連笑也不笑，一個個溜走了，只留下一個半睡半醒的頭髮都白了的老太太，陪俺坐在火塘邊，俺說一句，她點一下頭，俺說什麼她都點頭，叫她說話還是點頭。」

「俺還不趕快走？」

10 夜訪驚飛鴛鴦

「起初俺還以為是土司，再不就是國民黨的特務發現了俺的底細，造了謠，做了布置。後來才知道，就在俺闖進人家家裡，坐在火塘邊想講革命的時候，有三四個男的探頭進來望望又走了，他們都是那家女人的阿夏，就因為俺坐在火塘邊，他們看著陌生，不知俺到底是哪個女人的阿夏，如果恰好是自己阿夏的阿夏，那進來幹啥，乾脆就走了。」

「俺坐了那麼一會攪散了好幾對夫妻。那天晚上那家的女人，只要阿夏沒來的，肯定都在被窩裡罵。俺們有的人比俺還傻，還糟糕！那家的女人以為他是來找自己交阿夏的，歡歡喜喜地把他往自己的小房子裡領。他稀裡糊塗地去了，等到發現那女人笑得的不對勁，聲音也不對勁。又趕快往外跑……」

「你說說，這工作咋做？」

「那幾天，罵俺們的女人少不了，好幾個人的眼皮直跳，都是左眼。右眼是唸叨，左眼是罵嘛。俺們也罵，罵著罵著俺覺得不對勁了。提著心吊著膽了。」

「咋，到永寧的不管是漢人、藏人、西番人，也不管是商人、土匪、國民黨兵，還有說是來改造阿夏婚姻的大官，都他娘熬不住幾天，最多半個月，準找阿夏。找得兇著哪！還盡挑好看的。有的商人明明沒貨，不順道，也要跑來住幾天。像俺們不找阿夏，馬上就被那些商人、馬幫和當地人看不起，還懷疑俺：『你到底是幹啥的？』俺只好讓大夥兒也跟他們扯扯女人，就說：『沒錢，怕得病，不敢找。』都是二三十歲的漢子，大夥恨那些商人，又老愛叨叨他們找女人的事，還問俺：『阿夏和媳婦的滋味咋不一樣法？』」

「他娘的！有句老話：『英雄難過美人關。』俺們這夥人戰場上稱得上英雄，可如今陷在這，走不能走，打不能打，成天得去串門子，聊家常，這兒做主的又是老娘們，你說說這事……俺不擔心自己，闖進懷裡的女人都推得出去，還咋？哪料想後來會了那種事。俺要不是急著打土匪，亮旗號，怕大夥出事，怕也不至於。那陣俺擔心的是別人，就想著要管嚴點，萬萬不能鬆弦！」

「俺還不是替自個說話，事到如今還辯個啥？可這是咋鬧得俺也不明白呵！」

「俺們住得也太分散，俺單獨住在漢若阿底米家，高文才是馬幫的大鍋頭，帶著兩人住在阿窩美家，二鍋頭孫富猴帶著其餘的人借住喇嘛寺。要是都住喇嘛寺，就會引起懷疑，驚了土匪。村裡有土匪的坐探。俺們進村後土匪來搶過兩次，每回都動作迅速、準確，搶得乾淨利索。一次就大白天搶了剛剛出村的馬幫。俺盼著，只要有大部隊到麗江的信，俺們就打一股土匪，就亮出旗號，就號喇嘛寺的房子，就集中住。」

「那天，太陽快落山的時候，俺召集大家在開基河邊碰頭，十幾匹馬都散在河灘上，任牠們跑、叫，我們圍著放馬人的篝火燒茶，各自彙報尋找匪跡的情況。孫富猴在村裡發現過搶馬幫的土匪的蹄印。那小子眼尖心細，絕不會弄錯。時間很緊，待久了會被人懷疑的，每個人只能揀最主要的說。可就這麼緊張，幾乎每個人都說了一些用不著的話：他跟蹤一個男的，進了一間屋，或是一個草垛，裡邊有女人笑……孫富猴是最後一個彙報，他說得更他娘的不像話！說是他跟著一個穿黑長衫的人進了一個院子，那人上了樓，他也上了樓，可上樓就見不著那人了。樓上的房門一個挨著一個，他摸著黑往前走，聽見最裡邊一間有響聲，他就貼著牆摸過去，沒想到快到跟前了，他碰開了一扇門，立刻有一雙手把他拽進屋裡，抱住了他，他伸手卡住了那人的脖子，正要使勁，猛然感到不對頭，那皮肉很嫩很嫩，那胸脯又鼓又軟，還有頭髮盤頂得他下巴直癢，他使勁一推，轉身就跑出來了。」

「他娘的，他們全忘了這是什麼地方，是在幹什麼！一個個伸著脖子，有的說那女人沒出聲，八成是讓孫富猴卡昏了，有的說那女人準是把孫富猴當成她的阿夏了，還有的叫孫富猴老實坦白，真的那麼乾脆？俺越聽越冒火，俺也冒自己的火，剛才怎麼沒給他一巴掌：『你聽個什麼勁！』俺一腳把火堆上的茶壺踢翻了，水澆在火上，煙灰撲地竄了起來，有人想躲，俺吼了一聲：『誰也甭動！』」

「大家一動也不動地坐著，看著煙灰乎乎地沖上去，又像霧一樣散開，在臭雞蛋的味裡，雪花一樣落下來。等到灰落完了，煙散盡了，俺們每個人的臉上、肩上都落了一層白灰，眼睫毛上像沾了麵粉。俺把手槍掏出來，就放在面前的石頭上，說：『從今往後，誰也不准再講那種事，就是你們都伸著脖子想聽的那種事！再說，俺就執行戰場紀律！』」

「俺不該掏槍，俺沒權斃人，俺是他娘的軍閥主義……可俺沒轍了，俺心裡清楚，俺就得那麼幹！」

「你知道嗎，出烏求村往北走不遠，有個溫泉，遠遠近近的人都上那洗澡，俺咬死不讓大夥去。咋，男男女女都脫光了在一起洗。後來，大夥老說身上髒，孫富猴叫得最兇。俺就答應了，帶大夥半夜裡去洗。路上還都有說有笑，進了那塘子，沒人言語了，就傻裡傻氣地泡在水裡。問：『水燙嗎？』沒人答。問：『水涼嗎？』沒人吭。俺看看，就見一個個腦袋瓜露在熱氣騰騰的水面上，眼睛都癡呆呆地望著彎彎的月亮，也不知在想什麼，那模樣可是從來沒見過，比被敵人包圍了的臉色還難看，叫人不敢出聲。俺也說不出這心裡是啥滋味，只想著叫大夥趕快洗了趕快走，可就是說不出口，就那麼一聲不吭地泡了好久好久。」

「第二天，個個打哈欠，還用問？」

「俺後悔，不該去呵。」

「那事俺誰也沒怨，現在孫富猴又講女人，俺這火就咋也捺不住了，俺知道那些話是再也不能講了，不能想了，已經玄了！你不知道這女人……」

「離開大部隊時，師長再三叮囑俺，遇事要膽大心細，可這種事咋細？俺規定了不許單獨活動，就是幹部也不准單獨活動。俺不講這的女人不好，亂來，騷貨。可俺沒法捂著他們的眼睛，捆著他們的腦袋，俺也是漢子，俺知道……」

「女人就像風，擋不住。不知是聽誰說的，俺知道她們喜歡俺這樣的身板，發現她們總愛看看俺又低下頭『嘰嘰咕咕』，那聲音總像有根線牽著俺耳朵。有的年輕女人還會趁人不注意時對俺擠擠眼睛，或是那樣一笑，俺心裡會忽地一熱，跳個不停，就像要衝鋒了。膽大的還會擦肩而過的時候，撞你一下，那一撞會像烙鐵燙著肩膀，半天還是熱乎乎的。她們、她們也不是壞人呵……」

「說真格的，俺從來沒見過像摩梭女人這麼能幹的。她們不像俺們家鄉的女人，把腳纏得小小，走路都走不快，她們都是大腳片。她們也不哭哭啼啼，愁眉苦臉，求男人，求公婆，她們一個個高高興興，想幹什麼幹什麼。就是要管老爺們不好，也不該由他們傳種接代、光宗耀祖。她們想喝就喝，想唱就唱，想跳就跳，開心。哪像俺們那的女人，大氣都不敢出。摩梭女人愛上誰，就敢直接找誰，不喜歡誰了，就不要誰，活得自在。沒誰被賣來賣去當童養媳，跳井上吊，尋短路的。」

「你瞧她們個個身板挺挺的、高高的，那是幹活練出來的。家務活她們幹，地裡的活也是她們張羅。男人們都幹些什麼？當喇嘛，到西藏去朝聖，再不就是趕馬幫，地裡的活幹不了多少。你知道她們的裙子有多少褶？那叫百褶裙；腰裡纏那麼寬的布腰帶，纏得那麼緊，光是圖好看？還為幹活利索，好使勁。她們會把頭髮在頭頂盤個圓盤盤，垂到腰間，走起路來一飄一飄的……等大部隊來了，建立起人民政府，一定要多派點能幹的婦女主任來，幫助他們學會結婚，不要走婚。唉，這都說到哪去了。」

「半個月前，太陽快落山的時候，孫富猴在村後的路口上，又發現了土匪的蹄印。他們有個馬掌特別大。他叫俺去看，俺們正分析情況，山坡上驚驚慌慌地下來幾個老百姓，說是聽見松樹林裡有女人喊救命，可能是遭土匪搶了。老百姓只有一匹馱柴的騾子，俺就騎著那匹騾子去追，叫孫富猴回去叫人。」

「俺騎騾子衝上坡，順著山道猛往前追。進了小松樹林，天濛濛黑了，隱隱約約看見前面走著一隊馬幫，有五個傢伙押送。俺正嘀咕是不是他們，他們倒先動手了，啪啪幾顆子彈從俺頭上飛過去。俺拔出槍來就打，那匹騾子驚了，又蹦又跳，可俺也沒法瞄準，牠帶著俺拚命往前跑。」

11 邂逅風情沙達

「該死的騾子顛得俺只見那些馬在跳，樹在跳，天在跳，一會兒就馱著俺衝到炸了營的馬幫裡。牠一失蹄把俺給掀下去了，正掉到一個泥塘裡，手槍也飛了，滿身、滿臉都是泥。俺心想：『這下可完了，等著挨收拾吧。』誰知，等俺抹掉眼睛上的泥巴一看：土匪們已經跑了，只有兩個被打死的傢伙躺在地上，一旁還有個麻袋，裡面有個女人『嗚嗚』地哭，幾匹馱馬掀掉了馱子在樹林裡繞圈亂跑。」

「俺先把那個女人放出來，土匪怕她跑，怕她叫，把她的百褶裙給脫了，俺沒工夫找裙子，就把被打死的土匪的褲子脫下來，扔給她，聽憑她蹲在樹腳『嗚嗚』，趕快下泥潭裡找俺的手槍。等俺找到手槍，孫富猴他們騎馬趕來，小夥頭巴池池米也跟來了。」

「巴池池米先看看我，又圍著兩具屍體繞了三圈，再看看馱馬架子上的東西，他歡天喜地地叫開了，說這些東西都是村裡被搶去的。孫富猴他們把跑散的馬又吆攏了，一共十二匹。俺們準備回村，巴池池米不讓俺走。他說村裡的人都知道俺來攆土匪，現在得勝而歸，可俺這個好漢卻像個泥猴，無論如何也不能進村的，應該先到溫泉裡洗洗，他陪俺去。俺答應了，想洗洗滿頭、滿身的臭泥，也想趁這個機會跟他亮出旗號。」

「溫泉就在山腳，沒多遠，高高的岩石腳腳裡淌出一股熱水，一年四季都是熱的，一年四季都在淌。那塘子水不深，寬寬的，裝得下百十個人。旁邊是條小河，塘裡的水滿了就朝小河裡流。」

「天黑盡了，溫泉裡沒有人，只有熱騰騰的水。俺走到最裡邊，就在岩石下脫光了衣服，跳進水裡，趕快洗那些衣服。俺只有這麼一套藏服，要不也不會去洗溫泉，也就不會出那事……」

「巴池池米硬要幫俺洗，攔也攔不住，俺怕有女人來，兩個人洗得快點也好。巴池池米嘴不停地說，鬧得俺插不上嘴。衣服剛剛洗完，山坡下來一條火龍，吵吵嚷嚷。俺急得要穿濕衣服上岸，巴池池米說是村裡來的人，不會有什麼事。他喊兩聲，那邊有人應。果真是村裡的男男女女。他們就圍在塘邊上，舉著火把，睜大眼睛盯著俺看，俺只敢把頭露在水面上，俺的頭上、臉上，連周圍的水都讓火把照紅了。」

「咋，都怨孫富猴，說俺一個人打死了兩個土匪，攆跑三個，救下那個女人，奪回了被搶走的東西。說這些就行了吧，還脫褲子放屁，告訴他們俺來洗溫泉了。」

「女人們都擠在前面，有老的，有年輕的姑娘，都擠得要站到水裡了，個個問這問那。女人們還帶著酒壺和牛肉乾巴來，要讓俺吃、喝。說是邊洗溫泉邊喝酒，外邊熱裡邊也熱才舒服，能驅病。有人就在塘邊燒起一堆火，給俺烤牛乾巴。俺讓巴池池米叫大家趕快回去。他說：『大家是喜歡你，遠遠地跑來看你，你就這麼貓在水裡，也不說話，也不跟大家點點頭，喝幾口女人們送來的酒，沒人會走。』」

「俺想也是，大夥是專門來看俺，雖說水只淹過肚臍，又被照得這麼亮，俺什麼也沒穿，可人家不害臊，俺要害臊，倒顯得俺太低下了。俺跟巴池池米說好，俺喝三盅酒，大家就得趕快回去。立刻，那些女人爭著把酒往俺身後的三個酒盅倒，也不知是誰帶來的酒盅。那酒盅早就斟滿了，她們還是往裡倒，任它漫出來，浸進泥土裡，流進溫泉，滿塘酒香。俺聞著都醉了。」

「就那陣，俺覺得摩梭女人真好。」

「俺從水裡站起來，照摩梭的禮節，朝大家深深地躬躬腰，一口氣喝下那三盅酒，又趕忙縮進水裡。男人和女人們呵呵地說起摩梭話來。」

「巴池池米喊了兩聲，他們才走了。」

「巴池池米不讓俺動，他烤著牛肉乾，俺就坐在水裡慢慢吃著。他說人們都誇俺骨架子長得好，臂膀寬，脖子粗。俺不明白，他們咋那麼看重骨架子，脖子粗又有什麼好看的，俺們家鄉的窮人沒誰講究這些。

他還說：『你們漢人害臊，是假害臊，心眼不壞看什麼都不壞，害臊什麼？』」

「俺聽著好像也有些理，也許就壞在聽著有理。」

「吃飽了牛肉乾，俺告訴巴池池米，俺們是人民解放軍的特遣分隊。他不相信，等他看出不是開玩笑，是真的，他慌了，說是要找老總管稟報，慌慌張張地走了。」

「他走了，酒勁上來了，俺泡在水裡很是舒坦，筋骨都鬆散了，連鼻子、耳朵都鬆快了，從來沒有這麼舒坦過，根本不想起來。壞就壞在太舒坦了。」

「月亮出來了，水面上就像漂了一層白花花的銀子，亮得晃眼。壞就壞在月亮太亮了。也不知道是酒燒的，還是水泡的，俺的嗓子癢癢的，竟然想、想哼哼幾句，瞅瞅路上沒人，俺張開嘴，才呵了一聲，就看見對面的水邊上有個人頭。那人也是緊靠塘邊，只把頭露在水面上。俺想看再仔細，雲彩遮住了月亮，四下裡黑了。」

「一會兒，月亮又出來了，俺看清了，心跳了，是個女人！雪白的肩膀露在水面上。她在洗頭，黑黑長長的頭髮攪著銀閃閃的水面，那銀光就順著髮梢往上爬。俺不敢再看，怕她一抬頭看見俺在看她。鬼知道她啥時來的，俺犯愁怎麼起來穿衣服。偏偏雲彩都跑遠了，月亮更亮堂了，亮得池塘像面鏡子，亮的池塘也只有鏡子那麼大小。她頭髮攪得水嘩嘩地響，連脖子的扭動聲都聽得見，簡直面對面一樣。俺要一抬眼，就能看見她的眉毛、鼻子和嘴巴。一股股酒香從身後的泥土裡飄來，薰得人要醉了。俺想挪一挪，可一動就像會離她更近。」

「到現在俺也不明白，那池塘怎麼會變得像鏡子那麼亮，那麼小。後來，水不響了，俺瞟了她一眼，她正在看俺，俺趕忙低下頭，心裡打鼓一樣。可不知咋的，眼珠像坡上的球老要朝那邊滾，朝那邊跳。俺又瞟了一眼，認出來了，她是車爾皮措的外甥女，叫沙達。車爾皮措是俺交的窮朋友，是自由百姓。儘管俺常去她家，跟她沒說過幾句話，她也不像那些女人用眼睛勾你，可人是記得清清楚楚。」

「俺又看她一眼，正撞上她衝俺笑，撞得俺也笑了，就一下。可後來就收不住了。隔著熱氣騰騰的水面，她看俺一眼，抿著嘴笑笑。俺看她一眼，咧開嘴笑笑。她一眼一眼地看俺，俺也一眼一眼地看她。」

「月亮更亮了，池塘更小了。她眼睛一眨不眨地望著俺。俺也一動不動地看著她，好像同她很熟很熟，說不清有多少回這樣面對面地望著，就在這溫泉。可哪有過這種事？也許上輩子吧。溫泉水變燙了，很燙很燙的像開鍋，一個勁地要推俺出去。可這的人還硬說溫泉水從來沒有燙過也沒涼過。俺咬著牙，蹲在滾燙的水裡，可身上又直打顫。」

「後來，她忽然從水裡跑出來，像一條大銀魚蹦上岸，邊穿衣服，邊『格格』地笑。也許不是她笑，是她白晃晃的身子攪響了閃閃的水，俺從來沒有聽過那麼好聽的聲音，就像星星撞著月亮。」

「俺……俺也趕忙穿衣服。」

「她走前面，俺跟在後面，一直到她家。後來？後來就進了她屋子。」

「再後來？再後來就那樣了。」

「哪樣了？你……你他娘的還想要俺講什麼！」

12 富猴腳印絕技

霧。

孫富猴佇立井臺旁，翹首眺望村裡：霧茫茫，混混沌沌。霧中細碎的風鈴聲，像隻飛舞的小蜜蜂。他手裡攥著一雙八成新的黃膠鞋，黑色的鞋底上印出濕漉漉的手印，攥出汗了。他嘴裡噴出一股股白白的熱氣，衝進霧裡，霧紛紛躲閃。他曾多次到敵人窩裡和關係接頭，都沒有這麼緊張和激動。這樣的接頭他是第一次。他聽見霧翻湧的「沙沙」聲，看見井口上的霧被井氣吹得像一朵碩大的銀燦燦的荷花，它不停地翻出新的花瓣。花瓣眼瞅著伸展、擴大，隨即倒捲過來被新的花瓣遮住了。他聽見霧深處有聲響，是那雙諳熟的赤腳走動聲。

她來了！

霧翩翩地閃動著，霧深處像有一縷嫋嫋的青煙搖曳，飄飄而來。霧豁然一閃，格若婷婷玉立在井臺旁。她揹著長長的木桶，臉頰上飄著紅暈，一股烏黑的長髮從辮盤上垂下，搭在微微凸起的胸前；黑麻布衫，黑布腰帶，霧一般的百褶裙。

「妳病好了？」

「嗯。」

格若取下揹上的木桶。它立在地上有半人高，金黃的竹篾緊緊箍著醬色的木桶，桶口毛茸茸，黑亮的棕麻揹帶垂在地上。木桶緊湊、沉默、樸實。

孫富猴低頭看見格若百褶裙下赤裸的腳丫，腳趾凍紅了臉，靦腆地往後縮了縮。他猛一下將膠鞋塞過去，塞在格若懷裡。格若臉也漲紅了，趕忙推過來。孫富猴再塞過去，格若又推過來，握著膠鞋的兩雙手碰在一起了，便不動了，像融化了膠，黏住了。霧浮過來，將他們裹得嚴嚴的。這時，霧深處有響聲，一雙皮鞋踏著大路走來的鏗鏘聲。

孫富猴愣了一瞬，眼裡掠過一道惶亂的光，馬上拽著格若閃到一旁的青刺花叢後。這是一面斜坡，花遮水浸，苔蘚遍地，光滑如油，格若「哧溜」一聲摔倒了，孫富猴猝不及防，也被拽倒，就壓在格若身上。他沒動彈，也不後悔，似乎什麼也沒想，就像多少次偵察中等待敵人的哨兵過去。他看著格若耳邊——墨綠的苔蘚上有一個踩滑了的腳印，它像奔瀉的瀑布……

腳印，門檻前浮土上有腳印！

孫富猴剛邁下房前走廊，就透過霧隙看見那朱紅門檻前褐色的勻勻塵土上有印痕。他微微縮起肩，機靈的雙眼骨碌一轉，寺內一目了然——左邊，喇嘛住房的醬紫色舊門緊閉，鼾聲高高低低的鑽出窗紙的窟窿眼；對面，寺廟在霧深處朦朦朧朧，紅紅黃黃白白，風鈴在高高的霧裡搖曳；右邊，薄霧中的朱紅寺門框裡，霧流似出似進；後面，客房裡響著同志們的勻稱酣睡聲。孫富猴疾步奔向那門檻。腳下毫無聲響。

走到門檻前面，孫富猴戛然站下，眼睛又骨碌一轉，門裡門外掃遍，立刻蹲下，凝視浮土上的腳印。昨晚，當借宿喇嘛寺的第一個黝黑濃重的夜幕降臨，孫富猴便神不知鬼不覺地在出入喇嘛寺的必經之地——厚厚的松木院門檻下，在被無數虔誠的教徒踩踏得細如灰粉的褐土上，設下了「機關」。他用枝柔軟的松毛抹平了門檻前的塵土。若更深人靜時，有誰居心叵測出入寺院，來他們借宿的房前窺探，就將不言而喻。

勻土留影是孫富猴人土匪那學來的。部隊打到湘西某縣城後，休息整頓，卻不時遭到躲在深山裡的土匪頭子震湘西的襲擾。孫富猴奉命偵察，就是找不到他。震湘西家世代為匪，歷代皆稱震湘西，傳到這一輩已經第五代了。此人越發不得了，膽大、兇狠、狡詐。他一手抓大煙，一手抓槍。有一年過元宵節，酒喝多了，說要和縣太爺換窩，帶著手下的幾百嘍囉，驅趕了幾千山民打著火把吶喊助威，眨眼間就攻進縣城。把縣太爺攆進了深山。他在城裡大鬧三天，又逼著城裡人列隊歡送他歸山。國民黨派了一團兵來清剿，硬是捉不著他。有時找到他的窩了，看見樹根腳撒的尿還冒熱氣，就是見不著他。孫富猴訪到了他早年的一個隨從；腿被子彈打斷，已歸正多年。跛子說，震湘西祖傳兩個保命絕招：攥香睡覺，勻土留影。睡覺時手持一根香，香燒盡了必然燎著手，人再乏也得醒，醒了就換窩；凡過路口要道，必然要撣勻土，不是為蓋自己的腳印，而是為遇事往回走時，看看有沒有跟蹤的，就好比在屁股後設了一個哨。部隊休整了幾天，就繼續南下，孫富猴雖未見到震湘西，卻記住了他的絕招。

浮土細、勻、厚，腳趾、腳腰、腳跟拓摹得清清楚楚，神態畢露，連掌上河汊似的紋痕都印出來了，是赤腳。這小子的腳印可是滿漂亮！瞧，腳腰彎得是如此美妙，像一道弧形大壩；腳趾排列如牙，玲瓏剔透；腳跟圓得乖巧無比，圈圈紋路相套，猶如水中漣漪。再加上整隻腳不憨大，不嬌小，輕盈矯健，可想而知，他手腳利索，能行善跑，人必定精靈。

並非每個人都有一雙漂亮的腳印，就像不是每個人都有一張漂亮的面孔，可惜的是人們太看重面孔了，卻忽視了腳印。其實腳印遠比面孔品德高尚。這雙腳印，是一隻腳尖向裡，一隻腳尖向外，透過地面上的霧隙，隱約可見腳印黏下的斑斑褐土，星星點點地撒在鋪向寺廟門口的石板上。他是進來了，又走了。

喇嘛寺院坐東朝西，寺廟位居正東，喇嘛的住房面北，孫富猴他們借宿的客房從西朝東。腳印新鮮，兩隻一樣清楚，說明進去時間不長，至多是天快亮時來了又走了。寺院終日為普渡眾生而敞開大門，無須半夜祭供；如是探訪喇嘛又為何不去住處？孫富猴並不急於推斷，他只是仔細地端詳著腳印。

世上沒有兩張一模一樣的面孔，也沒有兩雙完全一致的腳。每個人的腳印都帶有自己的氣質、性格，乃至身份。將軍的腳印和勤務兵的腳印大相逕庭。前者氣軒昂，自命不凡，後者小心翼翼，戰戰兢兢。孫富猴曾通過腳印辨認出穿上列兵服的敵師長，和穿著少將制服的炊事員。而腳腰高的人，往往靈巧活潑；平腳板的多老實本份；腳趾併得很緊的人謹慎；腳趾散得開的人豪放；腳跟落地很重的人火氣大，脾氣暴……

孫富猴在偵察連綽號「孫猴子」，他是以眼尖、心細、腦子轉得快，而屢建戰功，備受領導和同志們的青睞。

剛分到偵察連時，五大三粗的連長看著他蹙眉撓首。偵察員要能下龍潭，入虎穴，到敵人窩裡捉「舌頭」，常常一個人要對付幾個敵人，像他這樣除了眼睛大，哪都小的瘦猴，怕被敵人捉去當「舌頭」。連長真不明白，他怎麼分配到偵察連。可這是師長分來的，連長不敢叫師長把話收回去。不過，他也有辦法：

「小可憐上炊事班去吧，吃胖了、長高了再下戰鬥班。」

行軍路上，只要孫富猴揹上行軍鍋，頓時大家笑得前仰後合。偌大的一口黑鍋架在他瘦精精的身上，只見鍋上沿露出一個小腦袋瓜，鍋下沿有兩隻精瘦的小細腿在撲楞，活像隻立著走的烏龜。

但是，只打了一仗，連長就惋惜得連聲抱怨：

「你怎麼躲到炊事班去了？」

駐守南陽縣城的國民黨暫編七師一一七團，聽說解放軍的穿插部隊過來了，在城裡點了把火，撒腿就跑。偵察連動作不慢。敵人出南門，他們進東門，馬不停蹄地穿城而過，追出南門外，驟然收住腳，不知何去何從。兩條黃土路一條指向西，一條指向南，兩條路一樣寬，一樣印滿了逃兵的腳印，一樣撒滿逃兵丟棄的衣物、彈藥，一樣可能被敗軍之將擇中。老百姓都嚇跑了，連個人影也見不著。兩個班分兩路火急追蹤，以便迅速辨明敵主力去向。誰都知道敵人逃跑快如疾風，稍一耽擱就會讓他們溜之大吉。全連原地休息，連長在岔路口打轉。

孫富猴閒得無聊，上西邊的路望望，又到南邊的路看看，他回來向連長報告：

「敵人的主力向南去了。」

他的根據很簡單，在奔向南邊的大路上發現了一個奇形怪狀的腳印，想了半天，他先記起那鞋落地的「咯登咯登」聲，隨即想起來它是官太太的高跟鞋的腳印。連長揮了揮手，讓孫富猴走開。

孫富猴很委屈地走開了，卻又走上了南邊的大路。一會兒，他又站到了連長的面前。

連長煩躁：「快一邊去！」

「給。」孫富猴嘟著嘴，極認真。遞過一塊透著玲瓏的東西。

「這？」連長拿著，左右看。白皮子裹著輕輕的秀美的體積。

「那邊拾來的，是敵人扔的，」孫富猴還嘟著嘴，「官太太們走石板路上『嗒嗒嗒』響，就是它。」

「扯蛋！」連長火冒三丈，揮手就扔，手都舉起來了，聽到孫富猴又嘟了一聲：「官太太的！」他又攥著那鞋跟縮回來，「官太太。」

「是啊，大官的太太！」

連長望著瘦弱的孫富猴的執拗眼睛，幡醒過來，立刻下令向南追擊。

13 腳印牽出格若

事後查明，狡猾的敵人為了逃命，故意讓一部分部隊往西走，妄圖迷惑我軍。敵參謀長還曾建議，讓軍官們的家眷都走西邊，必能誘惑追擊部隊西去。但團長和妻子情意纏纏，不願分離，其他軍官也都鍾情耿耿，無一人願捨妻求生。

孫富猴絕沒想到一個女人的腳印使他立功，更沒想到從那以後他就著迷地觀察研究各種各樣的腳印，自然也不會想到識辨腳印的能力竟使他的一生變得像腳印一樣複雜。

眼前這雙腳印卻讓孫富猴有些費解：五個腳趾按出一溜自大到小、深淺不一的窩窩，亦圓亦方；大趾像姑娘端莊的的臉盤，老二愣頭愣腦，老三酷似老二如孿生兄弟，老四秀氣，老五歪著小瓜子臉；娉婷的腳腰微微內凹，畫出一條弧線，像是一道壩，更像一道山樑走向高峰，漸漸陡峭，有的地方雲遮霧罩；腳跟，腳的舵，腳的憤怒的力量的積蓄地，腳對於人最偉大的貢獻的支撐點，它留下圓圓的身影，不深不淺，踏實、穩重、有力。乍一看這腳印並無邪端，可是又分明藏著疑竇，叫人蹊蹺。是在腳跟、腳腰，還是在腳趾？孫富猴直起發麻的左膝，跪下右膝，仍凝視沉思，目光注滿腳印窩。

孫富猴看見了：一隻腳又緩緩地落在腳印上，是大腳趾率先著地試探，老二、老三緊緊跟隨，觀察掩護，老四、老五殿後。他看見彎彎的腳腰像繃緊的弓，那裡有一根粗粗的抻得緊繃繃的青筋做弦，隨時都會彈起來，托起整個身體跑得鹿一樣飛快。他看見渾圓的醬紫色的腳後跟，裹著嶙峋的松樹皮般的繭皮，落地有聲，起步如躍……

這人是悄悄地溜進來，極力不出聲，辦完了事，又悄然退出。這毫無疑義。他機靈、敏捷、長年累月打赤腳，能走善跑，這也錯不了。他是空手進來，沒揹、抱什麼笨重的物資，這也清楚。他的社會地位不高，不是自由百姓便是奴僕等級，除此之外，這腳印似乎還有什麼地方叫孫富猴看不明白、猜不透。可這種蹊蹺又是清清楚楚地存在。他覺得自己遇到了從未見過的漂亮的腳印，而這腳又具有一種他從未接觸過的、猜不透的奇異。是不是因為過去觀察的都是軍人的腳印，而這個腳印是土匪的腳印？

觀人看臉在孫富猴看來是最不可靠的，遠不及看腳印可靠。觀臉色之弊在於臉色多變，不要說是老謀深算的，就是稍有城府的人，也能事到監頭仍不動聲色，一副若無其事的樣子，或是以假亂真。腳就不同了，雖說是穿著布鞋，或者是膠鞋、皮鞋，可是沒誰會偽裝自己的腳印，基本上是保持著自己的習慣和本來面目。沒有誰能讓自己的腳印裝出歡樂和悲傷。相反，當他被迫面帶微笑，內心憂慮重重時；當他坐得穩如泰山，實則渾身長刺時；那種種被壓抑的情緒，就從腳板下傾瀉出來，暴露無遺。輕鬆、興奮的時候，大腳趾是鼻子，高高的翹著；二腳趾和三腳趾大大咧咧，隨隨便便；老四和老五像兔子的耳朵直立起來，忽兒顫動一下；掌腳咧開大嘴不停地發出笑聲；腳跟癢得直打鼓點，像被勒住韁繩的馬。在這樣喜不可捺的腳板下，腳印的某個部位——視腳印所有者的習慣，或腳尖或腳跟——特別清楚，甚至踩出窩來，高興得一塌糊塗，其他部分則繚亂不堪。

表面歡喜、內心極度悲哀的腳，就完全是另一副神態。五個腳趾一起低下它們高貴的頭顱，猶如向遺體告別的忠臣老將；巨大的悲痛使它們互相挽扶著，緊緊挨在一起，以免跌倒。它們悲痛欲絕，不時以頭叩地，如不是互相拉扯著，非要撞死不可。在這樣強烈的情感面前，膠鞋、布鞋，哪怕是皮鞋，也阻擋不住它們悲痛的宣洩。其腳腰常常淡淡彎彎的如一縷輕煙，似一曲徐徐的哀樂在飄去。

孫富猴的目光又注滿了腳窩。他看見一排腳趾，腳趾上指甲亮如貝殼、魚鰓，白裡泛紅，紅裡生紫，紫中泛青，暗暗生光；嵯峨的腳背，像一道陡峭的山樑凹暗凸亮，亮處如火如霞，猶如太陽剛剛落下腳背面面；圓圓的突兀的踝骨，像初升的月亮紅黃紅黃的，它蠕動著照亮了擦踝骨而過筆直地向上伸去的淡藍色的筋和暗紅色的血管，猶如兩根纖柱——那上面的小腿該有多粗，大腿呢？

這是想到哪去了？怎麼會往腿上想，見鬼！孫富猴又立起右膝，跪下左膝，偵察兵的第六感覺從來沒有欺騙過他，這腳印不同於他以往見到的腳印，疑竇是實實在在的，可就是解不開。

吱呀，喇嘛房門開了。門裡剛邁出一隻腳丫子，孫富猴已竄出了寺院。

阿窩美家馬店，火塘的柴煙同院裡飄進來的寒氣攪在一起，屋裡煙霧騰騰；鐵灰色的茶罐架在冒著煙竄著火苗的柴枝上，滋滋吟唱，像頭大知了。孫富猴捧著一碗熱茶在講，羅石虎噙著紫紅的棗木煙桿的漢白玉煙鍋在聽，高文才嘬著鼻子，像在嘬吸羅石虎噴出的煙味，也在聽。三個人緊緊地圍著火塘。院裡站著張曉成放哨。

「那腳印可真讓人嘀咕，老孫見得多了，不會鬧錯。」孫富猴吮口茶說，「腳印清楚得很，那傢伙很膽大，又很小心，又緊張，又老練。估摸年歲不大，二十歲。那腳印有些神，總覺得有哪看不清，可又清清楚楚。」

「俺說呵，明天，不，就今晚你別睡，等著他，瞧瞧他到底是啥玩意！初來乍到，就有人盯上了，這可不是鬧著玩的。就算他沒竄到你們窗戶下，半夜三更地跑出、跑進，準有名堂。」羅石虎看看他倆，「咋，你們說吶？」

「行呵。那腳印可真漂亮，我倒想瞧瞧他人什麼模樣。」孫富猴說。

高文才衝羅石虎笑笑，點頭，表示同意。他拎起滋滋叫的鐵灰色的茶罐的一隻耳朵，給孫富猴添茶，又給羅石虎倒了一碗，又到牆腳的木桶前，給茶罐續滿水，再提回來，坐在火上。茶罐外面的水珠骨碌到火裡噗噗響，竄起幾縷細煙。

「還有，這的女人跟外面說的差不離，俺們可得小心！」羅石虎端著茶碗，要喝沒喝的架式，「俺住大馬店，人都交給你倆了，可不能讓女人給拉去睡覺。這地方俺們不能待長，也待不長，有信就走。他娘的，咋還有這種地方，這種女人。」

「我倒覺得這好」孫富猴嘻嘻地說，「沒爭風吃醋的。嘻嘻。」
「你小子！……」羅石虎氣。
高文才「嘿嘿」笑。
「也沒人告狀。」孫富猴還笑。
「俺說了，誰也不准馬虎！」
翌日。孫富猴聽見響聲出來，只見門檻前的浮土上又摹下一雙腳印，仍是一隻朝裡，一隻朝外。他一眼認定：是昨天那傢伙！
他掏出手槍，追出寺院。

14 難解寺中腳印

霧，鋪天漫地。孫富猴貓著腰，在霧煙裡尋找著地上的足跡，向村裡走去。地面很硬，浮土早被寒風颳走了，幾乎見不著人的腳印，只有密密的馬掌的印跡。跟著那雙腳印留下的斷斷續續的褐土的印跡，孫富猴追出七八米遠，腳印沒了，霧深處傳來隱約的響聲。孫富猴站下了，先是聽見「嘩啦、嘩啦」的水響聲，隨即，霧一忽閃，露出一個正在遠去的揹水姑娘的背影。她幾乎完全讓長長的木筒給遮住了，只在筒下邊露出搖搖曳曳的白色百褶裙，瞬間，又被霧吞噬了。

路邊，井臺的泥土上，有一個濕漉漉的腳印，同印在寺院塵土上的同出一轍。

孫富猴半信半疑地踅回到喇嘛寺，正撞見躲在牆角撒尿的小喇嘛。

「我剛才聽見門響，尋思別是有賊，起來看看。」孫富猴說。

「賊不會有，早早拜菩薩的會有。」

「這麼早會有人來拜菩薩？」

「家裡大災大難有重重那種，燒香天天來早早，半年燒去，災得減一點。」

小喇嘛尿完了，提好褲子，裹緊袈裟，匆匆回屋。孫富猴聽著他走到霧深處，開門，關門，隨即靜了，他直奔寺廟虛掩的大紅門。

走進大殿，他不禁打了個寒顫，像被凍縮了一截，陰森森、濕漉漉的寒氣從四面湧來，浪一樣撲打著他，爭先恐後地往他的衣領裡、袖口裡、褲管裡灌，朝他鼻子裡、耳朵裡、毛孔裡鑽。它們披著磷色的披風，柔軟而又凝重，帶著不可琢磨的嘲哳聲響。孫富猴使勁搓了搓手，夾緊肩膀，又跺了跺腳，這才令他們不敢攪身，退到四下的黑暗裡。

寺裡很亮很亮，四處是黑色的板壁、黑色的圍幔、黑色的窟窿，只要目光凝視，就能看到那裡有金亮的小星星，或是彎彎曲曲的小金蛇，閃耀、變幻。只有巨大的菩薩座像腳下有一道昏黃的光暈，那是一排晝夜不熄的長明燈——青油燈。玲瓏的小銀碗托著纖細的燈芯，它紅色的小腦瓜搖搖曳曳，忽大忽小。忽閃的燈光使至高無上的菩薩的一隻寡白的巨腳，忽明忽暗，就像是忽兒伸出來，忽兒又縮回去。孫富猴的心也隨著那隻伸縮的腳抻來抻去，他擔心那隻巨大的寡白的腳，會冷不丁踢翻了長明燈，跨將下來。

孫富猴又打了一個寒戰，又跺跺腳，又縮了縮肩膀。他四下張望，黑暗深不可測，寒氣如濤如瀾，周圍極其寬闊，無邊無際。這寺宇確實太大了，比從外面看見的還要大得多，只有進來了才能真實地感覺到它是多麼大。他仰起頭，想看看那高高的寺頂，頓時只見滿天金光迸濺，猶如萬箭飛來，高高黑黑的寺頂旋轉著，劈頭蓋臉地撲下來。他趕快扶住身邊冰冷的粗大圓柱，一顆水珠沾上他的手腕，沿著胳膊淌到腋窩，又越過一根根肋骨，流到褲腰便不見了。它帶來一股涼陰陰的氣息，使渾身的細胞為之一振。

孫富猴嗅見濃濃的青油味，燈芯燃燒的焦味、混濁的空氣中的濕味、黏味、熏味、髒味，他感到自己的心、肺和鼻子，也熏上了這些味。尤其是肺變得黏了、重了、髒了。他又慢慢地抬起頭來，往頂上看：空中有一團淡藍色的氤氳，形狀恰似尖朝下的葫蘆，頸口吐出縷縷青煙，葫蘆底藍瑩瑩，磷光閃閃，它在動，一上一下，一沉一浮。

孫富猴倏然覺得自己該走了，馬上就走。他正要退出來，菩薩座像「咔嗒」一聲響，就是人坐久了猛然站起來時膝關節發出的脆響。絕對沒錯。他定睛一看：那寡白的大腳怎麼不見了，那一排長明燈從中間斷了，好像是誰把中間的燈踩滅了。

他轉身就跑……

回到屋裡，躺到鋪上，靜下心來，他這才怵然一驚：她膽子也真大呵！那麼早就進去燒香，一個姑娘……孫富猴呼地掀開被子，跑出去。

漢若阿底米的大馬店的院門半開半閉。院內寂靜，孫富猴側著身子進了門，徑直快步上樓。正撞上札拉箚娃提著褲子出來，他納悶：

「這麼早來幹什麼？」

「看看老闆在不在，」孫富猴故作神祕地悄聲說，「有人在他屋裡那種那種嗎？」

「你去看吧，」札拉箚娃瞇著眼，欲走又問：「你從哪來？」

「嘻嘻，就那種那種嘛，誰知她叫什麼。」孫富猴搖頭晃腦。

札拉箚娃笑了，撞了孫富猴一肩膀，咚咚地下樓了。

孫富猴敲門，吆喝。

羅石虎答應，開門。

孫富猴進屋。

羅石虎關門，問：「你跟他說啥來著？」

「說我剛從阿夏家來呵。」

「說啥不中，偏說這！」

「不說還是趕馬的二鍋頭？」孫富猴拿腔拿調。

羅石虎啞了。他衣服早穿好，就趴下疊被。摩梭人的棉絮都是四川漢人彈的，也不知哪個師傅教的，又短又厚，被子也就短而厚，疊來摺去成了紅紅綠綠的一團。他問：

「你一大早來幹啥？不惹眼？」

「我看見那人了。」孫富猴賣關子。

「你倒是快說呵。」

「女的，一大早來燒香許願。」

「當真？」

「我全看清了。」

「那你就甭掃地了。」

走廊上響起札拉箚娃的腳步聲，熊一般，樓板顫動隆隆地響來。過去，進了隔壁，關門，躺下。

晚上，孫富猴睡下了，想了想又悄悄爬起來，披了衣服，拿了松枝，去掃門檻前的塵土。

早晨，門檻前的塵土上又印下那雙熟悉的腳印。孫富猴在俊秀輕盈的腳步前，蹲了許久。

殘月隱約，村莊晨霧繚繞，兩匹快馬衝出村，奔瀘沽湖而去。

騎在馬上的是孫富猴和羅石虎。羅石虎不想去瀘沽湖看啥子景色，他尋思孫富猴好奇想玩，無奈他又說得在理：「別的商人都去湖邊轉轉，你這位大老闆不怕露餡？」

他說：「去，就去看地形。」

「帶望遠鏡嗎？」孫富猴逗。

湛藍湛藍的一泓湖水映暗了四周的山巒，湖心像有一堆藍寶石閃閃爍爍，湖邊鑲嵌著一務雪白的花邊。它顫動著，湧上赭紅的沙灘，又退回湛藍的深處，再湧上來，再退下去，反反覆覆。忽然，雪白的浪花亮了，向湖裡擴張，湖面上飄起一層光亮。銀光閃爍的浪花又浮起紅暈，猶如朵朵彩霞，湧上退下。突然，整個湖面金光閃耀，撲朔迷離，湖水暴漲，湖面無限擴大，群山逶迤。漸漸，撲朔迷離的湖心出現了紛飛的赤橙黃綠青藍紫，似絲，似粉，似球，似帶，紛紛揚揚，飄逸，沸騰，旋轉，似揉皺的輕紗在湖面上舞動。幾隻輕盈的小鳥在那輕紗中飛翔、歡叫，牠們忽而渾身金亮，忽而綠如翡翠，忽而鮮紅似火……

倏然，一道金光從山口裡射出，照亮了整個湖面，輕柔的紗縠消失了，水鳥歡叫，湖水清澈如鏡。

那道金光從湖心蔓延到湖邊，頓時又變紅了，一輪金燦燦的太陽出現在山口。湖水彤紅，湖面像火焰燃燒起來！

太陽升高了，湖水平靜，湖心飄著幾團霧。

湖邊的茅草棚前。孫富猴弓著腰，朝棚裡看看，踢踢羅石虎伸出棚口的翻毛皮鞋：

「你還睡了，多好看呵，你就不看。」

「啥好看的，今個出了新太陽？」

「唉。」孫富猴歎口氣。

「不是昨天那個太陽？」羅石虎得意。

「大清早你就睏？」

「你不知道，俺住那大馬店算倒了八輩子楣了……」

孫富猴聽見身後有腳步聲，回頭看：一個黑瘦的姑娘在四五步外站下，穿一身黑麻布裙衫，赤腳。

「玩你們來？」她輕聲問，「船坐不？」

「我們是來打野鴨的，妳知道那多嗎？」孫富猴問。

「天冷不見得，種稞子那陣打來。」

孫富猴失望地吹聲口哨，拍拍火藥槍。

羅石虎已經坐起來，說：「得，俺們回去吧。」

孫富猴拽羅石虎：「走，坐船去。」

「俺不去，」羅石虎直搖頭，「打死俺也不去。」

孫富猴笑了。過長江前，孫富猴和羅石虎都不會游泳，孫富猴沒兩天就學會了，可赫赫有名的打起仗來不要命的羅石虎，硬是不敢下水，說千道萬就是不行，成了落後典型。到後來逼得實在沒辦法了下了水，可一沾水就腿肚子抽筋，有人說他是思想病，不過到渡江作戰時，他又非上頭船不可。

孫富猴去坐船，羅石虎留在棚裡睡覺。等到孫富猴跟著姑娘走了，他又跑出棚子，大聲叮囑：

「孫富猴，你可給俺當心！」

孫富猴嘻嘻一笑。

15 突見男女浴

船半邊泊在岸上，半邊在水裡。船板隱隱發黑，船首方頭方腦，船底是平的。

孫富猴看了納悶：「哪來的這種船？」

「母親我們母親的母親做出」姑娘上船。

「哦，是母親發明的船。」孫富猴也上船，「你們母親厲害。」

「是呢，湖這個也是母親做。」姑娘高興地操起槳。

「湖也是母親做的？」

「她力氣大大，山得挖開，湖才有來囉……」

狹窄的小船載著驚詫的孫富猴悠悠地駛向母親湖深處。那裡煙波浩渺，虛虛幻幻。

晚上，孫富猴又掃勻門檻前的塵土。

早晨，塵土上又留下那姑娘的腳印。

「又是妳，」孫富猴看著腳印歎息，「妳聰明且年輕，手腳利索，做事輕快，可妳幹嘛幹這種傻事？天天燒香祭供，那個泥菩薩能幫妳的忙？」

遠看獅子山巉岩嶙峋，怪石突兀，走上山來草木蔥蘢，層巒疊翠。松樹、柏樹、杉樹、黄樹、鐵樹比比皆是，樹幹挺拔筆直，不甚粗，不甚高。樹隙間，半黃半綠的茅草中伸出一朵朵小花，白的、粉的，花蕊纖細、金黃。山上小徑如網，是秋天人們來朝拜獅子山女神踩出來的，孫富猴揹著火藥槍，東張西望地往山上走。羅石虎意在叫他來看看地形，撞撞土匪，獅子山高大，該是土匪的窩。孫富猴不以為然，獅子山乃是神山，土匪就是不考慮群眾的意見，也會想想自己是否冒犯天神，土匪更迷信。但他沒爭辯，想來逛逛。爬到半山腰俯視壩子：朝霞沐浴，木屋簇簇，行人點點，大樹如枝；大片赤裸的褐土地像濁水漫淌開來，舒緩、凝重。空氣清新怡人，林中小鳥啾啾。孫富猴抓下頭上的破狗皮帽子，腦瓜頂直冒熱氣，仰頭看天：淡藍如水，清晰映人。蔚藍的天空劃過一道聲音，像高高地升起來，又徐徐落下，是從山下冒出來的。再聽，那聲音又高高地升起來：「阿——嘿——嘿！」

孫富猴探頭往下邊的樹林裡看，喊聲似乎是從那傳出，一聲接一聲。甜、亮、脆，是姑娘喊。

孫富猴嗓子癢了，他也嚷了一聲：「阿嘿嘿！」

靜了靜，那喊聲又起，有抑制不住的興奮。孫富猴再喊，那姑娘再應。喊喊應應，孫富猴聽出那聲音漸近，那姑娘在走攏來。他越發奇怪，越發不想走了，見小松林裡有半埋半露的岩石，就過去坐下，喊著，等著。

倏忽，山上靜了，孫富猴再喊一聲，仍無回音，樹林裡唯有氣流的流動聲。孫富猴明白，那人已經離得很近了。他仔細地聽著林裡的聲響：松枝的摩擦聲，枯葉的斷裂，沙礫的梭動，小蟲啁啾，小鳥梳洗羽毛的撲楞聲，牠好像就在身後的第二棵樹的枝椏上。突嚕嚕！那鳥飛走了，孫富猴看見十幾步外的樹叢裡有蓮花般的裙裾閃動。它忽兒閃向左邊的樹叢，忽兒閃向右邊的樹叢，就是不肯露面，孫富猴恍然大悟。她是在看自己。一想到置身在姑娘的兩隻大眼睛裡，他不自在了，趕快掉過身來坐。想想不對，又側著身坐，就直直挺挺地坐著。一會兒，渾身螞蟻爬似的，就想走。「咔嗒！」像有根松枝被踩斷，孫富猴抬頭，姑娘就站在眼前。

她瘦瘦嫩嫩的，白麻布裙衫，烏黑的辮盤，臉紅撲撲，眼睛溜圓，水汪汪的。她看看孫富猴，又看看自己腳尖，雙手撚著辮梢，笑吟吟，不說話。

「妳砍柴？」孫富猴問。

姑娘使勁搖頭。

「妳走親戚？」

姑娘笑出了聲。

沉默了一會兒，孫富猴說：「妳走吧，我還要去打獵。」

姑娘一怔，一咬牙，淚湧出來。她罵了聲，扭頭跑進樹林。

孫富猴傻坐了半晌，也沒想明白。

中午，他遇見一個採藥的老頭，幾句話就明白自己辦了件什麼事。「阿嘿嘿」是男女尋找阿夏的信號，相見時不管中意、不中意，雙方都要互贈禮物，互相尊重，若不遂意可不去約會。如果當即遭棄，是莫大恥辱，結下世仇。孫富猴聽罷，久久無言，心裡浮起霧一般的惆悵。

晚上，他又掃匀門檻前的塵土。

早晨，塵土上又留下那姑娘的腳印。

「又是妳」，孫富猴歎息，「一天也不落，妳們家到底有什麼災難？妳天天那麼早就進廟燒香，不害怕？是不是家裡有人病了？再不就是那些歪嘴喇嘛胡說了什麼？」

從烏求村到溫泉村，走大路要經過溫泉，走山上的小路繞，要多走十里路。特遣分隊的人都知道那溫泉無遮無蓋，男女同浴。

羅石虎叮囑孫富猴：

「你去溫泉村要走小路，不准走大路，看老娘們洗澡。」

「我閉著眼睛走還不行。」

「那也不中，到時你准會看。」

孫富猴搗蒜似地點頭答應。一出村，他還是走大路。他心裡悻悻然：「隊長打仗有種，怎麼偏偏怕女人？老娘們洗澡有什麼怕的，有什麼看的？人家都不在乎，你躲什麼勁？」他想起在定南縣城的窯子裡抓住的那個舌頭，是個中尉副官，逛窯子，玩女人，口袋裡還裝著一本印滿光屁股女人的畫報。孫富猴那陣就納悶：「來玩真的了，還看那假的幹什麼？」

下坡了，居高臨下地朝那邊的溫泉望去，霧和熱氣攪成白氤氳一團，連高高的岩石也看不見。孫富猴沿大路走過去，越近了越望不出去，四周皆白，就像掉在麵缸裡。孫富猴盯著腳尖走，目不旁視。那溫泉似乎沒人，極靜，流水聲嘩嘩。

黃昏，孫富猴摸清了溫泉村的情況，結識了兩個趕馬人，匆匆往回走。夕陽染黃了小雜木林，孫富猴快走到林邊了，就聽見溫泉那裡人聲喧鬧，有個女人聲音尖尖的。他心亂了。

出了林子，他無意地瞥見那裡一片燦爛金光、輝煌耀眼，裸體晃動。他趕快低下頭，只匆匆地走。嬉戲歡叫的聲浪一陣陣湧來，越走越聽得真切，有男人，女人更多。他們都光溜溜的在一起怎麼洗？孫富猴眼前老浮現出那幅眾多裸體在輝煌耀眼的燦爛金光中的奇異畫面。那裡怎麼會那麼亮，那麼耀眼，那麼叫人害怕又想看，好像不光是男人和女人在一起洗澡，在黃昏中，那倒像是另外一個世界。

他咬著嘴唇，頭勾得很低，使勁走。嬉笑歡叫聲一陣響似一陣，一陣緊似一陣，撲到他腳下，撲到他耳邊，撲到他眼裡，充斥他整個腦際，昏昏然然。那邊像有人喊他，他斜眼瞟了一下：一片灼紅，如火焰深處，紛紛揚揚，混混濁濁。沒見人影，他心跳得厲害，怎麼沒人？明明有女人在笑，聽，她笑得多響，是坐在水裡了嗎？看花了？路也燒紅了，長長的無止境，寬寬的沒邊，好像走不到頭。他又朝那邊扎扎實實地看一眼，幾個女人豐腴的背影，屁股雪白耀眼，他心跳加快。

距離更近了。「不能看了。」他對自己說。嬉戲歡叫聲銼著他的心，癢酥酥的。男人笑得那麼開心、豪爽，女人叫得那麼響、脆，還有孩子稚嫩的聲音。他忽然恨那裡的男人。他看見淙淙的小河了，與溫泉僅隔著四米寬的小河，嗅到熱烘烘的溫泉水味和熱烘烘的女人和男人的味，他感覺到溫泉熱烘烘的氣息，他彷彿置身在燙燙的溫泉水中，渾身軟軟的。他抬起賊亮的眼睛望去：藍幽幽中，一個赤裸裸的女人正彎腰往地上放衣物，兩個圓圓的奶子墜長了，一搖一晃……

孫富猴心慌氣喘，腿也重了，路像沙地一樣陷。

回到村裡，找羅石虎彙報。

羅石虎問：「你走大路小路？」

「小路。」孫富猴說。

又問：「真的假的？俺不信。」

「不信你去查！」孫富猴臉紅了。

回到喇嘛寺，孫富猴倒頭躺在鋪上。他感到渾身乏力，老想那燦爛金光中的浴男浴女，怎麼也抹不掉。別人看他沒精打采，還以為他病了。他後悔，怕真是不該看；又覺得好像還有哪沒看清。

晚上，孫富猴又掃勻門檻前的塵土。

早晨，塵土上又留下那姑娘的腳印。

「還是妳，」孫富猴歎息，「妳一定心軟、善良，還長得漂亮。妳多可憐，妳到底是遭了什麼難？我能不能幫妳？妳要我幫嗎？」

白天，沒事他就會想起那傳神的腳印，還迷糊糊地想起另外兩雙腳印：一大一小，印在漢中平原的村間小道上。那是媽媽拉扯著他去討飯。他們穿得那麼破，風一吹那衣服就可怕地飄了起來呵。風，你輕一點，再輕一點……他們的頭髮繚亂不堪。為了給爹爹招魂，族長逼著媽媽賣掉了所有的東西，請巫神仙姑，他們窮得只剩下了疲急不堪的腳印了。

孫富猴按捺不住了，他一定要見見那個有漂亮的腳印的虔誠的姑娘，他要悄悄地告訴她，不要再來燒香了，沒用。

16 富猴跟蹤格若

清早，厚實的松木寺門極其輕微地咯咯了一聲。孫富猴摸黑穿好衣服，出了屋，又出了院，走向井邊。昨晚他就想過，等在寺廟裡倒是可以看見她燒香，甚至聽見她的禱告，可寺裡那麼黑，自己一開口，沒準把她嚇死。等在寺院門口，又恐撞見喇嘛，讓他們起疑心，最後他才想到井臺。

霧，簇擁著井臺。

井裡噴出暖融融的地氣，霧既喜歡，又畏懼，它們像群待嫁的姑娘圍著在井臺，你推我閃，欲進又躲。但後邊的夥伴們不時把前邊的推上去，有時是一絲，有時是一片，有時是一團。井口就像個神奇的魔術師，不論是什麼模樣的來了，立刻將它吹得膨脹起來，如花似蕾，或含苞待放，或盛開正豔，讓它翩翩而去。井臺邊立著一個冷漠的揹水桶，一米多高，筒沿的木邊已經發毛了，它張著乾渴的大嘴。孫富猴拽著黑麻揹繩，將筒置入井中，再拉起來，把盛滿水的桶立好在井邊。他感歎，若不是從小勞動，女人是揹不動這麼重的水桶。

霧裡傳來窸窸窣窣的裙裾摩擦聲，隨即又響起輕盈的腳步聲，霧湧動得更快了，像被驅趕的羊群。忽然，霧幔一閃，她婷婷玉立在孫富猴跟前。

孫富猴只怔了一瞬，馬上就有一種熟悉感，喜悅感。自己多次想過她的模樣，她果真是這樣！年輕，秀氣、輕盈，同那腳印一樣。不，那麼漂亮的腳印只能是她的！

她看見揹桶裡已盛滿水了，朝孫富猴嫣然一笑，提著黑麻揹繩蹲下，把雙手伸進繩套。孫富猴趕快上前，抓著桶底，幫她站起來，說：

「妳天天是全村第一個揹水的，聽見妳的腳步就知道黑夜過去了，天亮了。」

「趕馬大哥，說話唱歌一樣了，馬你的都高興聽。」

姑娘回過頭來笑笑。

孫富猴臉紅了，趕快說：「妳天天到喇嘛寺為誰燒香，別去了……」

姑娘一瞪眼，扭頭就走了，馬上消失在霧中。

孫富猴正不知所措，霧裡響起一個威嚴的聲音：「別人你要說給，好死不得！」

霧再沒說什麼，混混沌沌。

按喇嘛教的規矩，喇嘛是不能找女人的，否則將被塗黑面孔，倒騎老牛，趕出寺院，可許多喇嘛仍願冒被除名的危險找女人，如果她是怕被「花」喇嘛糾纏，這可以理解，但她為什麼連問都不容問？

轉天早晨，門檻前勻勻的塵土上又留下那姑娘的腳印，孫富猴這才舒了口氣。

他照舊掃，她照舊來。每天早晨，孫富猴準會在那一刻醒來，提著褲子去看腳印，不，是看她的影子，她的魂。顯然，他那天是不該在寺廟裡待那麼久，恐怕那個女人的邪氣纏上了他。

特遣分隊有許多情況要偵察瞭解，有許多事要孫富猴做，不是閒著沒事可幹，但他還是無意地打聽了一下：那個姑娘叫格若，是薩達布的四女兒；格若有三個姐姐，一個弟弟。他們家是自由百姓，全家安康，無病無災，也無人知曉格若每天燒早香。

這天上午，孫富猴在村口碰見一個賣百貨的商人。那商人殷情地向二鍋頭兜售，孫富猴一咬牙掏出一塊大洋，換了兩塊洋胰子，又叫香皂。回到喇嘛寺，他打了盆熱水，咔咔咔地先洗了一番，然後又往臉上抹洋胰子，抹得起泡，再用濕毛巾輕輕擦去，臉緊繃繃的，他挺美。剛拾掇完，羅石虎進屋來了，他嘬嘬鼻子，問：

「啥味？啥味？」

孫富猴也噏噏鼻子，「哪有味，」遞過一碗茶，說，「這村裡有多少窮人、多少富人，我都弄清了，連怎麼叫都知道了。」

羅石虎還是直噏鼻子。

「你聞什麼？」

「俺聞你啥味！你把啥往臉上抹？」羅石虎目光炯炯，「臭美個啥，怕老娘們不找你咋的?!」

孫富猴苦笑，想說二鍋頭擦洋胰子不礙事，等等許多理，就是沒說出口，陪著笑臉：

「這洋胰子一定摻假了，難聞。」

「你快給俺洗掉！」羅石虎瞪眼。

孫富猴看看羅石虎，乖乖地到牆角拿臉盆，倒水……

羅石虎愜意地坐在地鋪上，看孫富猴洗那洋胰子味。他很滿意孫富猴從未有過的老實。

下午，特遣分隊集中在河邊碰頭，孫富猴又挨訓了，還連累大家。他繪聲繪色地編造自己被女人拽進屋，摟進懷，惹怒了羅石虎，他踢翻了茶壺。從河邊回來，屋裡已經暗了，朦朦朧朧，孫富猴神情憂鬱地坐在地鋪上，眼睛呆癡癡地望著門後的松毛枝，他每天就用它掃勻門檻前的塵土。

羅石虎那一腳不光踢翻了燒水壺，也把他的心給踢翻了，把他這些日子給踢散了，把他莫名其妙的興奮踢穿了。他突然發現，那松毛枝不能留，那土不能掃了。

孫富猴提起松毛枝朝屋外走去，肩膀被松毛枝墜斜了，暮色籠罩著大地，一片蒼茫。孫富猴就站院門口，手朝遠處使勁一揮，松毛枝脫手而去，它在空中翻了個筋頭，就直直地墜落下來。幾乎沒發出一點聲響，就躺在十幾米外的大路邊上。

孫富猴快快地回到屋裡。坐了片刻，他霍然站起來，衝出屋去。一會兒便又提著那松毛枝回來了。

他喃喃自語：「你是為她掃？你是為了大家的安全……」

晚上，他又用松毛掃勻了門檻前的塵土。

早晨，塵土上只有松毛枝劃過的細細的紋痕。

孫富猴驚詫不已，一整天都覺得哪不對勁。到了晚上，孫富猴仔仔細細地掃勻了門檻前的塵土。夜裡他醒了五次，天亮時一看，浮土上仍然沒有腳印。

天陰了，風颳得厲害，滿天黃灰。寺院的厚厚的松木門被吹得咯吱咯吱響，窗紙被風沙打得唰唰的，有的從縫縫眼眼裡鑽進來，鬧得屋裡也灰濛濛的。這種天氣，是土匪打家劫舍的時候，羅石虎叫大家悄悄上山守口子，看看能不能撞上那些冤家。

山高風大，林濤陣陣。孫富猴獨自守在一個山埡口，他背靠大樹，俯瞰兩邊山坡上咆哮的松樹林。忽兒白中泛綠，如沫如漿，浪湧千重；忽兒烏黑，似駭浪驚濤。孫富猴發現，每當左邊山坡上浪湧千重，白中泛綠，右邊山坡上的松樹林便靜凝無聲；每當右邊山坡上黑烏烏，濁浪滔天之際，左邊山坡上的松樹林便紋絲不動。孫富猴一會兒左耳被雷鳴般的滾滾林濤聲塞滿，看著道道波浪從山腳下一凸一凸地沖上來，洶湧澎湃，勢不可擋地沖上山頂，騰空一跳便不見了，只聽見一聲巨響，和一圈套一圈的回音。一會兒他的右耳又塞滿了雷鳴般的林濤聲，看見波浪洶湧澎湃，聽見震耳欲聾的巨響和一圈套一圈的回音。忽然，他發現這林濤聲是那麼雄偉，那麼動聽，滾滾的林濤又是那麼激動人心，那麼壯觀。他突然決定：去看看格若。

傍晚，風住了，天晴了。天邊一片火燒雲，村舍被映紅了，空曠的大地容光煥發。一群相思鳥迎著那彤紅的火燒雲飛去，牠們通體閃爍著金光。驟然，火燒雲熄滅了，大地黯然，暮色降臨，喇嘛寺的大紅門也黯然無光。

村裡很靜，時而有走婚漢匆匆走過。格若家住在村中央的十字交叉口的南邊，門前有棵筆直的一抱粗的大楊樹，樹葉落光了，高高的樹梢在搖曳。孫富猴緊走幾步，閃到樹後，就見對面匆匆走來一位漢子。他雙手抱著肩膀，勾著頭，一抬腳就跨過門檻，進了格若家。孫富猴心裡一震：「是不是格若有阿夏了？」此時，院子裡響起一個女人的熱情招呼聲，多熟悉，是格若的聲音！她在招呼自己的阿夏，就是剛才進去的那個漢子。唉，怎麼找這麼個縮頭縮腦的傢伙！孫富猴憤然。他也不明白自己怎麼這般憤怒。他閃在樹後，貼著門框，摸進去。

他看見了：那男人正和一個女人正在屋前說話。天太暗，正屋裡又飄出縷縷炊煙，看不清那女人，她似乎比格若胖一些。孫富猴心急，瞅著他們只顧說話，便躡躡地走進門洞，一閃身進了黝黑的草料房。他看清楚了，長長地吁了口氣。那女人不是格若，是她的姐姐。

兩個阿夏相依相偎。

走上柴房右邊的木樓，順著走廊，進了最頂頭的一間屋子，門關嚴了，正屋裡傳出女人的說笑聲。孫富猴心裡很不是味，不知是回去好，還是再等等瞧瞧好，原先怎麼就沒想想她會找阿夏呢？她找了阿夏還能那麼早早地就去燒香拜佛？門廊裡有人躡躡走來。

來人在柴房門柱前站下——同孫富猴僅一柱之隔，他用塊石頭敲敲門柱，「噹噹！」孫富猴緊貼著門柱的頭，趕快閃開。他真想衝出去，奪過他手裡的石頭，敲敲他的頭，叫他滾。只有結識不久的阿夏，才用暗號聯絡。他八成是格若的阿夏。孫富猴真難過：「找個敲石頭的笨蛋，他連妳的一個腳印也頂不上，這時候應該學鳥叫、吹口哨，要是我……」

正屋裡有個女人出來了。

17 高文才與前妻

敲石頭的傢伙扔下石頭，跑過去，他伸手搭在那女人的肩膀上，兩人小聲「喊喊」著上了樓，進了第三間屋子。

孫富猴沒看清那女人是不是格若。院裡太黑，月亮還沒出來。他還不想走，他想看著那人不該是格若，他要等格若的阿夏來，他想看看那傢伙，看他配不配格若的腳。

黝黑的天空泛起一層迷濛的亮光，月亮要出來了，又有一個矮矮的男人不聲不響地進到院裡，他乾咳了兩聲，便在院裡蹲下，劃火點煙。火光映出他多皺的額頭。他點完煙便站起來，逕自走向右邊的樓梯下等候。

女人從正屋裡出來，裙子窸窸窣窣響著，奔到樓梯口。他們一起上去，進屋，關門。院裡又平靜了，正屋也悄然了。

孫富猴又等了許久，正屋裡仍無聲響。他忽然醒悟：「我怎麼那麼傻啊！」他在原地轉了一圈，搖搖晃晃地想走，剛一開門，突然有人攥住了他兩條胳膊。是從背後下手，像提雞翅膀；那雙手十分有勁。還不等孫富猴反應過來，那人大喊大叫起來。

他說的是摩梭話，孫富猴明白，他是叫抓賊，叫家裡人快來。孫富猴也不明白怎麼一點力氣也沒有，也不想反抗。

院裡亂了，男人喊，女人叫，乒乒開門聲，急促的腳步踩得像擂鼓一樣響，旁邊院子裡的狗也吠叫起來。一片混亂中，月亮出來了，投下清澄的光。孫富猴站在院中，抓他的小夥子見他不反抗，已鬆了手。他是格若的弟弟叫巴札。女人們驚異地望著孫富猴，男人，就是只會敲石頭、咳嗽的阿夏，嗽嗽叫。又擼袖子又咬牙，要打，要送總管府，要去叫小夥頭。

孫富猴明白自己的尷尬處境，他盯著那些嗷嗷叫的男人，擔心他們誰去報官。幸好他們只叫不動，眼睛都望著一位年邁的女人。這是母系社會。他突然有了主意，伸手推了一掌面前的男人：

「你能來，我就不能來？朋友的朋友都是朋友。」

男人傻眼了。

有個女人問：「你誰來找！」

「我來看格若，你們叫她來。」

院裡鴉雀無聲，女人們驚奇得眼睛驟亮，上下打量孫富猴；男人們目瞪口呆，半信半疑。巴札向樓房跑去。大家就一動不動地站著，聽他蹬蹬地上樓，看他跑過走廊，推門進屋。少頃，他又出來了，以更快的速度跑下來。

巴札看看年邁的女人，對孫富猴說：「正屋你坐坐，她一下下來，病她幾天囉。」

孫富猴鬆了口氣。

女人們臉上露出笑容，歉意的微笑。年邁的女人邀請孫富猴到正屋喝茶，孫富猴搖搖頭。年邁的女人說了句摩梭話，大家就散了。年輕的男女成雙成對地回樓上，老人回正屋。巴札很過意不去，陪孫富猴站在院裡。好在格若馬上就下來了。

她穿一身淡藍色的裙衫，翩翩婿婿，楚楚動人。

「妳病了？」

「好在了我。」

「妳不是病了嗎？」

「我好在多多了。」

「我想告訴妳，那事我不會說。」孫富猴口吃。月光太亮，把他全身都照透了。

「一句話半夜說給。」格若嫣然一笑。

月光溫暖如泉，兩人對視。

忽然，孫富猴轉身跑了，格若沒喊，疾步追到門杜邊，望著月光下那一蹦一跳的身影遠去。

霧裡鏗鏘的皮鞋腳步聲漸近，就像在他們頭頂上踏動，站住。「撲楞！」一塊石子落進青刺花叢，隨即，那皮鞋聲又響了，並響起了悠揚的口哨聲，一起遠去。孫富猴這才意識到自己同格若擁抱在一起，這是他第一次同女人擁抱……

許久許久了，淡綠色的青刺花叢仍靜靜地孤獨地待在霧中，一根細細彎彎的枝梢上挑著幾朵小黃花，搖搖曳曳。

師長為什麼急著派指導員來？

你不能老胡思亂想，要是在夢裡嘟囔出去，那……

你也不能疑神疑鬼，老看人家的臉色，那人家不看你的臉色？

你更不能飯也吃得少了，笑也不會笑了。忘了，前天孫富猴講豬八戒娶媳婦，逗得大家直樂，你也趕快笑。可他瞪大眼睛問：「你哪難受？笑都不會笑了？」

「要不，等指導員來說個清楚吧。」

你有什麼說的？你什麼也沒幹。你想起來了，是誰說過這麼一句話：「男人對女人沒一個老實的，就像女人找男人，沒一個害臊的，要不就搞不到一塊。」還記得他吧。大家叫他張麻子，其實臉上只有幾顆淺淺的麻窩。他是個解放戰士——俘虜兵，在十萬大山裡補充到你們班裡。

他人還滿不錯，幹活、打仗都不耍奸，就是改不了那流裡流氣的勁，特別愛談女人。一提到女人他臉上的麻子窩窩就亮了，像金豆豆、銀星星，使他整個臉都光彩得抹了油似的。你曾提醒過他：「要注意，解放軍可不許搞女人。」他把胸脯一拍：「我張麻子進了哪個寺唸哪本經，過去的事不去說，當了解放軍就絕不會幹國民黨兵的事。」

剛進雲南，他就在大山裡挨了土匪的冷槍。胸脯上著了兩下，像鑿了兩個泉眼，「咕咕」地冒血。他想說話，說一句那血就猛冒一下，勸他別說，他硬要說。他的話還是沒離開女人：「有個寡婦等著我……」

他話沒說完就嚥了氣。唉，也不知道那寡婦的地址，要不，好歹給捎個信，叫她別再等了。

或許是老聽他談女人，要不就是你也到時候了，都三十三了。要在家兒子都可以上山打柴了，更何況你並不是不知道那種事，你把它藏在一個無人知曉的地方，還用土捂著、石頭壓著，甚至用火燒，可它還是沒有死。月兒彎彎，河水閃閃，蟲兒「唧唧」的時候，它會隨著溫馨的晚風徐徐浮來。

不，那是另一個人的事。

那是好多年前，那人才十六歲，那人的爹就給他娶了媳婦。可以後那人絕不對人說這事，就像他根本沒娶過親。是那媳婦長得醜？還是那媳婦家要二十元大洋的聘禮，逼得那人的爹借了地主二閻王的高利貸？媳婦家要二十大洋的聘禮是為給媳婦的哥哥——三十歲的漢子娶親。湘西山村裡興這麼做。

那人的爹為還驢打滾的債，上山伐木，因氣力不支，花了眼，腿腳慢了一步，被大樹砸得稀爛，正巧，那人那天沒去，給病在床上的媳婦熬藥。

那人的爹死去沒多久，媳婦也死了。送葬的時候那人哭得天昏地暗，悲痛欲絕。村裡的人都為這小夫妻的如此情篤的恩愛而傷感，潸然淚下。其實，你的眼淚是為爹的一片苦心而流。爹似乎知道自己壽辰將盡，擔心一嚥氣，就撇下孤單單的兒子，怕自家的香火斷了，傳不了種、接不了代，這才明知二閻王殺人不見血，還向他借債。也有為你自己流的淚，爹死了，媳婦又死了，只剩下自己和一屁股債。哀哭媳婦的眼淚是很少的，結婚剛半年，年紀又小，好像兩人睡在一起也就是那樣。媳婦又多病，瘦得像根樹枝，風吹就抖，一壓就折。

是的，讓張麻子一攪，你常常會想那個人和那種事，可怎麼也想不清了，偏是想不清卻偏是要想，甚至想想出那種滋味……

不，那不是你，哪怕它謎一樣吸引你，你也想不出來。

就在你提醒張麻子的第二天，他又主動對你說：「班長，你好眼力，結過婚的人嘗過那個滋味，不管是男是女，最容易勾搭上，眼珠一轉就互相有數了。要是睡上一覺，那就什麼都清楚了。」

你嚴肅地打斷他的話，厲聲說：「張同志，彙報思想要說正經話！」

張麻子愣了，盯著你直看。你又趕快好言相勸。

你想，要是張麻子在這，準會交阿夏，指導員也會從輕處理他，因為他是解放戰士。要是你吶？不，是你常常想起的那個人呢？他要是辦了那樣的事，領導會不會從輕處理？雖然他不是解放戰士，可他結過婚，曾為娶個媳婦死了爹。他給地主當牛馬，起五更，睡半夜，瘦如枝椏的媳婦摟了半年就死了，要不是給老爺買年貨被土匪綁了，土匪又被解放軍打了，還真不知自己咋活。現在全國都要解放了，革命成功了，這兒有貧農的姑娘喜歡他，什麼也不要他的，主動來找，還不該要？這也是革命成果。

18 直馬風流文才

你不明白。就像起初不明白摩梭人用筒、口袋、籃、馱、架為計算單位，這買賣怎麼做？筒是最小的計算單位，一竹筒可裝糧食二斤到二斤半；袋是指自做的麻袋，專門是賣稞子的計算方法，一袋就三十二筒；籃就是揹籃，一籃包穀，可產十六筒包穀籽；捆和馱是計算燕麥和小麥產量與交換的標準，一捆能出糧食一筒，一馱有十四捆；架是計算土地的單位，一架約有二點五畝到四畝。

你當炊事班長多年，太清楚這裡的漏洞了：那竹筒要是多搖兩下，那捆要是稍紮鬆一點，那麻袋要是往裡多縫一趟線，或是往外多放一寸布，其他的都不用說，這就要左右得多了！那一筒糧食就不是二斤半，會是三斤！那麻袋、籃子就更別提了。到這搞給養還不得天天吵架，要不就吃啞巴虧。那不行，你從來不瞎花公家的一分錢。可到了這，你就懵了，沒人溜奸耍滑，那麻布口袋家家縫得一樣大，沒聽任何人為筒、捆、袋、籃的滿與不滿、夠不夠份量而爭吵。人家看你老看他們的口袋都莫名其妙。那種在任何集市都覺得缺斤少兩的爭吵，這裡沒有，可偏偏這裡確確實實是不多就少。你直想歎氣，長長地歎一口氣，這口氣可不是平常失望、灰心時「滋」一下就出去了的那種氣。這口氣一直在你胸脯裡轉悠，出心入肺，進肝過腸，來來去去多少天。是文化教員說的那種感慨。你感慨：「人古老好，古老了本份、老實，誰也不騙誰。」

摩梭人好，摩梭人可親、可信。

當然，摩梭人再好也不該馬上就找老婆，這是違犯紀律的。要是小分隊的人都在這裡找了老婆，安了家，那要是上級再命令進西藏，又怎麼辦？再派一個連來，那個連的人不會知道摩梭人好？那再派一個營來？

你住在她家，吃在她家，她家至少有七八個女人，你只記住了她。她還有兩個親妹妹呢，你也只看得見她——直馬。她等你真沒說的，好像雪白的糯米蒸得軟軟的、黏黏的，再一下下搗，一下下揉，做成的糍粑。表面看著沒什麼光亮，還有一層薄殼，裡面卻是雪白雪白的軟軟的，只要從火上的過，馬上就泡起來，變得更白更軟，更綿黏，且香得讓人迷糊。

這不是說你，是說好個人。

不是革命成功你能沾這麼好的女人？那個病懨懨瘦得像樹枝似的女人，雖說要了大洋，逼死了爹，想起來她也可憐。她過門時才十五歲，哪像個女人，根本不能同直馬相比。直馬長得挺挺拔拔，腰是那麼細，身子是那麼飽滿，像鼓鼓的瓜子般，兩個奶子挺挺的，又大又好，臉盤水靈靈，眼睛快活得像星，眼皮老是不停地眨動。你就是不喜歡她眨眼睛，有人對你說過，愛眨眼睛的女人愛變。你叫她別眨眼睛，她「噗哧」一聲笑了，故意瞪著眼睛看你。

你原先一點也沒想到事情會這樣，你沒有想對她使壞心眼，一點那種想法也沒有。你更沒主動進攻。你、你怎麼說呢？你充當著馬幫的大鍋頭，實際上是特遣分隊的司務長，你住她家的馬店，第二天向她家買一馱燕麥餵馬，可能是女人粗心、慌神，多給了五捆。吃了晚飯，你又找見她，向她說明，並又付了十個銅板。女人驚喜地望著人鈴鐺看得出，她眼睛喜歡你。她對你說：「心你這種好好商人不見過。」

你笑笑。

以後她老對你笑，進屋見了笑笑，出屋見了笑笑。她住女兒樓，你住樓下，同用一個正屋，同走一個門，同待一個院，一天要見多少次，你整天泡在她的笑臉裡。她愛同人你說話，見你閒就來。你生性話少，對女人話就更少，也許因為話少也就精，時不時點一點，總要逗笑她，逗得她「嘰嘰呱呱」講半天。你跟她在一起沒正眼看她一次，都勾著頭。等她走了，你又趕快看，只看見她豐滿的背影。後來，你悄悄地看，聽見她的腳步聲、說話聲，你就趕快看。那時你多半待在屋裡的陰暗處，望著明亮處中燦爛的她。她光彩奪目。

她有一隻鸚鵡，紅冠綠羽，白眼黃腳，踏一根金竹棍，腳拴細鏈。白天那鸚鵡就站在她的窗口曬太陽。

牠只會叫自己主人的名字。有天你正和她站在院裡說什麼，那鸚鵡猛然一叫，她紅了臉，你傻了眼，兩人都呆呆地望著蹦蹦跳跳的鸚鵡。牠在竹棍上叫，得意洋洋。你一醒過神來就趕快進屋。

鸚鵡叫的是：「高文才。」

你臉紅心跳，渾身暖酥酥的。你往深處想：「會不會因為你是馬幫的大鍋頭，她才喜歡你？」瞧，你黑色的粗毛呢藏袍，還紮一條紫綢子腰帶，灰色的禮帽。不過，這些都半新不舊，沒什麼了不起，不惹眼。你往遠處想：「要是革命就在這成功了，那最好不過，你怎麼也是這數得上的功臣，就在這落戶。要是西藏的反動派還不老實，那你打倒西藏再回來娶她。那也夠味。再再是美國鬼子又支援老蔣反撲，那就壞……」反動派們是多麼壞，就因為有他們搗亂，團長以上的才能結婚，營長、連長都不能結婚，除非在家裡就有了，都得一個心眼的打反動派！

可誰想後來一下就那樣了！

你說，如果是那個人找了阿夏，大夥會怎麼說？他過去為娶個媳婦家破人亡，現在革命成功了，他犯了紀律，就原諒他一次吧。大家會同意吧？當然，你不能幹一點危害革命的事，你腰裡纏的染黑的乾糧袋裡裝著許多銀元，你不能為討她歡心花上一個銅板，給她看一眼也不行。這你不會忘，無論何時何地，就是那天晚上，你也沒有忘……

你冷不丁坐起來，屋裡暖融融的像有團團黑霧，直馬就躺在你身旁，蓋著紅花棉被，一條白白的腿伸到被外，半個背脊也露在外邊。被子很窄，尤其是兩人蓋。你聽見並看見淡藍色的風從這邊木縫裡嘰嘰地擠進來，湧過屋中，又從那邊門縫裡咻咻地鑽出去。你還聽見她的鼻孔像開了水的壺嘴，吱吱地吟唱，粉紅色的。她的身體像溫泉水一樣汩汩地冒出白色的水氣。你也聽見自己的心跳聲，感覺到胸腔裡的一起一沉，越跳越兇，像個黑色的鐵榔頭。你是倏然醒來，猶如一座沉默了多年的火山突然爆發，噴濺出腥紅的沸騰的岩漿，噴得老高老高，紅得日月黯淡，然後，就像突然爆發時那樣突然沉默了，冷卻了。

你確實醒了，你為自己能在黑暗中見到那些本來看不到的景象惶惑，你為自己竟能聽見那些幾乎是從來沒聽見過的聲音戰兢。你覺得手腳發軟，從未有過的疲倦，連腦袋也像手腳一樣。這僅僅是一剎那，你忽然間想起來了，你害怕，你要趕快離開這，離開這間靜謐的散發著奇香的小屋，離開這神祕的黑暗，離開這個滾燙的女人。

還是同樣的黝黑，你卻什麼也看不清了，手忙腳亂地在地板上、在地鋪上摸索，找你的衣服。

即使最出色的軍人，也有把衣服亂放的時候。

還好，屋子不大，東西也不是那麼多，你找到衣服和鞋襪。你趕快穿，你冷得直打顫，也許是害怕。遺憾，你把直馬也碰醒了，你找衣服的手摸到了她的臉上，撥響了她的嘴唇。

你像脫下它們那樣手忙腳亂地又要穿上它們。不，比脫的時候還要亂。那時只是衣服作怪，像被黏住了，要撕要扯，現在手腳也作怪，手指僵得厲害，胳膊裡的筋不是長了就是短了，弄得手指抓不住衣服，要不就抓錯了地方，得調換位置。衣服也滑得像抹了油，所有的釦子眼，不管是褲子的，還是衣服的，都錯了位。唉，又扣反了。

你支支吾吾地答應著直馬，其實一句也沒聽明白她說什麼，也顧不上看她。忽然，屋裡蹦出個太陽，滿室火紅，遍地烈焰。四周板壁在火光中傾斜、燃燒，腳下的地板熱得燙人，下邊的某根大樑已經燒軟了，地板顫悠著就要坍塌，整間屋子都被火燒得透明豁亮，你看見了屋外的人影，外邊也看得見你和她……哦，是直馬點亮了鋪前的小油燈。你撲通一聲跪下了，伸著脖子就吹那油燈。半邊破瓷碗盛著一汪清油，小蛇似的麻線從油裡探出頭來，它扭扭脖頸，閃了閃，依然如故；油面掠過一道波紋。你使那麼大的勁竟沒吹滅它，以致要吹第二口，你不得不盯著它運運氣。

你正要吐出第二口氣，直馬說話了：「外邊看不見。」

你抬起頭，望望四周，板壁模模糊糊，在若明若暗的光暈外邊，它們變得彎曲了，好像這房屋是個大圓籠子，就像湘西農村裡關雞、關豬的籠子，緊緊地罩著你和她。你這才感到外面的黑夜，只有你和直馬之間有豆大的一盞油燈。

你總算已經穿好了衣服，你告訴直馬，你必須走。你不聽她的哀求，你那時的面孔一定板得很鐵很鐵，甚至發青。就在你走到門口的時候，你陡然站下，雙手朝腰裡一摸——這已成習慣，只要是身子著了地再起來，哪怕是在敵人的火力網下，你也要摸摸纏在腰間的布袋，裡面裝著全隊的經費——你的手急切地在腰間抓、捏、找，心裡一涼，渾身一顫。你猛地轉過身來，急切的眼睛四處亂翻。噢，它從枕頭下露出了半截黑尾巴。剛才，是就在那種時刻，你撕扯著衣服亂扔的時候，你還不想解下它，可它硌得你難受，直馬叫疼，她問你是什麼，笑你怎麼忘了解下來，並伸手要解。你沒搭話，推開她的手，自己把它解下塞到枕頭下，還沒忘摸摸那口袋紮緊了沒有。

你奔到地鋪跟前，拽住那黑尾巴，將它提了出來，它發出幾聲叮叮噹噹的脆響。卻不料直馬攔腰攥住錢袋子，一把奪了過去。

19 提心吊膽度日

你傻眼，你害怕，你冒火，你甚至想到是不是她早就盯上了這口袋銀元？你聲音沙啞地叫她把口袋還你，說一聲，走近一步，不行；你的手伸近了點，再說一遍，再走近一步，還不行；你的手更挨近了她；說三遍又向前，她嘴唇動了動，你的一隻手已卡住她的脖頸，另一隻手搶過錢袋。被你卡住脖子的時候她鬆了手。

你不知道該怎麼辦，也沒走也不說話，就呆呆地望著直馬。她一手捂著胸脯，一手揉著脖頸，咳了好幾下，這才憂怨地說：

「沒見過你這麼狠心的，手腳這麼重，是你的東西我能不給你嗎？你走吧，不留你！」

幽幽的燈光下，你看看她那紅豔豔的臉蛋、白膩膩的肩膀和半掩的胸脯，你的心軟了，你感到對不起她。你跪在地鋪上，扯起被子裹住她裸露的肩膀和前胸，告訴她，這袋子是公家的，又趕快改口說是馬幫的。

直馬問：「裡面裝什麼？」

你說是錢，又後悔得想跺腳。

直馬什麼也沒說，就披著被子坐著，眼睛看看你，又看看如豆的燈芯。它在搖曳，迸出點點火星。

你忽然想起來，男女定情總要互相贈送點什麼，這是摩梭人的規矩。好心的男人都要給女人一點錢或絲線，女人也回贈些衣物，哪能睡完覺拔腳就走的？那算什麼人？你站起來，先把黑布袋子在腰間紮牢，雙手就在褲子、衣服的口袋裡摸索，只有一張粗粗的道林紙片。這紙哪來的你也不知道。

你默然，說：「什麼也沒帶，下次再送？」

「你腰裡不是有一袋子銀元嗎？」

「這銀元不是我的，是馬幫的。」

「你是馬幫的大鍋頭，就算那銀元都與你無緣，那你先以出一塊，回去再補進去又有何難？」

你確實想這麼幹，你的小包袱裡面有兩塊屬於自己的銀元。你的肚皮告訴你袋裡的銀元已排好了隊，它們在熱乎乎地等待，那個細麻繩拴著的疙瘩也準備好了，那繩繫了二三個結，三個結都鼓起身子，吱吱叫著，只要你一碰，它們就會挺直腰，銀元就會嘩啦啦地洩出來。銀元個個滿臉光亮，它們喜歡你的相好的。

你不敢看著直馬那雙默默地期待的眼睛，她仍舊披著被子，看著你。如豆的燈在搖曳，迸出點點火星。

你已經幹了不該幹的膽大包天的事，而同時，你的膽子也比任何時候還小，你不想再幹一點出格的事。

你快快地走了。

大家會相信你的話嗎？不，是信那個人的話嗎？

早晨，你把自己關在牲畜圈旁邊的柴草房裡。黑暗中，你先罵你一聲，聲音短促、兇狠，黑暗變得更濃，你覺得自己越發可憎，你抓著大腿擰一把，瘮溜溜的疼。不解恨，你再擰一把，疼了！你還知道疼？再擰！再擰！讓你不老實，你呲牙裂嘴，再使勁擰，手不聽話，使不出勁。你絲絲地抽吸著涼氣，跛著腿摸摸索索地在柱子邊坐下，屁股剛落在草上，你又一歪脖子，往柱子一撞，頭嗡嗡地響，倒不疼。腦子裡剛清靜下來，房門嘎嘎地響了，開了一條縫，進來了孫富猴，雙眼賊亮。你嚇得跳起來，他問你：「在幹什麼，是不是在和阿夏睡覺？」一眼睛還四下看，你說是來抱草，就趕快抱，就趕快走。

你覺察狀況不對勁，真正的不對勁。院子裡比往日靜多了，就連樓下廄裡的豬、馬、牛的叫喚聲也有些怪，同你住在一起的兩名隊員，明顯的話少了，笑的聲音發尖，有種裝腔作勢的味道。他們老背著你嘀嘀咕咕，你過去他們就不說。問他們，說沒說啥，還用一種奇怪的眼神看著你，倒叫你不得不走開。你看得出，直馬挺高興，她揹水回來見著你還擠了擠眼睛。她的兩個妹妹仍像往常一樣，吃了早飯就相約著一地幹活去了。倒是直馬的媽媽你的岳母，臉上陰了一半，直馬的舅舅滿臉陰沉沉。按理舅舅不就是直馬的媽媽的弟弟，他住在姐姐家有什麼權力？可摩梭人偏尊重舅舅，家裡除了母親，舅舅為大。他幾乎有著當父親的權力。很可能是直馬把昨晚的事告訴了媽媽，她媽媽又告訴了她舅舅，他們才陰沉著臉，像欠了他們兩百塊大洋。

你沒任何表示，你裝得一切都沒有看見。但是，你突然發現事情不妙：緊挨著你睡的張曉成，說是鬧肚子，昨晚起來了兩次，還問你：

「是不是也跑了它幾趟？」你心都涼透了，你點了點頭，馬上就真的拉了多少稀一樣，動也不想動彈，就躺在鋪上。張曉成又來問你：「怎麼了？」你又起來坐著。他恐怕是發現了，那樣羅石虎很快就會來，你想像得出像頭熊似的他，走進來時腳步會有多響。但你猜不出他會怎樣大發雷霆。他會不會把手槍掏出來？槍斃，大概不會，可那槍千萬別走火。

你誰也不怨，真的。大家都是二三十歲的漢子了，大家都沒媳婦，大家還不都一個心眼地幹革命，就你分了心，去找那舒坦。你知道這的情況複雜，都還沒解放吶，萬一土司他們利用這件事來造解放軍的謠，槍斃了十個你，也挽不回影響！

唉，這麼一來就撇下了直馬……一日夫妻百日恩呵。

上午平平安安地過去了，下午就變得更緊張了，你已經不否認肚子疼了，主要是臉色太難看，你躺在地鋪上，這客房在門洞的上面，你一切都聽見了。孫富猴來了，又走了；又來了，又走了。每次都同張曉成嘀咕，然後就悄悄走掉。你估計，他還要來，並且是同羅石虎一起來，那時他們該上來找你了。

果真，屋子裡暗下來的時候，柴煙飄進來的時候，孫富猴又來了，又同張曉成嘀咕上了。張曉成好像是一直守在門口，奇怪的是羅石虎沒來。可能是有什麼地方要再核實一下，要不就是怕被土司兵盯梢，他們分頭來。少頃，下邊響起羅石虎的聲音，六零炮一樣粗。隨後，他們上樓來了，整座樓都搖晃起來，你就像躺在顛簸的小船上，耳邊響起濤聲、風聲、雨聲、雷聲、閃電聲。

陡然，一切聲響都消失了，羅石虎他們出現在門口。隨即三個人圍到了你身邊，三雙眼睛都盯著你。

羅石虎問：「咋了？」

你說：「你們都清楚了。」

20 耐心啟發直馬

羅石虎說：「你別操心，管好你自己就中了。」

你不敢言語了。

羅石虎說：「也就是幾個小土匪，搶了幾匹馬又不見了，可能還藏在哪家，就是找不著。俺叫他們別告訴你，讓你好好養病，你咋還是知道了？」

孫富猴說：「我老出出進進，他能猜不到？」

原來是這麼回事，瞬間，你心裡酸得直掉淚，那淚燙乎乎地汪著心，使全身直發熱，肩膀直顫。怪了，心裡的眼淚像是要從嘴裡湧出去，你緊閉著嘴往下嚥，喉結「咕嚕咕嚕」。

等他們一走，你說要去解大便，跑到沒人的地方，張大嘴想好好哭幾聲，卻只唏噓了幾聲，哭不出來。

轉天，你下決心向羅石虎坦白。先說個頭，他一追，你就都說了。

你說：「這人啊保不準哪陣要辦糊塗事。」

他眼一瞪，說：「你們都給俺小心點，誰要敢找半個娘們，俺把他閹了。」

你可不想讓他閹了。

你還是驚慌，你找孫富猴：「領導不叫走，就叫待在這，要真有人找了阿夏怎麼辦？我都看著這的女人好。」

孫富猴說：「就你，借八個膽子給你，你也不敢碰女人。也沒女人看得上你。」

你不吱聲了。

你不是那沒良心、沒腸肺、沒受過革命教育的人。連接三天，你不光沒去找直馬，要是不睡覺，你都不進她家。你幾次看見她用眼睛招呼你，你都沒理睬。你原先想跟羅石虎說說，換個地方住，免得再犯。可又擔心這麼一來不得徹底交代嗎？就又嚥回去了。你看得出直馬緊鎖眉頭，話也少了，神也蔫了。就那鸚鵡見你就叫「高文才，高文才」，叫得你心驚肉跳。有次孫富猴聽見了，跑上樓去，教鸚鵡叫「孫富猴」，教了半天，那鸚鵡就不叫。孫富猴走時眼珠直轉，說：

「那破鳥，叫你不叫我，怕是牠主人喜歡上你。」

你一夜沒睡著。

這天上午，你揣上從包袱裡取出的兩塊銀元，趁著她家沒什麼人，找她買馬料。她領你進了那間堆著許多草料和燕麥的下房。這間屋子在院子的旮旯裡……

等你從那屋裡出來，跟前一片黝黑，好半晌才看見對面樓房的木牆木瓦，火紅，瞬間又綠了，而後，才看見太陽、藍天……你懊悔莫及，真恨不得捅自己一刀。你這才發現，你管不了你。

你又躺了她三天。第四天晚上，你剛進門，直馬就叫你到正屋去算帳，說是上次付的馬料錢不對。你明白那帳錯在哪，都怪你上次對她說得太清楚了，她知道了你不敢讓外人知道，鬼點子也就多了。

你不去，說帳沒錯。

第二天中午她還是約你去算帳。不巧的是孫富猴在，他跟直馬進了正屋，說他來幫算。你等在院裡，心裡真是七上八下。孫富猴一會兒就出來了，他說算清楚了，是直馬自己搞錯了。你這才鬆了口氣，卻又更擔心了。

第三天早晨，她還找你算帳，說那帳還是不對。本來你正要同張曉成他們出去，你只好留下了，要不人家會懷疑。這筆帳是非算清楚不可了。你跟她進了正屋，室內沒人，火塘旁邊有一塊板壁，推開就能進入放雜物的房間，這屋子另有一道出去的門。你看見她推開了那板壁，那屋裡鋪著一床地鋪。

帳算清了。為了以後不再發生錯帳，為了直馬好算帳，你把東西分開買，燕麥、稞子、包穀，一次只買一樣，一次只買十筒或十捆，這樣雖然麻煩，使得你常常去找直馬，但平平靜靜了，她再也不說算錯帳了。大家也都知道直馬不會算帳，苦了你高文才。

你並不心安神寧，你老覺得對不起同志，對不起革命，你想贖罪，你想讓大家有朝一日發現你的錯誤時，也看到你並沒有忘記革命，沒有損害革命，還想著革命。

你找直馬買了三十筒包穀，當然要分三次算，找直馬三次。按市價，一塊銀元十筒包穀，你要直馬只收二塊銀元。你說馬幫沒錢了，你為這事急得不行，求直馬幫幫你。

直馬同意了。

你欣喜若狂，你為革命節約了一塊銀元，也減輕了一點罪孽。當然，你不滿足，你要繼續工作，多做貢獻。原先，你們的馬料是從這各戶買，沒定準。你對直馬說，讓他們家包你們馬幫的草料。直馬家僅是自由百姓，並不富裕，但摩梭人豬多牛多，草料也就多。當即你就定下第一批料：兩袋蠶豆、一馱燕麥、十筒包穀，還有草料十籃。這等於買走了直馬家的一大半草料，但餓不著她家的牛馬，她們會找別人勻料，還會去找有草的地方放牧。直馬很快就算清帳：收八塊大洋。你先不直說，慢慢開導，啟發她的階級覺悟：

「妳看出我們馬幫同別的馬幫不一樣嗎？」

「早看出來了，別的馬幫喝酒、吃肉、找阿夏，你們不，就連你這大鍋頭也是上坡馬，要抽打。」她笑。

「說正經的，人跟人比。」你急。

「你們兩條腿，別人也沒四條腿，對女人一樣壞。」

「人跟人就一樣？土司跟妳一樣嗎？」你幫她開動腦筋。

「是。要是少收了他們的錢，他們絕不像你這麼老實的地送來，就用十捆燕麥買了我的心。」她說。

「妳你又說這個！我們不光買賣公平，還救濟窮人，要讓所有的窮人都過上好日子，有什麼都給大家。」你說。

「你們是喇嘛馬幫？難怪不找阿夏。」她恍然。

「我們不是喇嘛，也不信佛爺，我們信——信窮人自己的力量，所以才把東西分給窮人。在妳們，這就是幫助像妳這樣的百姓和更窮的奴僕，讓你們都富起來，和土司一樣平等。明白了嗎？」你問。

「一座山一個神，一個壩子一個土司，都像土司一樣，不就亂了？」她問。

「是說誰也不能讓別人給他交租子，白拿人家的東西。」

「真能那樣？」她眨動眼睛。

「怎麼不能？我們就是為了這個目標來這。這種日子不遠了。」你激動，簡直想告訴她自己是解放軍。

她有階級覺悟。

「你快給我錢吧，不然我都要忘了該收幾塊大洋了。」她突然說。

你心裡一驚，好洩氣。

你懇切地說：「本來該付妳八塊大洋，為了幫助別的窮人，只能給妳四塊，好嗎？」

「那為什麼？你剛才還說你們是為了讓大家不交租，不讓白拿人家的東西，你馬上就想白拿我們的糧食和草料。」她嚷起來。

「妳聽我說……」

「不聽，再聽你就只給兩塊大洋了。」她捂著耳朵。

「妳知道我不會騙妳……」你還勸。

「還不會騙？上次你少給一塊大洋。這次又要少給四塊！哪有你這樣的阿夏，你去別家買吧！要不媽媽會連我一起趕走！」她斬釘截鐵。

你付了八塊大洋，但你並沒有付掉信心，你還是要幫助她提高覺悟。革命工作不會一帆風順，尤其是在這樣的特殊環境、特殊情況下做特殊的對象的工作。

筆直筆直的大楊柳已經抽芽了，嫩綠嫩綠的，快開春了，該備耕了。你頭晚對直馬說，要幫她家刨地，她還不信。清早，你帶著張曉成他倆扛著條鋤去了。條鋤也就是鋤頭，只不過打得長長的，挺重。土地早就翻過了，大砣大砣的褐色泥土被曬酥了，曬泡了，一碰就碎。你掄起鋤頭一下一下地敲打，鋤下揚起一團團塵煙，傾刻又被風扯成片，輕輕飄去。你心裡的憂鬱也隨之而去。

人心換人心，汗水種出金，你就不信感動不了直馬家。

羅石虎匆匆來到地裡，見面就潑你一瓢涼水：

「哪家馬幫大鍋頭下地幹活？怕土司認不出你?!」

你無話可說，你重新戴上破禮帽，你蹲在地頭，看張曉成他倆幹。

他倆有話說了：「你說給人家幹活，到了是你看我們幹，人家要挑上門女婿，也得要你不要我們。」

你也笑了，冷不丁想出個主意。反正附近沒人，只要有一個人躺在地邊閒著，人家就準以為是大鍋頭。你讓他倆輪流戴著你的破禮帽，在地邊或坐或躺，還翹起二郎腿，你在地裡風風火火地幹。

你沒料到的是直馬的舅舅來了。來到地裡就從你們手裡收走條鋤，扛上就走。

他說：「沒有同你們換工，你們不得到我地裡幹活。」

唉，你真不知該怎麼辦才好？

21 風流洩密打獵

第二個景區是北距落水村二十公里的永寧，這有著名的札美寺和永寧溫泉，在這可看摩梭人的藏傳佛教藝術及悠遠文化，還可瞭解歷史上的摩梭民風。

登上村後的山巔，但見一片赤裸的灼紅山峰，兀起兀落，猶如凝固的火焰。初升的太陽還在迅速地燎燃它的暗影。一條黃色的小徑從我們腳下伸向凝固的火焰，蜿蜿蜒蜒，在遠處迷濛的紅黃紅黃的虛光中焚失。那灼紅山巒的邊際、那蔚藍的天邊、那耀眼的輪廓分明的白雲下，横亙著一道綿綿延延的蔥綠，像藍天裡揚起的波瀾。它就是犛牛山，我們的獵場。

我走在前頭，羅石虎落後兩步，再後面幾步是孫富猴，再再往後是高文才，和稀稀拉拉，不像出獵，倒像一無所獲的獵歸。

摩梭人不喜歡狩獵，儘管永寧壩四周全是大山，卻沒有專門從事打獵行當的人家。土司也沒有打獵的奴僕，他們頂多是到瀘沽湖打打野鴨，很少有人上山攆虎追豹。他們有保佑風調雨順、家庭和睦、驅病驅災的等等等等的許多位神，唯獨沒有保佑狩獵成功的神。這和其他隱居深山老林的少數民族截然不同。也許是同永寧壩自然條件得天獨厚，特產豐富有關。山上的野物便都成了周圍彝人、普米人的，他們棲身在高寒山區，種的不成，收穫更少，打得獵物也常常是拿下壩子裡來換取食物。摩梭人甚是喜歡獸皮、獸肉，肯出高價。於是他們便在生存上取得某種平衡。造成這種平衡的是當之無愧的神，真正的神。

我們打獵似乎也是為了尋求平衡。既要遵守摩梭人的規矩，又不能讓人家說我們獲得了找阿夏的「許可證」。而安排孫富猴和高文才來打獵，則是想讓他們臨走前高興高興，也算我對他們的一次照顧。儘管他們都表了態，任憑組織處理，但他們不會想到，只要打到獵物，他們就該走了，永遠離開這，離開他們愛過的女人。

羅石虎是死活不肯來打獵的，我硬要他來。既然犯了同樣的錯誤，他又不走，就更該來打獵。下坡了，就要進入灼紅的山巒中。羅石虎肩扛卡賓槍，搶先一步，走在我前頭；孫富猴隨我後，卡賓槍橫在脖後，雙手拉著；高文才殿後，掮槍，卡賓槍槍口朝下。

沒有飛鳥，沒有蟲唧，沒有人說話。

情況業已查實，我們違反了摩梭人找阿夏的規矩，只有趕快買酒補請。那少英再三暗示我們，要買好酒，顯然是準確無誤地知道我們有人同村裡的姑娘做了阿夏。人和人就這麼不同，摩梭女人不忌諱說出誰是自己的阿夏，她們為自己有阿夏而自豪。我們的羅石虎、孫富猴、高文才，無一不再三叮囑自己的阿夏，一點口風也不能露。儘管如此，他們還是不敢肯定，當他們穿出人民解放軍的軍裝時，自己的女人——他們非這樣說——會不會激動而自豪地向姐妹們，或是向追求她的男子顯耀。

高文才說，肯定是他的直馬捅出去的，直馬曾對他說：

「你是解放軍都不告訴我，那我也瞞你一件事，所有的人都告訴，就不告訴你。」

據說，摩梭人原本沒有外村人來本村找阿夏，非要先請村裡的小夥子喝酒，或是找好阿夏後趕快補請，否則就要挨打受辱的規矩，完全是因為外地商人依仗有錢，紛紛到此尋歡作樂，才產生了這麼一個奇怪的規矩。這算進步，或是父權的最早的萌芽？

不管怎麼說，那少英除了怕我們同村裡的年輕人發生衝突的好心，也不會不想看看我們是否像說的那樣，尊重民族風俗。或許還有別的用意？

請村裡的小夥子們喝酒很簡單，問題是這麼一來豈不是宣布解放軍也要在這裡找阿夏？是呵，我們可以不懼難堪，向小夥們講清是賠禮，絕不准有人再找阿夏。誰會信呢？傳出去只會說我們照找阿夏的規矩辦了，要是這麼傳到師長的耳朵裡，他不把我們槍斃了才怪。倘若不請，讓他們悄悄走了，要是有人挑唆、造謠呢？……

冥思苦想，絞盡腦汁，我決定打獵。村裡愛請客。如果誰上山砍柴碰巧有頭鹿撞在他槍口上，他必定設宴，請親朋好友來大吃一頓，我們只消打個大野物來，把小夥子們都請來，他們心裡自然明白我們的意思，規矩遵守了，客請了，誰也撈不到話說，攪不了混水。羅石虎同意這麼幹。事不宜遲，那少英已經向巴池池米詢問過我們請客沒有，他表現得比村裡的小夥子們還急。

黃色的小徑蜿蜒在灼紅的山峰間，上樑下溝，入溝曲曲彎彎，如蛇擺尾；竄樑搖搖曳曳，似龍飛騰。兀起兀落的山峰像一個個碩大饅頭，我們就走在饅頭縫裡。泥土表層被太陽烤成了赭色，結出一層層密密的小疙瘩，它們又凝結成一個個拳頭大的砣砣，像熟透了的石榴掛在坡上。忽兒滾落下來，嘩的一聲響，還沒滑到山腳，便化成一股輕煙冉冉飄起。腳下的黃土乾燥如粉，鑲有縷縷紅絲，一步一股煙。沒有樹，沒有草，沒有綠色，偶爾有幾簇低矮的帶刺的灌木，枝莖呈醬色，灰白色的桃形小葉，葉邊上有一圈小紅刺。

「真禿！」我想打破沉默。

沒人回應，腳步聲數著數等待。

「是禿山。」羅石虎像歎氣。

「禿山。」孫富猴蹦出一句。

「禿……」高文才半吞半吐。

進入腹地，山峰驟密，形狀各異，光禿得令人可怖。大家無形中都放輕了腳步。我有一種異樣的感覺。赤裸的山峰越看越赤裸，像裸露的肉，人的或是動物的絨絨的器官。再不就是神的一個個內臟器官。瞧，多少顆圓錐形的心臟，密密如林……

沒有人隱瞞自己的所作所為，也無人狡辯。羅石虎徹底坦白了他的錯誤。他對我最後的追問暴跳如雷，罵娘。事後一想，真是不該那麼問。誰懂這種事？他也真是，駱駝倒了架子在，到了這種危難時刻，還敢罵我這個指導員。不過，他也不比我經驗豐富到哪去，除了坦白自己的事，絲毫沒發現特遣分隊裡是否還有人找了阿夏，連一點可疑跡象也說不出來。他嘟嘟囔囔：

「你去問吧，他們都是好同志，只要做了就會向組織坦白。」

我僅希望杜絕這種錯誤的發生，並不想再找出幾個犯錯誤的人，我們有許多工作要做，我又初來乍到。我只挨個找隊員們打打招呼，側面問幾句，孫富猴就坦白了，高文才也如實交代了。唉，也許羅石虎說得對，他們是好同志。

或許就因為這樣，我總有些不肯相信他們的交代。羅石虎曾經把撲到懷裡的女人推開，多少人向他暗送秋波，都置之不理，卻主動地跟上了一個不太理睬他的女人。真是那晚月亮太亮了？還是水裡有迷魂藥？不可理解。就算羅石虎是中了邪，那孫富猴呢？一個腳印竟能使他如癡如醉，發展成愛上了人。如果說他們倆是沒有經驗，誤入情網，高文才就不可原諒了。他結過婚，瞭解女人。我查了他的帳，自從他和直馬有了特殊交往以後，隊裡的開支明顯下降，換句話來說，他為隊裡節約了四塊大洋。真叫人啼笑皆非。他不怕同直馬吵架、鬥氣，也要少付錢，就不肯痛下決心，斷了這關係。

我始終覺得，羅曼蒂克的事只存在於受過高等教育的知識階層，包括像我那個腰纏萬貫的父親那樣的階層也不存在，沒想到他們三個的豔遇，竟這麼浪漫奇異。

此時此刻我才明白，師長為何偏偏挑我來做特遣分隊的指導員。我家在瀋陽，父親繼承祖父的遺產，是個精明能幹的資本家。我在家時他已娶了四房姨太太，倘若還沒破產料定他的姨太太會同財產齊增。那四房姨太太中有三個年輕漂亮而又刁鑽、蠻橫，成天爭風吃醋，吵罵打架，鬧得烏煙瘴氣，家不成家。那些事我連想都不願想。就在父親娶第五房姨太太的那個晚上，我脫離了那個家庭，跟著地下黨的同志投奔到人民解放軍。那時年輕幼稚，為了讓部隊收下我，我寫了一份「效忠革命書」，痛斥了我那個剝削階級家庭的種種醜惡，並發誓：為革命一輩子不戀愛，不結婚。當時那事曾頗為人注目。

我曾苦苦回憶在學校裡接受的有關愛情、婚姻的知識，那虛幻的世界裡有柏拉圖、佛洛伊德、尼采、亞里斯多德，是誰說性是人本質的動力，是誰說愛情必須掩護性欲，是誰說性欲就是獸欲，醜惡無比，我就想不清爽了。不管怎麼說，我必須立刻處理他們……

羅石虎垂著頭，盤著腿，雙手放在腿縫裡，濃密厚實的頭髮使他的頭顱顯得奇大，脖頸似乎要被墜斷了，一綹柔和的夕陽抹在他後脖頸上，黃燦燦的皮膚亮得透出裡面要翅起的骨頭。

我們是坐在村後的山坡上，從這裡可以俯瞰整個烏求村；背後是一片小松樹林。

「你說怎麼辦？」我問。

22 誰去誰留擾人

他不吭聲，不動彈。

「犯錯誤的同志馬上撤走，回師裡聽候處理。」我說。

羅石虎的頭低了低，後脖頸上被照得透亮的脖骨動了動，發出一陣竹竿彎墜的咯咯聲。

我用沉默表示堅定和等待。

夕陽從他後頸上緩緩移下來，移過衣領，移到背上像根圓棍骨碌碌地滾下了陡峭的寬闊的背脊，映在草地了。他是師裡赫赫有名的戰鬥英雄，又是特遣分隊的隊長，要不才用不著同他這麼說呢。一隻朱紅色的大螞蟻順著夕陽走來，像走在一條金色地毯上的國王。牠前爪一張，爬上了羅石虎的衣邊，迅速爬向背脊。

我說：「螞蟻，背上有螞蟻。」

他不理睬。

大螞蟻在他黃色的寬背上繞了幾圈，惶惶地徑直向他汗漬漬的黃軍裝的衣領挺進。

我又說：「螞蟻，上你脖子了。」

他像尊雕像，紋絲不動。

螞蟻似乎嗅到了什麼，張開了兩隻尖尖的大牙，像舉著把大鉗子，蹭蹭地爬上汗漬漬的衣領，就走在衣領頂上，踩鋼絲似地順著衣領往一邊下走。牠一失腳就會跌進他的脖子裡，我手指已經做好捏的準備了，但沒抬起來。螞蟻很順利地繞到他左耳下方，那地方的脖子與衣領相連，牠毫不費事地爬了上去。我眼睜睜地卻沒看見牠做了什麼手腳，只見牠爬過的地方留下了紅點。

「螞蟻！」我又說。

他還是不動。我一伸手捏下牠，撚碎牠。

羅石虎頸脖上凸起一個紅疙瘩。

「要不，犯錯誤的同志在全隊檢查，接受大家的批評幫助，保證今後永不再犯，再也不去找那個女的，就留下工作。至於給什麼處分，待這一地區的工作局面打開後，聽憑上級處理。」我軟了。

羅石虎扭過頭來看我，一抹夕陽正射在他眼睛上，兩個瞳仁像兩顆金色的小太陽，光焰如炬。他垂下眼簾，兩個小太陽不見了。他扭過頭去，長長地吁了一口氣。

「那就這樣定了。回去吧。」

我有些說不出的懊喪，手指撚盡螞蟻的殘肢，起身就走。

天暗了，夕陽收走最後一縷柔和的光亮，天邊飄起烏黑的煙塵，隨即樹林裡、草叢裡、屋脊上，到處都像在冒煙。暮色像霧一樣瀰漫開來，模糊在四處飄散，越來越稠，越來越濃，越來越模糊。

下到坡腳，羅石虎叫住我，垂著頭：

「俺琢磨，還是走吧……」

「只要你們能改正錯誤，接受批評幫助，留下也可以。」

我有些感動，他感到有愧，他怕給我添麻煩。

「我慢慢跟師長說。」

「不，你不知道。你以為俺們沒想過改？要一說就能改，咋會拖到今天？」

我渾身一陣戰慄，一陣晚風掠過。他的話語是那麼沉重。

我思忖說：「那，既然如此，你就帶他們兩個回師裡去。」

「你讓俺留下吧，留下俺吧！你們那麼多人幫助俺一個，能行！」

羅石虎雙手猛地攥住了我的胳膊，眼睛盯著我，他手熱得燙人。他怎麼想得出讓別人走，讓別人回去受處理，自己留下？我推開他的手。輕蔑地看著他。羅石虎臉紅了，嘴唇動了動，沒說啥。我點了點頭，轉身就走。

中午，我們跨出了赤裸裸的灼紅的地域，踏進了濃陰的松樹林。小草揩去鞋上的塵土，綠樹滋潤了乾澀的眼睛，陰涼的氣息浸著五臟六腑，渾身都輕鬆了。樹，稀疏有致，樹幹多一抱粗，筆直筆直，很高很高。抬頭望去，天旋地轉。樹的樹枝又平伸，越往上越短，樹冠就像寶塔尖，樹枝上結著不少帶有魚鱗紋的玲瓏的松球。正午的陽光從枝縫中灑將下來，像一片片金色的雨霧。林子裡很靜，時有鳥飛走了，只看見花尾巴、花翅膀。

少頃，眼睛似乎適應了林中的光線，我發現樹幹都是銀褐色的。

「這是松樹嗎？」我打破沉悶。

「我們湖南的松樹皮不像這樣。」高文才嘟囔。

「俺頭次見。」羅石虎把卡賓槍換到左肩扛。

「我問過老鄉，這叫麗江雲杉，只有這個地方有。」孫富猴望著樹梢。

「這個地方，人找阿夏，樹皮也和別處不一樣。」

話一出口，我就後悔了。

林了裡又只有枯燥、單調的腳步聲了。

太陽滑過樹頂，大片大片的金光投身進樹林，濺起淡淡的金色塵埃。亮光中的小草、松毛、石塊，都顯得格外精神。一股寒氣從山上飄來，直往我們身上鑽，涼得透骨。越往上走越冷，可我們不得不繼續往山上爬，轉了半天，不光兩手空空，兩眼也一無所獲。沒人發現一隻大野物，連點蹤跡都沒發現，都說這山上野物多得是，我們什麼也看不見。又怎麼能看得見，他們三個眼睛像散了光似的，只看自己腳下，剩下一雙眼睛在觀察，又不是打獵的料。

寒氣越來越重，山也越來越陡，樹木變得更粗了也稀疏了。我把解開了的衣釦又扣起來，他們三個還敞著脖領。突然，前面的樹叢間扯亮了一道閃電般的白光，我們不約而同地一怔，互相望望，趕快向前跑去。人跑，樹也跑，那白光又出現在樹叢間，它在跑，還在跳，卻沒再消失。越是近了，越發看出它長，像是山有多寬它就有多長，也越發顯得潔白，像綢、像雲、像玉。那白淨上有金光閃耀，紛紛揚揚地像灑滿了無數顆金星星，幻景一般。

跑到跟前，我們愕然站下：雪！厚厚實實的雪。在這老樹林裡，在這茵茵綠草地上，在這燦爛陽光下，竟有雪！潔白的雪像一條寬寬的玉帶纏繞山間。它潔白地款款而來，又晶瑩地婀婀而去。頭是哪？尾在何方？玉帶的上方倘有斑斑殘雪，我們這邊的雪沿齊得像屋脊。龜紋斑斑的老樹皮使細膩膩的白雪越發顯得晶瑩、純潔；綠綠的小草映襯得白雪生機盎然，金色雨霧般的陽光使雪顯得珍貴；清新寒冷的空氣連同珍貴、晶瑩、純潔、生機，一起吸進我們的肺腑。

「雪！」羅石虎輕聲說。

「雪！」孫富猴揚起眉梢。

「雪！」高文才微笑。

「雪！」我大喊。

「雪！」羅石虎喊更響。

「雪！」孫富猴喊得尖。

「雪！」高文才走調了。

回音在大森林裡激蕩。我們在笑。

「你們看！」

羅石虎指著坡上那雪帶上方，陡峭跌宕的岩石縫間，有一條活靈活現的奔騰而下的青龍——是凍結的山泉，它保持著完美的奔騰之勢，晶瑩剔透，起起落落的水勢鑄成了它騰越的筋骨，抖抖擻擻；朵朵水波凝成片片鱗甲，陽光照耀下金光閃爍，錚錚有聲！層層疊疊晶瑩透亮的冰珠簇積成威武的龍頭，高高地昂揚在烏黑如雲的岩石上，顆顆滾落的水珠連接出了細細的龍鬚。看得出即使是在水流的主體被凍僵以後，仍有水珠不遺餘力地向前沖，沖到水頭上，才匯集出如此鬼斧神工的龍頭。

良久，羅石虎蹲下去，抓起一把雪，咕吱咕吱吃，我們大家都蹲下去，都吃。

「就沿著雪邊走，看看有沒有野豬的腳印。」羅石虎命令。

我們就沿著玉帶向北走，孫富猴領頭，高文才殿後。玉帶奇蹟般地向前伸延，只是或寬或窄，除此，哪也沒有雪，哪裡都是嫩草巨樹。大千世界真是神祕莫測，無奇不有。

「嘿，有目標！」孫富猴叫起來。

雪地上有一片腳印，形狀如同半個手巴掌，有大有小，或深或淺。

「不是野豬就是老熊。」孫富猴說，「上山去了，是兩個！」

羅石虎叫孫富猴和高文才攆著腳印上山，我和他照舊沿著雪走，到山背後去堵口子。

雪沒了，樹稀了，山坡變得陡峻，不時出現斷崖、雨裂和突兀的巨石。就像這裡曾下過一場巨石雨雨，屋子大的巨石東一個、西一個地立在山坡上，有白的，也有赭紅色的，有的是一頭扎進土裡，有的危危險險地坐在坡上，像隨時會滑下去。

一塊灰白的巨石橫在我們前面，它像個大鴨蛋，斜斜地指著天空，表面布滿潔白的斑點，接近地面的部分覆著青苔，散發著潮濕氣味。羅石虎就緊貼著石壁繞，我跟在後面，臉頰感到石頭就會滾下坡去。我小心翼翼地繞過鴨蛋石，前面羅石虎站著不動，望著山上。十幾米外，一棵大樹後面，一邊翹出根晃晃悠悠的套著黑圈的黃尾巴，一邊伸出了——伸出黃底黑斑的花腳袋，兩隻大眼睛聚集著冰冷威嚴的目光。虎！我才反應過來，羅石虎已經操搶在手，那虎也挾風攜雷般衝了過來！

「啪！」羅石虎開槍了。

虎愣了一下，往上瞟了一眼，長嘯一聲，又衝了過來。卡賓槍又響了一聲，悶響，卡殼了！這瞬間，我已經拔出手槍，可羅石虎把卡賓槍狠狠地朝距我們只有七八米近的老虎一砸，提著匕首大步如飛地衝上去。

23 熱鬧的還債宴

「閃開，我來打！」我雙手握著手槍，急得要跳起來。

這混蛋，他擋著我的槍口了，他……剎那間猛撲過來的老虎和羅石虎已廝纏在一起，重重地倒下，濺起一團鮮紅的塵埃，整座山都震得顫了一下。坡太陡，他們馬上就朝坡下滾，人虎滾成一團，我握著手槍追著他們乾著急，卻無法開槍。他們滾出一道煙塵，看不清人，也辨不清虎，就聽見人像虎一樣嗥叫，虎像人一樣怒吼。

人和虎越滾越快，忽而騰起，忽而落下，陡然跳墜入山溝，留下一聲嗥叫。

我朝天打了三槍，便朝山溝裡連爬帶滾。

溝裡陰暗、荒涼，茅草沒頂，如浪翻滾，嘩嘩作響。我提著槍，弓腰摸索，時刻警惕那虎撲將出來，還喊：

「羅石虎，隊長！」

冬天的茅草葉賽刀片，劃得臉、手火辣辣的，我從溝頭尋到溝尾，不見人蹤，心裡愴然：「老羅怕是完了。」又想：「他硝煙中來來去去，英雄一世，同惡虎同歸於盡也好，免得為找阿夏遭人笑。」但我還是掉過頭往溝裡走，再找。

前面草叢中有響聲。

血糊糊的羅石虎，仰臉躺在壓平的茅草上；老虎血淋淋地躺在他身邊，背上插著匕首。我躡步走近，看見他大睜眼睛，看我。

我撲過去：「你哪痛，哪受傷了？」

「水、渴……」

我趕快給他檢查傷口，包紮。

他被撕爛了半隻耳朵，腦皮被抓破，肩膀和兩條腿上滿是血淋淋的傷痕，幸運的是都不深。我脫下一件襯衣，撕成條條，再一條一條地往他身上纏。先包好頭，再是胸膛、大腿。

孫富猴和高文才趕來了。一看羅石虎渾身的布條，就急著要紮擔架，羅石虎再三說沒傷筋動骨，不坐那玩意，這才罷休。孫富猴去看了看，說老虎身上扎滿了刀眼，那虎皮沒法要了。他不明白羅石虎怎樣扎的，羅石虎自己也說不清，他只記得，最初老虎居高臨下地向他撲來時，他忽然一閃，從側面撲上去，扎了老虎一刀，以後就滾在一起了。他就只管攥著匕首扎進去，拔出來，再扎進去；另一隻手卡著老虎的脖子。正當他感到有些吃不住勁的時候，老虎的頭咚的一響，以後牠就沒勁了。

「肯定是老虎頭撞在石頭上了，撞暈了。」孫富猴判斷。

「對，要不可就……」高文才說。

小憩一會兒，羅石虎能坐起來了，他要走。

我們三個異口同聲地說：「再坐會兒。」

孫富猴翻翻眼睛：「指導員，你的槍沒卡殼吧？」

「指導員你怎麼沒開槍？」高文才問。

「你們問他，你們當我是怕死鬼？」我火了，「槍一卡殼他就衝上去了，弄得我根本就沒法開槍。你為什麼那麼蠻幹！」

「怪俺，」羅石虎有氣無力地說，「俺只想殺個痛快。」

頓時大家像想起了什麼，都不吭聲了。

風習習，我們靜坐。「呼！」身後的老虎驀地一聲，驚得我們四處逃竄，羅石虎也跳出幾丈遠。回頭看那虎：牠靜靜地躺著，紋絲不動，胸部的一個刀口冒出一灘殷紅的血，和一個雞蛋大的氣泡。

沒有說請客，更沒有發請帖，連煮虎肉的大鍋都還沒借，全寨的人就幾乎都來了。一半簇在寺院外的空地上，看高文才拾掇虎肉；一半湧進院裡，擠在走廊上，等著看羅石虎。有老人，有小孩，有男的，有女的，個個興奮異常，就像是他打的虎，就像是我們已經邀請他來做客。

棘手呵！

我和羅石虎關緊門，躲在屋裡商量。

原先計劃就是照規矩只請小夥子們，打著虎了，歸回途中想擴大範圍，每家請一個。現在可好，外面至少有百十人在等候，不要說我們才準備了十多斤酒，不夠喝，就是虎肉也不夠吃呵，一百多人吃一隻虎，再壯的虎也嫌小呵！一個能吃一幾塊？這種不請自來，等主人擺宴的熱情，實在叫人領受不了。況且這是為什麼請客呵？什麼心緒?!

「你快拿主意，人只會越來越多！」羅石虎憂心忡忡。

「搞不好就老債沒還清，又欠新債。」我急得冒汗。

天呵，有什麼比謝絕前來赴宴的客人更難開口？還要讓人家絲毫不感到不快。

「你會講話，俺可沒辦法不說不讓人吃，還又讓人家不吃就走……」

我不管他說好說歹，把要說的話，推敲了一番，硬著頭皮走出去。

群眾都被召集到喇嘛寺前的空地上。黑暗中，我看見雙雙喜悅的眼睛在四周閃爍，宛如漫天的繁星。他們在低聲細語，洋溢著興奮。

我忽然有些發怵，扯著嗓門：「老鄉們——」大家肅靜了，「自從我們部隊到了烏求村，給鄉親們添了許多麻煩，我們很感激大家，今天有幸打到一隻老虎，我們想請大家嚐嚐，也是照你們的規矩做。」

我頓了頓，沒有預想到的那種歡呼聲，只有低低的嘿嘿聲。

我趕快接上話：「按我們的意思，是想把全村的男女老少都請來，可惜，老虎太小了，太瘦了，都來就、就不夠大家塞牙縫的，不讓客人吃飽、吃好，我們就心不安，就對不起客人……」

『大軍請，多有吃多，少有吃少，熱鬧最重要，人多多最好！」

遠遠的有一個年邁的女人說，頓時四下一片「對囉，對囉」的贊同聲。我朝那個女人那邊望去，只見一片星星般的眼睛。

「剛才那個說法也對，請客主要是表表心意，可我們連隻大鍋也沒有，碗筷也不夠……」

「問題不有，」一個小夥子應聲答道，他們在黑暗處豎起一隻手，像一面帆。「大鍋有我家，去揹了我；去拿碗人一些嘛！」

人群中一陣騷動，小夥子竟帶著一撥人走了，人們又往我跟前圍圍，我被星星的眼睛圍得更緊了。我啼笑皆非，這叫什麼事？這客簡直是由不得我請誰，這話往下怎麼說？無數雙眼睛都在注視著我。

我苦不堪言：「實在對不起鄉親們了，我們酒準備得又少，只有十幾斤，聽說大家都很有酒量……」

「酒我們家家有呢，去拿一些囉。」

面前，一位中年婦女說著朝外走，馬上有一股小河般的人流往外淌。

「等等，等等，這怎麼行？」我真誠地說，「請客我們，酒拿你們，這算請客誰？」

唉，我都說起他們的話了。四下裡「哄！」地笑了。

「請客一家，家家幫做，摩梭人就這種囉。」

中年婦女說著，帶著一批人走了。

人們又往我跟前圍了圍，繁星般的眼睛離我更近了。我再沒主意了，矮小得像侏儒。

我同大家商量：「喇嘛寺內不得殺生，不得喧鬧，這麼多人不好進去吃，天又黑了，大家看怎麼辦？」是呵，這廣闊的田野是多麼寬敞的宴廳！

「黑天火燒起！」

「火燒亮了酒喝起！」

「酒喝起就鍋莊跳起！」

「柴禾搬來，快、快、快！」

一群小夥子嗚嗚喊叫著跑去。

人們又往我跟前圍了圍，天黑得沒有一點光亮，也沒有一絲風，我只覺得許許多多人圍著我，注視著我。我聞見他們身上的溫暖氣息，隱隱地帶點酥油味，還有煙草味。倘若他們知道了我的本意，那該是何等的憤怒？會把我撕碎嗎？我真想讓黑暗再濃些，別讓任何一雙摩梭人的眼睛，看出我已掩飾不住的羞愧。我真想撕開黑暗，仔細地端詳端詳摩梭人。對於周圍的人，我再也無話可說了，我只有滿腔的話要對自己說。趁著天黑地暗，讓我打開自己的頭顱，看看是哪出了毛病；趁著天黑地暗，讓我熱辣辣的眼睛到純潔如泉的情感裡浸一浸，泡一泡。

大鍋抬來了，虎肉煮上了，還有人點起了一堆篝火，鄉親們不願到寺院裡去坐，就留在地裡烤火、閒聊。我飛步回屋。

24 載歌載舞棄嫌

屋裡點著一盞小油燈，羅石虎坐在地鋪上，背靠著牆。

我興沖沖地說：「哎呀，你簡直想不到這事的結局！」

「孫富猴來報過信了。」

我們感歎不已。羅石虎扯出一套新軍裝要穿。

「群眾的心這麼誠，我們請客賠禮我不能不去。」羅石虎頓了頓，「指導員，你乾脆跟群眾明說吧。」

繁星滿天的蒼穹下，一堆堆篝火揚撒起朵朵金花，火光映紅了天，映紅了地，映紅了張張樸實的面孔。大家都圍坐在篝火邊。一百多雙明亮的眼睛注視著我，有老人的，有孩子們的，有男女青年們的，站在他們中間，我只覺天低地窄，豪情噴湧。我端起酒碗，手直發顫，酒溢出碗沿，淌到手指上。

我發自內心地說：「鄉親們，今天這碗酒，既是向大家表示謝意，也是請大家原諒我們，是向大家賠禮……鄉親們不嫌棄，我們就一起乾了這碗酒！」

我雙手捧起酒碗，高高地舉過頭頂，向四面八方表示恭讓。這是羅石虎叮囑的。立刻，周圍一片被雙手捧過頭頂的酒碗，不知是哪邊的老人們率先跪下，隨即一片跪倒的撲撲聲。火光中但見人人俯首擎碗。我的心顫抖了，雙腿不由地一軟，也跪下了：

「大家不要這樣，不要這樣……」

「你快喝！」羅石虎催促。

我喝得很響，大口大口地喝。

篝火邊一片歡聲笑語。

我和羅石虎各提一把盛滿酒的紫銅壺，到每一堆篝火前敬酒，順便既真誠又有些緊張地徵求意見。高文才已帶人用各種各樣的盆和鍋，把虎肉端到每堆篝火前。我們每到一堆篝火前，人們都施大禮：雙膝跪下，雙手捧碗過頂，向我們敬酒。

只有一位四五十的男子，在代表大家向我們敬酒時說：「不有誰客氣這麼對我們，話什麼都不用說了，心好，摩梭最知道。」

摩梭人說客氣，就是尊重的意思。

我很為他的話感動。羅石虎說，他叫車爾皮措，是沙達的舅舅。

轉了一圈，竟無一人提及那規矩，請客就是這樣。我放心了，卻又隱隱地有一種不滿足。

驀然，一支短笛吹響了，像畫眉鳥啁啾，婉轉悅耳，紅彤彤的篝火前閃出一支舞隊，一支輕快的歌在繁星下、在篝火邊，猝然蕩開：

來呀來呀快快來呀快快來，
有腳不跳舞呵，跛子。
有口不唱歌呵，啞吧。
跳到月亮落呵太陽出，要得！
唱到太陽落呵月亮出，要得！
……

剎那間，一支支短笛吹響，一堆堆篝火前閃出一支支舞隊，一支支舞隊唱起一支支歌。我也被不由分說地拉進了舞隊。巴池池米不知從哪鑽出來，擠到我身後，嘻笑著說：

「我們唱母親全全囉……」

東邊的在唱：

會唱歌的人多得很呀，
沒有一個趕得上我媽，
會幹活的人多得很呀，
沒有一個超得過我媽，
沒有，沒有，嘿嘿！
沒有，沒有，嘿嘿！

西邊的在唱：

高高的山呵頂著天，
寬寬的水呵大無邊，
高山流水樣的深情呵，
難忘生我養我的阿媽。

南邊在唱：

阿媽是光閃閃的太陽，
阿媽是銀燦燦的月亮，
太陽照我們豬多糧多，
月亮照我們歌多情多。
嘿嘿嘿，嘿嘿嘿！
……

我悵然地想起自己的母親……

火光中，風度翩翩的吹笛手，邊吹邊舞，走在前頭，後邊的人右手撫前邊的人的右肩，依次相跟。先是男人，隨後是女人，再是小孩子，歌聲中，男人整齊的腳步聲踏出鮮明的節拍，女人的裙裾的窸窣聲像是無數把琵琶撥弄。隨著舞步忽急忽緩。節拍聲時快時慢，快時如雨慢時如雷；百褶裙快時疾速搖擺，似風吹花，慢時飄飄如雲。小孩子們不時發出天真的叫聲，大人們則只有在跳到疾如旋風、奔跳得淋漓盡致時，才齊聲歡呼：「嗚嗚嗚！」在這一片響聲中，我們像條小龍，圍繞著彤紅的篝火，翻騰盤旋；我們像翩翩的蝴蝶，圍繞著鮮豔的紅花，飛起飛落；我們像淙淙的小溪，跳躍在谷間，歡快流淌……

我太笨拙，不是踩著前邊的人的腳跟，就是被後邊的人踩著我的腳跟。我極力想像他們那樣舒展地跳、躍、踩、踏……

「對不起……」我又踩著前面的人。

「對不起……」我又被後面的人踩著了。

唉，怎麼也道歉？還是我走錯了。

唉，我退出了舞圈。這才看見：無數雙歡樂的腳踏起了朵朵淺紅色的煙塵，同閃耀的火光的光暈融成一體，像是人人都披著金紅色的紗幔起舞，朦朦朧朧，縹縹緲緲。我越往後退，越覺得前面籠罩的紅光像初升的太陽，裡面有紅有黃，有深有淺，顫顫如水，人們就在那裡面歌唱起舞。

糟糕，他們呢？我怵然一驚，仔細尋覓，就是不見羅石虎、孫富猴、高文才！

我衝進寺院。左邊是我們的住房，一間大的連著一間小的，有兩道門。窗紙透出若有若無的黯淡的光。我推開門，大屋子裡空無一人，小屋掛著門簾，也沒有聲響，我幾步走過去，一挑門簾，他們三個均在。

屋子不大，就鋪著我和羅石虎的地鋪，三個人都像打坐的和尚，一排地坐在地鋪上，面前擺著幾個酒碗。我在門檻上坐下。

沒人言語，屋裡氣氛沉悶。高文才站起來，端過一碗酒。

我說：「我頭都昏了。」

「指導員，這碗酒你得喝，我們在一起喝酒怕是不會有了。」孫富猴說。

高文才本來要端酒回去，又站下了，執意讓我。

我接過酒碗，瞥了一眼羅石虎，又望望孫富猴：「你怎麼了？」

25 情牽夢繞沙達

「我琢磨，請完客也就該打發我們走了。」孫富猴盯著腳尖。

我放下酒碗，看著他們：「我和隊長研究了，打算讓你們兩個明早就走，回到師裡聽候處理……」

孫富猴和高文才，不約而同地瞟了羅石虎一眼，垂下了頭。羅石虎不安地扭動了一下高大的身軀，臉紅得冒血，額上和臉頰上的綳帶更顯白了。

我低聲說：「你們有什麼想法，都可以說。」

羅石虎忽然扶著牆站起來，蹣跚著往外走：「俺……俺去外面看看。」

「看什麼？快坐著你的吧！」我惱火了。

「那俺……俺洗個碗喝水。」羅石虎慌忙走過來，拿起地上的酒碗，不管有酒沒酒就往一起摞。碗摞碗發出要破裂的聲響。

他雙手端著一摞碗匆匆走向門口，惶惶地推門，惶惶地邁腳，「咔嚓！」一聲脆響，碗全摔地上了，碎了。我們誰也沒說話。

羅石虎猛地蹲下，臉朝著牆：

「俺對不起你倆，是俺說的不能留下，你們罵吧……」

屋裡是死一般的沉寂，只有外面傳來的歌舞聲縈繞，異常清晰，像是很遠很遠，又像就在窗前。

我說：「別不說話，有什麼要求只管說，你們都是好同志，只是……」

「指導員，我走了，你們對格若要好一點……」孫富猴的眼圈紅了，「別說她。」

「我……我跟猴子想的一樣，」高文才哽咽著，淚水在眼眶裡轉悠，「還有，要……要……要是她有了……孩子，你們一定要告訴我！不准瞞！」

高文才眼淚簌簌落下，鼻子不停地抽吸。

孫富猴也跟著抽吸起鼻子。

羅石虎靠著牆，直出長氣。

我心裡酸嘰嘰的。

「指導員，」羅石虎猛地轉過身來，眼裡閃耀著透明的光亮，「讓他們去見見那兩娘們吧！就是看看，什麼也不准說。做錯了俺兜著！」

我竟然點了點頭。三天前是我規定他們，見了那女人就閉上眼。

孫富猴和高文才坐著不動。

羅石虎吼了一聲：「快去呵！」

他們還是不動。

外面響著歌聲、舞聲。

「指導員，你在嗎？」

「指導員，噢，你沒走？」

「指導員，你……你不出去吧？」

我終於耐不住這一次又一次的、像鬧著玩似的從裏間發出的詢問——我和幾個隊員在外間匯集對土地的調查數字——我掀開門簾，衝進裏間。

羅石虎坐在地鋪邊上，埋頭抽煙，聽見我進來，也沒抬頭。

我按著他的脖子：「老羅，你幹什麼？你是隊長，你……你……」

我煞住話，回頭看看通往外間的門，使勁推他一把，朝正門走去。月暗星稀，半個月前燃起熊熊篝火的舞場，黑濛濛一片，地裡已經播下了蕎麥，散發著濕潤的泥土氣和畜牧肥的腐味。我在地邊站下，羅石虎跟過來。

「你說，你是幹什麼？」

「唉，就是想問一聲，你在俺就踏實了。」

他不是第一次這麼說了。孫富猴他們一走，他就找我訂規，要我兩個月內，不要讓他單獨行動，不管幹什麼，都讓我盯著他。

我笑他：「你這是幹什麼？我還能不信任同志？再說，你還是隊長，你自己也有堅決改正錯誤的決心。」

他正色說：「你不懂，這種事和別的事不一樣。你就盯著我，只要三分鐘不見我的面，你就要狠態我，我絕不生氣。」

我沒當真，只認作是他想讓我放心，誰知他竟真地這麼做。不管幹什麼，總是跟我在一起，且不說我們既要團結上層，又要暗暗宣傳群眾，廣交朋友，兩人拴在一起就等於一個人，說不出的忙。隊員們都莫名其妙，隊長和指導員老綁一塊幹什麼？我沒把那種事在隊裡講，怕影響他的威信，不過大家肯定有猜疑。有幾次，我故意讓他帶人去找群眾調查社會情況，我去找土司等上層人物聊天，密切關係，結果，都是沒多大工夫，他就找來了。我發火了。

他解釋：「看見你，俺這思想就安份一些，要不就會亂想。」

我嚴肅地提醒他：

「別忘了你的保證，要是這麼影響工作，你還是走吧，離開這兒！」

這麼說以後，他安分了幾天，今天晚上又犯病了。

「你是不是又想她了？」我的嘴簡直想要變成一把刀，「你不知道再那麼幹錯誤就更嚴重了?!不要說你沒臉見師長，我都沒法說！你就那麼沒出息，離不開女人！」

羅石虎纏著紗布的耳朵在夜色裡像個白環，它搖了搖：

「俺命令自己把她忘了，俺沒去想她。可她就是會闖來，一眨眼，她、她就進來了，就在你的眼前，看著你，問你……」

我目瞪口呆。

月亮明朗了，大地亮了，濕潤的泥土味和畜牧肥的腐味更濃了，幾乎看得見陣陣氣味煙靄般飄進來。羅石虎一彎腰，半截鐵塔似地坐在地埂上。

「天快黑的時候，俺看見地裡有個女人，孤單單地就站在那，望著這喇嘛寺。很像是她。離得那麼遠，遠得她就像站在山腳下，一個人，黑黑的天，黑黑的地，把她擠得很小很小，到後來就只看見一點白裙子。我不知道她是在看俺，還是在發愁活路太重……

「俺真想過去啊，腳都想瘦了，可俺沒去……就站在寺院的臺階上，望著她，她也一直站那望著俺，直到天黑得什麼也看不見……」

「那就是她？你不也沒去嗎？」

「要再這樣，俺怕就……」

他把話噙住了。我知道他要說什麼，歎口氣，挨著他坐在地埂上。屁股下濕氣不輕。

「我該怎麼對你說？你說我從家裡跑出來參加革命，同親生父親劃清界線就沒有經過鬥爭？就沒有痛苦？……」

「俺跟你不一樣，」羅石虎嗓門粗，「你父親是剝削階級，你是要革命，你們兩人誰也不喜歡誰；可俺和沙達都是窮人，是一個階級的！」

「你說我父親不喜歡自己的兒子？你太不瞭解情況了！我離家出走後，他還登報懸賞尋人，能找到我的給一千塊現大洋！」

「那是因為你去投奔革命，他要抓你回去殺！」羅石虎理直氣壯。

「殺？你說他要殺我！」我有些氣惱，「不光是對我，就是對我媽媽、他的大老婆，除了娶姨太太，還沒看見對她有什麼不好的。真的，你不信？我現在還記得，有天晚上，他們爭執起來，我媽媽一氣之下，把老頭最喜歡的一個元代的瓷花瓶給摔了，那是他花十幾兩黃金買來的。我聽見摔東西的聲音跑進屋裡，只見他跪在地毯上撿那些碎皮。我那時才十歲，問：『為什麼要摔？』他說：『不怪你媽媽，是爸爸不好。』兩天後他就娶了個二姨太來。」

「地主老財都那樣，口是心非！」

我忽然不知該說什麼了，只是憤然：

「哼，那老虎要把你咬狠些就好了。」

「腿咬斷就沒事了。」

「身上的傷疤還疼嗎？」我過意不去了。

「光是癢，是好了。」

26 紅顏知己兀現

天空，一顆晶亮的流星劃出一條弧線，飛快地墜向黑濛濛的獅子山。

有關土地的情況很快就調查清楚了，這使我們看到，摩梭人除了在家庭、婚姻關係上尚保留著母系社會的痕跡，而在經濟上已進入封建領主時代。全部土地都是土司所有，老百姓在被問及土地的所有情況時，幾乎無一不說：「司沛底直，司沛吉直。」意思就是：吃的是官家的地，喝的是官家的水。他們的官家就是指土司。土司等封建領主直接占有烏求村百分之四十的土地，小夥頭巴池池米占有百分之十，自由百姓等級十五戶，占有百分之二十五，奴僕等級的八戶，占有百分之二十五。土司等封建領主不直接占有的土地，也必須按時向土司領主交租稅。

令人費解的是，封建領主對奴僕除了不能隨意處死外，可任意進行交換、轉讓、買賣，卻允許有土地，經濟可以獨立。甚至有的奴僕可以通過自己的財富，使封建領主把自己當作自由百姓等級的人對待。也不乏有封建領主經濟破產沒落，降為百姓等級。這真是一個極其複雜的社會。

我們剛轉入封建領主階級對人民群眾的剝削壓迫的調查，小夥頭巴池池米就來傳話，土司的小姐達珠，明天要來寺院看望指導員。

土司果錯甲池有兩個女兒，大女兒啟主嫁給了那少英，達珠是小女兒，尚未出嫁，聽說曾去麗江求學。有流言蜚語說，她同那少英關係甚密。猜不透她目的何在，也不能回絕，我們的一切工作都必須符合「團結上層，發動群眾，爭取進步」的原則。這是黨的民族工作政策。

我邀羅石虎留下，陪我接待土司小姐。

他說：「我去調查她老子怎麼剝削人，你留在家裡團結她吧。」

大家都笑了。

上午，空等，達珠沒來。

中午，還是不見人影。

下午，陽光透過窗紙映進屋裡，地上一塊明一塊暗。

巴池池米突然推門進來：「小姐達珠來了！」

門口空無一人。路邊大柳樹的影子斜斜地投映在寺院臺階上，枝上剛剛吐出嫩葉，映在地上就全然不見了。朝村裡望去，只見一個穿著雪白衣裙的女人騎著匹矯健的小紅馬，瀟瀟灑灑而來；她身後跟著兩個著摩梭服裝的女僕，路兩邊有人跪伏。還那麼遠呢，就說來了，我真想罵巴池池米。退回寺院去，顯然不合適，我只好擺出迎客的架式，但站著不動。

「過去見她。」巴池池米說。

我板著臉裝著沒聽見。他也就不說了，趕忙顛顛地跑上前去腳下揚起一股細細的煙塵。他跑到她跟前了，說了幾句什麼，便跟在馬後了。那馬倒一直未停，快快而來。

她的衣裙白得晃眼。

她紅石榴籽般的鈕釦綴在頸下。

她小白帽子的陰影裡有一雙黑亮的眸子。

她熟練利索地一抬腿，跳下馬來，伸出手：「你好，讓你久等了。」

「從早晨等到現在，是不短了。」我笑著說。

「這怎麼會？我說過下午來。」達珠扭頭看巴池池米，「是你傳我的話？」

「該死奴才。」

「沒關係，說句笑話。」我忙給巴池池米解圍。

「我知道你們很忙，可又想來看看，你不知道我在這個地方感到多麼憋悶，總想找外面來的人聊聊，不敢占用一天之計的早晨，這才決定下午來。」

我請達珠到裡邊坐。她剛抬腳，看見地上的樹影，又一抬頭，看見筆直的大楊樹：

「哦，你們這的樹葉長得真快呵，我家門前的那棵還沒出芽。」

「春暖柳綠都一樣。」

「十里不同天，也許這是家境盛衰的反照。」達珠臉上一怔陰霾。

倏然，她又笑了：「你說這樹葉像什麼？」

「像小魚，一隊隊小魚，吮食水面的陽光。」

「真妙！它們是活活潑潑的小魚，正往水面上游。」達珠滿臉喜悅，「我沒白來。如果不是遇見你，問別人，不是不敢吭聲，就是回答：『這是土司的樹。』還是我們讀過書的人談得攏。」

「我可沒讀過多少書。」我順口說。

「別騙我，你們家是大商人，你是考上大學了，才棄學從戎，投奔革命，所以我才想和你聊聊。」

我暗暗有些吃驚。

「請到裡邊坐。」

屋裡稍稍收拾了一番，地鋪乾淨整潔，窗戶下邊用木板搭了一條長凳。巴池池米和女僕們都留在外邊，達珠在屋裡走走看看，又掀開了通往大屋的門簾，朝那裡出神地望著。

我給她倒好茶，放在長凳子上，說：

「是想看看我們有什麼金銀財寶，還是看看飛機、大炮？」

達珠噗哧笑了，轉過身來，在長登上坐下：

「我只是想看看，多看看，新奇。」

她漢語說得很流利，像是知道許多，雪白的裙衫在室內顯得格外素雅。

我端起茶碗，慢慢地吹著水面上的茶葉：「土司身體好嗎？他是不是有什麼話，讓妳捎給我？」

「我不是說了嗎？是我想來看看、聊聊，跟他們無關。」

「噢，我順便問問，他忙吧？」

「忙著抽大煙呢！至於我姐夫就不知道在忙什麼了。」達珠笑笑，「你們的人到哪去了？我很想見見捅死老虎的羅隊長。」

「很遺憾，他們都出去了。」

「是搞社會調查吧？調查我父親，還有我姐夫他們是怎麼剝削人，對吧？」

我望著她黑葡萄般的眸子，有些茫然。她眼裡既沒有仇恨，也沒有焦慮，連點氣惱都沒有。

「我們是在做一些社會調查，以便人民政府能更好地根據這裡的實際情況，進行管理。妳父親和妳姐夫都知道我們的工作，他們都將擔任縣和區的領導。他們很關心我們工作的進展吧？」

「你不要老把我同他們連在一起，」達珠意味深長地說著，端起茶碗，「他們還不如我瞭解你們，原先他們還問我呢。我的高中語文老師，給我講過列寧、馬克思，不過她是個國民黨黨員。我知道你們的最終目的是要推翻剝削階級，簡言之，就是推翻我父親和我姐夫他們。你別急，我並不反對，也不想談他們。我能不能問問，像你這樣大商人的兒子為什麼能革命？革命也要你？」

我笑了笑，吹開碗邊的茶葉，喝了一口。

「革命隊伍中有不少出身於非無產階級家庭，這一點也不奇怪。妳那位語文老師沒給你講？馬克思的家裡不是窮苦人，馬克思的妻子是個資本家的女兒，像我這樣的參加革命就更不足為奇了。」

達珠點點頭，輕輕地抻抻裙子，撚著帽帶，靜了一霎，她突然站起來：「我們出去走走吧，談談各人的學生生活，別悶在這籠子裡。」

27 好沙達有喜啦

清澈的開基河面蕩漾著粼粼金波，像電波從河底斜斜地發射出來，由小到大，河面忽寬忽窄，它也隨之變化。河道彎彎曲曲，沿河岸楊柳成蔭，柳枝輕拂。我和達珠走在柳蔭裡，巴池池米和女僕們牽著馬，拉開距離跟著。地裡送肥的、播種的、鋤地的星星點點。

我忽然有些侷促，便儘量多說話。

「妳去麗江上學很不容易啊，是妳要去，還是家裡讓妳去？」

「是我鬧著要去的，待在這裡沒意思。」達珠挺自豪，眼裡閃耀執拗的光，「你不知道，我每次去上學有多熱鬧，十幾個人護送我，趕著馬幫，馱著帳篷、豬膘——你們叫臘肉，其實不完全一樣，豬膘是將豬殺死，取出骨頭再原樣縫起來，用鹽醃上。狗在前面開路，有時從林子裡攆出隻野豬，那就更熱鬧了。每天走五六十里就歇腳了，要走十多天才到得麗江，比你們城市裡上學難多了，也好玩多了。」

河道拐了個彎，岸邊鑲著一塊巨大的磨盤般的青石。

達珠連蹦帶跳地跑上去：「快來，來這裡泡泡腳吧，舒服得很。」

說話間，她已脫掉皮鞋、襪子，在大青石上坐下，把腳伸進水裡。我的不安加重，絕不能過去，同她坐在一塊石頭上把腳伸進小河，青青的楊柳枝在頭頂飄拂。

「來呀，你怎麼不來？」她說。

「妳泡吧，我們聊的時間不短了，改天再聊，我回去了，記著向妳父親問好。」我準備走。

「你等一下。」

她抬起水淋淋的腳，也沒擦就穿上襪子，又穿上鞋，跳下大青石，衝到我面前，又扭頭就走。

「達珠，妳……」我窘赧。

她忽然轉過身來，嫣然一笑：

「好吧，就在這分手吧。謝謝你，同你聊天我很高興，希望你能允許我經常來看你，像低年級的同學看高年級的同學那樣。」

「我們隨時都歡迎妳。」我說。

女僕們牽過馬來，達珠迅速地跨上馬，雙腿一夾，策馬飛奔而去。

兩個女僕慌忙跑著去追。

巴池池米望著那煙塵嘖嘖地讚歎。

這位小姐可真叫人琢磨不透。

黃昏，大家都回來了，挑水洗菜，燒火做飯，一片忙碌。唯獨不見羅石虎，問誰都說他已經回來了。我在寺院裡找了一圈，連廁所都去看了，仍不見人影。

我出了寺院，往路兩邊看看，也不見他。正躊躇進不進村，一眼瞥見夕陽染紅的山坡上立著一個人，像尊雕像。是他！他在看什麼？

我繞過寺院，跑上山坡，頓時滿目緋紅，紅的土壤、紅的霞光交相輝映，像走進火裡。羅石虎佇立在山崖邊，紋絲不動地望著下面的橘紅色光暈籠罩的村莊。他臉頰上的毛孔被紅光放大了，嘴唇上的鬍根變粗了，眼眶深凹，眉岸像堵岩石遮出一片陰影。就是在這陰影裡，兩具眸子水晶晶的，像是被火燒透了，就要奪眶而出。他目光所至正是村南邊的沙達家。

我火冒三丈：「老羅，你像話嗎！」

羅石虎見是我，不聲不響地走到一旁的坡凹裡。

「老羅，你走吧！」我衝到他身旁，「你明天就回師裡去，你自己去跟師長說！你說你對得起誰？同樣犯錯誤，讓孫富猴和高文才走了，把你留下了，替你瞞著。為什麼？不就是看著你立的那些功！」

「她有了。」羅石虎低聲說。

「有什麼？又有阿夏了？」

「有孩子了！俺要做爸爸了！」

羅石虎抽泣一聲。

我愕然。

太陽落了，山上一陰暗，寒氣漸濃。

原來就在今天下午，羅石虎到群眾裡搞調查時，正巧碰上沙達的舅舅車爾皮措在那家做客，他對羅石虎就說了一句話，就是那句：

「她有了……」

門簾透進大屋子裡的陣陣鼾聲，一隻蚊子在黑暗中像轟炸機不停地朝我們俯衝，在我們臉上方盤旋。「啪！」羅石虎拍一巴掌，沒打著。那嗡嗡聲升高了，遠了。少頃，牠又嗡嗡響著來了，「啪！」我拍了一巴掌，手心空空。嗡嗡聲仍在，不遠不近。陡然，四隻手在黑暗中拍響了兩個巴掌聲，還是沒打著。不過，嗡嗡聲飄遠了，許久沒來。被窩焐熱了，焐燙了，我把腳蹬出被窩，卻又燙得趕忙一縮，碰著羅石虎的小腿。他渾身發燙，就像一塊火炭，嘴裡噴出呼呼的熱氣，還帶點煙味，熏得我緊貼著牆腳。

怎麼辦呢？光是那個女人，我對羅石虎什麼都說得出來，可現在增加個孩子，一個還在母親肚子裡的胎兒，一個尚未被承認的幼小生命，好像這事情就驟然變了，變成了另外一個事。羅石虎愛那幼小的生命，那是他的孩子，或許是兒子，或許是女兒，我能說什麼？我至今之所以還記得我那個資產階級的父親，完全是因為我從他那裡曾得到父愛。沒有人不喜歡自己的孩子，要讓他拋棄自己的孩子，那他一定寧可死。但是，剛剛送走了兩個違反師長命令的人，又打個報告說隊長羅石虎有了孩子，要求結婚，不把師長氣死？

「你記得俺們打的那條虎嗎？」羅石虎聲音低沉，「真不該打。」

「你想起什麼了？」

「那虎咋見俺們就撲？先前雪地上是兩隻虎的腳印。」

「餓虎傷人，許是牠餓極了。」

「不，先前雪地上的腳印有大有小，肯定那虎帶著隻虎崽，牠撲俺們是為了讓虎崽趕快逃走。」

屋裡太黑了，我看不見他，只覺得他是瞪大眼睛望著穹窿。我極力回憶那雪地上雜亂的獸跡，那朝我們猛撲過來的老虎背後……實在想不清楚。

我說：「也許是吧。」

「咋也許呢？就是。」他急了。

「行，那是隻好虎。」

羅石虎不吭聲了。蚊子又「嗡嗡」地來了，我猛地坐起來，揮揮手，將牠趕開，鄭重其事地說：

「老羅，你的心情我理解，咱們什麼都不用多說，我只要求你，為了不給敵人鑽空子，造謠破壞，為了小分隊的穩定，為了執行師長的命令，在孩子生下來之前這半年裡，你不能跟沙達、包括他家裡的人，有任何接觸，就好像完全沒有這件事。等到孩子生下來，工作局面打開了，群眾對我們也真正瞭解了，師長也該忘了孫富猴和高文才的事，不生氣了，到那時，我就以指導員的身份為你說話，請師長批准你們結婚。」

「俺等。」

「在這期間，你要是犯了我們剛才說的那些，你就得離開這裡。」

「俺懂。」

28 達珠離經叛道

我慢慢地躺下了，望著黑暗中的某一點，有件事想說又忍住了：過去是他要求我，不要離開他，從今天起，我將要求他，不要離開我的視線。

沉寂，我有些朦朧了，羅石虎翻了個身，褥子下的稻草一陣呻吟。

「土司的小姐來幹啥？」他問。

「來聊聊天。」我迷迷糊糊。

「她都跟你說啥？」

「就是問你們都上哪去了，還問樹葉像什麼。叫我陪她到河邊走走。」

「你說像啥？」

「我說像小魚，她說形容得好！」

「你陪她到河邊了？」

「去了，就一會。」

「哎呀，你咋那麼糊塗！」

黑暗中，羅石虎猛地坐起來，一隻大手按得我的胳膊又痠又疼，睡意全無。

我驚問：「怎麼了？」

「你和土司小姐大白天在河邊樹林裡一逛，那些窮苦百姓見了，還敢反剝削，那小姐不是想拉你下水？」

「你說哪去了？達珠不像是那樣的人。」我有些生氣了，「對民族上層，黨的政策是團結。」

「你看你，一點警惕性都沒有！」

「好好，今後我多注意。」我敷衍。

「你可要小心呵！」

唉，我真說不出是氣惱達珠還是羅石虎。

羅石虎變了！

原先他怕人笑，傷好了也不肯取下耳朵上的紗布，現在他亮出了耳朵，其實也就是耳輪被撕掉一塊，傷疤隱隱發紅。他整天笑呵呵，夜裡說夢話都是笑著嘟囔。工作也不只想著收拾那些藏在深山老林裡的，三三兩兩不肯輕易露面的土匪，轉到關心群眾疾苦上了。他提出動員群眾不種稞子改種穀子，穀子不光產量高於稞子，米飯也比稞麵好吃。還提出把群眾用的二牛駕犁，改為像內地農村的一牛拉犁，由他負責馴牛。可是群眾態度曖昧，說是土司管家叫改，他們才能改。

那少英哼哼哈哈，說：

「百姓笨，怕一時學不會誤了生產，慢慢再說。」

羅石虎最大的變化還是心軟了、細了，變得那麼愛孩子。我們走在村裡，他總是落在後面，見了穿小袍子的孩子，就要逗逗玩玩。摩梭人的孩子，不論男孩、女孩，十三歲以下的均穿長袍，腰間紮帶，倒也討人喜歡。每天中午，常有膽大的孩子，相約相伴到寺院來找我們玩。看見我們吃米飯，他們的小眼睛十分好奇，羨慕。羅石虎總要把自己碗裡的飯，撥些在他們的髒乎乎的小手心裡，他們就一群麻雀似地「嘰嘰喳喳」地跑出去。甚至對那些連我都畏懼的、懷裡抱著的流著長長的鼻涕、莫名其妙地就「吱哇」亂叫的奶娃娃，他也敢於親熱，沾臉鼻涕也不在乎。

這天下午，小夥頭巴池池米又來傳話：

「土司的二小姐達珠，要來同指導員聊聊。」

羅石虎沒好氣地說：

「告訴你們那個小姐，指導員下午有事，沒空他娘的閒聊。」

我趕快補充一句：「好好對達珠小姐說，我們下午要去別的村，已經同人家約好了，請她原諒。改日我們去拜訪土司和小姐。」

巴池池米諾諾連聲地走了。

忠克村距烏求村十多里路，是個大村。調查很不順利，我們很少到這個村來，群眾有很大的畏懼情緒，什麼話都不敢說，連一年要交多少稅都吞吞吐吐。這個村裡窮人最多，有一半人屬奴僕等級負責給封建領主種地。他們的驚惶使我們不便久待，早早就離開忠克。

路上，我們分析了形勢。顯然，我們在烏求村的活動，使那少英感到不安，他們在其他村子裡下功夫，使我們進不去。從那次請我們看四堂會審，可以清楚他對我們的態度，表面嘻嘻哈哈，骨子裡他要堅持他那一寺，不許有半點更動。

遠遠地望見村口了，但見河邊的楊柳樹下，有個白色的人影，一旁還有幾個人，一匹馬。我想到那是誰了。

「是她吧？」羅石虎說，「別跟她囉嗦。」

「人家等了半天了。聊聊就聊聊，要是能團結住她，就能讓她幫助我們團結上層。」

「你可要當心呵！俺老覺得你們兩個讀書人湊在一起危險。」

「再危險我也不會跟著她走！」我惱了。

羅石虎不吭聲了，臉紅了。

哦，又看見那白得晃眼的衣裙。又看見那紅石榴籽般的鈕釦綴在頸下，又看見那圓圓衣領上鑲嵌的金絲花邊，又看見那頂小白帽下黑亮的眸子……她婷婷玉立在瀲灩水光前的翩躚柳枝下。

她招呼：「快到林子裡來歇會吧。」

我們走進樹蔭下，羅石虎帶人逕自走了。

達珠偏著頭問：「他那麼忙？」

「他是隊長，事比我多。這回可是讓妳久等了。」我岔開話說，「不會是為談談學校、談談柳葉，在這等半天吧。」

「你猜錯了，還是為了談學校。我待在家裡很憋悶，想去上學，麗江、昆明，都可以，想讓你給打聽打聽，收不收土司的小姐。」

「政府都還吸收土司工作，學校能不要土司的女兒？只要學校招生就行。我給妳打聽。」我真誠地說，「妳已經讀了三年高中了，得挑個適合自己志向的學校，不要讀著玩，浪費光陰。」

「就是，那就拜託你了。」達珠又高興又憂鬱，「我真不知道自己能幹什麼，當女土司？」

我們都笑了。她告辭，朝著女僕們一招手，小夥頭巴池池米牽著馬，跟著女僕們趕快過來。達珠又一揮手，僕人們都在十幾步外停下了。她思忖著往前走了幾步，我疑惑地跟了過去。

達珠望著夕陽下空曠的迷迷濛濛的褐色土地：「我知道你們在搞調查，能不能把你們要瞭解的事告訴我，這樣可以讓許多人安心，你們也不會被別人盯著。」

我望著她，這話實出意外。

達珠回過頭來：「我姐姐嫁給總管了，我不會嫁他，連阿夏也不會做。你大概都聽說了，十年前的總管，五里外就要下馬，走進土司府，現在的總管恨不得騎著馬進去。當然，不光是為這個，可這麼一說你能相信了吧？」

她奔向那馬，疾馳而而去。

我都沒來得及對她說信或是不信，她似乎也不想等我的答覆，就急匆匆地走了。但我要說的不是敷衍的話，我覺得她對我說的是真話，我很後悔沒能把要說的話說出去。她越是不等我回答，越是走得匆忙，越說明她渴望知道我的態度。

29 石虎為情自殘

回到喇嘛寺，去別的村搞調查的同志也回來了。屋裡一番喧嘩，一番你出我進，一番忙忙碌碌，一大碗燒南瓜，一臉盆煮青菜，一大鍋燜飯擺在屋中央了。

張曉成給大家發筷子，忽然一聲驚詫：「隊長呢？」

我蹲在飯鍋前，腦子「轟！」地一下脹得比鍋大。

我朝屋裡掃了一眼，盯住張曉成：「他一直沒回來？」

「沒有。」

大家七嘴八舌，眾說紛紜。我把碗朝地上一磕，屋裡肅靜了。

「你們倆到林後山坡上去找，你們三個到村口找，你留下守家。我在村裡找。不要走遠，有情況馬上回來報告。」

我氣沖沖直奔村南邊的沙達家。

院內，一群豬圍在槽邊歡歡地哼著，沙達的舅舅車爾皮措正往槽裡倒食。他雙眼迷惑地望著我，手裡的葫蘆瓢也被豬拱掉了。

「羅隊長在你家嗎？」我問。

車爾皮措搖搖頭，神情緊張。大概是我的臉色太難看了。

我說：「你請沙達出來，我問問她。」

這時候，正屋裡湧出三個女人，有老的，有年輕的，有一個還抱著娃娃。我不知道誰是沙達。

車爾皮措說：「沙達在屋裡，話問我得囉。」

「羅隊長來過你們家沒有？」

車爾皮措看看正屋門前的女人，又朝我點點頭。

「他什麼時候走的？」我追問。

「太陽院子裡還在滿的時候。」

羅石虎走的時候，夕陽灑滿院子，現在一點亮光也沒有了，這麼說他已經走了好久了。既然他們承認來過，就不會騙我。

我攆到村口，會合了在村口尋找的三個人，我決定不找了。既然他從那家出來了，那他就一定會想起自己的保證，想一想怎樣向我交代，讓他去想吧！

天暗了，我們剛回到喇嘛寺門口，就看見張曉成急急忙忙地跑出來。

「唉，正要去找你，他，找到隊長了。」張曉成困惑不解地說，「他躺在後山坡上，自己扎了自己一刀，就是捅死老虎的那把匕首，流了很多血。就扎在這。」

張曉成指指大腿根。大家都迷惑不解地望著我。我突然明白羅石虎是想扎哪。我急匆匆地跑進寺院，又戛然站下，問張曉成：

「有危險嗎？」

「大腿扎穿了，幸好沒傷著血管。」

我無端地走進寺廟。昏昏暗暗中，祭臺上的油燈忽忽閃閃，高高的佛像時明時暗，濃郁的香味刺鼻，空氣沉甸甸的。我望著那佛像，說不清的想什麼，只覺空間極大，又極小。

身後有腳步聲，張曉成附在耳邊說：「隊長要你過去，他要跟你說。」

屋裡的人都退出去了，就剩下我和羅石虎，他墊著被子靠牆而坐，臉色臘黃，漢白玉煙嘴的小煙鍋放在一旁。

他說：「俺不是為那種事去找她，是為孩子！為孩子！」

「所以，你就想給那一刀。」我說。

羅石虎長長地吁了口氣。

就在同我分手後，羅石虎剛一進村，就看見那個懷著他兒子或是女兒的女人，扛著一捆沉重的柴禾走在前面，他知道自己不能靠近她，只有不出聲地跟在後面。後來，兩人的距離越來越短，他終於撵上了她，接過那捆柴禾……從沙達家出來以後，羅石虎上了山坡。他百感交集，變喜變憂、變悔變恨之中，拔出匕首想對著自己的下身扎去。這瞬間，看見張曉成上來了，心一緊，刀扎偏了……

半個月後，就在羅石虎基本痊癒時，師長派人來了。他帶來師長的親筆信：

特遣分隊即刻撤到永寧，返麗江整訓。

觀賞瀘沽湖，可從形和質兩方面去領略。

山埡口立著一個橫跨公路的彩門，彩門以下約二百米的路段是觀賞瀘沽湖全景的最佳地點。不這裡，你可以清楚地看到瀘沽湖美麗的曲線輪廓，翠青的吐布半島散在藍玻璃鏡面般的湖面上，格姆女神山（獅子山）在湖北岸姿容端莊。如果恰是春天，你的鏡頭下緣還是串串簇簇的紅色山花。

《舊唐書》第一百九十七卷載述「東女國」：

俗以女為王。東與茂州、黨項接，東南與雅州接，界隔羅女蠻及白狼夷。其境東西九日行，南北二十日行。有大小八十餘城。其王所居名康延川，中有弱水南流，用牛皮為船以渡。戶四萬餘眾，勝兵萬餘人，散在山谷間。女王號為「賓就」。有女官，曰「高霸」，平議國事。在外官僚，並男夫為之。其王侍女數百人，五日一聽政。女王若死，國中多斂金錢，動至數萬。更於王族求令女二人而立之，大者為王，其次為小王。若大王死，即小王嗣立，或姑死而婦繼，無有篡奪。……俗重婦人而輕丈夫。

已是第三天了，警衛連還未來人押我去禁閉，也沒人找我談。大概處理我的決定——警告處分，或是下連當戰士，再不就是黨內檢討，正在逐級傳達下來，就要在佇列前宣布了。一天之中有多少次列隊，出操、上課、早午晚飯前、晚點名，任何一次列隊時，都有可能成為我命運的一個轉捩點。

羅石虎、孫富猴、高文才都留在了那個神迷的母系王國，他們三個所在的連營團的幹部都衝著我要人，讓我交出他們的英雄……

任何解釋都是徒勞。他們不相信那些最初連我親耳所聞亦困惑不解的羅曼蒂克的事件，並舉出種種不可辯駁的事例，諸如孫富猴曾出入敵穴、妓院搞偵察等等。我啞口無言，無力駁斥。結局是，夜闌人靜，我常冥想那些事，你沒把哪件事記錯吧？那些事果真發生過？

面對紛紜的責難，我緘默了。不光是別人指責我，我自己也覺得是我丟失了部隊的榮譽，是我把他們三個拋棄在不可琢磨的母系社會，我準備接受任何處理。

我在等待。

30 麗江負荊請罪

《元史・地理志》第十三卷載稱：

今麗江即古麗水，兩漢至隋、唐皆為越巂郡西徼地。……永寧州，昔名樓頭睒，接吐蕃東徼。地名答藍。麼些蠻祖泥月烏逐出吐蕃，遂居此睒。世屬大理。憲宗三年，其三十一世孫和字內附。至元二十六年，改為州。

真想不到，兩千年前永寧壩的瀘沽湖一帶，曾發生過一場部落戰爭，摩梭人祖先在其部落領袖泥月烏的率領下，趕走了藏人，在這一帶結廬定居，牧畜墾殖。秀麗如畫的瀘沽湖畔奔湧著金戈鐵馬，迴響著鏘鏘鏗鏗的劍戟、鼓角聲，該是一番何等景象？

那湖邊泥土裡當有斷戟殘甲吧？

恐怕是因為領導正忙於部隊改編，師長改任麗江軍分區司令員，兼麗江地委副書記。我們師的三個團也由野戰軍改為軍分區的邊防團，分駐各關口要塞。任務也隨之改為：守衛邊防，清匪反霸，宣傳群眾。軍分區已成立了一個民族工作大隊，我們特遣分隊劃歸了這個大隊，同從各團抽調來的民族工作隊的成員，集中在軍分區學習有關的少數民族歷史、風俗，和黨的民族政策等。麗江人口不多，民族卻不少，有納西族、彝族、白族、普米族、東巴族，還有摩梭人。

儘管大家對我不滿意，譴責我失職，丟失了我們師的三個英雄，簡直人人都冷眼相視，卻無法掩飾他們對母系社會，尤其是對阿夏婚姻的關注和好奇，想方設法地詢問。

我閉口不談。我沒去過那個地方。

《清嘉慶重修一統志》第四百九十七卷說：

永寧土府，明初屬鶴慶府，後屬瀾滄部。永樂四年升為永寧府，隸雲南布政使司。正統三年，設流官同知，駐永北州。本朝康熙三十七年升永北州為永北府，以永寧土府隸之，土司阿氏世襲。乾隆三十五年改府為廳，土府仍隸。

我還在等待。

那天，管理科長把大家領走後，我忐忑地走進軍分區大樓。板栗色的地板映得出人，我的鞋底把從瀘沽湖帶來的紅土印在光亮的地板上，一步一個印。上了樓，我在一間屋門口站下，門敞開著，司令員坐在一張寬大的辦公桌後面，沉默如鷹。

我走進屋裡，怯怯地：「師長，噢，司令員……」

「你還回來了，不錯，你怎麼沒找個阿夏？」司令員望著側面的牆壁，「你不用說，你的任務完成得多好，你自己清清白白，可他們呢?!羅石虎、孫富猴、高文才呢？你給我把他們扔哪去了？」

司令員站起來，疾速地走動，整座樓都轟響起來。

「你看看這屋裡，地板、沙發、臺燈，還有衣架，到處亮光光，富麗堂皇，我舒舒服服住在這了，可他們呢？他們讓我攆走了！沒有他們，我們師就打不到這，就沒有今天！可現在，我……我成了『狡兔盡，走狗烹』的人！」司令員放慢了腳步，目光沉痛，「他們是從刺刀尖上走過來的，是我們師的寶貝呵！再打仗我去找誰要呵！」

我忽然後悔了。

「你還有臉回來？你該和他們一起回去！」

「我沒法對大家說，你也交代不了。我要給你處分，關你的禁閉！你還不走！」師長拍桌子。

門外沒有衛兵，樓下也沒有衛兵。回到住處，等到晚上，警衛連也沒來找我。只是軍分區政委來了，他和司令員還分別兼任民族工作大隊的政委與隊長。他叫我邊參加民族工作隊的學習，邊聽候處理。

據《永寧縣誌》記載：

清末宣統三年建立分縣，歸永勝縣統轄，民國二十五年與蒗渠土司地區合併，建立寧蒗設治局，永寧成為寧蒗設治局的第四區。

確鑿翔實的史料證明，摩梭人並非像人們所臆想的那樣隅居僻壤，鮮為人知。早在一千三百年前，就為人所知，專有史料紀錄，嗣後，它也一直未中斷和外界的交往、聯繫。一千三百年前，恐怕是她的鼎盛時期，地域遼闊，跨四川西部廣大地區，北達青海，南近雲南，與瀘沽湖和永寧相連綿。一千多年過去了，日月行空，江河行地，春秋易序，多少風風雨雨，多少天翻地覆，多少人世蒼桑，彈丸之地的永寧壩裡，「東女國」風貌依舊，安然故我。

歷史使我感到說不出的震撼和可怖。它像根巨棒敲在我渾噩的頭頂上，迸射出耀眼的光亮，映出了茫茫黑暗中一條長長的彎曲的路途，三個螞蟻似地蹣跚而行。他們前方黑黢黢，陰森森，閃電頻頻。他們時而被黑暗吞沒，時而又被強光照亮，照出艱難跋涉的腳步。

我為他們憂慮，又後悔沒攔住他們……

墨綠的竹叢遮住了夕陽，圍住了山坳，潺潺溪水從坡上的竹跟腳淌下來，像一條閃爍的銀鏈，穿過狹窄的山坳，托著幾片淺黃的竹葉，又流入坡下的竹叢中。這是個歇夜的地方。

我朝走在前頭的人吆喝：「今晚住這吧。」

大家紛紛下馬，找地樁拴馬，卸馱子，人喊馬叫，山坳裡霎時熱鬧起來。也算我們是化裝成馬幫進永寧，現在回麗江人人有馬騎。羅石虎坐在馬上，手挽韁繩，無動於衷，眼睛望著坡上的竹叢。

「誰的背包？」

「哪？」我被他的馬擋住了視線。

「附近有人！一組趕快搜查坡上，二組警戒！」羅石虎喊著拔出手槍，下馬。

一時，隊員有的如疾風暴雨衝上坡坎，有的鑽進竹林隱蔽。我從馬鞍上望出去：竹根腳靠著兩個背包；黑羊皮裹著黃軍被，打著整整齊齊的三橫兩豎。衝上坡坎搜查的人，很快就一無所獲地回來了，隨手把坡上的背包扔了下來。有人說國民黨逃兵的，有的說可能是我們的人，也有的說是老百姓的。

羅石虎圍著背包看了又看，又提起來湊到鼻子聞聞，他突然衝坡上大喊：「孫富猴、高文才，快給俺出來！」

大家都愣了，面面相覷，屏息靜觀。四周的竹叢綠得發黑，發亮，好像它們在無聲地圍攏過來，山坳顯得更為狹窄；潺潺溪水「咕嚕咕嚕」地響著，越淌越急；空氣發出「嗡嗡」的神祕聲響，陰冷和黑夜正躡手躡腳地走來。

羅石虎瞪大眼睛，目光在竹叢間的每一道縫隙中搜索，被老虎撕破的上耳輪紅了。

31 戰鬥英雄脫隊

許久，四周仍無聲無息。

我先笑了，接著大家都笑了。

「算了，餵馬做飯吧，張曉成，你到坡上放個哨。」我說。

羅石虎皺著眉頭在坡坎邊坐下。張曉成提著卡賓槍走了，別的人就解草料口袋餵馬，就把鍋勺弄得「叮噹」響，就讓柴禾發出了朵朵紅光，就讓淡藍色的氤氳纏繞竹梢。

羅石虎還悶坐在坡坎邊，瞅著兩個被遺棄的背包發呆。

我說：「吃完飯把背包打開檢查一下，看樣子就是這點東西。」

「是他們的，俺咋看咋像。」羅石虎掏出漢白玉嘴的小煙鍋，擦這一團火，吐出一口淡藍色煙霧。

我沒爭辯，猜不透他怎麼想。

空地上燃起一堆篝火，閃耀的彤光照亮周圍，照黑了周圍的周圍。火光外面的竹叢黝黑如漆，剪影般的竹梢上天穹尚藍，一鈎彎月若明若暗。我們圍著熾烈的篝火，或蹲或坐。篝火激情洋溢地迸濺出點點火星，黑糊糊的羅鍋散發陣陣甜甜的飯香。在寂靜的老山林的夜晚，它顯得非同尋常。每個人都靜坐不動，唯恐嚇走了它，只是張大鼻孔吸吮。

「咣啷！」鍋蓋掀開了，香氣四撲。舀飯人手中的勺子碰著鍋邊，敲響碗邊，大家無聲地傳遞著飯碗，遞給你，你又再遞給他，在離飯鍋最遠的地方先發出了咀嚼聲。菜是盛在竹筒裡的泡菜，摩梭人送的，聞著一股牛味，吃起來又酸又辣。大家傳遞著竹筒，還是我遞給你，你再遞給他，每個人都撥出幾片在自己碗裡。紅的是辣椒，白的是洋白菜。

一陣風掠過，篝火威風凜凜地站起來，火髦飄揚。

「誰！」羅石虎大喝一聲，挺身而起，「過來！」

黑糊糊坡坎上站著兩個人影，一瘦一胖，是孫富猴、高文才！他們在橘黃的朦朧光暈中越顯朦朧。

一陣歡亂。

一陣抱怨。

一陣支吾。

一陣尷尬地沉寂。

我們又圍著篝火坐下。圈子圍得大了些，人的目光反倒擠得碰碰撞撞，「叮噹」亂響。

我問：「你們要到哪去？我們已經接到命令，回去學習整頓，你們不知道？」

孫富猴不吭聲，只是吃飯。

高文才也不吭聲，只是吃飯。

大家都端著碗，望著他們。

「你們見到師長了嗎？師長咋說？」

羅石虎手中的筷子掉了一支，他也沒拾。

「說呵！」

「師長……不見我們……」孫富猴嘴裡含著飯。

高文才目光憂鬱地望著篝火。

「師長叫警衛員告訴我們，哪跌倒的就在哪爬起來。」孫富猴說。

「那你們……」羅石虎垂下了頭。

「還說打敗了就再去打，他沒有敗兵。」高文才說。

「先吃飯吧，吃完飯再說。」我說。

師長軍紀嚴明，在整個縱隊裡都無人不知。我絲毫不懷疑孫富猴的話，那麼做是我們的師長。部隊剛由戰時轉入和平，軍紀只可嚴，不可鬆，孫富猴他倆是風頭上的樹葉，已經飄下來了，今後會怎樣？我無從知曉，我也無能為力。我焦心的是羅石虎！到目前為止，我始終替他保著密，從未向師長報告他找了阿夏，還有了孩子。就是在隊裡，大家都問他為什麼自傷，已經不言而喻了，我仍不明說。但是，一旦回到師裡，我就無法再替他保密，我必須如實向師長彙報，沒有任何理由再隱瞞。我對羅石虎也一直是這樣說的，就在離開永寧前，我們懇談了一番，我讓他做好思想準備。他很感激我，讓我只管如實彙報，他已經做好了思想準備，撤銷副連長職務，下班當戰士。

殊不料，師長真的履行了他的警告，把孫富猴、高文才趕回來了！那他對羅石虎呢？按照師長的規矩，幹部和戰士犯同樣的錯誤，對幹部就要加重處理，絕不姑息遷就。

飯後，大家用剖開的粗筒做腳盆，輪流燙了燙腳，排好了崗哨，就圍著篝火抖開了背包。羅石虎說要和孫富猴、高文才好好聊聊，他們三個的鋪攤在坡坎上的竹叢裡。

我原想同孫富猴、高文才談談，也就作罷了。確實也不好談。我躺在鋪上，枕邊放著水壺，聞見陣陣酒香，這是摩梭老鄉送的，我想明天早晨晚點動身，要做頓飯，煮幾塊肉，讓大家喝幾口酒，也算是給孫富猴、高文才踐行了。種種情感，千番話語，均在這酒裡了。

每班哨兵都給篝火添柴，一次、二次、三次……火光黯淡時我覺得自己已飄遠了，猶如在黑花花的大海上；火光彤亮時，我又覺得自己在緩緩上升，彷彿在太陽附近，強烈的光亮穿透了眼皮、頭皮。朦朦朧朧中，一直聽見羅石虎他們竊竊低語聲，像溪水一樣流淌。他們好像就在我頭頂上。他一定在叮囑孫富猴他們關照沙達，不要讓別人欺負她，他可能還要給她捎點什麼東西吧？可臨走那天，他……

「指導員，明天就走了，也許永遠回不來了，俺想去看看。」羅石虎貓著腰，坐在一個馱架上，一溜馱架擺滿屋簷下。

「去看沙達？」我剛從總管府回來，那少英陰陰陽陽的笑臉，使我憋了一肚子氣。

「看孩子。」

「孩子……」

一提那孩子，我就洩氣了，心軟了，真說不清一個還未出世的孩子有什麼魔力，他讓你不敢說，也不敢碰，甚至有些敬畏。我朝他揮揮手。

羅石虎走了沒多久，我又有些不放心。出了喇嘛寺，繞上山坡，我想到那個能觀望沙達家的陡崖邊去，卻沒料到那裡有人了。暮色蒼茫，走近了才看出岩石般兀立的正是羅石虎。

「不是准你去了嗎？怎麼在這？」我驚詫。

「在這就行了……」羅石虎黯然地說。

「去她家吧，這麼遠，天又要黑了。」我也傷感了。

「你讓俺一個人待在這吧。」

……

天亮了，孫富猴和高文才不見了，羅石虎也不見了，他們一起走了。哨兵沒有發覺。羅石虎留下了他的武器、彈藥，還有一塊露出了斑斑銅鏽的不知國籍的手錶，它還在「咔嚓、咔嚓」地走著。

32 麗江風雲突起

大家吵吵嚷嚷：

「不能丟了隊長！追他回來！」

「把他們都追回來，我們去求求師長。」

「他們回去怎麼過呵？」

「指導員，你忍心他們走？」

我誰也不看，勒緊馬鞍，馬被勒得直搖。

「趕快收拾，三天內一定要到麗江！」

眾人肅然。

要出發了，我走到小溪旁，解下水壺，把壺裡的酒倒進透明的潺潺溪水裡。但願這溪水一直淌向瀘沽湖，但願他們在下游能聞見這醇郁的酒香……

早晨。

出麗江城，伴著疏疏人流，向南走約兩里多路，豁然明亮。山開地闊處，一泓潭水碧澄，潭四周丈餘高的茶花如林，灼紅似火如霞，光豔映天。進入花叢中，但見眾多遊人簇擁在一棵碩大的茶花樹下。

它錚錚如走龍的樹幹疤疤累累，主幹高不足丈餘，枝枝椏椏極其繁茂，萬千枝條，粗粗細細，疏密相間，編織成遮天蓋地的巨大蘑菇形樹冠，綻開出萬朵碗大的花朵。時值暮春，不少花朵已過芳期，花瓣凋零，仰首觀望，仍是一片紅豔，像團流光溢彩的紅霞。

一位銀鬚皓面的老人看出我的茫然，指指點點：「此乃世所罕見的茶花樹王，全國也找不出第二棵，欣喜麗江解放，今年它花期尤長。」

我向老人點頭致謝，信步到潭邊。平靜的水平面上漂著片片婀娜的荷葉，葉叢中伸出根根纖細的莖幹撐著酒盅般的花蕾，搖搖曳曳。水底，幾縷青煙繚繞一座銀色的冰峰，緩緩流動。我以為自己眼花了，抬頭看：藍天裡，一座傲然的冰峰巋然屹立。烈日下，它晶瑩剔透，

一戶母系家庭成員表：

- 直馬搓（女，80歲）
  - 蓋史（男，59歲）
  - 直馬（女，48歲）
    - 阿格（女，39歲）
      - 哈搓（女，17歲）
      - 采爾（女，8歲）
    - 采爾（男，27歲）
      - 阿格（女，4歲）
      - 達石拉搓（女，2歲）
    - 阿車馬（女，22歲）
      - 那珠馬（女，1歲）
      - 直馬采爾（女，5歲）
    - 灑木（女，29歲）
      - 比馬（女，3歲）
      - 永珠（女，1歲）
  - 那珠馬（女，55歲）
    - 得之（男，27歲）
  - 搓馬（女，43歲，已死）
    - 慈麗（男，22歲）
    - 達加（男，13歲）
    - 丹珠（男，13歲）
  - 達石（男，45歲）

銀光閃爍，宛如一顆巨大的鑽石正要升進蔚藍的天空。那冰峰的頂端呈水晶色，散有道道白色的煙塵般的細痕，冰峰的下部是皚皚白雪。可就在我身旁是茶花萬朵，如火如霞！

司令員就是叫我來欣賞這奇景嗎？

今天隊裡不上課，放假一天，司令員派警衛員來告訴我：「別悶在屋裡，去黑龍潭轉轉，看看茶花，看仔細點，再到我辦公室來。」

我仰望銀光燦燦的冰峰，再看殷紅爛漫的茶花，說不清是冰峰上的寒氣，還是茶花的醇香，輕風般驅散我多日的鬱悶，心扉像打開了一扇窗戶。我又走近碩大的茶花王，仰首細看。奇了！同是一棵樹，左邊的花朵大，右邊的花朵略小，左邊粉紅的花瓣蕊莖都在兩根、三根以上，右邊的花芯蕊同樣是粉紅的，卻是絨絨的一簇。奇絕！

我徘徊在花叢中、龍潭旁，還是不明白司令員用意何在。

回城，路上行人稠密。

辦公樓裡涼爽寂靜。司令員正伏案疾書，聽見我的腳步聲，他抬起頭，擱下筆：

「就知道你去不長，都看到什麼了？」

「一邊是冰峰，一邊水清花紅。茶花王一棵樹開兩種花。」

「粗心，還沒有平心靜氣。」司令員站起來，「你坐下吧。那不是一棵樹，是兩棵。據說在三百年前就扭在一起，現在用手摸都摸不出來。」

「是嗎？」我在牆邊的藤椅上坐下。

「自然界的萬物由於種種原因，產生許多奇特現象，人間的許多怪事，恐怕都是離不開感情。」司令員也在藤椅上坐下，「老實說吧，我放心不下他們三個，一直叫人在打聽他們。先有消息說，他們回到了烏求村，都住到自己的女人家裡了。昨天，有個趕馬人帶來一個消息，說他們同商人打架，三個人都被殺了。」

「是札拉笥娃幹的？」我坐不住了。

「趕馬人沒說那商人叫什麼，你們同商人有過衝突？」司令員問。

我敘述了札拉笥娃利用民族風俗，玩弄摩梭婦女，羅石虎怎麼不肯入夥，同他們鬧翻的過程。我早就擔心他們會受札拉笥娃那夥人的暗算。

「我抽屜裡有那少英的告狀信，說你們在喇嘛寺殺生。還把虎皮釘在院牆上，昨天收到的。」

「造謠！」

「我都清楚。」司令員站起來，在屋裡走動著，「他可能是在試探，說是請他當區長，卻又遲遲沒任命。」

「他和札拉笥娃關係不一般，羅石虎他們要是出了事，肯定同他有關。」

「我不相信羅石虎他們會讓幾個商人、幾個土司兵給收拾了，我擔心的是別的，是他們自己控制不住自己。」司令員沉吟著，「一千多年了，早先的東女國只剩下永寧壩這麼一塊地方，包括涼山的彝族都進入了父系社會，它卻依然如故。不僅如此，凡進永寧的，不要說國民黨兵和商人，就連遷去落戶的群眾，那幾十戶普米人，也退回到阿夏婚姻，這足以說明事情有多麼複雜。一聽他們在女人國裡打了敗仗，我不服氣，我要他們回去，要他們在那打贏！讓所有的人看看我們解放軍！到那時我也好收回他們。可是打這種仗我也沒把握，就怕他們一滑再滑。」

「你擔心他們也會亂交阿夏？」我說。

「不是沒有這種可能，同商人打架的傳說很可能就是因為阿夏，」司令員憂心忡忡，「別瞪眼睛，我進過教會的醫科學校，不論從生理上還是心理上，都有這種可能的依據。關鍵要看他們能否戰勝自己了。」

真沒想到，司令員還進過教會的醫科學校，難怪一聽說永寧的摩梭人還保留著阿夏婚姻，他就要找一個學過社會發展學的人去做政治思想工作。從外表哪看得出他曾是學生。

羅石虎，你們可不能再找阿夏呀！

關於母系家庭裡親屬之間的稱謂：

A、如己身是女子，則我的姐妹的子女，都是我的女子。

B、如己身是男子，則我的姐妹的子女是我的外甥和外甥女。

C、我的女阿夏所生的子女，也是外甥和外甥女。

D、我母親的姐妹均是我的母親，我母親的兄弟的阿夏，也是我的母親。

E、我母親的兄弟是我的舅舅，我母親的阿夏，也是我的舅舅。

F、如己身是女子，自己女兒的子女均是自己的孫子和孫女。

G、如己身是男子，自己姐妹的女兒的子女均是自己的孫子和孫女。

H、如己身是女子，自己兄弟的女阿夏的女兒的子女，均是自己的孫子和孫女。

33 糊裡糊塗完婚

你，這是你？你還提這種要求？你敢對司令員這麼說？

學習結束了，司令員找你談：「永寧也要去民族工作隊，想讓張曉成擔任副隊長。」你點頭。

「至於隊長嘛，給羅石虎好傢伙留著，只要他沒再胡來。」你連連點頭。

「你擔任永寧區副區長兼工作隊指導員。」這不是做夢？

你慌了，他讓你好好想想再答覆。你想了，好好地想了。

你第二天答覆了司令員：「困難沒有，就有一件事——」你突然結巴起來，「吭、哧、吭、哧」，終於「吭吭哧哧」出來，「想結了婚再走。」

霎時間，整個世界都凝固了，你許久沒有聽到聲音，你也看不見師長，你只看見自己鞋尖，綠色的膠面上有個小疙瘩。你覺得你的頭頂看見了師長探照燈般圓亮的眼睛，正當你覺得自己要被照化了，像稀泥、像雪堆一樣癱下去的時候，你聽到了聲音。

「沒有在麗江找找對象？」你搖頭。

「也沒有在永寧找對象？」你還是搖頭。

偏偏就在這剎那間，那雪白耀眼的裙衫翩翩媥媥而來，那綴在脖頸下的紅石榴籽般的鈕釦，那圓圓衣領上鑲嵌的金絲線花邊，那小白帽陰影裡的黑亮眸子浮現眼前……

最後一次相見是在永寧壩腳，你遠遠地就見到一朵白雲飄在鬱鬱蔥蔥的小松林前，背景是白鷺飛掠、碧波蕩漾的瀘沽湖。在經過永寧鎮時，你曾在土司和總管率領的送行隊伍中，尋覓過這朵白雲，你失望了，像失落了什麼，走出好遠仍頻頻回頭張望。

此時此刻，你想揚鞭催馬，快快奔過去！你又奢想讓馬兒慢慢地走，讓那朵飄在湖畔小松林前的白雲，永遠飄在那——飄在你眼前。

你那時想，或許這是最後一面。

哦，雪白耀眼的裙衫。哦，紅石榴籽般的鈕釦，哦，圓領上的金絲線花邊；哦，小白帽陰影裡的黑亮的眸子……

她就說了一句：

「再問春天的柳葉像什麼，沒人會告訴我它是活潑的小魚。」

你忽然感到人生短暫、天窄地狹，攥著韁繩的手都顫抖了，勒得鐵青馬仰天長嘯，一下高高舉起了前蹄。你摟住了馬脖子，使勁大笑，卻笑不響，連聲音也很低。

你說：「有人說話都不等別人回答，太不相信了。」

你永遠都記得她那粲然一笑。

你告辭了。大家都在旁邊等著。

你好幾次想再回頭看看，又不能，後邊是同志們。就在走出沒多遠，你突然怒不可遏地想揍羅石虎。

他湊近你說：「這娘們沒好心，她怎麼等在這兒？」

你沒有想到，司令員說要考慮考慮。你等了整整一千四百四十七分鐘，等到一個太陽落下去，一個月亮升起來又落下去，一個太陽又升起來了，又開始落了，司令員才把你叫去。

你看見屋裡除了司令員，有幹部科長。司令員也不說話，下巴頦朝幹部科長揚了揚，你就聽見科長滔滔不絕地彙報開來：

「接到司令員命令，大家都感到為黃朝貴指導員找一個志同道合的革命伴侶，任務艱巨，鑑於現在麗江城內待婚的婦女同志，同部隊待婚的幹部的比例懸殊太大，特通知各部隊三天內不得准許任何尚未找對象的幹部找對象。經地方婦聯的大力協助，現已調查清楚，麗江城裡尚有十七名婦女同志待婚，其中有五名符合司令員提出的要求：有文化，確實未婚，家庭歷史清白，年齡為二十三歲至二十五歲……」

你跟著科長走，走在青石板鑲鋪的大道上。兩邊是鱗次櫛比的各式各樣的土坯房，你只聽見膠落在光溜溜的石板上，發出一種奇妙的聲響，就像腳直接踩踏在石板上。同時早先落下的許許多多的各種各樣的腳印都響了起來。這石板還是清朝時鑲鋪的官道，已被踩薄了。

你聽著科長熱情洋溢地介紹，要見的第一個對象姓胡，不是叫胡翠英，就是叫胡英翠，這沒關係，門牌地址記得準確無誤：大柳巷四號。

你們在一扇紅漆門前站下，剛要推門進去，軍分區有人急匆匆攆來，他還是你的好朋友。他把人拉到一旁，說婦聯剛有人來告訴，姓胡的這個女的跟一個逃走的商人，關係密切，可能睡過覺了。

你聽見科長批評你的朋友：「什麼叫可能？這個情況我知道，那個商人總共才在這裡待了兩個星期…」

你望著科長，似乎不明白兩個星期是多久。

他說：「走，看看吧，她的條件比其他人都強。」

你走，朝巷子外面走。

你們又在小小的城市裡走啊走，科長滿臉不悅。好像領著你在城裡繞了三圈，終於，走近了一間屋，看見了第一個可能馬上就將成為你愛人的人。她長得高高大大，使你頓時想到了羅石虎；她很愛笑，笑聲響亮、有力；她會害羞，臉紅得像團火，眼睛也很大，更重要的是她有文化，讀過三年書，買菜算帳不會錯。

聽著科長同她說笑你浮想聯翩：假如你眼裡整天晃動著她高大的身影，假如你耳邊整日回迴響著她響亮的笑聲，假如你要天天同她說話，假如你要同她親熱……你站起來了，你說要走。你不敢看她，你覺得她臉白了，你感到對不起她，夾著尾巴出了她家。

你對科長說：「不找了。」
科長好言相勸，說：「下邊有個叫不上名的，比這個瘦，好。」
你執意不肯再去看。
你說要結婚，大家幫你找對象；你說不找了，大家不能答應。
司令員意味深長地說：「你想過要結婚，那還是結了婚好，也該成家了。我不能再揮淚斬馬謖。軍分區裡像你這樣的幹部不多，也不能再少了。」
就憑著這句話，叫你和誰結婚都願意。
科長說：「以前物色的那五個都不算數，司令員好一頓訓，讓必須給我找一個滿意的。你不知道，部隊不打仗了，也不行軍了，要不為長住下去，人人都像得了病似地想結婚，就跟打仗一樣，個個爭先恐後。現在，城裡還有那麼一個人，初中畢業，家庭成分略高一點：中農；人長得不錯。原先有個副團長，你也別問是誰了，老讓給他介紹對象，可他陝西老家有個比他大三歲的婆娘，那個沒離，這個物色好了也一直沒敢告訴他。你別瞪眼，女的也不知道要介紹給她一個什麼人。你放心。我們有經驗了。這個你要再不滿意，那就領著你挨家挨戶去看，見到你滿意的了，再做工作。這個任務再難我也要完成好。」
你還有什麼說的？
給你三天假，給你一間房，給你兩床新軍被，給你一床花布單，還給你一把草藥——據說吃了早得貴子，給你一幫喜雀般的男男女女，嘻嘻哈哈。包括隨你推遲出發的永寧民族工作隊和區委工作人員。他們用大紅紙剪出天大的「喜」字，他們會炒南瓜子，他們會叫包穀開成一團團噴香的黃菊花，他們會叫米粒膨脹得鼓鼓的，宛如雪白雪白的花骨朵，他們還會叫所有的來賓笑開花。
他們那樣高興地笑，使你不知該怎麼笑。

34 重返美麗永寧

你糊糊塗塗睡下了。你清清白白地醒了，坐了起來。屋子裡一片黝黑。你點亮油燈，於是，你看見躺在你身旁的她。你端起油燈，舉到她頭前，仔細地看了看她甜睡的面容，又把燈放回彈藥箱搭成的小桌上。你點燃一支來賓們抽剩下的紙煙，靠在牆上。你問自己：「你結婚了？你怎麼既不喜歡也不陶醉呢？」她絕對不難看，只是似乎沒有你想像的女人的那種輕盈，那種叫人一看就舒服的像雲一般的飄逸。你看見黑暗中有白衫、白裙婷婷嫋嫋、翩翩而來，哦，又看見那紅石榴籽般的鈕釦，又看見那圓領上的金絲線花邊，又看見那小白帽的陰影裡的黑亮的眸子……

你倏然想：「走吧，明天就下永寧壩。」

門縫裡吹進一股微風，你忽然嗅到一股難聞的腋汗味，你明白了整個晚上都令你不舒服的味是哪來的。

在瀘沽湖畔，我邂逅了在香港大學任教的社會學碩士周華山。他說，在摩梭人的「辭典」裡，沒有「處女」、「貞操」、「一夫一妻」、「寡婦」、「從一而終」、「嫉妒」等字眼，這正是深深打動周華山，驅使他放棄繁華都市而走進這片領域的原因所在。在這裡，愛情是自由的，人性是放鬆的，靈魂是美麗的；對單身女人和老人特別照顧；男不盜，女不娼，一切要你情我願；鄙視賣淫，傳統的走婚絕不摻和金錢，性與經濟絕對分離，對愛情的審美不會建築在對方是否有錢或是個地盤工作身上；性的開明與西方性開放不同在於：後者是個人本位主義，只追求個人快感、幸福，而前者時刻沒忘記自己是大家庭中的一員，一切以母親、以人為核心。

呵，又相見……

翡翠綠的瀘沽湖水依然那麼明朗潔淨，依然那麼靜謐安詳，湖心淡淡氤氳之中的小島，依然那麼縹縹緲緲。湖畔，疏疏密密的松林更為疏疏密密，松味蕩漾。倏然，一顆玲瓏的松球骨碌碌滾到山徑上，滾到馬蹄下。

我坐在馬背上，「得得」的蹄聲中，望著忽忽閃閃的小松林，似乎又看見了那雪白耀眼的裙衫，那紅石榴籽般的鈕釦，那圓衣領的金絲線花邊，那小白帽陰影裡的黑亮的眸子……

拐過一個彎，前邊的馬都站下了。

張曉成領一個人踅來：「指導員，那少英區長派他來接我們。」

來人清瘦，山羊鬍，嶄新的黑布長袍，瓜皮小帽。哦，這不是那少英的把事嗎？那張誣告我們在喇嘛寺裡殺生的狀子，顯然出自他筆下。我趕忙下馬同他寒暄。

「請黃副區長稍候，那區長馬上就到。為迎接黃副區長和工作隊，也是慶賀永寧區政府成立，馬上還要舉行賽馬，百姓們已聚集山下等候。」

把事說完就站到一旁，垂手而立，嘴唇緊閉，神情木然。

「指導員，山下有很多老百姓，馬也特別多。」張曉成眨眨眼。

灌木叢生的山崖擋住了視線，咫尺之隔，卻看不見山腳。我聽出張曉成話裡有話。往前走了走，繞過遮擋視線的山崖，就見山腳聚集密密麻麻的一片人馬，黑的、白的、紅的、黃的，斑斑駁駁，布成一塊方陣。在正午的強烈陽光照耀下浮起一層煙靄。看那陣式足有五六百人，並有同樣多的馬匹。摩梭人喜馬善騎，可自由百姓和奴僕家，有得起馬的不多，賽馬又須騎自己的馬，眼下明明多是穿黑白麻布衫的窮人，卻又有這許多馬。

這裡出了什麼事？

身後有人走近，是把事。他在我身旁站下，雙眼望著山下，仍是不言不語的神態。

我吆喝：「張曉成，你去看看羅石虎他們來沒來。」

把事的嘴唇動了動，沒出聲。

突然，密密匝匝的人馬騷動起來，像波浪一樣分向兩側，閃出大路。望遠處：永寧鎮的木屋群落裡馳出一匹輕騎，馬蹄撩起一股細細的煙塵。隨即，大路上出現一支斑斕華麗的馬隊，一頂紅黃相間的圓頂蓋傘跳跳躍躍，馬隊飛馳而來，揚起一道土紅色的塵龍，它翻騰坡伏，擴散到左邊荒蕪的地裡。

那少英來了。

我下到山腳的大路上等候。兩旁，準備參賽的騎手，緊緊挽著馬，面向那奔馳而來的馬隊，人不動，馬不嘶。少頃，騎手們「撲通通」跪下了，路兩邊所有的人都跪下了，只有駿馬直立。牠們似乎被主人的跪拜驚動了，昂首嘶鳴，此起彼伏。

在這一片靜寂和騷動中，那少英在跪倒的人群外面靈巧地一抬腿，跳下馬，在擎著蓋傘的奴僕跟隨下，微笑著走來。我迎上去。

「賽馬今天，賀慶賀慶政府……」

那少英雙手握住我的手。他的手指還是那麼僵硬、莽撞，遠不如他下馬的動作熟練，手心濕漉漉的，似乎還帶點馬汗味。儘管好多天沒聽見摩梭式漢語了。我還是明白。他是說：「今天賽馬，慶賀區政府成立。」大概師傅也是這樣教他的，從他嘴裡出來，卻變成了「賽馬今天，賀慶賀慶」，意思未改，別有韻味。

「應該賀慶，」我照他的話說，「只是讓區長和鄉親們跑這麼遠來接，實在讓我們過意不去。」

「意，過不去的不要。賽馬這裡過去，先到總管府第一個獎領。」

那少英說得很認真。我無法笑，也無法繼續讓「意」過不去。

把事引路，又把我們帶回山坡上。一排舉槍對著天空的土司兵已在一旁站好。他們手裡有三八大蓋、中正式、卡賓槍，還有幾支火藥槍。我們背朝他們，面向山下的人馬，把事猝然一聲喊叫，震得我耳膜一顫，跪拜的騎手起身上馬，如浪般翻翻騰騰，驟然，浪湧高高地凝固住——幾百名騎手伏在馬背上，幾百匹馬豎起耳朵，凝聚成一個威嚴的整體。

肅靜，大家都等待把事的再一聲尖叫和亂槍齊鳴，和波瀾壯闊的萬馬奔騰。

寂靜。

還是寂靜。馬陣中有的馬急不可捺地跳、蹦，我回頭看，把事正眼巴巴地望著那少英。他，瞇縫著眼，俯瞰偌大一片引而不發的騎手；腮肉微垂，顴骨顯高，額皺淺淡。是如箭在弦、威武雄壯的馬隊方陣使他入神？

寂靜中，群馬焦躁難抑，時有烈馬揚蹄嘶鳴，時有騎手回頭張望。那少英瞇縫的眼裡閃爍著點點影影綽綽的光亮。是在遐想萬馬奔騰，波瀾壯闊的情景？

35 賽馬賀區成立

把事看我注視那少英，便向那少英走近一步，張張嘴，又退回兩步。

寂靜中，方陣亂了，有匹烈馬陡然衝出去，又被拽得一頭闖進馬群。騎手們焦急難熬，大聲訓馬。那少英還是瞇縫著眼，不聲不響地俯瞰。他到底在想什麼？就是想看這種焦躁難抑的情景？一個敢居於土司頭上的總管，一個擔任了共產黨的區長的封建領主，一個叱吒風雲的人物，一個年近花甲的老人，面對既將如大江決堤、一瀉千里的馬隊，他能想的或許太多太多了。忽然間，我看見那少英眼裡熠熠不可琢磨的光亮，那睫毛縫隙裡露出夕陽般的黃光，越往裡層顏色越深，似乎溫度也越高，黃得灼紅的，而目光的中心卻是不可言喻的清冷的寒光，像鋒利的刀劍。

「嘭！」

狡然一聲槍響，那少英的雙眼一驚，厚實的肩膀顫了顫，一隻手已伸到咖啡色的藏袍裡面，一隻冰冷的眼睛望著我。我聽出那是火藥槍打中天空的聲響，緩緩地回過頭去看。

那一排土司兵從淡藍色的氤氳裡，探出蒼白的驚鴨炸雞般的面孔。

是走火。

坡下，人喊馬嘶，塵埃飛揚。幾十名騎手已經衝出幾十米，又打著馬回來。把事扯著嗓子好一陣吆喝，人馬才重新平靜下來，又凝聚成一個整體，如箭在弦上。

那少英用鼻子「嗯」了一聲，把事一聲怪叫，頓時，三八式、中正式、卡賓式、銅炮槍參差不齊地沖天大叫，宏亮的、炸耳的，清脆的、古老的……

坡下，天翻地覆。馬蹄擂響了千面銅鼓，疾風扯起了萬面紅色船帆，密密的馬群像箭矢脫弦而去。如大江奔騰，洶湧澎湃；似颶風大作，風沙走石，摧枯拉朽；一時只覺得山搖地動，天昏地暗。起初，那粉紅色的煙塵裡還看得清馬隊呈扇形像浪湧衝去，漸漸就只看得見各種顏色的馬匹、人影，在紅色的煙靄中顛簸，越來越小了，就要沉入煙靄中，少頃，只見漫天塵埃，如雲似霧，但聽急驟的馬蹄聲如暴雨漸漸遠去。

塵埃閃出大路，我和那少英並駕齊驅。

地一浮塵很厚，散發著馬隊過後那種特殊的臊味。馬蹄一抬就帶起一股細細的煙塵，貼著地面斜斜地飄去。好在無須趕去頒獎，總管府已有人在府前等候，最先到達總管府的十個騎手，都能得到長短不等的布匹。前面滾滾煙塵正緩緩飄散，估計跑在最前面的騎手，已離總管府不太遠了。

「照那區長看，這次賽馬誰能拿到第一？聽說你們每年七月二十五日祭獅子山，都要舉行賽馬，好騎手恐怕是眾人皆知了。」

「賽馬一樣的不是，」那少英搖搖腦袋，「自由百姓以下的馬不有的多，賽馬今天他們有多多，第一是哪個天不知，地也不知，布段領到才知。」

「那區長，今天自由百姓也都來賽馬，是不是允許他們借馬了？」

「是那區長慷慨解囊，施義眾人。」把事在後面說。

「馬，完完全全我的給，自由百姓以下的家馬不有的，馬一匹給一家，不有馬的不有了。」

那少英矜持威嚴，雙眼平視前方。

「區長這麼做，實在可敬可嘉，一定會得到群眾的擁護。」

我真沒想到他會把自己的馬拿出來分給群眾。

「擁護不擁護什麼不有。」那少英轉過頭來，「緊要的是進步，家家他們馬都有了，賽馬參加得，馱柴什麼馬有，走那點馬都可以騎，行步多多囉。」

天呵，這可是地道的「進步」！

我把白馬朝那少英的黑馬拽拽，殊不料，黑馬伸過嘴來就咬，白馬爺道迎戰，掙得鐵嚼扣「噹噹」響……

兩匹馬之間又拉開了，我們都帶緊韁繩，慢慢往一起靠攏。

「家家馬有囉，高興個個囉，進步你們就說不用了……」

那少英拽拽韁繩，黑馬靠了過來，白馬猛一甩頭，虛咬一口，黑馬又閃開了些。

「那區長，家家都有馬了，是一種進步，不過，進步還有許多內容……」

我抖抖韁繩，用繩捎抽了一下白馬，牠委委屈屈地低下頭，緩緩地斜靠過去。

「慢慢商量囉。」那少英沉下臉，「工作隊你們事不多有，人不多，鎮上住囉。區長我的當，住遠遠心不放下……」

兩匹馬悄悄地靠近了。黑馬的勒帶上掛著一串串小銅鈴，額上還披有經纓，牠傲慢的眼睛的餘光，警惕地注視著白馬。白馬的頭上沒有任何裝飾，牠充滿活力的眼睛的餘光也警惕著黑馬。牠們都時而昂首抖鬃，時而噴噴鼻子，彷彿在提醒對方自己在嚴陣以待。

塵埃深處傳來幾聲槍響，總管府在宣告本次賽馬第一名的誕生。

那少英給我們安置的住房，是座磚瓦四合院，就在永寧鎮口，總管府的斜對面。

小院原是國民黨木里縣黨部花錢蓋的，據說是某一位黨部書記心血來潮，想要派大員長駐永寧，改造摩梭人的婚姻習俗。誰也說不清為什麼蓋好以後，他們又沒來住。也有人說大員是來了，不是住進上層人物的家裡，便是鑽進老百姓家裡。是為發展黨員？

房子外表泥灰斑駁，裡邊尚完好無損。那少英很細心周到地為我們準備了床板、長凳、小桌子，還有燒柴、揹背水的木桶，並有兩口大紅漆木箱。最精彩的是門外還配了一名保鏢——上司兵。

開始大家都忙著往院裡搬馱子，往屋裡搬行李，出出進進，誰也沒注意他。他揹著一支七九步槍，也挺賣勁地幫著搬。等東西都搬完了，大家在院裡或坐或站，歇口氣時，他拍拍手，衝大家笑笑，走出院子，就靠在院門外，將一隻套著自製的牛皮鞋的腳，蹬在門框中央，搖頭晃腦。夕陽正照在他污穢的牛皮鞋幫上。大家面面相覷，摸不著頭腦。其時，那少英的人早就走光了。張曉成看看我，趕快走過去，就聽他倆在門外說：

「我老爺叫來……」

「誰叫你來也不行，你走！」

「站崗的不光光是，事情你們有我要好好幹給。」

「沒事給你做，你走！告訴你們的老爺，我們這不准站崗！」

「崗不得站，罵我老爺會。」

「你回去說是我們不准你站，他就不罵你了。」

「當真？那走我了。在好好你們。」

上司兵的客氣話，惹得滿院笑聲。

36 摩梭宴達珠現

顯然，那少英對我們是盛情接待、嚴加防範。土司兵走了沒多久，把事帶人送來了兩大塊臘肉，一罐子酒，同時接我到那少英家吃晚飯。不知何故，他強調那少英「只請副區長真赴宴」。張曉成已被任命為工作隊副隊長，他硬要派人跟我去，被我阻止了。

路上，把事仍是悶不出聲，勾著頭，像是怕左腳踩著右腳似的，匆匆而又翼翼地走在前頭。真不知他這把事是怎麼當上的？司令員還稱讚他的誣告信文筆流暢，頗有功底。

進了總管府，又踏上長長的走廊，他還是緊貼著齊腰高的走廊邊，側著身子在前面引路。廊頂畫滿五顏六色的各種花草鳥獸，我認出來，這是上那少英的議事廳。

走到屋門口，把事閃到一旁，垂手躬腰。

那少英滿臉笑容地迎出屋來：「遠迎有失。」

「哪裡的話，不必客氣。」我趁勢而笑。

有失遠迎，遠迎有失，似乎並不相悖，真妙。

議事廳西面的門全敞開了，幾乎有一半板壁是門，金黃色的夕陽斜斜地照進屋裡，滿屋金光閃爍。地上鋪著駝色的厚絨絨的藏毯，上面鑲嵌著房屋、河流、樹林、月亮等等圖案，在夕陽照耀下彷彿活了一般。這使得擺滿大碗大碗的珍饈佳餚的長長的紅漆木桌，有點像童話世界裡的動物們的餐桌。

長長的桌面上只擺了兩副碗筷，我們面對面坐下。我面前有一大碗淡黃色的蘇里瑪酒——用麥子釀的，類似啤酒，身後有個半跪半坐的女僕，雙手抱著一大瓶蘇里瑪。看來他還清楚我喜歡什麼。那少英面前的碗裡是度數很高的白酒，那股辛辣味一陣陣漾來。他身後也有一個女僕，半跪半坐，懷抱酒瓶。
那少英低著頭，眼睛在十幾個滿登登的大碗之間晙來晙去，我猜不透他在想什麼，是哪個菜勾起他的心緒？
我望著他，靜候。
他看呵看呵，時而瞟我一眼，又趕忙低頭尋覓，他方方的腦門直發亮。
「媽他的！」他嘟囔了一句，盯著一碗菜。
我想笑，「他媽的」從他嘴裡出來竟成了「媽他的」。可那碗菜怎麼了？那是雞蛋炒酸菜。
「找不見！」那少英窘赧地笑著，雙手捧起酒碗，「話你們忘了，哪裡丟了不知道，說我們話得囉。喝！喝多多。」
「請，你請。」我雙手端碗。
「是囉是囉，話就是這個丟囉，」那少英喜笑顏開，像個小孩，「還丟一句，對酒說的話。」
「敞開喝？」
那少英搖頭。
「斟酒？」
那少英又搖頭。
「乾杯？」
「是囉是囉，找見了！」那少英高高舉起酒碗，「乾杯！」
「乾杯！」我也樂了。
我喝。他喝。女僕給我們斟酒，那少英也忙碌開了，他直起腰，伸長手把滿桌的菜往我碗裡揀。我趕忙用筷子接，滯澀他的行動。

「豬膘吃你，普米不有，黑彝不有，老藏族也不有，會做只有摩梭。」

我的筷子接過來一塊雪白雪白的肥肉——用鹽醃了多年的生肥肉——咬了一個角，綿綿的，像米粉，一嘸就黏在嗓子眼裡。

「火腿吃你。摩梭我們豬最會養，哪裡哪裡的都布拿來，穀子拿來，什麼能拿來，換我們豬，火腿我們的最好。」

我把豬膘放進碗裡，筷子又接過一片火腿：手指厚、半個巴掌大，瘦肉通紅如柴，肥肉淡黃似松脂。咬一口滿嘴油。

「雞麻辣吃要多多。雞我們同山裡的雞親戚的是，來來往往，比哪裡雞都好，麻辣四川那邊也做，香是不如我們做。」

我的筷子接過一塊白裡透紅的、滴著湯水的雞肉，趕忙塞進嘴裡。頓時，嘴裡就像著了火，連牙根都燒著了。雞肉味是要濃一些，四川的麻辣雞肯定不如摩梭人的，他們放了醋，使麻辣嫉妒得發狠。

「牛肉吃你一點，牛我們不馱柴，長安安逸逸，肉嫩嫩的。」

眼前的那少英樸實得像普通的摩梭人，無法不接受他的盛情。我的手指變得笨拙，筷子也顯短，牛肉竟是拳頭大的一砣，我從未想過用筷子揀山。它順著筷子滑了滑，就像牛下陡坡一樣，翻滾起來。萬幸，它滾落進碗裡。

「雞蛋炒酸菜這個，多多吃。摩梭我們同別個不一樣，做人人會，吃不是人人得吃，本事要有，人人知道的人才得吃。碗你拿來。」

噢，做雞蛋炒酸菜是表示主人尊敬客人，客人是個有地位的人。我趕忙雙手端碗去接。

「菜你不有吃多嗎？」那少英看看滿碗的菜，邊往裡揀酸菜邊說：「快快吃你，多多囑你，摩梭菜不喜歡你？」

「喜歡喜歡，咱們慢慢聊著慢慢吃。」我端著滿滿一碗菜，犯忧。

「好菜還多多準備給你吶。」

「別別別，千萬不要再上菜了。」

我真害怕了，這一碗咬咬牙還能吃下，要是再來這麼一碗，不，只要再來一塊臘肉，就難以消受了。那少英毫不理睬我的懇求，只是不再給我揀菜，自己津津有味地吃著。

夕陽消失了，屋裡黯然，幾個女僕無聲無息地進來，關上敞開的門，在四面點亮了無數盞清油燈，屋裡又亮如白晝。她們又一起來到桌前，眨眼間將桌上的大碗大碗的菜全部撤走，桌上幾乎光禿禿的了。我暗自詫異：「還有多少菜呵！」

「菜喜歡你的來了。」那少英醉眼矇朧。

窸窣的裙裾擺動聲中，幾個女僕端菜進來，一股濃郁的炒菜香味在屋裡蕩漾開來。霎時間，桌上擺滿了燙金的精緻瓷盤。呵！一色的漢族菜：青蛙抱玉柱，豆綠芽嫩；木須肉，木耳黑，黃花黃；大蔥炒豬肝，油光閃閃；糖醋丸子，溜圓噴香；丁鈎羅眩，清淡素雅紅燒魚，頭尾翹出盤外，魚眼大睜……

我如見山珍海味般驚異：「誰做的？你有漢族廚師？」

那少英眯笑，醉眼矇朧地望著桌子那頭。那裡站著一個年輕的微笑的姑娘——達珠。

37 石虎驚離永寧

她穿著件淺黃色的連衣裙，長辮子搭在胸前，儼然一個漢族女學生。

她過來：「嚐嚐吧，是不是你們漢族的味道。」

「是妳做的？」我覺得肚裡的酒燃了起來，燒紅了臉。「快來吃，太麻煩妳了。」

「做廚子的最滿意的是看到菜都被吃光。」達珠莞爾一笑，「你們快吃呵！趁熱。」

那少英的筷子早就沒閒著了，又夾起一個糖醋丸子，舉到嘴邊：

「大大不做，做小小，香不如摩梭菜……」

話音未落，那丸子已經塞進嘴裡。

達珠掩著嘴笑了。

我依次嚐了嚐各種菜，連連點頭：「好、好、好……」

「前幾天就聽說你們要回來了，怎麼拖到今天？」達珠走近些。

「有點事，耽誤了兩天。」

話出口，我忽然冒了身汗，好像說錯了什麼。達珠從女僕手裡接過酒瓶，給我斟酒。我聞見了她身上散發的神祕氣息，我望著銀亮亮的正在朝碗裡傾注的酒，一股熱辣辣的異常沉重的東西湧出心頭。

「我成家了，就是那兩天。」

正朝碗裡傾注的酒猝然一顫，淌得更猛、更急了，碗滿了，酒溢出了碗沿那酒瓶才收住。我望著撒在桌子上被燈光映亮的酒，它像陽光照耀下波光粼粼的湖水，正順著桌邊一滴滴墜落，每一顆都那麼晶瑩透亮。

「她是你們部隊的？」達珠聲音很輕。

「不。」

「她是你的同學？」

「不。」

「她是——你們家鄉的？」

「是麗江城裡的。」我笑了笑，自己都感覺像是苦笑，連忙端起酒碗對著那少英，「喝！，你怎麼不喝了？」

兩隻碗碰在一起「噹」的一響，酒像波浪起伏。我張大嘴，把波浪全吞進肚子裡。

「不信！那你們才認識幾天？你能不戀愛就結婚？」

達珠的雙眼像鋒利的器具，就要撬開我緊閉的心扉。

我使出最後的力量，故作豪放：「幹革命的都講乾脆利索，我不是小知識分子了，沒那些纏纏綿綿的玩意了……」

達珠扭頭走了。

我沒抬頭，眼睛的餘光看見她淺黃色的衣裙急速搖擺，陡然消失了。

燈光昏了，暗了，滿桌的珍饈佳餚毫無聲氣，涼冰冰的。那少英撂下了筷子，醉眼朦朧地望著我。我端起酒碗，一口接一口地喝。

「上回說你們走光光，又人留三個，不說我給聽，不好。」那少英突然說。

他把羅石虎他們三個當成我們派駐下的人，也可能正是這個原因保護了他們。出發前我們已得到確切情況，他們三個都還活著，都還在烏求村。

我說：「他們是違犯了紀律，在這找女人……」

「他們壞規矩我的多多，」那少英氣哼哼，「穀子漢人種，稞子摩梭種，稞子不種種穀子，壞頭他們想帶。衣服百姓百姓的有，官家官家的有，阿夏他們女人，衣服黃敢穿，綠敢穿，紅的也敢穿，王法不有了！話我的他們不聽，罵我他們天天給，眼皮我天天跳，不跳一天不有！」

那少英眨眨眼睛，左眼皮顫了顫。

他們沒有沉淪，他們在工作。

我委婉地說：「米飯比稞飯好吃，花衣服比黑麻布衣好看，外面，人人都找好看的衣服穿，個個種好吃的穀子。」

「區長我做，副區長你做，摩梭我管好好，漢人你管好好。他們三個你們人要不是，我就要管嚴嚴。」

那少英目光炯炯，咄咄逼人。

「他們三個還是我們的人。」我趕忙說，「我們準備讓他們回民族工作隊，他們違反紀律已經受到處理。他們沒再找阿夏吧？」

那少英愣怔，又哈哈大笑：「外面你們來的，國民黨兵、喇嘛算在內，找阿夏不對不說不有，有多多阿夏就數你們！」

夜，黝黑。

黑暗濕重陰森。出了總管府許久，還看不見區政府的院子。我心頭像黑夜一樣濕重陰林。

出發前，司令員再三叮囑：「到了永寧，趕快找到他們，只要沒再找阿夏，就趕快把他們收回隊裡，就趕快捎信來。」

在賽馬儀式上，張曉成沒有找到他們，我就感到不安，而那少英竟又那麼說。

那少英的話當真嗎？

黑暗中似乎有一尊物體在浮動，若隱若現。再往前走，哦，是那小四合院。它線條優美，輪廓鮮明，深邃的黑暗中宛如一座神祕的教堂。既遠又近。四周靜了又靜，那院裡也杳無聲響。我加快腳步，及至院門仍靜謐無聲。

東屋裡，空氣又稠又濃，馬燈懸掛在橫樑上，垂吊屋中央，大家都圍坐在燈下的地鋪上，眼睛齊刷刷地向我望來，有人跳起來，跳出光暈，一步就跨過來，一把就攥住了我的手。孫富猴！

他聰敏機靈的面孔還是那麼伶俐，但臉色黑了，瘦了，眼睛裡似乎注入了歲月，顯得老成了一些。他使勁攥著我的手，使勁搖。

「總算又見著了！總算，總算……」

我四下看看：「羅石虎呢？他沒來？」

「隊長走了……」

「走了多大會？快攆他回來。」

「隊長離開永寧了。」張曉成說。

「什麼？他上哪了?!」

「說是去金沙江邊馱木料，可我打聽了，沒人見著他。」孫富猴神情黯然。

「他為什麼走？怎麼要走呢？」我茫然。

「我也說不大清楚，我只聽他說待不下去了，要走，走那天也沒告訴我……好像那孩子不是他的……」

我愣然、震驚。我拉著孫富猴在地鋪上坐下，戰戰兢兢地問：

「高文才吶？他還好嗎？」

「他跟札拉翁娃手下的人跑買賣去了。」

「跟札拉翁娃的人攪合在一起！？」

「那幫人能賺錢，他要討直馬三姐妹的喜歡，同她們交阿夏，只有這麼幹。」

「什麼？他敢找她們三姐妹交阿夏？」我吃驚得怒不可遏。「那你們、你們就不管他？就看著他胡來！」

「我們……知道得太晚了。」孫富猴囁嚅。

司令員全料到了。我心裡發涼。

「指導員，師長沒跟你說我們的事？」孫富猴伸著脖頸，眼睛像深深的井。

38 石虎落沙達家

「他現在是軍分區司令員，他很想你們，他一直在打聽你們的情況。」我起身，從門後的牛皮公事包裡，取出一塊手錶，放在桌上。它很舊，露出斑斑銅鏽。

「是隊長的錶！」孫富猴抓在手裡，兩手倒換著，像捧著塊寶石眉開眼笑，「司令員讓我們歸隊了！我知道。」

「司令員說……」

「你什麼？你快說！」

「你們都老老實實跟著自己女人過日子，沒再找阿夏，誰哪怕是找了一個，有天大的理由也不能收他。」

孫富猴的手一顫，錶從指縫裡掉下，「啪！」摔在地上。他彎腰，像個老人那麼艱難。那手彎曲著，手指顫顫巍巍、畏畏縮縮，還沒把錶推過來，就又縮回去了。他垂下頭。

屋子忽然顯得極其小，小得憋悶。燈光就在眼前輕輕忽閃，令人眼花繚亂；光亮像潮水般湧過來、湧過去，使人漂漂沉沉。我們缺氧，你吁我歎，我吁你歎。燈在歎息聲中越來越黯淡。多少感慨、多少懊悔、多少愛、多少恨、多少兒女情長、多少丈夫豪氣、多少痛苦、多少歡樂、多少心酸、多少著戀，均在滿屋歎息中。

「指導員，讓我們回來吧，你不知道我們是怎麼過來的！」孫富猴眼眶裡淚水直轉悠，「再相信我們一次，最後一次！」

我起身走了出去。

孫富猴低著頭跟出來，徑直向院門口走去。正屋裡的人都湧出來了，默默無聲地跟在我們後面。走到院門口，孫富猴又站下，回過頭：

「指導員，聽說你結婚了，替我孫富猴向大嫂子問好。」

我心頭一熱，想叫住他，僅僅是想。但這一瞬，我覺得自己同他挨近了。

孫富猴走了。他跨出一步，就消失在黑暗中。我們佇立在院門前，無言無語，望著迷迷茫茫的黑夜。

「嗷——！」

黑暗深處猝然一聲嗥叫。頓了頓，又是一聲，淒慘、絕望、瘋狂。

「什麼叫？」

「是狼？」

「是虎？」

「是人？」

「是他。」我說。那是孫富猴的聲音。

大家沉默。那嗥叫聲忽遠忽近，游移不定，時粗時細，似哭似訴。

黑夜在顫慄。

我在顫慄的黑夜裡顫慄。

把偌大一湖真正的純淨水作為鏡子，這樣「奢侈的享受」的最好方式，是在落水村乘豬槽船湖中蕩漾。天空湛藍，白雲浮遊，水天一色。

瀘沽湖的景色在一天之中變幻無窮。晨曦初露，霧靄煙霞，湖水如染，一片金紅：朝陽冉冉，湖周山巒如聚，倒映其中，則為翠綠；夕陽西下，風平浪靜，平滑若鏡，積萬頃碧玉，又成一片墨綠；夜色幽靜，微風柔漫，波光粼粼，星星閃動，讓你如夢如幻。

他沉睡得像個死人。

溫柔的沙達熨貼了他被痛苦絞碎的心。他自忖愧對師長，更無顏撇下孫富猴和高文才，他曾經推開他們，擔憂他們會陷得更深，恐怕沒人能理解，現在他再也不能離開他們了，不管留下來是吉是凶，他都得同他們在一起……他們在拂曉的朦朦黑暗中脫離了小分隊。

女人，能害人也能救人。

天亮了。

獅子山頂噴薄四射的金光，映在沙達家院裡的褐土上，映在專門給年輕女人住的女兒樓的走廊上。半羞半喜的沙達在前，羅石虎隨後，走出小屋，同家裡的親屬正式相見。沙達嬌小玲瓏，肚子還不甚顯眼。羅石虎換上黑色藏服頗顯魁武。

以前他來會沙達，家裡人都主動迴避，這是規矩。同樣是規矩，相好到很深的程度，女人可以將阿夏介紹給全家，准許他來吃住。還是規矩，一旦女人不願意，就讓男人捲起鋪蓋，走。

沙達的屋子在樓的最裡頭。他們沿著金燦燦的走廊往外走，院裡站著家中的男人們，仰著頭，望著他們。他們每走到一個門口，門裡就閃出一個含笑的年輕女人。

沙達輕聲：「姐姐。」

「姐。」羅石虎喉音很重。

再到一個門口，又閃出一個年輕女人，走過五個門口，見到了五個年輕女人。羞羞喜喜的沙達，聲音雖輕卻說得很清楚，「這是姐」，「這是妹」。羅石虎也聽見「哥」、「弟」的輕柔呼喚，他對她們都張了一下嘴，但一個也沒有記住，好像沒看見一樣。

一群孩子簇擁樓梯口。男女孩都穿著小袍子，小鳥般「嘰嘰喳喳」地叫「舅舅」，聲音又甜又脆響成一片，羅石虎禁不住笑了。忽啦一下有了這麼多外甥和外甥女，有的還拖著長長的鼻涕，他頓時覺得好玩，還有點畏懼，我是這麼多孩子的舅舅?!

車爾皮措也和男人們站在院中央。羅石虎不等介紹就向車爾皮措躬躬腰：「舅舅。」他知道車爾皮措是沙達媽媽的哥哥。老人也向他躬躬腰，笑笑。

沙達接著給他介紹：「舅舅這是。」

「舅。」

「舅舅這是。」

「舅。」

「舅舅這是。」

「……」

39 石虎不認媽媽

羅石虎終於按捺不住了，不吭聲了，點點頭，對餘下的幾位舅舅一概如此。他心裡憤然，年輕的小夥子是舅舅，又瘦又矮滿臉皺紋的小老頭也是舅舅，紅光滿面的粗壯漢子還是是舅舅！舅舅就是媽媽的親兄弟呵！他記得自己只喊過一個人舅舅。那還是小時候，家裡已經好幾天揭不開鍋了，饑餓中來了一個穿黑棉襖的漢子，擒拎來半口袋小米……

離開舅舅們，他們走向聚集在正屋門口的年老的女人們。

沙達對他輕語：「嘴你的不要懶，媽媽們個個要叫，不叫一個不得。」

「咋，她們都是媽媽？」

「是囉，漢話你們媽媽，摩梭我們的話阿咪。」沙達笑道。

「媽媽不是隨便叫的，只有一個。」

「媽媽一個哪裡有？媽媽姐姐妹妹是媽媽，阿夏舅舅他們的也是媽媽，人人叫這樣，不叫不歡喜。」沙達著急了，眼睛瞟瞟門口的媽媽們，「叫這樣了你……媽媽不多呵，光光四個有。」

「俺只叫生妳的媽媽！俺不能亂叫。」

羅石虎陰沉著臉，望著門口的媽媽們，她們個個頭相仿，一樣盤著頭，一樣的百褶裙、黑麻布衫，一樣的長輩的神態，還在笑。

沙達急得嘴唇直顫，不知所措；羅石虎沉著臉，嘴唇緊閉。他忽然察覺再也不能鬆口了，到了這個家裡。走到這一步，失落的東西太多太多了，宛如孤身漂泊在茫茫大海裡，一無所有了，突然間發現了點什麼，哪怕是根稻草也不能再丟開。

「媽媽生我的，死去早早了。去哪裡叫？」沙達憋紅了臉，聲音都急得變了調。「那……那誰替她養妳？」羅石虎始料不及，「誰對妳最好？俺只叫她。」

「媽媽們氣生了！」

正屋門前，媽媽們不說不笑了！神情嚴肅、詫異地望著近在咫尺的他們。舅舅們在後面望著他們，疑惑不解；樓上的姐妹們都沒進屋，就站在走廊上居高臨下地望著；孩子們似乎嗅到了什麼，不再雀躍、嬉鬧，靜悄悄地圍攏過來，貼著舅舅們，小眼睛直往新來的舅舅的身上轉悠。

院裡很靜，唯有豬、牛的「哼嘰」聲。

「高高瘦瘦那個媽媽薩達布，是生我媽媽的姐姐，媽媽一定你要叫。」沙達懇求。

羅石虎點點頭，他看見年老的女人中間確實有一位略略瘦高的媽媽。她站在女人的中間，目光威嚴。他們走過去。

沙達介紹：「媽媽我的。」

「媽。」羅石虎對瘦瘦高高的女人躬躬腰，又朝其他年邁的女人們點點頭。

沙達用摩梭話急急忙忙地說著什麼。

瘦高的媽媽看看其他的媽媽，瞟了一眼羅石虎，轉身進屋。媽媽們都跟了進去。

羅石虎跟著沙達回到自己屋裡。沙達一下子摟住了羅石虎，她高興：男人已被全家接受了。

羅石虎默默地撫摸著沙達。

女人找到的阿夏必須要讓全家滿意，同全家和睦相處，才會被全家接受，也才會留下他。否則，只要這個外來人人影響家族的和睦，長輩們不喜歡他，那這個女人就得忍疼割愛，送走她的阿夏。她不能為一個外人，擾亂自己的家。最親最親的莫過於自己的母親，其次是自己的舅舅和外甥、外甥女，男人是外來人。但是沙達沒有責怪羅石虎半句話。

她喜歡他，就像歌裡唱的，「鹽巴酥油一筒裝」一樣喜歡，倒不是因為他是解放軍，也不僅僅是他一個人敢去打五個土匪，有一把刀就敢去殺老虎，而是這麼好的男人竟然不理睬那麼多盯著他的女人，只喜歡自己，並且主動發誓：絕不找別的女人。她信他的話，她看得出他的腳、他的眼睛、他的心都拴在自己身上，好像世界上只有自己一個女人，她從未見過這樣的男人。她從心裡感到一種說不出的滿足，也不明白為什麼，就是滿足。滿足得她也發誓，只做他一個人的老婆，絕不再交阿夏。她知道老婆不是一般女人，土司和總管都有老婆，不許別的男人碰，但風言風語地總是說她們會找奴僕做阿夏。羅石虎說她們是假老婆，要讓她做一個真老婆。她答應了。

小分隊要離開烏求村時，她天天等天天不見羅石虎來告別，她曾咬牙切齒地咒罵他。小分隊離開烏求村的那天早晨，她抑制不住地跑到山坡上，眺望那空曠的荒野中逶迤的馬隊。她想攆上去，拽他回來，問問他丟下老婆跑掉的算什麼丈夫？是比賊還壞的傢伙！這是他自己講的，他卻這麼走了。她不明白自己，她交過阿夏，每次都是主動關門，任憑他們站在寒冷的夜裡，吹口哨，扔石子。有個傢伙還不知羞恥地敲門，她都不理不睬。可這回是怎麼了？是想做老婆？是想有一個只屬於自己的男人？自小就聽媽媽說，天下哪裡沒男人，走了這個再找那個，就像小鳥飛過了這棵樹，還有那棵樹，山上有的是樹。可是自從她嘗到一個男人只屬於自己的那種幸福的滿足之後，她覺得人像小鳥的話陌生了。她知道沒法同媽媽們說，也沒法同姐妹們說，她們準會笑她。昨天晚上，當她慪慪地走進自己的小屋，一眼看見羅石虎坐在黑暗中時，她以為是獅子山女神顯靈了，差點跪下。

雖然沙達沒有責怪羅石虎對親屬的不恭，羅石虎卻憂悒、煩躁，悶悶不樂。原先他只想著這是他的家，這裡有著自己愛著的女人，還有自己的兒子——他篤定是兒子，自己只有這個家了。河南老家的親人早讓國民黨還鄉團給毀了。萬沒料到，這個家會是這樣，她竟有那麼多媽媽，那麼多舅舅，那麼多外甥和外甥女。

這同他伏牛山下、滹沱河畔的家，可完全不一樣。

那是什麼樣的家，爹是爹，媽是媽，爺爺是爸爸的爸爸，奶奶是爸爸的媽媽，姥爺是媽媽的爸爸，姥姥是媽媽的媽媽，親姐妹的小孩是外甥或外甥女，親兄弟的孩子叫侄子、侄女，這是一點也含糊不得的。家鄉窮，山窮水瘦可鄉風正，德行高，講的就是這個。但這裡，不要說外甥和外甥女了，舅舅多得讓你喊疼了嘴，媽媽竟然能一個人有好幾個！

是呵，那才是家鄉，那裡的鄉親不管認字不認字的，誰人不曉秦洛陽，明鄭州。說碧霞宮，東倚伍峰，西環汜水，廟貌巍峨，殿堂壯麗，古柏掩映，披綠著翠。談開封城東南三里處的繁塔，個個知曉原先如何如何勝過當今大名鼎鼎的鐵塔，背得那民謠：「鐵塔高，鐵塔只達繁塔腰。」惋惜九層繁塔被雷擊毀兩層，後又有燕王朱棣說開封有帝王之氣，命周王將繁塔撤去四層，只留下三層塔和許許多多的傳說……

雖然他們全然未能得見。

40 神祕的摩梭餐

而這裡，爸爸竟然還沒有出世，即使知道是父子關係了，孩子也把父親叫做「舅舅」。

羅石虎真說不清自己窩火中哪。他叫了別的許多聲「舅舅」，孩子們也叫了許多聲「舅舅」，而他只叫了一個人「媽媽」，大逆不道地把別的媽媽都免了，如同路人般點點頭。媽媽們也沒有什麼表示，可他就是窩火。

院裡有人吆喝吃飯了。

正屋裡，黑幢幢，煙裊裊，火塘上方懸掛的松明燈火，映亮了圍著火塘席地而坐的人們。他們連成了一個「口」形。瘦瘦高高的媽媽坐右首第一位置，接下來是其他的媽媽，再是年輕的姐妹。當隊形開始拐彎時，銜接上的是高高矮矮的孩子們。儘管他們都擠在各式各樣的小凳上，仍然比席地而坐的大人們矮得多，他們是坐在火塘臺子的下邊了。隊形再拐彎時，是年輕的男人們，然後是舅舅們。隔著火塘，同瘦高的媽媽面對面的，坐在男人行列的第一位的是車爾皮措。在男人與孩子們相銜接的地方，已經是火塘的下面了，留出了一個空隙，擺著兩隻看不清木色的笨拙的凳子。顯然，這是留給沙達和羅石虎的位置。以前，羅石虎無論是作為商人，還是作為軍人，也無論是到哪家，他都被恭恭敬敬地讓到左首的第一個位置。

沙達拽著羅石虎趕忙坐下。羅石虎忽然一口也不想吃。

沒人理睬他們進來，大家都埋著頭，雙手合掌，向著火塘上方鑲嵌在木牆裡的神龕默禱。那裡供奉著保佑家庭平安的竈神阿依讓巴拉。它沒有五官，也沒有四肢，是一片閃電般的木刻圖案。松明燈火映紅了它，它在跳動的火焰中忽明忽暗，閃閃顫顫。它的腳下是一溜銀光閃爍、玲瓏剔透的淨碗，碗裡供奉著各種食物：臘肉、豬膘、粿子、包穀、麥子、蠶豆等等。淨碗在忽明忽暗的松明燈火中閃動，猶如竈神在取食它，當它又出現在彤紅的火光中時，總像少了點。

瘦高的媽媽結束了默禱，抬起頭來，火光映亮多皺的面孔。她雙眼巡視大家，目光威嚴——一張張虔誠的面孔正在緩緩抬起，雙雙合揖的手正在徐徐放下——她像在默數人頭。癟癟的嘴唇翕動著，臉上的皺紋像被拉動的線；耳垂上懸吊著大大的銀亮的耳環，火光在那銀圈圈上奔跑。

她提起放在小鐵鍋上的勺子，習慣性地掂了掂，又望望家人。呵，好大好亮的勺子！黃銅勺胳膊長，勺嘴大如碗，勺腰細如筷，銅把正好攥。有人將黝黑的大南瓜般的飯鍋蓋稍挪開，有人將小鐵鍋的木蓋掀起，濃郁的粿子飯味和羶油味冒了出來。

她揮動長長的銅勺，靈巧地從面前大飯鍋裡舀出一勺粿子飯，又用筷子揀了一片臘肉放在飯上，手腕子神奇地一扭一抬，長長的銅勺裡的飯菜就倒進緊挨著她坐的媽媽的碗裡。

那媽媽是雙手捧碗，躬腰垂首相接。

羅石虎十分詫異：「這幹嘛？吃飯怎麼還這樣？」

銅勺似乎越來越長，先伸向每個年老的女人，而後又越過火塘上方——有一鍋湯菜，冒著騰騰熱氣，像一片霧——就從松明燈下穿過，伸到車爾皮措面前。他也雙手捧碗，躬腰垂首而接。

羅石虎被震撼：「老爺們也這樣？」

大銅勺在一片肅靜中不慌不忙、不掉不漏、沉沉穩穩、顯顯赫赫地穿梭往來，挨個接受人們的頂禮膜拜。

羅石虎的眼睛始終相著旁若無人的大銅勺。初是驚詫其大，接著是詫異它的殊榮顯赫，再是納悶。看著那銅勺穿梭往來，越來越亮堂，越來越長，隨心所欲，出入如無人之境，他感到一種從未有過的壓抑，好像那大銅勺正橫掃千軍，所向披靡，完全沒有把他放在眼裡。正是這樣，他壓抑得胸膛裡冒出了火星，燃了起來。他把種種的煩躁、氣悶、壓抑、沮喪，所有的不快和無名火，都歸咎於這把亮晃亮晃的大銅勺！

瞧呵，它又不慌不忙地過來了，還悠悠晃晃，還一顫一顫，就像一頂八抬大轎；油漉漉、通紅通紅的肉片就像一個貪官的胖臉，黏糊糊一堆稞飯是他爛泥般的身子……幹嘛，它是家裡的地主老財？吃飯還要給它行禮，讓它來分，連娶它家的人都還得它高興，它算什麼玩意！

哦，看那勺把，還吊著幾個小鐵環，叮鈴叮鈴地響著，像一串鑰匙。不，在哪見過？瘦高媽媽的耳朵上也有。叮鈴叮鈴地在說話，管爸爸叫「舅舅」，管姨叫「媽媽」，管自己的親生兒女叫「外甥」、「外甥女」……

哼，全是讓它給攪亂了！看呵，黃澄澄的大銅勺又縮回去了，它蛇腰一扭，刀刃般的勺嘴又咬住了一砣稞飯，又給它安上一片紅紅的流油的肉臉，勺腰一挺一扭，貼著火塘拐到了年輕的女人面前。那邊的舅舅們都已經在埋頭吃飯了，規矩得像小媳婦。該輪到下一輩了，又是先從女人開始！……

多怪呵，這銅勺如此亮堂，火光映照下它金澄澄，光閃閃，足足有臉盆大。當它一靠近火光頓時光芒四射，金碧輝煌，彷彿是帝王們戴的金頭盔，斑斑稞飯是精工雕製的圖案。是不是它每天都塗油擦拭，要不稞飯就不該只黏上那麼幾粒，而是把它糊得嚴嚴實實，叫它神氣不起來！

長長的大銅勺神氣十足地伸過來，伸過去，它在孩子們的面前顯得特別威風。頻頻地在閩暗的空中揮舞，像條金鞭墜著一個金球飛來飛去，牽著孩子們瞪得溜圓的小眼睛，上下左右移動。孩子們的嘴已張得像待哺的小鳥，一旦認定勺子是衝著自己來，就趕忙低下毛茸茸的小腦瓜，躬下纖嫩的腰，小小的雙手捧著蠻大的粗瓷碗，舉過頭頂，碗和手都在瑟瑟。不知是碗壓抖了手，還是手抖動了碗。

他娘的，對孩子也用得著這樣？

哦，所有的人都忙忙碌碌吃起來了，一片咀嚼聲，連沙達也向銅勺叩拜過了，就剩下羅石虎了。他坐的位置同又長又大的銅勺的出發地剛巧是個斜角，距離最遠，遠遠超過對面的、側面的。血緣關係也最遠。

嘿嘿，它來了！越過火塘上冒著騰騰熱氣的大湯鍋，穿過松明燈火，攔腰切開昏暗的光亮，在周圍一雙雙眼珠上方的餘光中，它顫顫巍巍、巍巍顫顫地伸到羅石虎面前。或許是距離太遠了，銅勺顫得厲害，粿飯上的油漉漉、通紅通紅的臘肉片顯得又厚又大，細細的勺把那端，瘦高的媽媽伸長手臂，又伸直腰，把自己同銅勺連在一起伸過來。羅石虎一隻手端起碗，一隻手抄起筷子，就像在他家鄉的炕頭上，不，就像他爹等著他娘或是其他任何人給添飯的姿式一樣。

那是他腦海裡不可泯滅的家鄉場景中的一幅。

41 英雄密謀變革

銅勺一翻，飯菜全倒進羅石虎的碗裡。銅勺沒有走，它像一隻大眼睛瞪著羅石虎，眼皮眨都不眨，滿眼驚訝、疑惑、憤慨！

瘦高的媽媽持勺的手也不顫了，僵住了，眼睛睜得像銅勺一樣大，一樣光亮。她是倒下了飯菜之後，才發現這個剛剛被接受為家庭成員的男人，竟敢用一隻手端碗接飯，更別說躬腰垂首了。她實在不明白他為什麼這樣無禮，這樣傲慢？這樣氣人地對待自己？她氣懵了，簡直不知所措。

所有用餘光注視銅勺的眼睛，都改用正眼直視羅石虎；成年女人們的眼睛裡射出驚愕，成年男人們的眼睛裡射出憤慨，孩子們的眼睛裡射出莫名其妙。沙達的眼睛惶惶得像頭小鹿，看看這個，看看那個，又看看羅石虎。

羅石虎吃得很香。

太陽爬到喇嘛寺頂上。塔尖似的寺頂光焰如金，頂尖的小風鈴像是凝固住了，聽不見，也看不清。寺頂山巔般的暗影映在半坡上的小松樹林裡。林裡陽光斑斑駁駁，猶如漫地金屬。

羅石虎鑽進林子時，孫富猴和高文才已經等候多時。孫富猴拿著根樹枝挑弄樹幹上的螞蟻打架；高文才屁股下墊著松毛，靠樹而坐，雙腿懶懶地叉得開開的，腦袋歪在肩上。三個人一照面，彼此心裡都鬆了口氣。

羅石虎一撩藏袍，就地盤腿坐下，掏煙袋，裝煙：

「咋，你倆都住下了吧？」

「我老孫找的女人沒錯，見我回來，樂壞了，嘻嘻。」

「我也住下了。」
「那好。俺們要回部隊，就不能只摟著老娘們睡覺，要幹出點事來，不能再稀裡馬哈！俺家有四個媽媽，俺只叫一個。」
「我叫了五個，她家有五個媽媽。不叫怎麼行？人家都叫，叫了也不少塊肉。」
「你孫猴子軟骨頭，你有那麼多媽媽？」
「是她有，我怎麼辦？我軟骨頭?!」
「不要叫！」
「不叫，不叫人家能要我？你叫我上哪去？」
「別吵別吵，到了這個地步還吵什麼？」
林中陽光更濃了。陽光從樹縫裡伸進來、撞進來、鑽進來、灑進來，立刻像瀑布擴開，猶如一片綢緞。三個人都還浸泡在紛紛揚揚的金光中，你看看我，我看看你，似乎大家都有了一個共同的感覺：變了。每個人都覺得別人變了，自己也變了，又說不清楚。
「俺說，」羅石虎甕聲甕氣，手裡的漢白玉煙鍋冒著淡藍色的煙，「俺們已經栽了一跤，可不能再跌，再也不能有啥閃失。工作是一定要做，俺們還是解放軍！」
「你說做什麼吧？」
「隊長說吧。」
「發動群眾，反封建迷信和一切落後，要減租減息，要種穀子，要讓窮人穿有領的衣服，要……」
「隊長，你想得倒不錯，可別說幹，只要一傳出風聲，人家就得把咱們攆走！」孫富猴搖頭。
「猴子說得是。咱們還是別太急，好賴等到部隊回來。」高文才說。
「你……你倆咋變得這麼鬆！」羅石虎殘缺的右耳彤紅。

「你說什麼我都認了，就是不能那麼做，要工作就是要交窮朋友。」孫富猴扭頭望著別處。
「猴子說得對，要緊的是等到部隊回來。」
羅石虎氣得瞪眼，望望孫富猴，又看看高文才，說不出話來。

清明，下雨了。

村裡一片忙碌，小夥頭巴池池米任命的瘦子水官，揹著長長的黑麻布口袋，敲著破鑼，挨家挨戶地告訴人們哪天哪家派幾個勞力，去修水渠。為了防止有人不去，臨走時，他要照規矩把那家的銅鍋，或是壺，再不就是一件既重要又值幾個錢的東西，順便扔進他的長長的黑布口袋裡，做抵押。這期間，少不了有人家要同水官爭辯，是抵押壞鍋，還是抵押好鍋？奴僕等級的很窮的人家，免不了要塞幾個雞蛋給他，當然不是扔進他的裝著許多鍋呵瓶呵、叮叮噹噹亂響的黑麻布口袋，而是裝進他貼身的小口袋。黑麻布口袋裡塞了小孩的一條補丁摞補丁的尿褲子。

水官在村裡轉上一圈，長長的麻布口袋滿了，他頭上的汗珠也滿了。等到收稞子的時候，每家都要交給他稞子珠珠，同他的管水期間所流的汗珠一樣多，整整四筒。

在修整水渠，準備往地裡灌水的同時，家家都忙著架牛犁地，打埂子。種稞子同種旱穀的工序差不多，就是要更細緻。淺綠色的稞子輕飄飄的，土質越細越利於它生長，地要犁四遍，耙四遍。再灌水播種，使種籽沉進泥土。

雨霏霏，草青青。荒了一冬的土地透出壯漢的粗野氣息。沙達家的地裡，七八個男人簇在一起，揮鋤壘埂，女人們分散開，兩人打一條埂子。舅舅們說幾句話，挖一鋤，再說幾句，再挖一鋤。羅石虎看著心煩，抬眼看看打埂的女人，他撇下男人們，朝一邊走去。

車爾皮措喊他：「著急你不要，慢慢打囉。單單人一個，打不完。」

「俺自個打。」

羅石虎走到地邊，把黑禮帽扔在露珠閃爍的埂子上，紮緊灰布腰帶，掄起條鋤嘿嘿嘿地幹。

羅石虎幹得正歡，沙達來到面前，神色不悅。

羅石虎問：「咋了？」

「你這種累會，我們女人幹得。」沙達理直氣壯。

「俺比女人會幹這種活！妳快去吧。」

羅石虎繼續嘿嘿嘿地幹。

沙達站了站，走了。

羅石虎鋤下的埂子像一條線抵到地頭了，他回頭看：七八條埂子像參差不齊的箭頭伸過來，多數已經不遠了，最遠、最短的一條埂子是男人們打的，他們仍簇擁在一起。但是，所有的人都停下來望著他，似乎剛剛看過什麼新鮮。羅石虎掏出煙袋，裝煙點火，那邊的男人們都撂下鋤頭，圍攏過來，蹲了一圈，等著抽羅石虎的小煙袋。

羅石虎惱吼道：「你們咋還不如女人！她們都還在幹！」

男人們蔫蔫地立起來。

午飯後，女人們又扛著條鋤、提著水罐出發了，男人們都不見了，羅石虎跟在女人後面，走出好遠，回頭看見車爾皮措追來。

車爾皮措是沙達家唯一的讓羅石虎還尊重的男人。

42 力改耕地方法

那天，羅石虎單手端碗接飯，惹怒全家，劍拔弩張、僵持不下時，車爾皮措乾咳了一聲，說了一番摩梭話，沙達也柔聲說了幾句摩梭話，連連向瘦高的媽媽躬腰。他們的話裡不時提到「虎」，羅石虎也只聽得清這一個詞，以為是講他名字裡的那個「虎」，或是講他曾經打過虎，卻不知道摩梭人過去的圖騰就是虎。瘦高的媽媽忌諱與虎作對。儘管氣憤，她終究不能拳打腳踢，令女兒立刻轟他走。她深凹的眼睛狠狠地剜了羅石虎一眼，然後就用大銅勺從容地給自己舀了一勺飯，放上一片通紅的冒油的臘肉，再像盛給別人一樣倒進自己的碗裡。

一家之主都不說話了，其他人也就埋頭吃飯。

晚飯時，車爾皮措把羅石虎讓到上首的位置坐，羅石虎也就坐了。沙達又把自己俯首接過的食物，轉遞給羅石虎，避免羅石虎再違禮，瘦高的媽媽也容忍了。這倒使羅石虎不自在了，臉紅了。

翌日早飯，沙達又將自己接滿飯菜的碗，遞給羅石虎，羅石虎搖頭不接。一時，屋裡的氣氛緊張起來，瘦高的媽媽的大銅勺也晃悠得厲害。眾目睽睽下，大銅勺顫顫悠悠地伸向羅石虎。出乎意料，羅石虎雙手捧碗相接，只是沒低頭，還抬著。張張面孔都露出了笑容。

然而，就在此時，羅石虎決心要幹那件事，一定要幹！

天擦黑，喇嘛寺朦朧。寺後的山坡黑成團，羅石虎瞅瞅四下沒人，一抬腳上了上山的小路。緊走幾步，上了坡，進了小樹林。他在與黑黢黢的寺牆平行的地方蹲下，掏出漢白玉嘴的小煙鍋，抽著，等著。寺頂的風鈴聲異常清晰：「叮鈴，叮鈴」。

一個黑敦敦的人影鑽進林子，猶如直立的小熊，是高文才。
「你早來了？」他隔著羅石虎幾步，也蹲下，不出聲氣了。
又等了會，一個細長的影子閃進林子，罵罵咧咧說他踩了喇嘛拉的屎——是孫富猴。
他在他們倆對面蹲下，掏出他的鐵皮煙盒，捲煙，說：
「隊長，我看見你們家去打埂子了。」
「你們家吶？」
「我們家不要我去，說女人會幹。」
「我們家昨天就打了。」
羅石虎叭叭地抽著煙，問：「俺說那事，你們咋幹？」
「媽的，鞋底還有臭味。」孫富猴嘬嘬鼻子。
高文才沉默。
「說正事！」羅石虎煩。
沉寂。
「我不行，人家不讓下地，只好你們倆幹。」孫富猴說。
「我……我什麼也拿不到，每天幹什麼都是他媽媽分派。」高文才說。
「咋，你們就他娘的這麼窩囊！」
沉寂。
「隊長，咱們還是等部隊來了再幹吧，好賴熬到部隊回來，那陣幹什麼都行。」
「猴子說得是。」
「屁！你們少找理，就說幹不幹！」羅石虎站起來。

「幹咱怎麼不敢幹？就是怎麼幹合算。咱們三個一幹，那少英肯定知道，肯定得找來，那時就不光咱們，還有三家人吶！」

「就是……」

「算他娘的，你們都一邊看著，老子一個人幹！」

羅石虎怒沖沖地走了。

清晨，空曠的地裡瀰漫著露水的濕氣，點點簇簇犁地的人與畜，或白或黑或黃，都在濕氣中呈現出一種凝重感，就連猝然而發的吆牛聲，也似乎傳得又遠又不遠，一張一縮。沙達家的五個年輕女人，和五個男人，扛著五張犁，吆著十頭黃牛，一條線似地來到打好埂子的地裡，又分散開。褐色的土地挺著胸膛，綻出道道裂紋，似乎在等著犁鏵幫它翻身。綠茵茵的草東一簇，西一簇，寬寬的草葉上托著晶瑩的露珠。

按照摩梭人的犁地方法：兩頭黃牛扛一根橫槓，並肩而行，拖一張兩米多長的犁；一個男人緊跟在牛屁股後面倒行，用身體壓住犁轅，使它不至於被兩頭牛的兩股勁拉得犁頭東搖西晃；一個女人只管在犁後面扶犁把。羅石虎和沙達吆著兩頭牛，扛著一張犁來到一塊地裡。

羅石虎叫沙達先坐在地邊上歇著，他拿把砍刀叮叮噹噹地修犁。少頃，兄弟姐妹們都在四周駕起牛，悠悠地犁開了，有的還樂滋滋地唱起小調：

不吃鹽呀身子軟，
不喝茶呀嘴巴黏；
綠茶、白鹽不見面呀，空有茶罐火上煎。
……

羅石虎還在叮叮噹噹地修犁。

沙達在田埂上坐不住了，起來了。她原先就不大相信羅石虎會使摩梭犁，想讓他先跟別人學學，或是別來。因為巴池池米傳話來，叫他在家等候，有事要說，可他硬不肯。沙達走到羅石虎跟前，眼睛瞪大了，神情愕然。好端端的兩米多長的筆直的犁轅，被拆下來，扔在一旁，像一條孤伶伶的大腿。犁架上被安插了一根彎彎扭扭的木頭，像一條從樹梢上爬下來的蛇。他從哪找來這麼難看的一根樹幹？他正用砍刀敲打得起勁。

「犁，這是？」

沙達問。

「對，漢族的犁。」

「牛兩個怎麼拉，牠手短短。」

「一頭牛就行了，比兩頭走得快。」

「夥伴不有，牛好好不幹！」

「人就是牠的夥伴，人叫牠幹就得幹！」

羅石虎把犁收拾好了，在沙達緊張的注視下，他先用小拇指粗的麻繩拴好牛鼻子，再慢慢地給牛套犁。老黃牛，皮毛如緞，黃裡透紅，兩隻沖天角呈琥珀色，像剛出土的筍尖。牠絲毫不理睬羅石虎，牠知道犁地就是悠悠哉哉地走走、站站，有時還可以聽到主人像捏著鼻子軟綿綿地同陌生女人說話，老也說不完。更多的時候是漫步在伊伊呀呀地老唱也唱不完的情歌中，有時候牠們也聽入迷了，站下不走了，回頭看看，主人早就不見影了。

「妳站遠一點。」羅石虎說。

「你牛不要惹，老虎牛都怕。」沙達緊張。

「沒事，讓開。」

「事怎麼沒有，牛你挑著要折骨頭的，要爛頭、爛腿，血要流多多……」沙達就是不肯動。

「嘿呀！妳讓開，牛要驚了，嚇著孩子！」

沙達慢慢往後退了。

43 稞子換種穀子

羅石虎鬆口氣，轉過臉來，左手猛一抖牛鼻繩，右手「嘩」地抬起犁。一時，黃牛蹭地往前一竄。牠覺察出身後有危險，竄出幾步又站下，往後看。牠知道那危險還跟在後頭。牠還什麼也沒看見呢，鼻子一疼，左邊乍閃一道亮光，肚子上挨了一鞭，他蹭地又竄了出去，還猛一轉身。

但是，還不等牠站定，鼻子又鑽心地疼，左邊又忽閃一亮，牠竄出去的同時，肚子上又挨了一鞭。牠知道了，後邊這個人是不同以往。不能向後看，不能轉身，否則他就拽你的鼻子，抽你的肚子。哪來的這個人？牠想跑。牠埋著頭就朝前衝，頓時，牠只覺雙肩異常沉重，好像是被他的雙手抓住，身後是「撲撲撲」的聲響。哦，是土壤翻動的聲響。牠驚訝，這是自己拉起的土壤嗎？能這麼撲楞撲楞地響？牠埋著頭一股勁地向前衝。

羅石虎滿臉汗珠，一手扶犁，一手抖牛鼻繩，雙眼盯著呼哧呼哧喘著、埋頭向前趕的牛。牠的黑玻璃球似的眼睛不停地向後瞅。他時刻警惕著牛突停、猛竄、急轉身，那時要火速抬起犁，否則就有斷犁的危險。

剛才，黃牛第一次竄出去時，他抬著犁緊跟其後，牛戛然站下，他也跟著急停，大腿根剛剛痊癒的傷口正撞在犁把上，疼得他一身冷汗，嗓眼冒火，差點倒下。那時，他看見沙達，她身後有許多人，他們都圍攏來看，連小夥頭巴池池米也來了，站在人群裡。他知道這時不能放下犁，也不能揉揉傷口，可又真想揉。

「娘的，是死是活，都得挺著。」他看見牛想回頭，狠狠地抖了一下牛鼻繩……

伏牛山下，會使牛的漢子不使勁，甩甩手腕，就能叫牛趴下。據說，這還是古時開封城裡的賣藝人傳給農民的。

牛走到地頭，羅石虎輕輕一抖牛鼻繩，牠笨拙地猛然轉過身來，未等吆喝便又埋著頭吭哧吭哧地朝前走。牛基本上明白後邊的人想讓自己幹什麼，牠很遺憾，很不滿意。這麼走不僅是不能同自己的夥伴聊天，也聽不到人們軟軟的話語、伊伊呀呀的情歌了，但是，牠第一次知道自己可以單獨拉犁，走得這麼快，犁得這麼深，真應該叫那些常常譏笑自己磨蹭的馬來看看，叫牠們目瞪口呆。可惜，地邊只有人，許許多多的人。

耕耘過的土壤像道道波浪連成一大片，它們散發著濕潤的泥土芳香，閃爍著斑斑瓦亮瓦亮的光澤。亮光是犁頭將它們從地裡猛掀起來時鍍上的。牛累了，牠嘴角淌著涎水，哩哩啦啦；圓鼓鼓的肚皮一起一伏，發出風箱似的聲響。羅石虎很奇怪，那麼多人圍觀，又久久不走，竟沒一個人大聲稱讚這樣犁得快，更不要說有人過來學。

牛乖得像貓了，羅石虎輕輕喚了一聲，牠站下。羅石虎給牠卸下架，解下牛鼻繩。牠仍不敢動，呼哧呼哧喘，直到羅石虎衝牠揮揮手，牠才顛顛地跑開去。

羅石虎朝人們走過去。儘管越走越近，羅石虎卻越看越模糊，人們都似笑非笑，表情冷漠。

小夥頭巴池池米倒滿臉堆笑：「犁地你這樣，哪個同意？」

「這麼犁能多種多收，咋了？」羅石虎重重地拍拍巴池池米的肩膀，「你問這個幹啥？不准這麼犁？」

「小夥頭我做，事情村裡有我要知道全。牛一個人一個犁還不亂見，規矩也不有。」

「大夥都改，一頭牛駕犁，又快又好，俺給你們修犁。」

人們「嘿嘿」笑笑，沒有人回應。

羅石虎又拍拍巴池池米肩膀：「你帶頭改犁，好不好。」

「好不得，好不得，」巴池池米連連搖頭，往後站站，生怕再挨拍。「牛你那種犁，心太狠多，牛太苦多。好還是我們這種犁好，牛兩個，人兩個，話可以說，歌可以唱，牛不拖人，人不攆牛，累不累活路還幹。」

周圍的人忙點頭。

羅石虎茫然不知所措，他沒料到人們會這樣看問題。

他問巴池池米：「哎，你找俺有話要說？」

「話正正經經說不有，說說玩玩那種話。」巴池池米點頭哈腰。

羅石虎看出他在推諉，也不想再問。

單牛犁地即使是沙達家也沒人回應，令全家欣慰的是，羅石虎只提了提，並不強求，大家緊張一陣，又鬆弛了。讓他們放心不下的是巴池池米當真就只想同羅石虎聊聊？

在沙達家，無論是媽媽們，還是舅舅們，都公認羅石虎是種莊稼的領導，人人都主動地聽他分配調遣，每天都在他的安排下，按部就班送肥、灌水。領導權的形成，自自然然，沒經任何討論商議。羅石虎曾懷疑是瘦高的媽媽暗中布置的，他問沙達，沙達竟然半天聽不明白，明白了又奇怪：

「你們漢人聰明個個，會做什麼不曉得跟誰才可以？」

羅石虎反倒給問愣了。

沙達家的五架地犁了四遍，耙了四遍，水足了，每一粒土壤都膨脹開，準備擁抱多情的種籽。金色的朝霞沐浴下，它像一塊塊絨絨的紫紅的地毯，映在光亮亮的鏡子裡，鑲嵌著藍天白雲。沙達家的人揹著七籮浸泡好的稞種，踩著細細的埂子走來。他們把一行高高低低的影子印在紫絨絨的水中。人走在藍天白雲下，影子晃動在白雲藍天上。

地頭，當羅石虎掀開背籮上捂得嚴嚴實實的濕麻布時，沙達家的人頓時面色蒼白，無人言語了。

背籮裡全是金燦燦的穀種，沒有一粒淡青色的稞種。

沙達家的人祖祖輩輩都知道，土司禁止在永寧壩子裡種穀子，特別是解放後又再次給下面傳話：「摩梭種稞子，漢人種穀子，摩梭人種穀子就不是摩梭。」羅石虎也清楚，正因為清楚，他才不得不這樣幹。

三天前，瘦高的媽媽把庫房的鑰匙交給他，取稞種浸泡，他藉故把全家都支派到地裡去，悄悄找來一個小商人，用全部稞種，再加上他的三塊大洋，換了五馱穀子，又悄悄地將精選出的種籽浸泡上。

「你們說米飯好吃，還是稞飯好吃？……」羅石虎高聲問大家。他準備了許多話。

大家都傻站在地頭上，木了一般。

「管家吃大米，只准俺們種稞子，這叫什麼道理……」

羅石虎說得很響。原先他覺得這道理很簡單，一說大家就明白，就會憤怒。此時此刻，看著木然的人們，他忽然感到自己的話沒力量，要說的大家咋會不知道？

「大夥不要怕，這事由俺擔著，有解放軍，有人民政府……」

木然的人們動彈了，他們一聲不響，踩著剛剛走來的細細的彎彎曲曲的埂子又走去，走在前面的風風火火，不時失腳滑到稀泥泥的地裡，走在後面的垂頭喪氣，也不時失腳滑到泥稀稀的地裡。

他們都走了，走遠了。

44 突然烏雲密布

埂子上撇下背籮、穀種和端坐的沙達。她眉頭緊鎖，焦愁凝聚眼裡。

「妳也走吧。」羅石虎輕聲說。

「不，老婆這會走不可以。」

羅石虎激動得想撲過去，他走過去，一把提起背籮，挎在肩上。這會兒他看見，隔著幾個背籮，站起來了車爾皮措舅舅。他嘿嘿一笑，也提起一背籮穀子。

「唰——」

「唰——」

羅石虎撒一把，車爾皮措也撒一把，金色的穀粒像雲一樣飄出去，雨一般灑下，落在紫絨絨的淤泥般的地裡，探頭探腦。羅石虎和車爾皮措並排而行，撒出的穀子剛好一壟地寬。他們都不說話，眼睛盯著自己撒出去的穀子，看一片片金色的雲雨飄落。

沒有人像看單牛犁地那樣圍攏過來，他們都散在四周的地裡耕耘播種，不問不說，連頭都不朝這邊扭。偶爾能聽到悠悠的牛叫，除此便是一片寂靜、空曠。

沙達還坐在地頭，像是一動也未曾動過。

太陽臨近中天，巴池池米氣喘吁吁地跑來，鞋上、褲角上都沾著稀泥：「穀子你不能種罰款你，我跑也不可以……」

「咋，不能種？現在解放了，啥能多打糧食就種啥，啥好吃就種啥。」羅石虎還是一把一把地撒著穀子。

「哎呀呀你……」
巴池池米急得跺腳，他衝著車爾皮措拍著大腿，嚷了一通摩梭話。
車爾皮措蔫蔫地走到地頭，在沙達旁邊坐下。
羅石虎看看他們，也走到地頭上。巴池池米先退後一步，眼睛戰兢兢地望著羅石虎。
「俺問你，是穀子打得多，還是稞子打得多？」
「穀子多倒也聽著。」
「稞飯好吃還是米飯好吃？」
「天天吃米飯官家囉。」
「俺們解放軍的規矩是吃大米，就要種穀子。你去對土司總管說吧。」
巴池池米無可奈何地轉過身去，走了幾步，又轉回來。
「朋友你們對我也好，狀告你們……」他很悲哀地搖搖頭。
「沒啥，」羅石虎笑了，「你就對他們說，俺叫沙達家給大軍種穀子。看他能咋？」
巴池池米趕快走了。
中午，羅石虎回到家裡，瘦高的媽媽沒問種穀子的事，其他人也閉口不談，但人人臉上都陰沉沉、黑烏烏，像是在等候下雨的雲。正吃著飯，就聽見院外有急促的馬蹄聲，「得得得，得得得」，由遠及近。
大家都噙著嘴裡的飯，屏息聆聽。羅石虎捧著碗有些懊悔，要是把槍帶來就好了。
馬蹄聲在院外嘎然而止，隨即聽見馬熱得「撲撲」噴鼻的聲響，和抖動鐵口嚼鏈的聲音。接著，院裡響起如風如雨的腳步聲，巴池池米一頭鑽進正屋來。他對紛紛站起、施禮讓座的男人、女人擺擺手，眼睛望著羅石虎：
「羅隊長，總管老爺問你讓，走你時大軍走，回來幾個，多多大軍怎麼不有回來？」

「俺們回來有任務，再說家在這。」羅石虎這才站起來，「部隊過幾天就回來。」

「總管老爺還讓說：穀子漢人種不管，摩梭一個種不得。沙達家再種，自由百姓不可以做，做奴僕，放馬給總管老爺。」

「哇！」年老的女人失聲哭了，又趕快捂住嘴，全家無人敢吱聲。

「你告訴你們老爺，是俺叫他們替部隊種。」羅石虎走近巴池池米，「他要不同意，就叫他找部隊！」

巴池池米悻悻地又走了。

下午，沙達全家都龜縮在正屋的火塘邊，誰也沒再出去，誰也不說話，大家都怕聽見那「得得」的馬蹄聲，聽不見又著急。是死是活還是早點知道為好。羅石虎再三勸慰大家，看看無用，也就不用說什麼了。他約了孫富猴到地裡繼續播種。

他們商量好了。從巴池池米的問話中可知，那少英不知道他們已經被部隊趕出來，用部隊這面大旗能鎮住那少英，他還不像同部隊作對的人。萬一不行，他要翻臉，他們就奪槍搶馬，衝上山去。因此，他們決定到視野開闊的地裡等候。讓他們焦急的是找不見高文才，給他家留了話也遲遲不見來。

巴池池米整整一個下午沒露面，到了晚上也沒來沙達家。轉天，羅石虎和車爾皮措去看稻種，路上遇見巴池池米，他又說又笑，十分親熱。沙達的全家這才鬆了口氣，羅石虎也放心了。

穀殼在濕潤溫暖的土壤裡綻開了縫，伸出纖細白嫩的芽芽。

藍藍的天空飄著朵朵白雲，悠悠然然；綠綠的山巒滾動著黃斑斑的牛群，哞哞歡叫。

羅石虎隨著車爾皮措，清晨趕著牛群走向山巔橢圓形紅的太陽，傍晚又從緋紅的晚霞裡走回暮色如水的村子。整天裡，頭頂明亮如鏡的蔚藍天空、悠悠雲團，置身茵茵綠草、簇簇野花間，放眼望去，山巒疊翠，浩瀚如海，羅石虎倒也心曠神怡，胸襟坦蕩。

「要打完仗以後都能放放牛，就美了。」他想。

播完種，車爾皮措堅持要羅石虎同他上山放牛，沙達也極力相勸，就連瘦高的媽媽也說了話。羅石虎清楚，他們都擔心總管找麻煩，想讓他儘量少在家。他不以為然，那少英不滿意，乃至咬牙切齒，顯而易見，要是他有辦法殺雞給猴看，那他早就使了。現在根本不必躲他，有解放軍這個護身符在，他那少英絕不敢貿然動武；甜言蜜語也無法叫穀子不發芽。

倒是孫富猴一番話，使羅石虎上了山：「我們現在還算不算部隊的人，只有我們自己知道，可不能壞了部隊的政策，發動群眾還要團結上層呢，要是讓我們搞糟了……」

好心的車爾皮措擔心羅石虎寂寞，上了山就嘴不停地講。他熟知山上的每一根花草，每一根花草都好不一般。

那坡坎上爬著細細的藤子，墜著小朵小朵的紅花，像一把把小傘傘，叫大九節鈴。它藤細線，根可不小，七八塊拳頭大的根塊簇在一起，那根塊是治傷筋動骨的好藥……

那片大朵大朵的白花是杜鵑。它都開在樹枝頂上，從來不從斜刺裡開，又都是四五朵簇在一起開，開成一大團。花蕊細細彎彎，淺黃色頂著個小紅腦袋。乍一看，就像一大群白蝴蝶簇擁在一起，摩梭人叫它白馬鬃鈴花。多好聽，多像。

45 親生兒子疑雲

那種草別看高不過膝蓋，一根桿直直的、絨絨的，綠不綠，黃不黃；葉呈子桃形，綠蔭得厚厚實實，溫馴可愛，只要摸它一下，立刻火辣辣的痛，手指上一層密密的金黃色的小刺，像蜜蜂射出的箭。它的勾子叫綠蠍麻。

那些小紫花還沒有名字。棕紅色的枝幹，嫩嫩的小綠葉，枝莖不密不疏，嫩葉不疏不密；紫色的小花像喇叭開在枝頭。有一個人放牛時牙疼得厲害，他順手扯了一把它的葉子塞進嘴裡亂嚼，牙竟不疼了。儘管它沒有名字，大家也都知道它。

那是山蜂蜜。葉子大大的呈橢圓形，根部寬楔，尾部漸尖；葉面經絡分明，墨綠色；葉背呈白色；葉叢中伸出幾個小玉米似的花蕾。等到夏天，小玉米開出白白的花瓣，蜜蜂來往不斷採擷它極甜的花粉，人也常常光顧。自然不用翅膀採擷，而是用嘴吮吸。

……

羅石虎只是聽著，或者看上一眼，並不青睞那花。他饒有興致的是將牛趕上一個綠草茵茵的山頂後，就同車爾皮措奔那有老松樹的林子。在幽幽的林子裡躬著腰，瞪大眼，拿根樹枝撥弄著厚厚的落葉，尋找松球。只要不是被松鼠光顧過，那松球裡就一定有松籽。

於是，他們就點上一堆篝火，就將拳頭大的松球——不管是綠的還是黃的——架在火上猛燒。松球就滋滋地響起來，它渾身的瓣瓣就像魚嘴似地往外吐泡，一串串油亮的泡泡稍縱即逝，一股松油香味裊裊散開，讓人鼻孔發癢，直想打噴嚏。有的牛聞見味也顛顛跑來，站在不遠不近的地方，望著篝火的裊裊青煙，望著打噴嚏的主人——可能牠納悶主人怎麼用鼻子吆喝——直到牠的鼻子也癢了，癢得直甩頭，終於打出了兩個響亮的噴嚏，牠才掉頭走去。

松球燒黑了，渾身的瓣瓣都像魚嘴似地張得大大的，吐出陣陣不可言喻的清香，它能使你在火煙味、松脂味中一鼻子吸住它，一直吸進肺裡。松球發出「咔咔」的響聲了，是在給松籽開門，有時一粒松籽會像子彈迸射出來，滿身還散發著清香，在明亮的世界裡劃條醬色的弧線，墜落下來。倘若是落在手上、臉上、脖頸裡，它的熱情令人吃驚，躲閃；倘若落在地上，手立刻就在它身上跳躍、驚叫。

黑黑的松球被撥出火塘，在平平的乾淨的土地上輕輕一扣，松籽就像紅瑪瑙抖落一地，香氣四溢。松子滾滾，只有待它稍涼才好放進嘴裡磕。不過，心是熱的，嘴是熱的，說法也是熱著吃香。於是，一顆顆松籽扔進嘴裡，趕緊磕，趕緊吐殼，趕緊嚼，趕緊嚥，又趕緊扔進一顆松籽……

吃罷，唇黑口香。

吃飽了，又想喝。

山澗。黑森陡峭的岩石下，青泠泠的水潭，一眼見底。手指大小的魚搖頭擺尾，穿梭往來，銜食崖頂飄落下的白花瓣。魚從這個岩縫鑽出，又鑽進那個石縫裡，忽而游出一條巴掌大的紅魚，搧開的鰓翼上鑲著條條銀線，呼搧搧宛如絹扇。小魚們都專注地望著牠，給牠讓路，跟在牠後面吸食尾翼上抖落的黏物。

「哎呀呀，快拿魚！」

羅石虎嘴巧手笨，挽起褲腳就下水，剎那間魚兒逃之夭夭，杳無蹤影。

車爾皮措有辦法，他悶不出聲地找來許多藤藤蔓蔓，捲成一個筐形，又在筐裡撒了點稞米飯，再將它貼著岩腳慢慢放入水中。他就要羅石虎再去撿松球，羅石虎不信魚會自投羅網，要守著。車爾皮措堅決不肯，說魚極有靈性，牠知道有人守著就不出來。

羅石虎雖然不信也得去，他要吃魚。

等到車爾皮措確信魚已進「網」了，他們踅回來提起藤籮，拆散開來，果真有魚！銀亮的小魚滿筐亂蹦，驚驚乍乍，有兩條竟大到半個巴掌。羅石虎要再下一「網」，車爾皮措把藤筐扔一邊，硬是不肯。他以長輩的口氣說：「心貪不可以，點點抓牠們才讓，心貪牠們知道會，一個個跑光光。」

羅石虎不明白、不信，還是得聽。

清澄的泉水煮著清澄的泉水裡長大的魚，燒出的魚湯奇香無比，既有高山的清新舒暢，又有藍天的明淨開朗，還有老松樹的濃郁醇香……

第二天，他們又抓住了十幾條小魚。羅石虎用一根細藤穿過魚鰓，將牠們連成一串。他紅著臉，喃喃地說：

「魚，今天給她吃吧。」

「哪一個？」車爾皮措莫名其妙。

「她，孩子有……喝魚湯好。」

車爾皮措怔住了。

其實，羅石虎原並不確切知道女人懷孕喝魚湯有什麼好處，他只是想，這麼香的魚湯應該讓沙達喝，讓那個小傢伙喝。

同時他朦朦朧朧記得，媽媽生妹妹，要不就是生弟弟的時候，爸爸曾冒著刺骨的北風，敲開冰稜摸魚，摸得一手血淋淋。

「男人摩梭不會這種，娃娃女人生，女人吃的男人多管不。」車爾皮措感慨地說，「沙達日子好在會囉。」

黃昏，牛群衝下山坡，帶著土黃色的繚繞的飄帶，奔向村裡。車爾皮措走在前面，壓住心急的頭牛，羅石虎走在後面，吆喝那些還不想回家的貪玩鬼；牛哞哞叫著，同走在前面已經進村的牛群打招呼，呼喚後面還在坡上沒衝下來的牛群。牠們也報以熱烈的呼應。牛叫聲此起彼伏，不絕於耳。

遠遠望去：一人騎馬立在喇嘛寺前。

快到村口了，羅石虎看清了，騎在馬上的是戛拉才增，札拉畲娃手下的。他歪戴青色禮帽、黑布長衫，細長的白臉堆著笑。

「羅老闆，你脫下軍裝不做買賣幹這個？」戛拉才增先打招呼。

「我家在這！」羅石虎繼續走。

「聽說了。本來還該向你賀喜，不是兒子就是姑娘，可沙達是摩梭人，這個禮就免了吧。要不我對你說半天的好話，其實不知道是給哪個雜種賀了喜……」

「你他娘的！」羅石虎站下了，橫眉怒目。

戛拉才增的馬倒退一步：「我說的是真話，阿夏婚姻你還不知道，孩子是女人的，沙達長得不賴，阿夏不少有，誰知那孩子的種是誰撒的……」

羅石虎手裡的魚串朝戛拉才增狠狠抽去，像一條銀鞭，劃破黃昏。馬驚得一閃一叫，馬臉上飛濺起幾條小魚，不等小魚落下，馬馱著歪歪倒倒的戛拉才增跑了。

46 孩子疑團初解

路上空空曠曠，唯有塵埃縷縷。

羅石虎走得很急，腳尖踢起一股股塵煙。他很清楚，戛拉才增存心不良，是想挑撥離間，是想氣他，不要理睬這個狗娘養的！

走到沙達家門前，羅石虎第九十九次對自己說：「不要理那個狗娘養的戛拉才增，他沒安好心！」

車爾皮措剛關好牛圈柵欄，見羅石虎大步進來，滿臉怒氣，手裡的魚也不見了，煞是驚訝：

「魚去哪裡了？戛拉才增和你說什麼？」

「都賞給他了！」

車爾皮措望著羅石虎，他想像不出怎麼個賞法，囁囁說：

「戛拉才增，札拉翁娃的人，札拉翁娃總管好朋友的是。」

羅石虎點點頭，上樓。

油燈滅了，黑暗中跳出許許多多閃爍的圓點，像晶瑩的粉末。沙達依偎在羅石虎身旁，她將他的手放在自己凸起的光滑的腹部上。羅石虎每天晚上都要輕輕地撫摸她日益高高凸起的腹部，用手心去感覺胎兒的輕微顫動。過去他不願看大肚子女人，自從沙達懷孕後，他再也不覺得懷孕的女人難看了。躺在懷孕的妻子身旁，他有一種說不出的欣慰，過去對女人的神祕感覺，全集中到高高凸起的腹部。那裡有他的血肉，有他的生命，有他的不可言喻的慰藉和希望。但是，今天晚上他的手只在那光滑滑的腹部上動了動，就又抽了回來。

「沙達……！」
「嗯？」沙達答應。
羅石虎又不說了。黑暗中有股淡淡的焦味，是油燈熄滅時散發的，現在飄散過來。沙達把頭又朝羅石虎的肩膀靠了靠，把他的手又放在自己胸前，她在等待他說。許久，羅石虎沒說話，沙達迷糊，要睡著了。
「沙達……」
「呵……」
沙達聲音含糊不清。
「沙達，妳過去有，有……」
「有什麼有？」
羅石虎說不出口，他雙眼直直地望著黑暗。那些閃爍的亮點變了，有的像朵雲，有的像股煙。
他費勁地說：「不有俺時，妳交過幾個阿夏？」
「兩個。」沙達像是忽然驚醒了，身體動了動，兩隻手按著胸前羅石虎的手，「不好他們都趕走了，我老婆只做你一個。阿夏不要。這種問做什麼？」
「沒啥。」
「說囉，說囉！」
沙達再三催問，羅石虎就是不說。沙達靠著羅石虎的肩膀，握著他的手睡了。羅石虎睡不著。他聽著沙達均勻的呼吸聲，聞著她頭髮上散發的花香，身體感覺著她燙人的光滑的肌膚。他真想搖醒她，問她：「妳說實話，那孩子是俺的嗎？」
他問不出口，他害怕。他第一次發現自己會害怕。要是萬一那孩子不是自己的，那……他簡直不敢想。
他睡不著，他不想也在想。黑暗淡了、遠了，眼前出現了一條條、一圈圈青白色的紋路，它們飄飄忽忽，從左向右，綿綿不斷。他想起了所知道的全部有關男人與女人和孩子的事。許多事還都是在家鄉時聽說的。在那個古老的講究村風家規的小村裡，各種有傷風化的事仍舊時有發生，或許正是為了告誡人們，它們才被作喻。還是小孩子的時候，他就知道罵小孩「野種」，是最最狠毒的……

早晨，吃罷飯，羅石虎和車爾皮措就要去放牛，女人們也都簇在院裡，幫他們趕牛出去。

這時候，戛拉才增一頭鑽進院裡：「我想同羅隊長聊聊。」

沙達家裡的人煞是驚訝，他們都預感到他來沒好事，車爾皮措更是焦慮不安。羅石虎陰著臉，帶著他往外走。

走到一個僻靜的院牆拐角處，羅石虎站下了：「你說吧。」

「在這？咱們上大馬店好好聊聊，老朋友了……」

「就在這，你說！」

羅石虎瞪起眼睛。他雖然怕聽卻又想知道個清楚。

「你別發火，你要發火我就沒法說了。」戛拉才增嘻皮笑臉。

「你說！」

「咱們是老朋友了，又都是漢人，我是為了跑買賣才起了個藏族名字，我知道說出來大哥你會傷心，可要不說那就更害你！」戛拉才增頓了頓，看看黑著臉的羅石虎，「昨天你用魚打了小弟的馬，小弟不生氣，欽佩你硬漢子，眼裡容不得沙，我要不說，大哥你就讓人家指著脊樑骨笑！」

「你他娘的快說！」

羅石虎喘著粗氣。

「昨晚，我同手下趕馬的夥計聊起你的事，他們都直笑，他們好幾個人都同沙達睡過，真的，他們說得清清楚楚，那女人左邊的奶子上有顆豆大的痣，她就是兩個奶子迷人，不大不小，又軟又光，摸著它渾身都酥了……」

羅石虎渾身直顫，臉頰緊繃繃的。他彷彿看見了那蘑菇般的白皙奶子上的痣，那是顆紅痣，他曾在衝動中去親它……

羅石虎拖著雙腿走了，像受了傷的獸。

戛拉才增又攆上來：

「我聽著都替你難受，他們還說她大腿又白又嫩……」

羅石虎鷹一般抓住了戛拉才增的雙肩，使勁推搡他。

戛拉才增前後搖晃著，大叫：「別別轀，你說過不發火……」

「你再胡說一句，俺就剁了你！」

「我說的都是真的……」

「你他娘的……」

「不說了，不說了……」

羅石虎使勁一搡，戛拉才增一屁股坐在牆腳下，牆頭的乾土唰唰落下。

羅石虎沒回家，也沒去放牛，他走到村外，走出很遠，又踅了回來。

他去找孫富猴。

格若不在家，孫富猴剛剛起來，被子都還沒疊。他們就並排坐在地鋪上。

孫富猴很冷靜：「你別發火，那些話我也聽說了，就是昨天聽到的。人們議論說你要走了，因為那孩子不是你的。」

「……」

「我看是有人搗鬼！……」

「沙達有幾個阿夏？孩子到底是誰的？」

「可靠的說法是兩個，我不能告訴你是誰。沙達早就同他們斷絕關係了。不過，沙達懷孕以前，有一次單獨上山砍柴，她的一個舊阿夏悄悄跟去了，以後的事就只有問沙達了。」孫富猴吞吞吐吐地說，「咱們既找了摩梭女人，就不能像漢人那樣要求她們，你要實在覺得冤，你就找別的女人，讓她再給你生一個。」

「你說啥？」羅石虎怵然一驚，盯著孫富猴，「好你個孫富猴，難怪有人說你把老婆的腿都打斷了，你真找阿夏！你真的幹了！我告訴你，你小子可不要忘了祖宗，不要忘了你還打著解放軍的旗號，不要忘了部隊還要回來！到那時你有啥臉見人！」

47 富猴獲准硝皮

羅石虎「蹬蹬蹬」地走到門口，又轉過身來：

「你要再給部隊丟臉，我饒不了你！」

羅石虎上直馬家找高文才，又撲了空。讓他納悶的是直馬不答話，是直馬的妹妹札石，說高文才上山放牛去了。

他雙腿疲軟軟地走在曲曲折折的院牆之間，迎面時而有人走來。他看得出不論是男人還是女人，都用異樣的眼光看著他，閃到牆邊走。他聽見他們走過後，就立刻「嘰嘰咕咕」開了。羅石虎覺得口乾舌燥，肺裡像起了火。走過一家敞開的院門，他嗅見裡面飄出的異樣的奇香，抬腳進去。

門洞裡擺著幾張小桌，一個老頭獨斟獨飲。

羅石虎揀了個凳子坐下：「買酒。買酒！」

羅石虎回到家裡時，已是正午了。沙達強笑著從正屋門前的凳子上站起來，挺著肚子迎過來。

「找哪裡也不見你，壞人戛拉才增說你遠遠走了……」她把手裡的麻布挎包往羅石虎肩上挎，「好吃好吃的飯菜都滿滿裝了，牛和舅舅等你昨天放的那裡。」

羅石虎伸手一撥拉，沙達叫了一聲，差點摔倒。羅石虎心裡一顫悠，趕忙去扶，沙達已經站穩了。

羅石虎匆匆往裡走，又猛地轉過身向外面走去。

黑暗又降臨了，黑得又稠又濃，陣陣寒氣，在空中飄浮，猶如深深的地獄。羅石虎覺得渾身燥熱如火，欲燃欲爆，緊挨著他的沙達似乎格外小。他聽見一個遙遠而又陌生的聲音在問沙達：

「孩子到底是誰的？」

「你的我的，老婆說這樣。」

「妳是摩梭，妳有過阿夏。」

「早早斷囉。」

「妳去打柴，他找過妳沒有？」

沉寂。

「找囉……」

「妳咋不早說？妳……妳……妳……」

羅石虎爬起來，搖晃著沙達的肩。

「說不說有什麼？反正小人我的你的。」

羅石虎像當頭挨了一棒，轟然倒下，渾身冰涼。

摩梭人的無私令自小生長在香港，被香港文化滲入肌骨的周華山感慨不已。他們所有人都住在母親的大家庭裡，走婚生的孩子歸孩子的母親，一家二三十人不分彼此，孩子是共有的。全家只有一本存摺，誰要錢自己提取，誰有錢誰存進去。他們不怕生老病死和無人照顧，因為家永遠是他們最堅實的後盾。

羅石虎罵完就走了，孫富猴蔫蔫地撐起頭，撐直腰，趿趿踏踏走出屋。又下樓，再拐彎，到了女兒樓後面，走向一間孤獨嚴實的小木屋。推開吱呀作響的門，濃濃濕濕的畜皮味熱熱地撲出來。

屋內，一個長方形的池子躺在左側，水面剛剛漫過滿池的松樹皮，它們小塊小塊的或棕紅或墨綠，像是被剁碎的鱷魚肉塊。池子進而散發出石灰味、鹼味、松木味和淡淡的畜皮味。樹皮下浸泡著羊皮。右邊，木板牆上釘滿了拉得緊繃繃的硝好的畜皮，一律是毛面貼著牆，仍看得出有黑羊皮、白羊皮、牛皮，形狀各異，像一幅幅地圖。屋中央，厚厚實實的床一樣的木框架，黑糊糊，笨笨重重。它是硝皮子的繃床，上面放著幾把鋥亮的刮刀。窄窄的刀具鑲夾在肩寬的被汗水浸烏、皮肉磨亮的腕粗圓木中，更顯其鋒利。牆角，壘著一個寬大的竈臺，上面有幾行繩子，是燒煙熏皮子的地方。

孫富猴從池子裡拽出一張羊皮，是張黑羊羔皮，鹼水已經把它鞣軟了，它好像又變得有了血肉，有了彈性，拎在手裡一抻一抻的，滴著水。孫富猴用牛筋拴住羊皮的四肢和頭尾，將它緊緊地繃在木架上，比它裹著血肉活著的時候繃得還緊。他圍上一塊黑麻布圍腰，雙手握著刮刀把，刀隨著雙臂伸縮，在柔軟的皮子上一下又一下地刮著。黑烏烏陰霾的海洋般的皮面上，殲留的肉渣像座座嶙峋的島嶼，紫紅色的筋絡像一道道閃電，整個陰霾的大海在起伏翻滾，濁浪拍天。忽兒，海的一端高高兀起，像要鋪天蓋地地翻扣過來；忽兒，忽兒，海面形成一個巨大深邃的黑色山谷，兩邊高高兀起的海浪似乎就要在空中衝撞，發出怦然巨響。紫紅色的閃電，蛇樣彎曲扭動，沉入海底；嶙峋的島嶼時隱時現，時而沉入海底，時而浮出海面；鋒利的刮刀在波峰浪谷裡攤著骯髒的泡沫前進，泡沫膨脹、破裂，破裂、膨脹……

孫富猴跟著格若一踏進硝皮房，立刻一陣激動。他望著笨重簡陋的繃床，寡白的石灰坑、熏皮子的竈、滿牆的畜皮，想像不出製作工序，但他已經確信這裡有許多地方需要改進，這兒正等著他來發揮聰明才智，這裡是他在這個母系大家庭裡獲取地位和權力的基石！

他接過格若要他看的刮刀，問：「家裡誰在這幹活？誰負責硝皮？」

「弟弟巴札。別個不想幹。」格若說。

孫富猴說：「要是我學硝皮，巴札肯帶嗎？媽媽同意嗎？」

「你這種活路想做個個喜歡嘍，」格若笑了，「髒個髒，累個累，你去說嘛。」

孫富猴放下刮刀就走。

格若追到門口，拽住他：「當真真你要硝皮子學?髒個髒，累個累。」

「我不怕，只要能給家裡掙錢多多。」孫富猴說。

「我的不准，阿夏你我的，好好的活路不做，這種做我不讓。」

格若噘起嘴。

「我剛到你們家，要不辦幾件好事，日後說話也不響。」孫富猴勸慰格若，撫摸著她的脖頸，「我要幹得好，媽媽喜歡，大家也就喜歡我們。」

格若被說笑了。

孫富猴找到媽媽巴朱朱，即刻獲准。家裡的兄弟姐妹們都覺得孫富猴乖順，進了巴朱朱家就知道幹重活。巴札很樂意當孫富猴的師傅。

孫富猴可是個機靈人。

48 摩梭皮鞋歷史

那天早晨，第一次同格若的全家圍坐在火塘邊，恭候媽媽巴朱朱分飯時，他望著滿臉威嚴的老人，莊重地揮動大銅勺，舀一勺飯又揀起一片肉輕輕放在飯尖上，大銅勺帶著官轎的風姿，悠悠顫顫地伸向巴朱朱的姐姐，老人立刻恭恭敬敬地雙手擎碗，俯首躬腰，如同拜見皇上。他心裡直笑，用得著行這麼大的禮嗎？不就是吃飯嗎，一碗飯也就一片肉。

等到亮晃晃的大銅勺又悠悠顫顫伸向格若的舅舅，老人也俯首躬腰、雙手擎碗時，他感覺到屋裡的肅靜中瀰漫著神聖的氣氛，他不想笑了。他明白了，大銅勺是權力的象徵，母親是至高無上的，要在這個家庭裡生存，就得遵守他們的家規。

當亮晃晃的大銅勺顫顫悠悠地向他伸來時，他也俯首躬腰，高高地擎起碗。

飯後，格若向他介紹家裡的親屬。她叫「媽媽」，他也叫「媽媽」，儘管叫了五個「媽媽」，使他心裡很不是滋味，他還是滿臉笑容地叫了。媽媽們份外高興。她們高興，大家也就高興。舅舅們忙叫外甥、外甥女來，孫富猴逗得孩子們小嘴巴發出一片「舅舅」的呼喚聲。大家一親熱，倒使孫富猴免叫了許多聲「舅舅」。

孫富猴想得開：「稱呼什麼都是人定的，大家都這麼叫，你也不吃虧。」

格若家雖然是自由百姓等級，但經濟實力已經趕上了一些上層司匹人家。家裡有土地十架，馬兩匹，牛五頭，每年播種稞子、麥子、蕎麥、玉米等，共計四百多筒。家有二十一口人，除了四個外甥、外甥女和五個當喇嘛的男人，還有十個勞動力。巴朱朱年輕時曾與一個趕馬人做阿夏，爽快的趕馬漢子癡情不淺，賣了馬，留在巴朱朱的小屋裡廝守。他不擅農活，卻知道各種畜皮的成色，他用低價購進硬畜皮，按照摩梭人的傳統辦法硝製，然後將製好的皮子再賣給馬幫，從中大有賺頭。有一天，趕馬漢子的腿忽然癢了，趕著一馱子皮子走了，再也沒回來。不過，硝皮房漢走，硝皮賺錢的生財之道也沒走。

摩梭人祖祖輩輩都是赤著腳走過來的，不會做鞋，巴朱朱媽媽的媽媽的媽媽長得最標致的那年，從麗江來了幾個納西族的皮匠，他們向土司進貢了一雙地地道道的皮鞋，幫是牛皮，底也是層層疊疊的牛皮納起來的。土司很高興，覺得腳下有好幾層牛皮墊著，就像是站在好多頭牛身上，渾身一股說不出的得意勁。他不想下來，要一直站在幾頭牛高的地方。

於是，幾個皮匠就獲准在永寧鎮定居，專為土司做鞋。但他們的任務很快就擴大了，要把土司的兄弟姐妹也扶上幾頭牛高的小匣匣裡站著，他們也覺得那樣不一般。仁義的土司不能不顧家。再後來，親戚朋友們也都用進貢的方式，獲得站在幾頭牛高的小匣匣裡的特權。

土司很懊喪，大家都站在幾頭牛高的地方，就一點也顯不出他來了。再說，萬變不離其宗，那牛皮鞋不管怎麼說，總免不了那股牛味。你越是喜歡它，同它待得越長，那味越大。剛巧，有個商人第一次到永寧，想獲取行商和尋找阿夏的保護，向土司進貢的禮物中有一雙布鞋。土司對皮鞋就不那麼看重了，對於那些偷偷地穿皮鞋的百姓，他也懶得管了。

從那以後永寧才有了做鞋的，叫皮匠。

這天早晨，喝過拜師酒，在女人們微笑的目光歡送下，孫富猴跟著巴札走進硝房。

進了屋，巴札往綳床旁一站，說：「皮拿一張出來。」

孫富猴看看滿臉正經的他，想起他是師傅，頭一低趕快從水池裡拎出一張白牛皮。

「這個好好撒給。」

巴札把盛著土鹼的皮口袋放在綳床上。

孫富猴照辦。鹼粉勻勻地撒在皮子內面上。

「角角捆好，抻抻展展繃給。」

巴札指揮笨重的繃床。

孫富猴照辦。皮子內面朝上，平平地繃在繃床上。

巴札遞過一把刮刀：「刮，刮使使勁勁。」

孫富猴接過刮刀，一下一下地刮。他知道這就叫鞣皮子。

皮子越鞣越軟，越軟越難鞣越費勁。鋒利的刮刀也無濟於事。鞣輕了，皮子上就像抹了油，哧溜一下就滑過去；使使勁勁地鞣，皮子又抻得老長老長，彷彿在和你伸直的雙臂、伸長的腰比韌性，看誰能抻得更長。鞣吧，皮子是團面，軟乎乎，黏兮兮，鞣不爛，抻不斷；鞣吧，皮子是潭水，光溜溜，滑嘰嘰，抓不住，捏不著；鞣吧，皮子是女人身上的肉，揉不夠，撕不透。刮刀鈍了，雙臂痠脹，腰肌抻長了收不攏，肩腰被一根棍子像晾衣裳似地撐了起來，雙手蒼白，皮子還是像一片烏黑沉靜的大海。

「鞣它為什麼？……」孫富猴癱坐地上，光著膀子。

「要話會聽，不得人身上亂跑。」巴札靠牆坐下。

「不鞣它就會亂跑？就不聽話？」孫富猴話出口，又忙點頭，「噢。明白……」

「是囉。皮子人薄薄，羊不如，牛不如，皮子人破了，皮羊、皮牛它們還好好在。不好管它們。」巴札搖搖頭，滿認真。

他很願把自己的技術和知識都傳給孫富猴：「難鞣皮子它們的香要點一炷，油燈要點幾個，東西吃的要供一點，供不有，皮子鞣著鞣著就不得見了。」

「飛了？你見過？」

「說這樣的人人。」

「瞎說。皮子都從身上剝下來怎麼飛得了？」

「皮子知道你不有我多，」巴札的鼻子眼睛都透出嚴肅，「皮子你鞣虎，虎、山上都知道，心都疼、都氣；皮子鞣豹，豹、山上也都知道。供你不擺，鬼神你不請來護，它們麻煩要找你。」

「你見過？」

「見過囉，我我你不知道。」巴札看一眼孫富猴，「雲南左所那邊，朋友我的一個有，虎打著一隻，肉請我去吃。後來，鞣皮子神忘了供，個個心擔著他。砍柴上山，老虎找來了，跑脫了個個，大大小小男男女女都傷不著，他老虎餵了。」

孫富猴聽得入神。

「皮子那塊好好漂亮，要的人一個不敢有，最後是商人一個帶走了，走遠遠的。」巴札補充說。

「他為什麼敢要？老虎不去吃他？」

「遠遠的走他，金沙江過，江那邊老虎不想去。」

孫富猴無奈，眼睛掃視屋裡：

「鞣羊皮、牛皮不供神，就不怕牠們用角來扎咱們？」

「天天被人攆來攆去牠們，亂鬧不敢。」

孫富猴點頭，徹底折服。

49 硝皮改良成功

他恭恭敬敬地跟巴札學硝皮，包括防止皮跑了的各種清規戒律，他都一一記住。硝皮子主要有三道工序：泡、鞣、熏。泡軟就鞣，鞣透了又稱鞣熟了，便該用煙熏了。

一張張刮得乾乾淨淨的皮子，緊繃繃地繃在木框上，像一面猙獰的旗幟，懸掛在竈口上方的麻繩上。巴札抱進一捆濕茅草扔在竈邊，又將木門關得嚴嚴實實，有一道豁縫也用木板遮住。

孫富猴擔心：「我們不出去，那、那我們不挨熏？」

「熏我們的不是，是熏皮子。」

孫富猴困惑。

茅草塞進竈洞，一根「呼呼」冒火的松明，放進茅草裡。濕漉漉的茅草吐吐地冒著青煙，瞬間就變成了粗粗的煙柱，騰騰而起。它們氣沖霄漢地穿過懸掛的皮子，撞著屋頂立刻像雲一樣散開，反撲下來。孫富猴的鼻子反應最快，一聞見草煙味就癢酥酥的，隨後嗓子眼也癢起來，鼻子的癢癢蟲要往裡跑，嗓子眼的癢癢蟲要往外鑽，它們撞在一起發出一連串的不可抑制的充滿爆發力的響聲：「呵嚏！呵嚏！呵——嚏！」

「快出去吧，咳咳咳……」孫富猴縮著肩，貓著腰，在煙裡打轉。

「煙你說出去了？哪裡？」巴札縮在竈臺下，抓起一把濕草，一伸手扔到竈口上，煙霧更濃了，誰也看不見誰。

「咳咳咳……是說我得出去，咳咳咳……」

「蹲下你，蹲下你……腰直直不要，咳咳……」

孫富猴被巴札拽了一把，也就雙手拄地，趴下了。再看巴札，他也雙手拄地，臉幾乎貼到地上。

孫富猴發現，滾滾煙霧基本上是離地面半尺的地方翻滾，好像有什麼東西阻止它下來。是潮濕的地氣？還是門縫裡露進風來？再不就是泡皮子水池的作用？他可以細細地呼吸，只是吸進去的全是草味，鐮刀草、芨芨草、小鳳尾巴草、刺刺草，還有松毛味，苦澀的、甘甜的、酸鹹的、泥腥的、刺鼻的……孫富猴像吃了滿肚子草，它們在胃裡像煙一樣滾動、翻騰。

「皮子不熏不行嗎？」孫富猴啞聲啞氣。

「老虎也好，老熊也好，不怕熏的不有，熏它們穿著才老實。」

巴札揮手趕趕飄到嘴邊的煙。

整整三天，孫富猴老打帶草煙的嗝，像塞了滿肚子草。好在他也不吃虧，被熏明白了：熏也好，鞣也罷，都是為使皮子柔軟，穿著貼身舒服。可熏鞣並不奏效，皮子還沒乾幹透就又硬了，穿在身上的也會「咯咯」響。他估摸是鹼用少了。這是什麼鹼？粉紅粉紅的，中間有不少石子、土粒，甚至有馬糞、草根。就這還是馬幫從四川馱來的，巴札珍貴得不得了，孫富猴要多撒，他堅決不讓。有天，孫富猴偷偷地多撒了幾把，硝出來的皮子一樣發硬，倒鬧得巴札叨咕了好幾天。他又懷疑熏得不夠，但煙是沒法再加，那樣皮子不怕他怕。他想用火烤了試試。點上火，還沒烤兩分鐘，巴札踹門衝進屋來，照著火上就潑了瓢水。孫富猴出屋才聞見，滿院的燒皮子味，好像哪家的畜皮房著了火。家裡人個個笑他。

有天半夜，孫富猴冷不丁想起來，尿不是很厲害嗎？老人們都說，尿能把白亮亮的鋁鍋咬漏了。他悄悄地在硝皮房後面挖個土坑，放上找來的半塊破皮子，有尿就到那裡去尿。不知怎麼，家裡的男男女女都知道了，個個見他往那跑就笑。他不好意思去了，那皮子只發臭，不見軟。

這天下午，孫富猴跟著巴札打掃硝皮房。牆旮旯角裡有一張殘缺不全的小白羊羔皮，鋪在一塊大樹的邊皮上。可憐的小白羊被豹子咬掉了頭，還撕開了肚子，只剩下一尺見方的一塊皮，是格若想用它做個枕頭墊子，才鞣了它，沒熏也沒繃，隨隨便便地撂在那了。

孫富猴一摸到小白羊皮，手一機靈，它好像還裹在羊身上，滑溜溜，柔和和。他詫異地提起它來，它不像別的皮子發出咯咯的脆響；再將它放在手裡揉揉，光溜溜緞子般的柔軟。

他驚喜萬分：「這塊皮多軟！好像不是我們硝的！」

「一樣一樣嘍，鬼不會來硝。」巴札頭也不抬，仍在捆皮子。

孫富猴看他一眼，不再吭聲，背過身去，把皮子揣進懷裡，提起一捆皮子，同巴札一起出屋，門「哐噹」一聲關上。一會兒，門吱吱地開了條縫，閃進了瘦瘦的孫富猴。他一轉身，拿塊木板抵住門，這才從懷裡取出皮子，他湊到鼻尖使勁嗅。翻過來，覆過去，嗅了幾十下。他又蹲下來，翻看壓皮的樹皮。它兩肘寬，一面是淡墨色的布滿魚鱗紋的松樹皮，一面是暗紅色豎紋的木片。大概劈下它的利斧稍稍偏差了一公分，使樹皮帶了點木肉下來，正是這樣它才顯得整齊、也還有點重量，被隨手拎來壓在白羊羔皮上。

孫富猴實在想不出別的原因，它和其他皮一樣被石灰水浸泡，一樣撒上土鹼，一樣被鞣製，一樣被煙熏——雖然沒有把它放在竈口上熏，它也沒有逃脫過這滿屋的煙。只差在這裡：別的皮都繃在木繃上，以免它們收縮，被商人壓價，而它卻給隨隨便便地壓在一塊樹皮下。

管軟和和的鬼註定是在這樹皮裡！孫富猴扔下羊羔皮，琢磨樹皮。木皮之間，凝結著一顆顆小小的淡黃色的樹脂，樹皮的味兒還很濕，很足……這是落葉松，摩梭人蓋房子不用它，壘牆的木頭都是用杉松。

清明，春耕開始了。孫富猴讓格若去向巴朱朱說，自己想鞏固一下剛剛跟巴札學到的技術，再硝幾張皮子，不下地幹活。沒任何人反對，地裡的活歷來是女人為主，再說誰能阻擋一個男人學賺錢的手藝。

地，犁了耙，耙了犁，又灌了水，撒了種。

種完粿子的這天晚上，巴朱朱特意安排人燉了雞，煮了肉，還提出來一壺酒，大家分喝，慶賀粿子按節令播種，祈禱保護莊稼豐收的者汝琬戛拉神多多保佑。正吃得高興的時候，孫富猴取來了他硝的五張白羊皮，眾目矚之，都想知道他學得怎麼樣。巴札以師傅的身份伸手接過一張：

「哪種做我，哪種學你，皮子馬幫就喜歡要了……」

他忽然煞住話，觸到白羊皮的手顫了一下，五個指頭使勁抓過一張羊皮，雙手輕輕地揉著，滿眼疑惑。巴朱朱拿著一張羊皮也在納悶，翻過來、覆過去地看，用手指輕輕地捏捏，再揉揉。她驚喜萬分，手裡捧著的不像是皮子，倒像是團雲。

幾張皮子在人們手裡傳遞，像一朵朵飄浮的白雲，人人喜不自禁，個個愛不釋手。

50 富猴暗渡陳倉

「皮子你怎麼搞的？鹼用多多？」巴札茫然。

「原先是想多用點土鹼，可我仔細一看，那裡的土比鹼還多，就一點也沒用。我辦法找到了一個，那種那種還要再試驗，有時靈，有時不靈。」孫富猴含糊其詞。

「你什麼放給說！」巴札追問。

「對家裡的人我不想瞞，到硝房裡看看就知道了，」孫富猴望著巴朱朱，提高聲音，「不過看了之後不能說，說出去了人人都會這麼硝，咱家硝的皮子就不值錢了。」

「對嘍對嘍，一個不得說，一個看也不要去。」巴朱朱鄭重宣布，「活路你一樣不要做，就皮子硝給。這幾塊賣不要，格若一塊，你一塊，她們年紀大大的三個媽媽一塊一個，以後再有，一個一塊地分。」

「這一塊還是媽媽要吧。」

孫富猴將傳到自己手裡的一塊羊皮，雙手捧著呈遞給巴朱朱。

巴朱朱感激地連忙伸出雙手相接。

頓時，屋裡所有的眼睛都朝孫富猴泛起欽佩、尊敬、感激的漣漣波光。

人家端酒敬他。

孫富猴喝得如墜雲霧。

孫富猴不懂化學，憑聰明他斷定：既然落葉松的樹皮能使皮子變軟，那就一定還有樹呵、草呵能使皮子變得更軟，或者是比用松樹皮方便的原料。他繼續試驗。

孫富猴發了！

當羅石虎種穀子驚動了總管府的時候，村裡的年輕女人都知道孫富猴硝出的皮子軟得像朵雲。背上斜披一張雪白的或是黑亮的羊皮，襯著嫋嫋的腰肢，不光是禦寒，更是年輕女人的裝飾品。她們蜂擁到格若家，要買要換，硝皮房被劃為禁區，女人們就在正屋等候。不僅如此，孫富猴只要一出門，碰見女人們，尤其是自詡年輕漂亮的女人，馬上就被纏住，親切地詢問何時輪到她買皮子。女人的各種各樣的甜甜的懇求聲、欲罷不能的妖嬈神態，弄得他暈頭暈腦。

孫富猴是個機靈人，他知道光任自己的兩隻手，無法滿足需求，他想出一個絕妙的辦法：帶上一麻袋混好的樹皮、草根，到要買皮子的人家去，教他們硝。這樣既省勁，又不耽誤賺錢，也不會洩密，沒人辨認得清那都是什麼樹皮、草根，哪些有用，哪些無用。這麼一來，孫富猴備受歡迎，遠遠近近的人都來請他去傳硝皮的「藥」，家家都是大碗酒，大碗肉的盛情款待。

札拉笏娃也派戛拉才增來買皮子，孫富猴原本不想同他們打交道，但又怕鬧僵了，他們挑唆那少英使壞，也答應了。

這天晚上，他留宿在札爾采爾家。兩碗米酒使他和衣倒在地鋪上。酒勁過後，他醒了，身上有些發涼，身邊的板壁發出有節奏的響聲：「嗒、嗒、嗒、嗒嗒。」

是隔壁有人在敲。他重重地翻了個身，又睡。

「嗒、嗒、嗒。」板壁又響了。孫富猴紋絲不動。一會兒，板壁又響了，「嗒、嗒、嗒、嗒」。孫富猴翻過身來，看著黑暗中模糊不清的板壁，響聲還在一下又一下地響。他越聽越覺得這響聲似乎是在召喚自己。他遲疑了半晌，抬起身，舉起食指輕輕敲了一下：「嗒！」

「嗒！嗒！」那面敲了兩下。

「嗒！嗒！嗒！」他又敲了三下。

「嗒！嗒！嗒！嗒！」那面敲了四下。

孫富猴忽然想起來了，他有些心慌氣粗，他知道板壁那面是誰。準是她，那雙會笑的黑眼睛，整整一個晚上那雙眼睛都盯著他。

孫富猴縮回手，躺下了。

「嗒嗒嗒嗒嗒嗒！」那面敲出急驟的鼓點。

孫富猴翻了一個身，又翻了一個身，悄悄翻爬起來。

他光著腳丫走出屋。走廊上，月光如水，迷迷離離……

刮刀鈍了，鐵器也經不住皮子磨。

孫富猴換了把刮刀，繼續刮。他黑麻布圍腰上濺了許多污點，像張麻臉。黑烏烏的陰霾的海洋般的羊皮上，眾多的嶙峋的島嶼消失殆盡，唯有一道道閃電般的紫紅的筋絡，尚在閃躍。刮刀一下又一下地刮著，整個陰霾的大海奔騰起伏。忽兒，海的一端高高兀起，像要鋪天蓋地翻扣過來；忽兒，海面形成一個巨大深邃的黑色山谷，兩邊高高兀起的海浪似乎就要在空中相撞，發出怦然巨響。紫紅色的閃電彎曲扭動，忽沉忽浮；鋒利的刮刀在波峰浪谷裡推著骯髒的泡沫行進，泡沫膨脹、破裂，破裂、膨脹……

院牆上爬滿了春藤，就像院門口的哨兵一樣密；藤上綴著朵朵淡藍色的小花，蕊莖纖白，門口的哨兵裡還有軍官帶崗，他們的肩章上有金槓槓；密密的藤蔓遮蔽住了院牆，綠蔭顯示出深宅大院的神祕，門口林立的警衛越發透出院內的巨大吸引力。

孫富猴望著院門口徘徊。可他穿的是列兵服，在門口多晃晃幾趟就有被盤問的危險。他繞著院牆走。他爬上院外的一棵老槐樹，又攀住了院內一根樹枝。

他落到地上，正處於米黃色的小洋樓的後門和飄著肉香的小平房之間。他剛直起腰，就有人拽住他的後領子使勁一搡：

「混蛋！你愣這幹什麼？」

孫富猴倒真愣了。

「你小子還不動！」

罵人的是個大胖子中尉。他又搡了孫富猴一掌，踢他屁股一腳。

畏畏縮縮的孫富猴跟著胖子進了廚房。還不等他看清屋裡的竈臺、人影，手上就接住了一個燙手的大瓷盤，裡面躺著一條燒汁的草魚。牠眼神憂鬱，渾身散發出令人唾涎的味兒。

胖子又罵開了：「你小子還站著，快端進去！」

他端著魚，出了廚房，心一橫，走進了小洋樓。

呵，滿屋晃眼的黃呢子軍裝，金亮的星星、槓槓，一張張老臉，一雙雙悒悒不樂的眼睛。他們全簇擁在一張大八仙桌前。有的在吃，有的在喝，有的在看著吃的，有的在看著喝的。孫富猴激動得手裡的魚盤一哆嗦，糖醋魚差點跳起來。

這正是他要尋找的國民黨暫編第七軍五師的頭頭腦腦。我軍首長曾懷疑他們沒在這個小縣城裡。

孫富猴放下魚盤子，又趕忙去端別的菜。他在屋裡走得很輕很慢，想儘量多聽他們說幾句。他們偏偏有一句、無一句地說著，情緒不高，嘴裡又噙著東西，含混不清。

51 富猴虎穴偵察

端了幾趟，他大著膽子，拿起酒瓶挨個為他們斟酒。這下能聽清了。喪氣的話語使滿桌珍饈佳餚色味俱失，使孫富猴越發膽大。

斟到一個戴白眼鏡的瘦子身邊，就聽他問：「你是哪來的？」

孫富猴裝沒聽見，給他斟滿酒，又走向下一個。還好，那傢伙沒追問，醉瞇瞇的眼睛打量他，跟著他走。孫富猴意識到不宜久留，暗中加快了斟酒的速度。斟完最後一杯，他直起腰，正想退出。

「站住！」一個塊頭很大的光腦袋的傢伙，衝他說，「參謀長問你是哪來的，怎麼不說話？」

孫富猴裝出傻呵呵的樣兒，笑。

「你是哪個連的？」眼鏡又問。

孫富猴還是傻呵呵的，茫然地望望眼鏡，又望望光頭，他知道眼下只有硬撐著。

「別裝傻！你給老子說話！」有人吼起來。

孫富猴簌簌地抖起來，嘴角直抽搐，他還想尿尿，可下邊不聽話。

「媽拉個巴子，誰找這麼個兵來？」

「別是解放軍的探子？」

「把軍需官叫來！」

屋裡正吵嚷著，胖子中尉進來了。他一看就明白是孫富猴惹長官們生氣了，二話不說，朝著列兵的屁股上就是一腳。孫富猴捂著屁股哇哇叫著撞到牆上，又踉踉蹌蹌退回來，「哇啦哇啦」轉了一圈，跑出去。他聽見胖子在檢討：

「是個傻兵，我看人手不夠……」

孫富猴實在不明白，在偵察連的幾年裡，像扮成敵兵，混到敵人指揮官的餐桌上端菜斟酒，只有那麼一回，可是化裝偵察，那是家常便飯。穿身老百姓的破衣爛褲，或是披身老虎皮，挎支卡賓槍，出入敵營區，根本不算一回事。他的偽裝手段完全能以假亂真，不露半點破綻，從來沒出過紕漏。他化裝偵察時曾結識一個國民黨兵的班長，那班長被俘後見他穿著人民解放軍的服裝，怎麼也不肯信他的解釋，堅決檢舉他。可現在，他發現自己的偽裝手段全部失效，在阿夏關係上他一點偽裝隱蔽的能力也不具備。

他很謹慎、很注意自己的行蹤舉止，每找一個臨時阿夏，他無不再三叮囑自己。可從每一個向他探詢的女人眼裡，從那些盛情款待他住單間客房的主人執拗裡，從他追求的每個女人微妙的反應神態裡，他靈敏地感知人們知道他尋求臨時阿夏。他困惑，無從知道人們是怎麼洞察的。

自從在札爾采爾家開了頭以後，他就無法克制自己的欲望了。他將整個世界都忘在一邊，如癡如醉地沉浸在和不同性格、不同體形、不同昵愛的女人廝混中。直混得雙腿痠軟，兩眼昏花。

年輕人的阿夏關係，多是臨時的，有的短暫到僅僅一個夜晚，到了他們各方面都相對成熟了，阿夏關係才固定下來，成為比較穩定的長期的阿夏。其中有的仍繼續找臨時阿夏，長期阿夏知道對方的所為，也不攔阻。所謂長期，三五年的也都算在內。

沒有人譴責孫富猴，他可以為所欲為。也正是為所欲為，他整日渾渾噩噩的。

有時他同別的女人過夜後，回到家裡，格若還沒起床，帶著熱熱的氣息摟住他，他一接觸到對方的光滑身體，馬上有種不自然、難受的感覺，就像哪硌著了。他也愧疚。不過這種愧疚很快過去了。

有一陣，他摟著一個新阿夏時，總要想辦法說出許多山盟海誓，後來見對方並不在意這些話，他也就不說了，卻在那個時候總要想起來，總感到一種不安。

靜寞的時候，他常常會想皇宮，想皇帝有三宮六院，幾百個妃子，是不是也像他這樣，今天找這個，明天找那個。一想到這些，他就忘掉了不安和愧疚，飄飄如仙。

夜，月光皎潔。

巴朱朱在院裡喊女兒樓上的孫富猴。

圈門沒關好，幾條黃牛跑出院了。她叫孫富猴起來去攆黃牛回來，不然牛就會被人拉走，被豹子咬，踩壞人家的莊稼……家裡的男人除了年邁的和年幼的，都住在別人家裡，只有孫富猴睡在格若的屋裡。睡在其他屋裡的男人是不管這種事的。他們是客人。

孫富猴懶懶地走出屋，走出院，走出村。

萬籟俱寂，月光浸透空曠的大地，溶溶濛濛。孫富猴遠遠地就看見一條大公牛，牠邁著狼一樣雄偉、自信的步子，晃動偉岸的山巒般的巨大影子，無聲無息地向前跑。哦，牠前面還有三條母牛。牠們跑在耕耘過的土地上，追趕者雄姿勃勃，不緊不慢；逃者不鬆松不緊，儀態萬方。大地月光融融，彷彿有兩個影子在追，六個影子在跑，無聲無息，使夜顯得格外寥廓。

孫富猴腿痠，站下，望著。

那三條母牛也站下了。大公牛還邁著狼一樣雄偉的大步。牠走近一條母牛，那母牛靦腆地向前走，就在這時候，邁著狼步的公牛猛一躍，竄上前面的母牛後背。

孫富猴看見那裡似有紅光一閃。「賊公牛！」他罵了一句，喊了一聲，聲音在空曠的夜裡很響很響，又很弱很弱。

傻站一旁的兩條母牛聞聲就跑，被壓在下邊的母牛向前一躍，趴在背上的公牛頭一顛，掉了下來。牠們一起向前跑去。

孫富猴又趕忙追。

母牛又在月光朦朦的大地上站住，站成一個「川」字。孫富猴怕再驚跑牠們，氣喘喘地也站下。那公牛又抬起前腿，直立起來，撲上中間一條母牛後背。

他冷漠地望著那高高架起的公牛，牠像一座聳立的山峰，顫動著，時而向前移幾步。

陡然，那山峰一顫，公牛又下來了，母牛跑向一邊，瞪著公牛直喘粗氣。公牛沒有去攆牠。

公牛只走了兩步，急不可待地又撲上另一條母牛的背。母牛「哼哼」了兩聲，後腿一軟，兩條牛幾乎一起倒下。牠們同時掙起來，母牛跑向還在喘粗氣的同伴那邊去，公牛「哞」了一聲，又走向剩下的一條母牛。那母牛小跑起來，公牛跑得更快，猛地撲上去。兩個重疊在一起的黑黑的山巒般的影子印在地上，一晃又一晃……

孫富猴望著那晃動的影子，忽然想起自己摟抱過的這個女人、那個女人，她們在極其短的一瞬間湧現出來，好像他摟完了這個女人馬上又摟住了那個女人，就像那公牛。他立刻厭惡起來，極其不舒服，想吐。他惡狠狠地罵起那公牛，聲音炸響，溶溶的月光像被石子擊中的水面破裂了……

52 再次暗結珠胎

吆著牛往回走，涼陰陰的夜風撲面而來，吹得身上發寒。孫富猴忽然心急如焚：交第一個阿夏時，只想著人不知、鬼不覺，現在交了十幾個，有不少人知道了，要是格若知道了攆他出家怎麼辦？羅石虎知道了準饒不了自己！等部隊回來，大家都知道了，這臉往哪裡擱啊？

庭院裡月光如水，孫富猴把母牛趕進圈，把公牛的鼻繩拴在圈柱上，操起一根碗口粗的棍子，朝著公牛的肚子猛打。公牛疼得亂叫亂跳。巴朱朱和格若都驚醒了，跑出來，她們不明白是怎麼回事，圍著孫富猴問：

「打做什麼？」

「想打！」

「打會想？」

母女愕然。

接連幾天，孫富猴閉門不出，凡有人來請他去指點硝皮子，他都讓巴朱朱回絕。他整天悶在硝皮房裡忙碌。家裡人都知道，札拉箚娃定了十張羊皮，派人來催問了幾遍了，沒人奇怪他不出去。

格若天天同他廝守在硝皮房裡，給他磨磨刮刀，切切他採擷來鞣皮子的各種根葉。孫富猴用來鞣皮子的植物已有十幾種之多，他總覺得裡邊有的可能毫無用處，卻沒有時間來分辨，當初他稀裡糊塗地把它們一起用上了。

屋外，雨聲淅瀝，房簷滴水敲著急促的鼓點；室內，畜皮味濃得發臭，摻和著清新的石灰味，辛辣的鹼味瀰漫。孫富猴站在綳床前，雙手握著刮刀，一下一下地推刮牛皮，眼睛不時地瞟一瞟格若；她坐在綳床右側的小凳上，穿一身黑麻布裙衫，頭項的辮盤上繞著一圈紅毛線——照規矩自由百姓是不能穿紅戴綠，她只能躲在家裡穿戴——神情愉快。她靈巧的手握著玲瓏鋥亮的小砍刀，還攥著一把茅草，噹噹地剁著。茅草墊在一塊紅色的松木板上，跳動著，被肢解開。

「……連長那個走不想走，摩梭我們好不有地方找，大官他們不得，派人來六個，個個槍扛著，把連長那個從家阿夏裡揪出，兩隻手一起捆著，放馬背上，馱走嘍。他阿夏做過女人個個他還會想。不信，你問去。」格若使勁剁草。

她講的是一個國民黨的連長，在永寧脫隊，後被帶走的令摩梭女人憤憤不平的故事。

「格若，」孫富猴抬頭瞟她一眼，又瞅舉到眼前虛光閃閃的刮刀刀刃，一隻眼還想瞅著她，「妳要是不告訴別人，我就告訴妳一件事。」

「告訴你說，我就不告訴。」

「當真？」

「當當真真。」

孫富猴乾咳了一聲，又瞅格若一眼。他早想好了：不管是羅石虎突然回來，大發雷霆，還是大部隊回來了，眾人譴責，如在那時格若知道了他亂找阿夏，趁機發難，攆他出門，將無疑是雪上加霜。但要是格若先知道了，能諒解，部隊也會念其未造成惡劣影響，從輕處理。因此，他醞釀了好幾天，考慮怎麼向格若坦白，怎麼哭，哭是肯定要的，他也哭得出來眼淚，不知為什麼，他真是有點心酸。至於是否下跪，他還有些猶豫，決定看她的火氣、發怒程度，實在不行再跪。他總覺得向女人下跪太那個……

他看見格若的杏眼正一眨不眨地望著自己，眼裡凝聚著全部的注意力。他又乾咳了一聲：

「我在外面硝皮子，有的女人就找我做阿夏。」

格若還凝視著他。

「有好幾個……我也沒辦法……」他歎口氣。

格若低下頭，剁草根。草根飛跳，木板砰砰亂響，砍刀寒光閃閃。孫富猴看著格若，雙手隨時準備放下刮刀，衝過去按住要往外跑的格若，或是她大聲啼哭的嘴，緊緊摟住她，溫柔地撫摸她，請求她寬恕。格若不說話，只是砰砰地剁。

孫富猴戰戰兢兢地說：「妳……妳別氣。」

「阿夏幾個你找得我知道全全。」

「呵！」孫富猴驚得手中的刮刀差點掉了。他看見格若正望著他，趕忙又扭過頭來，雙眼盯著刮刀，刀刃虛光如浪。他頹喪至極，聽得出，她確實知道。

「妳怎麼沒說？」

「找是你還說你聽？」

「妳別生氣，我從今以後不找了。」

「事這種誰個不管。說給我不要。」格若砰砰剁著草根。

「我……我以後再也不了。」

「話你說過，錢多多有的漢族地主也像摩梭，阿夏多多有。錢你現在多多了，摩梭規矩、漢族規矩都找得。」

孫富猴手裡的刮刀落到木架上，又彈落在地上。他望著格若，簡直想捶胸跺足。那話是他給格若講革命道理，勸她不要再天天早晨去拜佛爺，叫她不要交阿夏時說的。她沒再交阿夏，也早就不去燒早香了，可那話她還記著，竟用到這了。她把自己看作地主了！孫富猴走到格若跟前，蹲下來，眼睛望著亂糟糟的草根，喃喃地說：

「我不是財主，我再不找了。」

「錢多多有哪個不找。」

孫富猴呆癡癡地望著格若。

「臉你板板做什麼？我你不要忘完完就好。」

孫富猴沮喪。

晚上，左所村有人來請孫富猴。那家用他的「藥」鞣出來的皮子，硬梆梆的。孫富猴不得不去。夜裡，他沒能約束住自己不給那個姑娘開門。他們有過交往。他讓她鑽進了自己的被窩，但不准她解開衣服。姑娘煞是驚訝。他們緊緊擁抱在一起，等到全身熱得發燙、冒火、翻滾的時候，他忘掉一切，像豹子一樣掀開她的百褶裙……

拂曉，他懊悔莫及地走了。

又是一個懊悔莫及的拂曉……

53 直馬家族歷史

再一個懊悔莫及的拂曉……

孫富猴膽顫心驚地發現，搞女人也會上癮！

「噗！」

黑烏烏陰霾的海洋亮了，漏了，像升起一輪月亮，整個海形成一個漏斗狀，刮刀深深地扎進月亮裡。羊皮破了。孫富猴扔下刮刀，任它插在窟窿眼裡搖晃，黑烏烏的陰霾的海裡，波濤、閃電、島嶼、泡沫都在向窟窿眼裡傾注……

又一個懊悔莫及的拂曉。

或許懊悔來得太快，他回來得很早。院裡一片寂靜，萬物散發著甜睡的氣息，畜圈味飄蕩。他躡手躡腳地上樓走到自己的屋門前，輕輕推推門，門不聲不響地開了：室內無人。

室內涼陰陰，空氣中沒有一絲睡過覺的那種熱烘味，他摸摸攤開的被褥，冰涼，他轉身下樓。

院內無人，正屋牆腳下的揹水桶不見了。

孫富猴心裡一緊，她又去燒早香了？她去祈求什麼？他想起來，已經有些日子了，格若起得很早很早，好像就是從那次談話之後。他急匆匆地出了院子，奔向村尾的喇嘛寺。

天空白裡泛藍，水乳交融般或濃或淡，他嗟歎：「她那天說的是氣話，你硬沒察覺！」褐色濕潤的路面、褐色濕潤的土牆，褐色濕潤的屋頂，越高的色澤越淡。他悵惘：「話說得越多越沒味，誓發得越響越沒人信，你在硝皮房把什麼話都說盡了，你還有什麼可說？」空氣清新純潔，沒有一絲雜質，像是從雪山吹來的風，像是汩汩的泉水，他感到渾身透涼，所有的毛孔都張開了……

他遠遠地就望見了井，望見了孤伶伶的揹水桶。

他跑到井臺邊，這才看見厚厚的喇嘛寺院門豁著一道縫。他像從前那樣，給揹水桶灌滿了水，就立在井邊等候。他望著那兩扇厚厚的大紅門，心裡說不出有多沉。過去為把她從喇嘛寺裡拉出來，自己把命運都交給了她，現在又是自己把她送進了喇嘛寺。

他等不住了，心情沉重地走向那喇嘛寺。

他走過寺院門前沉睡的大楊柳樹；他蹬上寺門前的臺階，一階、二階、三階；他跨過厚厚的被踏出窩窩的門檻；他站下，低頭看地上的腳印。浮土上腳印層層疊疊，有一雙俊秀的腳印格外清晰，一下子就映入了他的眼眶。他凝視著這腳印許久，才沿著這俊秀的腳印走向喇嘛寺。忽然，他又站下了，四下環顧，他驚愕地望著那一行斑斑點點地指向西邊客房的紅土印記，再看近前，絲毫也找不到那俊秀的腳的印記，就是幾步外寺廟門前的浮土上也無影無蹤。

寺廟的紅門半開半掩，聽不見一點聲響；客房的殘破窗紙似動非動，牆角掛著一張密密的蛛網，它的一個角像斷了線似的垂掛在客房門口，那扇破舊的木門緊緊闔著。「叮鈴，叮鈴！」寺頂的風鈴輕曳。

孫富猴狐疑不決地朝寺廟走了一步，兩步，忽然又站下，朝著那行伸向客房的斑斑點點紅土緊走了兩步，瞪大眼睛看紅土的印記：幾個點，半個圓，依稀可辨腳趾、腳跟。他臉頰的皮肉抽搐起來，眼睛慢慢地迷離……

他恍恍惚惚地走出喇嘛寺。

幾天後，烏求村裡暗暗傳開：硝皮子漢人那個，用斧子砍格若腳。但是，格若家並沒攆孫富猴走，也沒扯他去見官。倒是格若的腳確實跛了，走路一顛一顛的。

慢慢，又有風言風語說，格若的姐姐生出來的孩子有些怪，怎麼怪法又沒人見。還有膽大的悄悄說，格若同花喇嘛做阿夏，想借喇嘛的神氣，沖沖邪。

莫衷一是，撲朔迷離。

筆者笑著問：「這是否有點像共產主義大家庭？」周華山笑了笑，不作答。在他的內心，摩梭族的家庭結構與人生觀價值觀是唯一的、個別的、完美的。他說在這兒住了八個月，得到的感觸是「非常感動」四個字。

他讀懂了摩梭族人。

烏求村頂西頭的院落，緊湊、玲瓏。

正屋的房頂齊平著後山坡，像是僅一步之隔。坡上七八米處是一片嫩嫩的松樹林，再往上是莽莽蒼蒼的大山，暮色中巍峨、雄渾。

天剛擦黑，高文才就由大山上下來，貓進了小松樹林裡，湊到林子邊上。他攥著一棵樹幹，望著灰濛濛的屋脊，凝視聆聽：豬在哼哼嘰嘰，愜意自得；牛咕哧咕哧反芻，不緊……

猝然，一陣笑聲嘰嘰咯咯地飛起來，像騰起一群鳥，是直馬的妹妹札石、采爾在笑。小院迴蕩，隨後又靜下來。一縷淡藍色的煙靄貼著屋脊冉冉升起，空氣中散發出淡淡的牲畜糞尿味和火煙味兒。

高文才使勁吸了一下鼻子，心裡感到無限的慰藉。多少天來無著無落的心安寧了，像是落在了一團柔軟的雲上。

他站起來，朝林子裡頭走。他要穩穩妥妥的地，等到他們家的人都睡了，再悄悄進去。

那時他可以從從容容地同直馬商議怎麼對家裡說。他不怕她插上門，他同直馬有聯絡暗號。

直馬家早先是奴僕等級，全家都是土司的僕役，終年在土司家的地裡犁了種，種了收，收了打，打盡了再犁。還要幹一些雜活，放牛、放馬是該盡的義務，蓋房子、修路也是，洗衣、倒水也是，只要主子需要的都是該盡的義務。老主子升天了，還有新主子，這是不能斷的。

奴僕等級也是世代相傳，不管生男、生女，十三歲以後均開始為主子效力。可幸的是，隨著趕馬運輸的興起，直馬的媽媽的媽媽的哥哥被主子派去趕馬幫。他人還機靈，在給主子運輸的同時也捎帶一點私貨，十多年下來，直馬媽媽的媽媽家已經有一些積蓄，論錢財不光超過了一般奴僕等級的人家，許多自由百姓也不敢相比。

他們向主人獻了一份厚禮：五個豬膘、兩匹馬、一架地。主人便赦免了他們全家的僕役差事，實際上暗中把他們升為自由百姓等級。其時，做主子的只顧抽大煙，不善理財，家境已是每況愈下，顧不得許多了。

那時，直馬的媽媽的媽媽家人丁興旺，全家有三十餘口，從老土司那裡就傳下規矩，凡是奴僕等級的僕役，找不著阿夏的均由主子點配，繁殖後代，以便為主子效力。直馬的媽媽的媽媽家雖然擺脫了僕役的苦差，獲得了相對自由，卻也產生了因經濟利益而引起的家庭矛盾。到了直馬的媽媽渴望自己掌握大銅勺的願望再也不可抑制的時候，她和姐姐「報盧」了。

「報盧」是另建房屋的意思，也就是分家。

按照「報盧」的規矩，直馬的媽媽只分得一塊房地基，一口土鍋。好在直馬的媽媽同任何敢於「報盧」的人一樣，有男阿夏的強有力的支援。她東借西湊，蓋起了房子，站穩了腳根。所以直馬家人不多，除了媽媽和直馬三姐妹，還有一個舅舅，其實是媽媽的阿夏，但不是支援「報盧」的那個阿夏，那人走了。

再就是有個做喇嘛的弟弟，上西藏去修練深造，以便成為一個名副其實的喇嘛。他在鎮喇嘛寺裡學習時，也常攜帶一些人們敬供的豬膘、酥油回來補貼。

54 三顆石子不開

月圓如盤，天遂人意。

直馬家斜斜的屋頂上淌下淙淙的月光，白花花，銀閃閃。層層木瓦，道道月波。屋裡靜了，院裡沉寂了，林子裡也闃無聲響。莽莽的山巔密林裡有一隻兀鷹在叫，一聲，又一聲，聲調古怪，尖利、哀婉，突然迸發，又餘音嫋嫋。

高文才鑽出小松樹林，攥著幾顆被握得濕漉漉的圓圓的石子，來到正屋左角，正對著女兒樓的樓梯口。相距七八米，直馬住在第一間。高文才怎麼看怎麼覺得近，要是沒有那屋頂就從山坡上衝跑下來，一跳準能跳進她的屋裡。他迎著圓圓的月亮蹲下來，一揚手，一顆濕漉漉的石子拋上屋頂。它像一顆滾動的心，咚咚咚地跑下來，發出一連串悅耳的音符。倏然，石子跳下了房簷，筆直地墜落下去。

樓裡沒有動靜。她準是不相信自己的耳朵。高文才又一揚手，一顆濕漉漉的石子又拋上了屋頂，它在月光下歡快地跳跳躍躍，「咚、咚、咚、咚」，像敲著月亮一般清脆、豁亮。

這回她該聽見了。等了會，還是沒有動靜。如果她正在傷心地哭，那她不會聽見這響聲；倘若睡著了也聽不見，痛苦的人睡的很沉。

高文才又將一顆石子高高拋起，它飛進了圓圓的月亮，又拖著長長的光亮的尾巴落下來，「咚！咚！咚！」……

聲音異常清晰響亮，像是月亮在滾動。

高文才眼不眨地望著樓梯口。隱約有聲響，他感覺到有人開了門，出來了，隨即，樓梯口真的出現了一個嫋嫋的人影。她像小鳥一樣四處張望。高文才馬上站起來。哦，她看見他了，衝他招手！他也才想起來，趕快揮揮胳膊，又撂下胳膊，提起背包。

他一陣風似地衝下山坡，一陣風似地掠過院牆，一陣風似地閃進半開半掩的大門。黑洞洞的門洞裡，有人拽住了他的袖子，他攥住了她的胳膊，手直抖，他沒聽她說什麼，自顧一連聲地說：

「我不走了，我回來和你過日子！」

「她直馬妳說過不有……」

黑黑的門洞裡，高文才看不清對面人的鼻子、嘴巴，只看得見黑亮亮的眼睛。可他聽出說話的嗓音不像是直馬，比直馬嫩；他聞見了對方身上散發出的氣息也不對勁，不是他所熟悉的直馬身上的味。他拽著她的衣袖往院裡走了兩步，月光投在她的臉上，是札石。

她神情忐忑不安。

「直馬呢？她不在家？她病了？」高文才詫異。

「屋裡她在，好好的在。」札石說。

高文才拔腳就要朝裡走，札石趕忙拽住他，把他往門洞裡拉。

高文才說：「直馬不知道我要回來，我去告訴她，我要娶她做老婆，就是像你們說的那種，來你家做兒子，住在你家，幫你家幹活。」

「是囉是囉，話明天說得。」札石聲音壓得很低很低。

「好好，妳去睡吧。」高文才又往裡走。

「話你明天說得。」札石又拽住了他。

「那、那我也得去找她呵。」高文才給拽糊塗了。

「今天找就不要囉，你跟來。」

札石拽著高文才出了門洞，來到堆放草料的屋門前，推開門，又推高文才一把，「劈哩嘭隆」一響，背包撞著門柱、門板。

她說：「晚上今天，這裡你住囉，話明天得說。」

「叫我住這？我是阿夏！我……」

高文才憤然，往外擠。

札石伸開雙手攔他，小聲說了句什麼。高文才沒聽清，還往外擠，她推他一把，提高聲音說：

「阿夏她不光光一個你！」

高文才愣了。札石趕忙拉上門，又在外面把門鎖上。高文才墜入冥冥的深淵中。黑暗像煙在起伏、翻湧，每每滾到眼前了，忽地向下一沉。雲煙深處不時飄出綠的、紅的、黃的奇形怪狀的圈圈，來來去去。在黑黢黢的煙雲中有一顆金亮的圓點忽大忽小，上上下下，始終不泯。它像一隻無形的手抓著高文才腦子裡千頭萬緒的神經，打了一個結，一抻一抻地扽著，它們重複地發出一個聲音：

「阿夏她不光光一個你！」

那個金亮的圓點扽得那麼緊，那麼狠，左右移動，上下調整，每一根神經像一根琴弦，顫動著抖擻掉含糊不清的雜質，繃得直直的。它們從四面八方匯集過去，不光有大腦的神經，還有小腦的、腦血液的、腦皮層的、腦中樞的、腦細胞的、潛意識的、原始本能的，粗粗細細的神經匯成一大把。它們的聲響隨著雜質的剔除，越來越清晰、純正、準確、力度極強，以至於那金亮的圓點每拽一下，也就是每起伏一下，高文才就疼得渾身顫悸。

黑暗裡，高文才的腦神經被拽了拽，嘴咧了咧，腦神經又被拽了拽，嘴又咧了咧，腦神經又一次拽緊，沒有鬆回來，嘴張得大大的，也沒再閉上，喉嚨裡發出沙啞的、極其乾燥的顫聲「啊……啊啊……」。

他哭了。

他想使勁地哭，哭得響響的，像叫驢一樣，可嗓子發不出聲。他提起全身的力量，將背包狠狠地砸向黑暗，砸向那個金亮的圓點。黑暗疼得忽啦一閃，一叫，退遠了些，金亮的圓點也消失了。

她在跟別的男人睡覺？高文才咬得牙關咯咯響，蹬蹬地衝向前面——他認為是進來的門，一腳踢著了什麼，身子踉蹌了一下，雙手本能地往前一伸，觸到板壁。門不在這。「門在哪？」他心裡在喊，又冷不丁地想到：「她是在同阿夏睡覺，這個地方有這個規矩，你就是把他們從被窩裡揪出來，又能對她、對他說什麼？」他喉嚨裡又發出沙啞的、極其乾燥的顫聲「啊——啊——啊——」。不，管它三七二十一，要把他們揪起來，揍那男的三拳、兩腳，打直馬一耳光，他在黑暗中拳打腳踢……

高文才轉過身來，朝前衝了兩步，頭「咚」地撞在一根木柱上。他又站下了。這也不是門，嗡嗡響的腦袋在想：「在這個家裡誰能讓你那麼做？還不等你砸開門，他們家裡的人就會把你趕走！顯然，札石是知道你們的暗號，她也知道姐姐出不來，才下來接你。還記得嗎？當初你們定下聯絡暗號時，直馬就說過：『扔了三顆石子我還不出來，你就走吧，興許是屋裡有別人。』你還以為開玩笑，還問：『要是兩個人一起來呢？』她說：『規矩是長期阿夏優先，臨時那個走開。』當時你只是笑……」

55 仇人札拉翁娃

高文才一跺腳：「走！待這幹什麼，離開她，從此不回來！」

他趴下來在黑暗中摸背包，它被扔出去的叫喚聲還在耳邊繚繞，他的耳朵沿著那鋼絲般尖細的聲音走，走不多遠就摸到了洩了氣的癱軟的背包。他提起可憐的背包，立刻發現地上有一道模糊的亮光——門縫。

他滿腔悲憤地站起來，在黑暗中朝著身上、背包上亂拍打了幾下，聽聲音就知道沒有丟什麼，一腳踢開門。門板「哐」的一聲撞在牆壁上，「嘎嘰嘰、嘎嘰嘰」，走走停停，又回來了，「嘭！」碰在高文才跨出門檻的膝蓋上，不動了。高文才也立在門口不動。一條腿在門裡，一條腿在門外；一顆心也被門檻分開，裡外各半；兩隻眼睛都伸到了門外。院裡，滿地寒光，如霜似雪，一根晾衣服的繩子橫亙院中，映在地上像根勒得進肉裡的細線，像山澗悠悠的藤橋，像莽莽大山上掛著的一條小徑。

「上哪去？」他問自己。去找羅石虎和孫富猴？他們的女人是不是也找了阿夏？就算他們的女人規矩，他們都進了屋，恐怕也正和女人在被窩裡商量怎麼同家裡說，怎麼住下來。別去給他們找麻煩了。況且，這種丟人現眼的事又怎麼說得出口？老婆跟人家跑了，丟祖宗八輩子的臉，躲在山裡你還和他們爭相炫耀自己的女人心好，唉！高文才呵，你是為了這個女人才被攆出部隊的，你……他牙一動，咔，牙根咬住了腮幫上的肉，他沒有鬆口，他不明白平時這個地方就是想咬也咬不住，現在一動就咬上了。他感覺到一絲鹹鹹的液體從牙尖上淌下來，流過牙床，浸染舌尖。他嚥下一口鹹液。

左邊的小樓上有人咳嗽。像是直馬，再不就是札石。高文才收回邁出去的腿，門「哐」的一聲又關上了。他轉過身來，面對黑暗佇立。直馬家的草料房他進來過不止一次，就在這裡他還和她幹過那種事。他放下背包，朝著黑暗中試試探探地走。他聽見鞋底同稞草的摩擦聲，他想也沒有想就向前一撲。他撲在軟軟的稞草堆上。

稞草垛裡空氣越來越稠，每一根稞草都在最大限度地散發夏日攝取的熱量。包括風颳給它們的塵埃。稞草的熱情雜亂無章，橫七豎八，扎扎戳戳，鑽到哪哪不舒服。高文才張大嘴呼吸，他感到臉上冒汗，身上也在冒汗，嗓子眼扎得難受，辣辣的。他憋著、忍著，就是趴在胳膊上，下嘴唇貼著胳膊。胳膊像抹了油一樣光滑，汗毛直立，硬硬的，像一片荊棘……一股酸酸的東西湧上來，湧到喉頭，溢出一點點，又退了回去。他手腳並用，拚命地往後退，他熬不住了，使勁地往上頂，頭手腰並用，驀地一下，頭像是被風吹走了，轉悠了一會，又回來了，幾綹稞草從頭頂上滑落到鼻尖上、耳朵上。他一翻身躺下了，大口大口地吸進黑暗，吐出一股股稞草味。它是黃綠色的，肯定是。

稞草味吐盡了，高文才渾身都感到夜的涼意。他沒解背包，也沒蓋稞草，仍舊仰著臉躺在稞草上，鼻孔裡殘存的稞草垛裡的小蟲蟲不時撓癢他，「呵——噓」！

你怪誰呵，你走的時候都沒對人家說一句，就悄悄地不見了，人家知道是怎麼回事？準以為是你負情，騙了人家！那人家還為你守空房？就算是那樣，她找得也太、太快了點！可女人也有女人的難處，再說她們是阿夏婚姻，「呵——噓！」既是這樣，也就不好全怪她，可就這麼認了，多不合算，多冤呵！白白地丟了，丟了什麼？「呵——噓！」還是留下吧，她不知道你還會回來，也許是氣得才……可要同她說個一清二楚，再也不准這樣！

這一次，就只當沒有吧。她會保證，會認錯，會哭，會叫你打她。那還打嗎？「呵——噓！」這事不能讓他倆知道，他們一知道，整個部隊就都知道，丟人現眼呵。對那個小子可得要說說清楚，不准他再來！也不准直馬再同他說話，就是面對面碰見了，也不准說！「呵噓！呵噓！呵噓！」

「叮鈴鈴，叮鈴鈴……」

清脆的馬鈴聲中，圈檻發出馬蹄踩踏的悶響，高文才醒了，剛從稞草垛上直起腰，就聽見院裡有人說話。是直馬同那個男人！就是那傢伙！聲音好耳熟，高文才跳下稞草垛，貼著門縫往外看。

他們正走過來。那個男人壯實的身影擋住了直馬，他穿著藏袍，黑馬靴，頭戴黑禮帽。是那若！札拉翁娃手下的人。怎麼偏是他！高文才怒從心中起。他眼睜睜地看著那若得意洋洋地朝外走，直馬的百褶裙在他黑藏袍那邊搖曳，直馬的媽媽滿臉堆笑，牽著馬跟在後邊。他看著沒法動，去了說什麼？這個時候去露面，讓那若看著，不光丟你一個人的臉。

除非是手裡有挺機關槍！

高文才快快地回到稞草垛上坐下，牆外隱隱約約的說話聲，響了好久好久。後來，馬蹄聲「得得得」響了，漸漸遠了，房門「嘭」的一聲開了，直馬的百褶裙捲著股風，像雲一樣飄到高文才面前。她喜不自禁：「悄悄你走，悄悄你回來！」

高文才低著頭，不吭聲。

「不走了你，我家一直在？」

高文才抬頭看著直馬。

「嘴不要凸凸，臉不要難看看做，他遠遠走嘍……屋裡我的去。」

高文才沒動彈。

直馬提起高文才的背包，又趕忙放下，一隻手按住高文才的肩膀，一隻手輕拈沾在他頭髮上的稞草，一根一根地細細地拿。高文才扭了扭，沒躲開，也就不動了，身上感到溫暖。他穿著半新的黑布藏袍、白麻布褲。

「屋裡我的快快去。」

直馬嫣笑著輕聲細語，又提起背包，向門口走去。高文才也站了起來，走。

院裡，直馬家的人都簇擁在正屋門口。高文才瞟了他們一眼，又趕忙低下頭，誰也沒說什麼，他跟著直馬逕自上樓。

還是那樓梯，既熟悉又陌生。

直馬進了屋……

高文才站在門口，不動。

屋裡，被褥疊得整整齊齊，地面乾乾淨淨，牆上掛的什物，也沒多沒少，完全都是他所熟悉的，卻又全陌生了。高文才嗅到一股特殊的味，另一個男人赤裸裸地睡過覺所散發出的味。就像一頭牛在馬圈裡待了一夜，留下了不屬於這個圈裡的味！它從被褥上、地板上、牆壁上，甚至是從直馬身上散發著，令高文才憎惡，憤然！

56 那若突然出現

看到直馬的阿夏是那若，遠比高文才見到一個不相識的人要憤慨；進到屋裡聞見那個男人的氣味，使得他強嚥下的苦酒又燃燒起來。

直馬放下背包，招呼高文才進屋。他不動，她過來拉他。他推開她，指指地上的鋪蓋：

「拿出去。」

直馬詫異，怔了怔，紅著臉把鋪蓋抱到外面樓欄上，攤曬開來。她踅進屋來，高文才又指指地上的兩個黑麻布縫製的圓圓的坐墊，她又趕忙一手一個提出去，屋裡聽見兩個坐墊互相的拍擊的聲響。她又回到屋裡，也沒看高文才，就趕忙拿起一把棕掃帚，將旮旮旯旯都掃遍了。一撮塵灰掃出了門外，屋裡空氣中瀰漫的灰塵似乎比掃出去的還多。

直馬又踅進屋，高文才已經在背包上坐下，垂著頭。他不知道還要怎麼辦。直馬一提裙子，趴在高文才的膝蓋上，嬌聲說：

「臉你難看看不要做！」

「不准再跟那若！要不！……」高文才惡狠狠地說。

「生氣你不要，阿夏你我最好好的是，別個單單來一天半天。」

「一會也不准來！妳是我的老婆，誰也不能再來找妳做阿夏！」

直馬不吭聲，臉貼著高文才的膝蓋，輕輕摩挲。

「我們兩個要歡喜長久，到鬍子白，頭髮白，明白了嗎？」

直馬的臉頰仍摩挲高文才的膝蓋，他感到癢酥酥的，他想說些發狠的話，又一句也找不著。

少頃，直馬帶高文才到正屋吃飯。等吃完了飯，高文才的怨氣像是被飯擠走了，一點也沒有了。

他們進屋時，其他人都還沒來，火塘邊端坐著直馬的媽媽喀喀池拉木。她擦拭一把亮晃晃的大銅勺。高文才跟著直馬叫了聲「媽媽」。老人「呃」了一聲。繼續手不停地擦拭。

直馬裙裾擺動著飄向那邊黑暗裡，那裡傳來碗碰碗、筷擠筷的聲響。高文才蹊蹺地望著大得出奇的鋥亮的銅勺，他看得出，老人是在全神貫注地擦拭，在一擦一抹中傾注著什麼——或許就是亮度？

她攥著白抹布的手掌輕柔而又穩健地推過去、抹過來，手掌時起時落，有重有輕，手腕在靈活地轉動，像姑娘柔軟的腰。換手了！左手的五指鄭重地把金閃閃的旗杆似的勺把，交到右手的五指中，順便拈過抹布，左手便準確無誤地接著右手擦拭過的地方繼續擦拭。它像右手一樣靈活自如，輕柔有力。

她的手有兩副面孔。握勺的手骨節錚錚，筋脈清晰、突凸，每個骨節又都像一張臉，它們嚴肅、冷峻；持抹布的手變幻莫測，時而伸展，時而捲縮，有快有慢。尺長的鋥亮的大銅勺在神奇的擦拭下，似可柔可剛，可長可短，可彎可直。

高文才看呆了。

屋外響起說話聲，札石采爾來了，舅舅厄車此爾也來了。喀喀池拉木揮動大銅勺分飯，每個人都恭恭敬敬地躬腰垂首，雙手擎碗過頂相接，沒誰敢怠慢一點，更沒有人敢說半句多了、少了的。高文才醒悟了，這是母系社會，是女人為大，要想得到大銅勺裡的飯菜，你就得對女人垂首躬腰。

飯後，他沒有再說直馬半個不字。

按照事先的約定，高文才最先溜到喇嘛寺後的小樹林裡。待了會，孫富猴輕輕快快地來了。高文才一見孫富猴同志，頓時像個受了委屈的孩子，心裡抑制不住地往外冒酸楚，眼窩也熱了。

他顫聲說：「猴子，你還好吧？」

「那還用說，咱看上的女人沒得說，他們全家對我孫富猴那個親，那個喜歡，就像迎親兒子，不，迎神仙似的高興……」孫富猴眉飛色舞。

高文才在一邊蹲下，看著孫富猴，他不好打斷人家的興致。孫富猴講著講著，掏出煙盒，捲煙、點煙，還是不停地講，高文才也聽不明白他都講些什麼，只覺得亂，只覺心裡不冒酸楚了，只覺得不想說了，就盯著爬上自己腳背上的一隻螞蟻，牠爬得很快。

羅石虎蹚得樹葉「嘩嘩啦啦」地來了。高文才心裡又泛起一陣酸楚，眼窩又熱了，顫聲說：

「隊長……」

「他娘的！這的女人太霸道，老爺們吃飯還要給她躬腰！」羅石虎滿臉怨氣，殘缺的耳朵紅得透亮，「老子不管這些，俺哪天非把大銅勺奪到手不可！」

高文才看看他，把湧到嘴邊的苦水都又嚥進肚裡。

回到家裡，高文才問直馬：「現在地裡有什麼活路要做？」

「一樣不有。」直馬說。

「那大家都閒著？」高文才又問。

「舅舅牛天天放，不得閒。」直馬說。

「那我去吧，讓舅舅閒閒。」高文才說。

轉天，高文才就開始放牛，早出晚歸。

黃昏。高文才趕著牛回來，院中央站著一匹鞍飾講究的駿馬，伸著舌頭舔食地上金黃金黃的包穀粒。牠，銀蹬紅皮鞍，耳尖腿細，體形勻稱，棕紅的短毛光澤如緞，有著令人喜愛的雄健。這是一匹值錢的馬。圈裡的豬、馬都擠到門欄前，嗷嗷叫。它們嗅到了包穀的香氣，看見那馬在獨自享受，憤憤不平。牠們很少嘗到包穀的滋味，它是人都不多有的好食物。

從山上回來的五條黃牛，不進圈，爭先去同那匹駿馬分食幾粒包穀。札石和采爾跑來趕開牠們，把牠們關進圈裡。垂涎欲滴的馬和豬的高低音合唱中，又增加了牛的中音，牠們都擠在各自的門欄邊，憤憤然然。札石和采爾像躲避什麼似的，眼睛溜著高文才，一句話也沒說，就上樓了。高文才想問問她們，誰來了。卻見她倆在樓上，怯怯地望著自己。

可一見他看她們，她們轉身就進了屋。

正屋裡傳出一陣歡聲笑語。

高文才想不出是誰來了，看那馬，似有些面熟。他跨進正屋，繞過擋門，一眼看見坐在火塘右首第一個位置那傢伙——那若。

高文才怔住了。

「大鍋頭，大軍同志，來喝酒囉。」那若滿臉通紅，手裡端著一碗酒。

「來呵來呵。」喀喀池拉木笑著招呼。

「來吃快呵，酒你也一碗喝。」直馬往桌上放碗筷。

高文才一步步走過去，就挨著那若坐下。他看見桌上擺著大碗大碗的酒肉，對面的直馬和媽媽都笑得有些不自然，眼珠似乎不知該往哪邊轉。那若嘴裡噴出強烈的酒味，眼裡有一道亮光。他微笑著，把一碗酒推到高文才面前，酒溢出少許，漫在桌子上，桌子被酒映得光亮。高文才一言不發，又把酒碗推開去。酒又溢出少許，漫在桌上，像一片湖泊。

那若喝口酒，嘿嘿笑笑。

直馬趕快遞過一碗飯，高文才看她一眼，接住就吃。

57 直馬艱難抉擇

他什麼聲音也聽不見，只是大口大口地吃，沒有任何滋味，嘴在機械運動，也許根本沒菜，也許滿碗是菜，反正都一樣。一會兒他就將空碗遞給直馬。又是滿滿一碗淡青色的稞飯，飯尖上蓋著幾片大臘肉遞過來。他接住，還是大口大口地吃。吃完了，他又把空碗遞過去。又是一滿碗飯菜遞過來。他還大口大口地吃。屋裡挺靜，高文才嚼得很響，那若微笑著飲酒。直馬看看高文才，又看看那若，喀喀池拉木看看那若，又看看高文才，母女倆忐忑不安。

高文才又吃光了，他把碗反扣在桌上，站起來，嘴角沾的一顆飯粒掉了。他盯著直馬看了看，走出去。直馬攆出來。

他們走過院子，上了樓，進了屋。

「攆他走，攆他走！」

「想我他說半路又轉來。」直馬喃喃地。

「想妳？還……還想妳？」

「……」

「我好？還是他好？」

「去說他我，今晚他不得在……」直馬快快地。

「妳告訴他，妳一個阿夏也不要！妳只要丈夫，只聽妳男人的！」

直馬走到門口了，聽到這話又站下來，轉過身來。屋裡的黑暗映在她臉上，整個臉龐都模糊了，眼睛熠熠發亮。

她堅定地說：「話這種我不說……」

「怎麼？妳就這麼說！不聽男人的想聽誰的？」

「女人女人，男人男人，女人生得男人，男人生女人不得。我話全聽你，不可以。我男人只一個你，要人人笑給。」直馬執拗。

「妳說什麼？妳還想找阿夏？妳還捨不得那若？」高文才一跺腳。

「騙你話不說……」

「直馬，」高文才心涼了，酸了，上前一步，「妳好好想想，我哪點對不起妳，不肯聽我的？我是真心喜歡妳，我只要妳一個女人，我會跟妳過一輩子！他那若不會，他是耍妳……」

高文才說不下去了。

「你好好多多，就是不好管我多多。」直馬溫柔地走近高文才，撫住他的肩膀，「我喜歡多多就是你囉，你不要對我惡惡。」

沉默。

「妳說吧，要麼聽我的，要麼、要麼我走！」

高文才推開直馬，喘著粗氣。

直馬又倚在門邊，背後是絢麗的晚霞；室內更加暗了，她的面孔也越發黑，眼睛也越發亮，像粼粼波光閃爍。

「走你不要，管我不要多多……」

高文才像要打噴嚏的狗搖晃腦袋，悲痛欲絕地一跺腳，撲到地鋪上。一把拽塌被垛，扯出黃軍被，掀飛了枕頭，拉出舊軍服，再撩開鋪蓋，又撥開牆上掛的衣物，找到背包繩。抓起鞋子、毛巾、挎包，「劈哩啪啦」地朝攤開的被子裡扔……

直馬的眼珠跟著他的手，跑來跑去，她朝前走了兩步，又站下來，嘴唇直發抖。此時，那若帶著影子進屋來。他撫住直馬的肩膀，直馬動了動。

「我都聽見了，叫他走吧，他一點也不知道尊重摩梭女人，竟然敢叫她攆走自己的阿夏，哪個女人要這麼幹，就不是摩梭女人！」

直馬不動了，靠著那若。

「那若，你不是摩梭，你也沒有把自己的老婆叫來給別人做阿夏！你安什麼心你自己清楚！」

高文才氣喘吁吁，使勁勒著行李。他把全部東西都扔進被子裡，包成一團，卻不明白繩子怎麼老往自己手上繞。

那若笑笑，掏出一個酒瓶，喝了一口。屋裡飄開刺鼻的酒味。

高文才提著臃臃腫腫的包裹，誰也不看，就走，就出門。臃腫的包裹卡在門裡出不去，他用手拽，用腳踢，用膝蓋頂，猛一下出去了。走廊裡站著緊緊靠在一起的札石和采爾；樓下，喀喀池拉木和厄車此爾木然地站在正屋門前。

高文才提著大包裹，東碰西撞地走下樓。走到院裡，背包繩一滑，行李散了，散了一地。他手忙腳亂地只好停下來收拾，罵……

札石和采爾跑下來幫他。

「哎，你打算上哪去？」那若倚著樓廊柱，手裡拿著酒瓶，居高臨下，「下回可別再碰上我。」

「那若，狗雜種，你是人嗎！？」高文才摔掉背包，直起腰，怒視樓上，「你等著，這筆帳早晚要跟你算！你等著，你等著！」

「等誰？你們的人來了又怎麼樣？我和直馬今天就做阿夏，哈哈。」

高文才氣得渾身顫抖。他從札石手裡奪過繩子就捆，就勒，繩子還是老繞手，把札石和采爾收好的包裹又弄亂了。

「哎，我說你最好別走遠了，」那若又開腔了，「就睡草料房吧，反正你也沒有去處，等我走了你再上來。」

「那——若！」高文才吼著，猛地站起來，他手裡還拽著背包帶，背包在札石和采爾面前翻了幾翻，又全散了，散了一地。

高文才聲嘶力竭：

「直馬，直馬！妳聽見他說什麼了嗎？妳出來，妳出來！」

高文才朝樓梯口奔去。喀喀池拉木和厄車此爾早就堵在樓梯口了，他們怕兩個男人打起來，不肯讓他上去。

「直馬！」

高文才又回到女兒樓的正下方，又退到院中，可以看見樓上直馬的屋門的地方。晚霞早已消失，暮色融融。他從樓欄縫裡看見黑洞洞的門洞，看見那門洞邊影綽綽的裙影。

「直馬，妳聽我說呵，他今天跟妳好，明天他就會去找別人，我不會，我不會！我只跟妳好！妳聽見了嗎？妳不知道誰是真正對妳好嗎？」

「快走你的，別在這裡嚎，直馬是我的……」那若晃著酒瓶。

「那若，你別高興，我、我不走！」

高文才瘋了一樣衝過去，拽起札石和采爾剛剛收好的包裹，使勁一抖，被褥雜物全散亂在地上。

他用拳頭擂著樓柱：

「直馬，我不走了，我不能把妳交給那若，他不是人！」

圈裡牲畜騷動。豬憤憤地哼哼，牛角惱怒地頂撞柵欄，馬不可抑制地踏地。

「你滾開，快滾你的！」那若用酒瓶敲著樓柱。

「那若，你說你對直馬好，你不管她找阿夏，那你把你媽媽、你姐姐、你妹妹都領來呵，讓村裡的人找她們做阿夏！你說呵！」

酒瓶像流星飛了下來。

高文才一閃身，酒瓶在一聲脆響中，濺起一片光亮，四飛八濺。高文才揩去濺在額角的沾物，擂著樓柱，狂笑：

「我說對了吧，你害怕了。直馬，妳聽見了嗎？」

58 札石接力愛心

那若罵著髒話，擼著袖子，氣勢洶洶地要下樓，喀喀池拉木和厄車此爾趕忙阻攔。

高文才站到院中，望著黑洞洞的門洞裡影綽綽的裙影，懇求：

「直馬，妳出來，妳出來，我有話對妳說！」

黑洞洞的門裡，裙影顫了顫，直馬出來了，她掩身在樓柱後面，囁囁地說：

「你走吧，等你回來想囉，阿夏我還是你……」

那若大步衝了過去，拽著直馬進了屋，「砰」的一聲關上門。緊緊地關上了。

靜了，豬、馬、牛都不叫了。

猝然，高文才猛地醒過來，衝到樓柱下，使勁搖動樓柱：

「直馬，他不是人，妳快出來，他是害妳！不能跟他在一起！」

樓上，門緊緊關著。

高文才用頭撞擊樓柱，「砰、砰、砰……」。札石和采爾驚叫著拽他。豬、牛、馬又都騷亂起來，或叫或踏。

高文才跳到院中，月光映亮了他長長的顫抖的影子：

「直馬，妳你快出來呵，妳你不能和他在一起呵！」

樓上，一聲呻吟，像是直馬叫了一聲，隨即又沉寂了。門仍關得嚴嚴的。

高文才滿臉淚光踉踉蹌蹌地又跑到樓梯口。院中的鋪蓋差點絆倒他。老人還是不准他上去，札石和采爾也都攔著他，苦苦哀求。

「女人多多有呵……」喀喀池拉木說。

「快讓我去，我要去救她，那若不是人！」

「你話她耳朵不會進。」札石說。

「快讓開，不能把她交給那若！」

「你走不要，住有你處。」厄車此爾說。

「快呵，快讓開！」

「你心眼死死不亮……」采爾說。

那屋裡似乎又傳來一聲呻吟，眾人一怔，高文才撥開他們，衝上樓去。

他狠狠地擂門，用肩膀撞。門被撼動了，它畢竟只是一層木板，巨樹都會被砍倒，何況一層木板。它在搖晃，發出吱吱的響聲。

直馬家的人都聚集在樓梯口，沒誰上來勸阻。他們的心都被他的精誠所撼動。圈裡的豬、馬、牛也都不躁了，睜著大大小小、或明或暗的眼睛望著那樓上，望著那個晃動的要撐出屋頂的長長的黑影。

驀地，屋門忽地開了，高文才一頭栽進去，卻又馬上像一隻麻袋似地給掀了出來，門馬上又關嚴了，高文才撞在走廊的欄杆上，一陣刺耳的斷裂聲，他身子猛一仰，腳翹了起來，頭朝下翻過欄杆，墜向樓下……

「啊！」直馬家的人齊齊地發出一聲驚呼。隨即，周圍一黑，只聽見「嘭」地一響，便靜了……

……

高文才睜開了眼睛。他看見一輪橘紅的太陽，好像很遠很遠，又很近很近。太陽迅速變小，一大朵雪白的雲彩飄飄而來。他閉閉眼，再睜開，他看見地板上有盞搖曳的小油燈，竹筒燈碗，纖細的燈芯。燈光映紅了直馬的百褶裙，不，是札石的百褶裙。她們姐妹長得太相似了，只不過是一個比一個瘦一點，矮一點。他在寂靜中望著她笑吟吟的眼睛，撐著地鋪想起來，札石趕忙按住他：

「動不得，樓上掉你下來，人死給你嚇出來囉。」

高文才沒再動彈。

「看看你氣還有，那點不有壞，就是玻璃點扎進頭你的，血出點點……」

高文才這才感到腦門疼得辣辣的，頭上還敷著一條散發著草藥味的濕毛巾。他腦子裡懵懵懂懂的，手腳有些痠軟，他又要起來，札石再次按住他的肩膀：

「做什麼你要？」

「找直馬，她不能跟那若在一起。」

「鬧你不要囉，」札石真摯地說，「話她不聽，辦法你不有。現在晚晚，他們睡著久久囉。」

高文才看著搖曳的油燈，心裡一陣陣痛楚，眼眶濕潤了。札石撩起自己垂在高文才胸前的髮辮，她已經解開了盤辮，只穿一件無袖的白麻布上衣，衣襬掖在百褶裙裡。高文才一使勁，坐起來，燈光劇烈晃動。

「你哪裡去？」

「哪都行，挨街討飯，也不待在妳們家。」

札石按住高文才的肩膀，眼淚汪汪：「走你不要，那若你恨得，直馬你恨得，我你不可以恨，心好你我得見……」

高文才感動了，畢竟還是有人知道自己的一番真情。隨即他又無限悲愴。他推開札石的手，望望四周：

「這是妳的屋子吧，妳睡吧，我走了。」

「天外面黑黑，家你不有，阿夏不有，哪裡可去？」

「我是為了妳姐姐才離開部隊的，現在……」

「難過你不要，心你好好直馬捨得丟，別個想要。」
「誰要？誰還要我這樣的……」
「你我這裡住，走我不讓你。」札石撲到高文才肩上。
「妳說什麼？」高文才驚駭。
「心你的我看見好好，做你長長那種我要……」
高文才怔了怔，猛地摟住了札石，淚水簌簌。他使勁親吻著札石的臉頰、肩膀，撫摸著她全身，恨不得鑽進她的肉裡……
屋裡濛濛亮的時候，高文才忽然醒來，問札石：
「直馬要是知道妳跟我，那……」
「那什麼？知道好囉……」
札石還沒說完，就聽有人輕輕敲門。她披起衣服開了門，進來的是直馬。高文才趕忙緊緊地閉上眼睛，他只覺得赧窘。他感覺到直馬撲到了他面前，手指輕輕地摸了摸他頭上的傷，訥訥地說：
「你我不要忘光光。」
高文才不睜眼，也不說話。
少頃，他聽見直馬歎息了一聲，裙裾輕輕一響，拖著地走了。
高文才沒有走，那若也沒有走。
那若聲稱要在直馬家長期住下，這使高文才所有的報復設想都束之高閣了，他不能忽視直馬與那若之間的關係，他還是不想傷害她，並可憐她；他也不能不顧直馬與札石的姐妹關係，和他們全家的和睦。這也是札石對他的唯一要求。
原先，他曾想豁著讓羅石虎他們笑話，也告訴他們，收拾那若。現在他又生怕他們知道。

他真難呵！

為了避免同那若和直馬在一起，高文才早早就出去放牛；走得遠遠的，讓誰也找不著，看不見。直到天要黑了，家裡人都吃完飯了，他才回來。喀喀池拉木理解他的心情，總是按他的要求，早晨為他先舀好飯，晚上又專門給他留飯菜。那若不知何故，也沒再向高文才挑釁。他只在家裡待了兩天，就又開始騎著馬，到處亂逛，雖然不幹活，也是早出晚歸。

日子平平靜靜，平靜得讓高文才困惑。

幾天過去，那若除了見面就詭譎地笑笑，話也不多說，他的老實讓高文才大起疑心。

「興許是直馬起了作用。」他這麼想了兩天，又推翻了自己的推斷：「那若肯聽直馬的？」平靜促使高文才反覆琢磨，那若是札拉箚娃手下的人，他們早就被特遣分隊列為可疑對象，掌握的材料也說明他們和那少英的關係非同一般。那若過去是支援喀喀池拉木「報盧」蓋房子，同直馬交情不深，偏偏他高文才和直馬有了交往以後，他又來了。也不去做買賣了。他既不可能棄商從農，更不可能是要守著直馬過一輩子，只是想玩弄一下直馬，解解悶？

那他為何遲遲不走？

59 采爾再接愛心

高文才雖然白天在外，一回到家裡就注意觀察，很快就發現了，不論是喀喀池拉木，還是直馬、厄車此爾，包括札石，臉上都有那若的影子。甚至在自己的屋裡，他都覺得有那若的氣息。他們用那樣忐忑的眼神看他，只要他一正視誰，對方就慌忙閃開他的目光，而對方的目光卻又馬上罩住他。他感覺得到他們對他是真心的好，卻又有種讓他說不出的不安。

高文才誰也不問，只是暗暗地觀察著。憑著軍人的本能，儘管他沒有看到或聽到什麼，但他真切地感到家裡正在醞釀什麼事，像有一場暴風雨正在來臨。

使高文才感到莫大欣慰的是札石的愛。她沒同直馬爭吵，也沒轟攆那若，卻毫不掩飾自己對姐姐的鄙視。直馬雖然做出無所謂的樣子，但也無奈札石的神態，不多攀談。對於那若，札石就更冷淡了，她不對他笑，非是他說她才應，也只是冷冷一句。

高文才也不知為什麼，每天晚上都給札石講漢族婦女的那些家喻戶曉的故事。最先講的是「孟姜婦哭長城」。札石哭濕了枕巾。

「當兵男的到死，當真阿夏不找一個？」她揩著眼淚問。

「當真。」高文才覺得是這樣。

「那姜女孟死不該，做鬼不有地方去。喇嘛都這種說。」

札石歎息。

「像陳世美那樣的壞蛋，才該做鬼也沒地方去！」

「世美陳那個壞比不得我們這裡官家，他們阿夏別人不得做，別人阿夏他們做得。」

「他們是欺負窮人，你們跟秦香蓮一樣苦。」

「秦香蓮苦不如我們，她官家不要多多快活，哪個哪個可以找，我們官家找過，別個找就要悄悄。」

「秦香蓮不會亂找，男人死了她就好好守寡。」

「男人死了女人不有死呵，男人她找怎麼不可以？」

「我們村的張大娘守了三十年寡，把幾個兒子都拉扯大，大家都誇她。」

「女人這種喜歡我不會。男人老婆死去找還可以不可以？」

高文才答不上來了。

這天中午，高文才正在山上放牛，采爾冷不丁地找上山來。她神情嚴肅，臉上浮著紅暈，額頭上掛著汗珠，開口就說：

「我做老婆你的！今天起！」

「妳你是說，妳不想找阿夏，要找丈夫，做他的老婆。」高文才說。

「不是，是老婆做你的。」采爾很認真，汗珠滾到鼻尖了也不抹，「直馬不好，札石也壞囉，都是那若阿夏囉……」

「札石怎麼啦？札石怎麼啦?!」高文才從地上抓起兩把土，「妳別胡說！」

「你回去快快就得知囉，他們我一樣騙……」

高文才沒等采爾說完，手裡的土一扔，衝下山去。

路是晃動的，沒有一棵草不搖；腳是飄忽的，沒有一步踩得實在。下山的路太長了，頭上的天太矮了，壓得人喘不過氣來。高文才重重地摔了一跤，爬起來就看到了村口。

院門洞裡，高文才同那若撞了個滿懷。他的黑藏袍領口敞開著，冒出一股汗味：

「你不是放牛去了嗎？你……嘿嘿。」

那若一閃身，走了。

高文才踏進屋裡，札石正坐在鋪上盤著髮辮，領口尚未扣緊，她望著高文才滿眼驚恐，嘴唇顫抖。

她緩緩地站起來，跨上前一步，又趕忙退後，踩著鋪蓋一步步往後退，一直退到板壁下。她一仰頭，貼著板壁閉上了眼睛，兩顆淚珠從睫毛裡溢出。

高文才撲上去。

他沒費什麼勁就把札石剝得一絲不掛，然後用繩子將她的手、腳都捆起來，還在她身上也繞了幾道。其間，札石沒喊沒叫，聽憑處置，只有高文才自己的呼呼喘息聲。他在屋裡走過來，走過去，要找件傢伙教訓這個被剝光、捆緊的娘們。

他掀開枕頭，抓起自己的牛角匕首，颼地扯下刀殼，看看寒光閃閃的刀刃，再看看札石，正看見一道麻繩勒著她豐滿的乳房，它被勒得通紅，乳頭鼓鼓的。他扔下匕首，又轉到門後。他拿起粗粗的頂門槓子，在手裡掂了掂，扭過頭來看見她平躺的赤裸白嫩的身子，他又撂下了門槓。哦，他看見了一件好東西：板壁上掛著一根手指粗的麻繩。他一伸手取下來，輕輕一抖就成了鞭子。

他站在札石面前，高高地舉起鞭子，札石淚汪汪地望著他。還是不聲不響。她的沉默使高文才的心更硬了，他一鞭子抽下去，一閉眼，一聲悶悶的輕響。札石白膩的腹部暴起一道紅印，像條蚯蚓。高文才再一次高高揚起鞭子，喘息著，遲遲沒有抽下。

他問：「妳怎麼不喊？還有理！」

「哪個喊我？那若我恨死，媽媽也恨，姐姐也恨，幫我的只有一個你，又是你把我打……」札石嚶嚶地啜泣起來。

高文才心軟了，鞭子掉在地上：「札石，我哪點對不起妳，妳為什麼要同那若交阿夏！妳是要殺了我嗎？」

「找他我不有，是他追得法不有囉。」札石嗚嗚地哭著，「家欠他錢多多，不還房子要拆得囉。阿夏我做給他，錢就慢慢還得，我不想讓他挨著我呵，他人不是，是馬，是狗！」

「札石，」高文才「撲通」一聲跪下，扶起札石，臉緊緊地貼著札石滿是淚水的面孔。他用舌頭舔吸著兩個人交融在一起的鹹鹹的淚。

「札石，妳別恨我，妳摟著我……」

「繩子……」札石低語。

高文才去找羅石虎。走到半路又踅回來。他還是不願讓他們知道。丟人呵！只要他們知道了，那以後整個部隊就會知道。再則，他聽說了，那孩子不是羅石虎的，羅石虎正為此冒火，有一天他還罵了孫富猴，就因為孫富猴找了好幾個阿夏。要是他們知道他又找札石，準會認為他是找她們姐妹做阿夏，等部隊回來，他更有口難辯。

高文才回到家裡，不聲不響地等著那若。

晚上，那若回來了。他醉醺醺地上了樓，跨進直馬的屋裡。高文才緊跟著上去。那若躺在地鋪上，一側臉見高文才進來，猛地一挺腰，坐起來。他眼珠朝高文才轉轉，手朝腰間一摸，「噹！」金把藏刀插在地板上。高文才看一眼搖曳的刀把，拖過一個麻布坐墊，穩穩坐下：

「你要是想玩刀，我就去叫羅石虎來。他知道你這把刀。」

「話你有就說，是不是想用札石換直馬了？」那若詭譎地笑。

「你說，是誰派你來的？這是共產黨、解放軍、人民政府在問你！」

那若呆了。

「你說！」高文才咬牙。

「你說什麼？找阿夏要誰派？」那若失色。

60 終於真相大白

「你別裝蒜，你不去跑買賣，賴在這裡住著，一會找直馬，一會找札石，你想把我逼走，叫我向你求饒，跟你成一夥！告訴你，部隊就要回來了，全國都解放了，到時你想逃也逃不了！」

那若頭上冒汗了，眼珠亂轉。

「你聽著，要不想同解放軍作對，你就趕快離開直馬家，哪來哪去。」

「不，阿夏我這裡有，我不走。」

有人敲門，高文才沒動彈，他知道是直馬來了。那若起身去開門。

他剛剛打開門，忽地往旁邊一閃，一柄雪亮的長刀刺進來，跟著衝進采爾。她同那若攪成一團。高文才衝上去奪下采爾手裡的刀，又推開了那若。三個人站在屋中，像三隻鬥雞，氣喘吁吁。

走廊裡有腳步聲。直馬進來了，她大驚失色：

「刀你們做什麼？」

「他欺負札石做阿夏妳知道嗎？」高文才問。

直馬點點頭。

「他要再去找采爾，妳也同意?!」

「他我殺了！」采爾大叫。

直馬不說話了。

高文才拽著采爾走了。

這一夜，誰也不知道高文才是在哪度過的。

早晨，那若騎著馬奔永寧鎮去了。中午又回來了，他對喀喀池拉木說，他的主子發話了，要讓他跑一趟買賣，眼下沒人，只好讓厄車此爾去趕馬，還清喀喀池拉木蓋房子時欠的債。那時借了他五匹馬馱了五天木料，說好是出一個男人，為他趕馬幫跑五趟買賣。喀喀池拉木哭了，苦苦哀求。厄車此爾也潸然淚下，他腿腳都不靈便了，哪還能去趕馬。札石把那若拉進自己屋裡……這些情況都是采爾趕到山上，告訴高文才的。他早早地就趕牛上山了。

高文才坐在山坡上，眺望著村子，淚珠默默地淌出了眼眶。

采爾說：「傷心你不要，老婆我做給你，札石軟軟的不配你，那若找得來我殺他一刀，讓他流多多的血。」

高文才搖了搖頭。

下午，高文才早早地就同采爾把牛吆回了家。他跨進正屋，看見那若躺在火塘旁，旁若無人地翹著腿。

他徑直走到那若面前：

「當初說好趕馬還債，我是這家的人，我去給你趕馬，哪天走？」

「你會趕？要遠遠地走，上西藏，明天就走。」那若詭詐地笑。

高文才點點頭，分開眾人，逕自上樓。他從札石屋裡搬出行李，下樓來，走進柴草房。

札石哭著搶行李，高文才不放。采爾也來搶，高文才也不答應，喀喀池拉木和厄車此爾也來勸。直馬站在門邊，悶不出聲。

那若悄悄溜出院裡。

「你好全家我們還一輩子，罵哪個、打哪個可以你……」

喀喀池拉木說一句摩梭話，三個姐妹都跪在高文才面前。

「那若心毒毒，路難走，他害你會的。」采爾大哭。

「你不可以走……」札石也哭。

「活我不長遠囉，要走哪裡我去得。」厄車此爾在一旁蹲下。

高文才坐在稞草垛上，只是搖頭，也不說話。神情倒很坦然。他抓起一把稞草聞了聞，鼻孔裡又癢酥酥地想打噴嚏了。他想不清，那天晚上怎麼會鑽進刺鼻的稞草垛裡待那麼久？

夜深了，柴草房裡只剩下高文才和采爾、札石。

「回住處我吧，要走遠遠你，再阿夏做一次吧，恨我不要。」札石懇求。

「我不恨妳，妳去睡吧。」高文才聲音哽咽。

「到住處我吧，老婆我做你的，哪個敢來我刀子殺他。」采爾手裡攥著長刀。

高文才忽然眼淚簌簌，兩姐妹撲在他膝蓋上……

周華山說，儘管摩梭族因為開放旅遊而認知外界和被外界認知，儘管摩梭族青年的房子裡貼著郭富城和還珠格格的畫像，但摩梭文化仍未被外界動搖，他們心裡明白自己要什麼，不要什麼。通過他們在勞動和迎賓中隨口而唱的歌，即可見一斑：

什麼都可以沒有，什麼都可以不要，但不能沒有母親……外面的世界多好，不如自己的家，因為家有母親，一切可以放棄，就是不能沒有母親……

羅石虎說：「我要殺妳！」

沙達說：「殺快快嘍，殺快快嘍，你臉板板天天，氣粗粗天天，不好在我比殺。」

三天後。

黃昏，夕陽殷紅的塵埃般的光暈籠罩著村莊，一幢幢木屋猶如火焰中未燃透的柴，村裡，大道上散發著牛馬的腥臊味和縷縷山野氣息；路面上印著斑駁的紅土蹄印，及一堆堆雍榮富態的牛糞，一顆顆溜光滾圓的馬糞，一灘灘浮著白沫沫的尿跡。羅石虎在前，沙達在後，繞著牛糞、馬糞和尿跡，走出村口。

沙達緊走兩步，同羅石虎並肩而行。她樂滋滋的，為羅石虎讓她穿漂亮點出來，也就是紮上絳紅色的布腰帶。那絳紅色的腰帶纏在她的麻布裙衫裹著的腰間，確實顯得窈窕。

她笑問：「你哪裡帶我去殺？」

「山上。」

「山上我長久不去嘍，以前找阿夏山上去常常。」

羅石虎不吭聲，他的心麻木了。無論他怎麼說，怎麼憤慨，沙達就是不相信會因為她懷的孩子有可能是別個阿夏的，而要殺她。她的無所謂、她的嘻笑、她的嘲弄，使羅石虎的心涼透了，凍得像冰一樣嚴實。他只是想：「殺！殺了這個女人！」

他們離開大路，踏上小徑，前面的山巒半明半暗：山腳陰暗，山頂金光燦爛。那山上的松樹林也半山蒼綠，半山嫩黃。路邊，灌木小草返青了，綠茵茵的；一棵高高的大楊柳的枝條，吐出了嫩芽，夕陽照耀著樹梢，那裡的樹芽黃黃的，像一群孵出殼的小鴨。還未走到樹下，就見樹梢飛起一隻小鳥，牠鑽進金色的光亮中，頓時亮出胭紅的小尖嘴，嫩黃的腹毛，棕色的羽衣。

「嗚——！」沙達望著小鳥滿臉喜悅，「小人來什麼不得見了，你早早帶出我來玩，哦，帶我來殺就好囉。」

羅石虎望著那鳥，那鳥飛進朦朧的天邊。

「你臉不要板板囉，笑笑囉。小人本是女人的，哪個男人做女人的還是，你好對我，我好對你，不有對你不住。」沙達說。

「還沒對不住？」羅石虎站下，「妳知道俺在部隊是啥人？打錦州，俺就憑一把刺刀捅死了六個，剩下一個屁滾尿流地跑了，帶回整整一個排，三十五號人，抬著輕重機槍向俺投降！可這英雄名聲，就讓妳給毀了！」

61 令人啼笑皆非

「我？……」沙達茫然。

「就是妳！」

羅石虎憤憤地瞪沙達一眼，逕自邁開大步。他扯開藏袍，裸露出滾燙的胸膛，雙眼望著黛青的蒼天：

「妳他娘的知道啥！打過長江，慶功會上，是誰給俺敬酒？是營長、團長、師長！師長是騎著馬從四十里外的縱隊司令部趕來的，趕得滿頭是汗，就為給俺敬酒！他是指揮千軍萬馬的人呵！妳知道嗎？妳狗屁也不懂。俺在上千人的師裡，走哪沒人翹大拇指！可現在，誰都得笑話俺！」

「又小人怪給？他什麼不做呵！」

天地顫了顫，夕陽消失了，天灰了，地暗了，山黑黝黝的。羅石虎大步走著，沙達急匆匆跟著。

沙達央求：「慢走一點你。」

「妳知道啥？」羅石虎像沒聽見，眼睛望著天邊，繼續走，「部隊進昆明那天，有多少姑娘給俺獻花，那花都快把俺給埋了，紅的、綠的、黃的，亮得晃眼，俺從來沒見那麼鮮亮、那麼好聞的花……」

沙達低下頭。

「獻花姑娘阿夏你的有？」

「呸！」

他們走上山，走進樹林，走進了黑暗。忽然，沙達叫了聲，一手撫住羅石虎的肩膀，一手伸到他面前：

「你看，蝴蝶我臉上撞來，牠家找不得見囉。」

羅石虎看見她手指間扭動的昆蟲，嗅到了花粉味，感覺有細粉落在鼻樑上。他躲閃著，低沉地吼：

「讓開！」

「火你不要發。」沙達緊緊跟在羅石虎後面，「你們的規矩我不懂多，小人裝上拿掉不得，不是衣服，你喜歡我穿哪個穿哪個就。你著實氣來，就我罰給，罵個罵得，打個打得，行不行？」

「我要殺妳！」

「殺？刀你不帶有。」

「別走了，就在這！」羅石虎站下。

「這？」沙達四下環顧。

樹梢閃開一個縫隙，瀉進圓桌大的一股月光，映出一塊空地，周圍是大腿粗的松樹，地面飄起濕冷的氣息，不遠處有小蟲唧唧。羅石虎虎視眈眈地盯著沙達，他做好拔腳追趕的準備，雙手也提到腰間，隨時伸手可抓。一陣風掠過樹梢，嘩嘩亂響。

沙達抱起雙肘，縮縮肩膀，說：「規矩你們怎麼做，你做快快得囉，火一次發光光，臉就不要天天板嘍。」

「妳、妳給俺站到那棵樹下，背靠著樹！」羅石虎喘著氣。

「站了做怎麼？」沙達看那樹。

「俺要把妳綁在樹上。」

「繩子你不有呀。」

「俺有腰帶。」

羅石虎解下纏腰布，提在手上。

「那你快快來囉。」

沙達笑得咯咯地走到樹下，背轉身站好，問：

「是這種不是？」臉上還在笑。

羅石虎喘息著，走到樹後，看看微笑的沙達，猛地蹲下，手哆哆嗦嗦地把布帶的一頭在樹幹上繫好，然後再纏沙達的雙腿，往樹幹上綁。繞了一圈，再繞一圈。

沙達叫：「鬆鬆囉，我跑走會，捆緊緊嘛。」

羅石虎使勁勒，沙達又笑又叫：「呵呵，喲喲，嘻嘻……」

羅石虎越發使勁勒，氣喘得更粗，他惡狠狠地說：「告訴妳，俺要把妳綁在這樹上，撂在這山裡，待一夜！俺想好了，明天早上妳要還活著，俺接妳回去，不管那孩子是誰的，俺都認了。要是讓虎咬了，豹拖了，就是妳命該如此，那孩子就不是俺的！」

「晚上整整一個？老虎、豹子不來我也嚇死去囉，小人也不得好呵。你們規矩別個還有不有？」沙達歪著腦袋問。

布帶捆完了，只捆到大腿，羅石虎用牙撕開布頭，繫疙瘩。

「照俺們的規矩，肚子裡懷了野種的女人，得把她倒吊在井裡，浸她，泡她！把她剝光，綁在雪地裡凍她，看她還敢不敢再騷！嘿！嘿！」

羅石虎繫好疙瘩，伸手去解沙達的纏腰帶。

「你要什麼做？」沙達詫異，「解去冷來小人。」

「光捆腳能綁住你妳?!」

羅石虎把布帶的一頭繫在樹椿上，趕快往沙達身上纏。

沙達叫：「肚子小人不得纏，纏高高。」

她雙手把布帶往上拉，拉到胸部，羅石虎就齊胸部纏，把沙達雙手也纏在裡面。纏了幾圈，沙達就動彈不得了，唯有脖頸還能活動，她有些緊張了，不停地轉動脖頸，看羅石虎：

「你捆還要？」

羅石虎氣喘吁吁地捆著，不答話。

「你要我單單在這當真？」

羅石虎還捆。

「一夜這裡在著這種？」

羅石虎使勁繫好疙瘩，轉過來，同沙達面對面。朦朧的月光下，沙達直挺挺地綁在樹幹上，下身纏著羅石虎的藍布帶，腹部露出她的白麻衣，上身纏著她自己的絳紅色布帶；她螢火蟲般的眼睛有些慌亂。羅石虎一腳蹬在高處，一腳在下邊，喘著粗氣，聲音嘶啞：

「妳不要怨俺，按俺們的規矩，懷了野種的女人沒一個得好！俺不能像妳們這的男人不知羞！俺要臉面！……妳把俺毀了……妳……」

「呸！遠遠走你！」沙達掙扎，大叫，樹搖得嘩嘩響：「規矩我你們的不聽！不聽！你走快快！」

羅石虎倒退一步，擦把臉上的唾沫，沒擦淨，腦門上還黏黏的，他惶惶地望著沙達。

他第一次看見沙達發怒。她身後的樹搖晃著落下一片乾松針，她身體由於急劇扭動，使腹部越顯突凸。

羅石虎從左邊跨上一步，說：「妳聽俺說，俺沒對不住妳……」

「走你快快！走你！」沙達咬著嘴唇，牙齒閃亮。

羅石虎認為她又要啐，往後退了一步。頓了頓，他再次跨上一步，他覺得似乎還有話要說：

「俺沒忘妳的好處，到了陰間地府妳也別說恨俺……」

「呸！呸！呸！」沙達連啐幾口，腦袋往後一仰，緊緊閉上眼睛，「走你！走你！我你不要見！」

閃到一旁的羅石虎，喘息著，猝然扭頭就走。

「回來你！回來你！」沙達喊得急惶惶。

羅石虎走出十幾步了，站下頓了頓，又踅回去。

月光下，綁在樹幹上的沙達，臉色蒼白，眼睛黑亮照人。羅石虎一步一步走近她，還有三步遠，他站下了，問：

「妳認錯？」

「你把衣服我拉拉好，手你雜種捆著，我小人冷著怕會。」沙達喘息。

62 真情融化冰山

羅石虎看見沙達凸起的腹部白麻布袍子鼓鼓的，像兜滿了風，是扣袢開了。他沮喪地走上前，抬手給她扣扣袢。麻線繞的扣比往日滑溜，像抹了層油，他的指頭使勁捏住它，又拿住圓圓的袢子，哆哆嗦嗦地扣好一個，再扣好一個，又給她抻了抻，他的手觸到了鼓鼓的漫漫的腹部，瞬間，腹部顫了一下，似乎是那小子在動。

他猛地抽回手，怔了怔，歇斯底里地吼：「妳就不給俺認錯！」

「呸！」

銀亮的唾液完完全全噴擊在羅石虎臉上。他眼睛一閉，倒退了三步，一扭頭，「嘿」了一聲，轉身就走。

他跌跌撞撞地跑出樹林。

他跑出小道，走上大路。月光清澄，大路空曠，四野萬籟俱寂。他一步一步往回走，走幾步又站下了，腰一彎疲憊不堪地就地坐下，曲曲的腿動了動，想盤起來，卻拐不過彎來，就直楞著。那映在地上的影子像隻勾頭大蝦。他摸摸索索掏出煙袋，漢白玉煙鍋在月光下亮晶晶的，罩著一圈銀亮的光暈，像水中的月亮；三寸長的棗木煙桿紫彤彤，光閃閃。

羅石虎望著煙鍋發呆。他看見青白的玉石中絲絲絳紅色的紋路，看見蜿蜒混濁的滹沱河，河畔老楊樹上的喜雀窩，雀窩般的緊湊而又零散的村莊；看見那一張張布滿皺褶、像老瓜窩似的面孔，鬍子上沾著涎水的老人；看見瘦骨嶙峋的馬，拉著沉重的巨大石磨，馬臉上戴著黑眼罩，石磨轉呵轉，磨下的黃豆破碎瞬間冒出縷縷黃煙……忽然，他看見那塵煙中站著沙達，她直挺挺地綁在樹幹上，腹部突凸，隱隱顫動……

風掠過，樹林海浪般喧囂。

一隻蝴蝶沾著滿身銀亮的月光，繞著紋絲不動的羅石虎飛了兩圈，流連在他面前翩翩躚躚上下飛舞。牠忽搧得翅膀蕩開層層銀浪，像舞動的雙槳；翅膀上橘紅、金黃、黑亮的圓斑雀躍翻滾，變變幻幻；牠雪白的蛹形身軀，鼓鼓地隱隱蠕動，像個玲瓏女人的身子。

羅石虎看著牠蠕動的鼓鼓的腹部，目不轉睛地看著。蝴蝶翻飛，朝羅石虎靠近，不知是把羅石虎當作了棲息的樹樁，還是把他眼裡映出的圓圓的小月亮看成白玫瑰了，抑或是被他渾身散出的熱氣吸引住了，就在羅石虎眼前飛舞。牠忽兒橫亙在他眼上，忽兒又落到他眼下，每每牠飛到羅石虎眼上方，他就極其緊張地注視著牠白白的、鼓鼓的腹部：它圓滑光溜，青筋如線，皺褶清晰；每一蠕動，圓溜溜的皮膚瞬間光亮透明，薄如蟬翼，透出裡面黑黑密密的躁動的籽。他瞪大眼，總想看清那裡面的什麼，卻老也看不清爽。倏然，蝴蝶筆直地呼呼搧搧地朝他眼裡衝來，他喊了聲，手一揮，身子重重倒下。

他重新坐起來，蝴蝶消匿，月光溶溶，樹林一陣一陣地喧囂。那喧囂聲中似有人在哭泣、喊叫，羅石虎直愣著耳朵傾聽，若有若無，總也聽不明白。他伸出手，撐著地，像頭笨熊緩緩地翻爬起來，伸直了腰，腿還羅圈著，眼睛眺望樹林那邊。突然，他狠狠地一捶大腿，朝著樹林飛跑。

穿過百十米的小徑，衝進山上的樹林，衝進了黑暗。他撞著一棵樹，又撞著一棵樹，再撞著一棵樹，落了滿頭滿肩的碎碎的松針葉。他跌跌蹌蹌地放慢了腳步，扶著一棵彎曲如杖的樹幹站下。少頃，他慢慢地不出一點聲響地向前走。

黑暗漸漸稀釋，他的眼睛漸漸明亮，辨認出一棵棵筆直的樹幹，透過樹葉枝隙灑進星星點點的月光，地上映出條條道道的黑樹影。樹林深處傳出陣陣嗚咽聲。他走得輕如鵝毛，走進了那哭訴聲：

「……不有走你，我你不有走知道，你嚇我多多了，快快出來還不……心狠狠囉你，我玩笑笑不開……你真走走囉？……冷來了我，小人也冷來，他動囉，一下下動囉，一下下動囉，你耳朵不聽見?!不快快來還你！當真走你囉？……」

羅石虎看見那束射在林中的月光，那光暈清澄如水，映在沙達的臉上，潔白如霜，淚珠閃閃。

「……漢人心壞壞嘍，女人你敢樹上綁著，要給她死。你不該得生出，女人白白生你嘍……嗚嗚，我瞎了，漢人找來，我對你不住哪裡？我沒哪點對你不住，現在罵也是法不有囉，嗚嗚……小人又哪點對你不住，非要他死……」

羅石虎又走近些，看見她腹部凸凸的，就像那蝴蝶，那白麻衣又像裝滿了風，豁開著，是扣袢開了？是她又扭動了？她冷嗎？他感到陣陣寒意。

「……漢人你們規矩壞壞囉，牛馬不比得！小人錯哪裡有？他什麼還不得知道，你要他怪來，心你成哪種？嗚嗚嗚，牛，牛小人愛會；馬，馬小人愛會，人你大大一個，小人就愛不會！嗚嗚嗚，你要小人你做他做，問去問來，你做他做小人都女人有，你怪什麼？嗚嗚……你殺要我殺給，小人你害不要，等小人落地你殺又給嘛！！！嗚嗚，你們規矩哪個定給？牛馬不比得！牛馬不比得！牛馬……」

沙達忽然停止了哭訴，她呆呆地望著站在樹邊的羅石虎，立刻叫起來：

「出來你！你不有走？……」她笑。

羅石虎這才察覺自己走出了樹林，站在月光下。他癡癡地望著沙達。

「過來你快快！我冷多多囉。」沙達叫。

羅石虎就走過去。

「布帶解開快快，小人不好在囉。」

羅石虎蹲下解布帶疙瘩，解完下邊的又站起來解上邊的。沙達嚷嚷什麼都沒聽見。

兩根布帶都解完了，沙達還靠著樹幹不動，她說：「你來前邊。」

羅石虎站到沙達面前。

沙達艱難地一抬腳，猛地撲倒在羅石虎懷裡。她全身都麻木了。羅石虎摟著她，慢慢地坐下來，輕輕地揉著她的腿。她渾身散發著山林的寒氣。

沙達臉頰摩娑著羅石虎的脖頸，喃喃：「話我你聽多多了，我當當真真你走遠以為，我害怕多多，你生氣不要……」

羅石虎不言語。

「你氣生了？」

羅石虎還是不吭聲。

沙達推開羅石虎。

他們走出樹林，穿過小徑，跨上大路。

沙達憂鬱地說：「你嚇我怕多多囉，臉你就板板不要囉。」

「不是嚇，俺真是要捆妳一夜！要妳死！」羅石虎跟在沙達後面。

「嘻嘻，那你不走怎麼？」沙達回頭問。

「俺走了，走到這俺看見一隻蝴蝶。」

「來時撲臉上我那種？蝴蝶你不准過去？嘻嘻。」沙達站下。

「俺……俺……」

羅石虎低下頭，蔫蔫地從沙達跟前走過去。沙達從未見過羅石虎如此乖順，她嘻嘻笑著，追上來。

63 習俗引起誤解

村裡寂靜，院裡皆靜。女兒樓的板壁縫裡透出幾道朦朧的光亮；四下一片牲畜的反芻聲、嚼料聲；柴草房裡傳出舅舅的咳嗽聲。瘦高的媽媽獨自守在偌大正屋的火塘旁，她看一眼帶著山林氣味進來的羅石虎和沙達，給自己斟了一碗茶。羅石虎像個佛爺在火塘邊坐下，就不再動了。沙達走到黑黑的屋角，那裡傳來倒水聲、撩水聲、搓毛巾的聲響。

一會兒，沙達從黑暗中走出來，對羅石虎說：

「你洗快快。」她便走了。

外面響起上樓的腳步聲，關門的碰撞聲。

瘦高的媽媽喝完一碗茶，看羅石虎仍呆呆地望著灼灼的火塘，頗為不滿地用鼻子哼了聲。羅石虎像沒覺察。

瘦高的媽媽忍了忍，說：「你快快嘍。」

羅石虎抬起迷濛濛的雙眼，看看瘦高的媽媽：「俺就在這。」

「你！」瘦高的媽媽眼睛一亮，驚詫地注視著羅石虎：他微閉雙眼，寬寬的肩膀靠著板壁，雙腿懶懶地伸著。瘦高的媽媽臉上一陣紅，一陣白。她端端正正坐好，又給自己斟了碗茶。

夜深了，羅石虎昂著鬍子拉茬的下巴頦哼出沉重的鼾聲，瘦高的媽媽掩著嘴，打個哈欠，看看羅石虎，喊：

「哎，你睡這裡不行。」

羅石虎鼾聲如故。

瘦高的媽媽再喊，再再喊，羅石虎鼾聲依舊。瘦高的媽媽咳了一聲，站起來，又彎下腰，伸手過去推。她手剛觸到羅石虎的肩膀，羅石虎的胳膊使勁一揮，瘦高的媽媽的手撞到板壁上。瘦高的媽媽望著他，揉揉手，無奈地坐下。她拉過一床粗麻線毯蓋在身上，看看牆角疊得整整齊齊的粗麻線毯，再看看羅石虎，就蜷著身子躺下。

翌日。羅石虎沒精打采地在火塘邊蜷了一天。晚上，沙達又叫羅石虎回屋，羅石虎頭也不抬地說：

「俺還睡這裡。」

沙達驚訝地望望羅石虎，又看看瘦高的媽媽，一轉身走了，百褶裙撲拉拉響。

瘦高的媽媽張張嘴，沒說出口，怔怔地望著那黝黑的門洞。一會兒，車爾皮措進屋來，他低著頭在屋角落裡拿了點什麼，又低著頭走出去。

「走你，沙達屋睡，走你！」瘦高的媽媽終於按捺不住了，衝著羅石虎壓低嗓門喊，「你這裡不得在！」

「俺想喝酒。」羅石虎眯著眼睛說。

「你喝酒想！」瘦高的媽媽臉上一陣紅、一陣白，眼神慌亂，雙手絞纏像擰繩子，「你……你……你……」

她一轉身，跑進黑暗中。一會兒，她抱著一罎子酒踅來。

「喝！喝你光光！」

「妳也喝。」羅石虎說著，站起來，接過罎子，將一隻茶碗倒空，自斟自飲起來。

瘦高的媽媽看著朦朧的火塘光亮中的羅石虎。他喝紅了臉，喝紅了耳朵，喝紅了脖子，喝得春風滿面，喝得雙目生輝，喝得神采奕奕，喝得大汗淋漓，喝得他手一鬆，碗落在地上，骨碌碌滾向一邊。他嘿嘿一笑，往前伸了伸手，卻往後倒下，頭撞得板壁咕咚一響，他也就不動了。

偌大的正屋酒氣芬芳，瘦高的媽媽也像喝了酒。她腮紅如粉，提著黑色的粗麻布線毯，繞過火塘，輕輕地給羅石虎蓋上。

天遲遲才亮，陰霾得厲害，鉛灰一片。豬馬牛一起叫喚起來，牛角牴得畜圈砰砰響，馬不耐煩地踏動著，豬哼嘰嘰掀得食槽翻滾，一隻頸部披著綠羽的大紅公雞飛到院中央，伸長脖頸，抖擻綠羽，長長一聲啼鳴。女人們都起來了，男人們回來了，男男女女的身影在院裡穿梭。有的給家畜拌料、餵料，有的抱柴做飯，有的揹木桶出去。

吃過早飯，天還陰霾不散。大家聚在院裡看牲口吃料，瘦高的媽媽臉上帶著幾分不自然的笑容，提著一個黑包裹出來，說去洗溫泉，就走了。家裡沒人同行，也沒人勸阻，大家就只是多看了她一眼。

此時，羅石虎獨自在正屋守著火塘喝茶。

下午。陰霾的天空發亮了，落雨了，雨淅淅瀝瀝。羅石虎冒著雨上直馬家找了高文才，不在；又上格若家找孫富猴，也沒影。他要問問聽沒聽到部隊回來的消息？還要熬多久？

他憂憂鬱鬱地在格若家等到天黑，還不見他回來，格若非要他一起吃飯，羅石虎硬是不肯，起身回家。

他淋著雨回到家，衣服都濕透了。正屋裡很靜，女兒樓上透出燈亮。他上樓。推門進屋，沙達靠著板壁，呆呆地坐在地鋪上。她看了羅石虎一眼，不說不動。羅石虎一彎腰，掀開枕頭，扯出衣服就換。他穿上乾衣服，把濕衣服掛到門後的木釘上，回到鋪上坐下。

「你媽媽屋裡睡去！」沙達氣鼓鼓地說。

羅石虎看看沙達，不明白。

「媽媽你去同睡。」

「妳說啥？」羅石虎驚訝。

「你老婆規矩說給我多多，媽媽和姑娘一個阿夏摩梭都不多有了，你要做這種！」沙達咬著嘴唇。
「妳他娘的胡說個啥！」羅石虎跳起來。
「你說還怕？兩天睡得囉！不是好好阿夏酒會陪你喝？」沙達也站起來。
「喝酒？喝酒……」羅石虎緊攥雙拳，直發抖。
「走你囉，媽媽酒、菜又多多準備給你囉！」
羅石虎雙眼冒火，盯著沙達，一步步走近。沙達往後退，碰著被褥了，跌坐下去，雙手捂住了凸起的腹部。羅石虎狠狠地一跺腳，在樓宇的轟鳴顫動中，走了。
雨嘩嘩，黑暗中閃爍著密密麻麻的亮點，雨風頗有寒意。羅石虎在樓梯口站了站，徑直走向正屋。
屋裡散發著奇異的草籽香，火塘前燈光燦爛，一片紅暈，一張紅漆小方桌的四角置放著四盞油燈，桌中央一碗紅紅的臘肉，兩個酒碗，桌後的光暈深處坐著瘦高的媽媽薩達布。
她辮盤烏黑光亮，端端正正；臉龐娟秀，白裡透紅，雙眼光亮；著整潔的白麻衣。羅石虎以為自己眼花了，平日裡瘦高的媽媽穿著黑麻布衣，終日忙碌，又因稱「媽媽」，總以為她已年邁，現在才想起來，她至多也就四十來歲……
「來你嘍，哪裡去你，晚晚才回？」瘦高的媽媽微笑。
「規矩這種是什麼？」羅石虎就站在門口。
「你明明白白嘍。」
「妳說。」
「阿夏做才做給。」
羅石虎眼前一黑，撲通摔倒了。

64 夢裡囈語罵人

羅石虎病了。

他躺在沙達身旁，渾身燙得像團火，嘴裡發出模糊不清的囈語。沙達給驚醒了，她知道羅石虎進來，躺下，手腳重得像頭熊，但她沒睜眼，也沒說話。她急了，推推羅石虎，毫無反應，使勁推推，還是無濟於事。她照他粗壯的膀子咬一口，鹹鹹的，他身子舒愜地動了動，睜了一下眼，那眸子閃電穿雲般一亮，又閉上了，留下一句罵人話在屋裡迴蕩。

沙達奔出屋，衝著下面喊了一聲。

舅舅車爾皮措和瘦高的媽媽薩達布叮叮咚咚跑上來。他們圍在羅石虎鋪前。沙達說他是火大，車爾皮措說他著寒發燒。薩達布說撞了神。說話間，沙達點上油燈，只見羅石虎滿嘴大燎泡，層層疊疊，就像正吐泡的魚嘴。薩達布起身去喇嘛寺祈禱，車爾皮措去屋後採魚腥草，屋裡只留下沙達。她惶惶了一會，清醒過來，趕忙端了一盆熱水，先用熱毛巾為羅石虎拭了臉，又架起他寬寬的肩膀，為他脫下衣服。他的身軀比原先沉，沉得壓心；且硬，硬得讓人心涼；且燙，燙得人心慌。她用熱毛巾為他細細地擦了身上，那火湯的軀體涼了少許。

車爾皮措來了，他攥著一把白嫩嫩的魚腥草，還提著一個石臼。他就蹲在屋中央，把魚腥草放進臼窩裡，攥著石頭舂桿，一下一下地搗著。

他說：「他心裡事有重重。」

沙達不語。

車爾皮措亦不再問，只是舂藥，石臼發出厚實的聲響，「嘭、嘭、嘭……」。魚腥草喜陰耐寒，表皮呈肉色，內裡雪白如脂，它不脆不韌，卻又經捶耐砸。舂到火候，臼裡一團雪白，如絲如漿，屋裡瀰漫著濃郁的生腥味。車爾皮措將泥狀的藥漿倒在翠綠的芭蕉葉上，沙達接過來，一手托著，一手撥弄，將藥敷在羅石虎頭上，再用芭蕉葉蓋上，再用乾淨白麻布纏住。羅石虎依舊雙眼緊閉，鼻孔噴著熱氣。沙達和車爾皮措在鋪前，兩雙眼睛都注視著那毛巾縫隙下淌出的一滴草汁，它淌下額頭，流下鼻樑，順著嘴角滾下來……

瘦高的媽媽薩達布推門進來，氣喘吁吁，燈光忽忽地閃動，屋子左搖右晃。她如釋重負：

「香我好好燒，經喇嘛請唸了，做病的鬼一下就會走囉。香灰一點點討得，給酥油大大一砣。」薩達布小心翼翼地從懷裡掏出一個黃紙包，沙達規規矩矩跪下，雙手接過，放在一邊，薩達布催促：

「快快化給吃他，喇嘛有話，快快得吃，時候誤了，鬼長大來囉。」

沙達雖然心急如火，卻未曾忘平日裡羅石虎的教誨，他不信鬼神之說，倘若真是吃香灰康復，那他得知也會暴跳如雷。況且，她知道羅石虎的病根多半是自己晚上那句話。她吶吶地說：

「藥草敷上才一下下……等等吃囉。」

「草草拿下，香灰吃快快。」薩達布皺起眉頭，要動手。

「草汁汁肉裡進囉，香灰吃下，神也晚去囉，」沙達怯怯地說，「藥乾乾香灰再吃，先香好好燒，香灰供好好，鬼不給它長。」

車爾皮措連連點頭稱是。

薩達布無奈，同意。她朝屋裡四下看看，不見祭臺，方知早被羅石虎搬走。沙達趕忙從屋角摸出三炷香，點燃，插在板壁上，青煙裊裊。薩達布雙手朝腰間的衣服上蹭蹭，面朝香柱而跪，雙手合掌，默誦；再雙手捧起黃紙包包，放在香柱下，又雙手伏地，額頭輕輕觸地。然後，直起腰，叮囑沙達：

「草草神不有，有神也喇嘛神不及遠遠，草草一下拿去，香灰化水喝要快快。」

沙達連連應諾，又勸母親和舅舅休息。

他們走了。沙達吹熄燈，解開纏腰帶，又解開衣襟，用自己日益膨脹的胸部貼住羅石虎火燙的胸膛。頓時，她渾身一陣顫悸，乳房像觸到冰一樣蜷縮。她沒有鬆手，好像這樣能夠吸走男人身上的邪惡並給男人驅邪的力量。顫慄過後，她感到燙，他粗糙而又汗膩的胸膛烤得她全身發緊，口乾舌躁。她感到他皮層下血管裡的血液滾燙滾燙，吐吐奔湧，這血似乎正在朝她衝來……

她自己也說不清，她惱他，恨他，又怕他，還愛他，似乎這個男人有著摩梭男人所沒有的魅力。不是金銀，不是騾馬，不是強壯，是什麼呢？她儘管被稱為烏求村女子的佼佼者，聰明、伶俐，卻總也想不清。她天大地大的氣惱他一次次問小人是不是同別個阿夏有；天大地天地憎恨他對自己、母親和家庭的種種嘲笑不恭；天大地大地想像一個男人只要一個女人，一個女人只能做一個男人的老婆；天大地大的怕他那種要把自己吞下去的瘋狂激情，可奇怪的是就在這同時，她體會到一種神祕的感覺：滿足、愜意、安全……她一想到媽媽找他做阿夏，頓時感到失落、惆悵，憤慨至極，她都為自己的氣惱驚訝……

深夜，沙達驚醒，羅石虎在喊叫，聲音嘶啞。黑暗中，她看見：他赤裸的胸膛像風箱起起伏伏，一塊塊肌肉，一根根胸骨像翻動的火炭，忽明忽暗；他鼻孔噴出兩股淡藍色的氣流，一往無前；他蠕動的嘴唇發出含混不清的話語。她慌了，一連聲地問：

「什麼你說，什麼你說？」

她把耳朵湊他到嘴邊，聽見他在罵人。

羅石虎頭上敷的藥草早就掉了，渾身燙得像火盆。沙達的眼睛像貓一樣亮，摸到屋角，倒了碗涼水回來。她喚，羅石虎不答理。她使勁抱起他的頭，放在自己的腿上，掰開他的嘴。他牙關緊咬，他不知怎麼一使勁，牙關張開了，水灌進去了，他又猛地咳起來，一口水噴在沙達臉上，身子一挺，又滾到地鋪上。沙達手裡的碗也掉了，骨骨碌碌滾向一個黑暗的角落。

羅石虎高一聲、低一聲地罵。

沙達點著燈，找著那隻綠瓷碗，又倒上水，又餵羅石虎。這回她用木勺餵，水順著嘴角流，畢竟也還能灌進牙縫一些。水滋潤了他的喉嚨，他罵得越發響了，時而急如暴風驟雨，鋪天蓋地，時而如冬日霹靂，聲聲震人。高亢時虎嘯獅吼，低沉時熊啃豬凸；罵到狠處咬牙切齒，「咯咯嗒嗒」；罵到氣處，氣噎聲顫，肝膽俱裂；罵到傷心處，聲聲血，句句淚；罵到好處，開懷大笑，酣暢淋漓。男人、女人，畜牲、王八，天上、地下，雜種、混蛋，種種色男，種種淫女，種種男女風流事，種種畜牲交媾，種種卑賤勾當，種種英雄氣短，種種人世蒼桑。有河南罵法，有湘西罵法，有四川罵法，有北京罵法，有日本鬼子的罵法，還有幾句摩梭人的罵人話。

沙達淚水漣漣，莫衷一是。

她從未聽過罵人能罵得這麼狠，這麼醜，這麼滔滔不絕如大江大河的。她怯，她慌，她冤，她氣。她吼：

「誰你罵？誰你罵？」

他眼睛也不睜，還罵。她拽起他的肩膀使勁搖晃，他還是不理不睬。她照著他的肩膀咬下，再咬，她的舌頭又嚐到了那鹹味，還有一絲絲熱熱的鹹腥，她驚恐地鬆了嘴……

65 墨膽金膽名貴

薩達布終究年紀大了，心裡裝著事就睡不踏實。她躺在鋪上總覺得對面女兒樓裡有動靜，盤桓再三，還是坐起來。她跨出正屋正看見女兒從樓上跑下來，清冷的月光下，那白麻布裙衫映出一團淒慘。薩達布迎上去，沙達一頭撲在她懷裡：

「媽媽救他快快……」

「喇嘛藥我拿來吃不有吃？」

沙達語塞。薩達布媽媽頓怒，推開女兒就走：

「壞事了妳，白白阿夏做，喇嘛藥快快不吃，鬼長大來，力氣大大哪個能救？」

她穿過院壩，影子已爬上樓。

沙達站在濕漉漉的院裡。雨早停了，月亮出來了。她耳朵提到腦袋瓜頂上，聽著樓上的動靜，薩達布媽媽的聲音像河底滾動的石頭，不可琢磨。月光融融，四下寂靜，陡然，羅石虎吼了一聲，有東西「砰」然落地，骨碌碌滾。沙達想起那隻綠瓷碗，疾步走到樓下，踮起腳尖望那門縫，隱約聽見羅石虎嘶啞的罵聲。門忽地開了，薩達布媽媽衝出來。

「呵呵，漢人什麼什麼會罵，醜死了，呸呸！」薩達布媽媽搖著頭，歎氣，「他邪深深中囉。」

「香灰藥吃了不有他？」

「吔，都這裡撒在囉。」

沙達看見媽媽白麻布衫上黃糊糊的。

車爾皮措揉著眼睛鑽出草料房。兩個女人如見救兵，對著他不停地說，等到她倆閉上嘴，車爾皮措「嗯」了一聲，便向女兒樓走去。兩個女人蔫蔫地回正屋。

她們在正屋剛坐下，撥開炭灰捂住的火塘，車爾皮措也進來了。兩個女人都愣怔了。

「他你也罵？」沙達。

「他罵還兇？」薩達布。

車爾皮措陰沉著臉：「病他重重，熊膽不吃怕擋不得囉。」

「都是妳囉，」薩達布瞪著女兒，「香灰早早不化給吃，鬼長大來囉！難囉！」

沙達臉白得像月光。

熊膽是藏人拿來換豬膘的，拳頭大小，有墨膽和金膽之分：墨膽色澤黝黑無光，金膽黑亮如金。摩梭人追隨藏人，用它當補藥和泄火、治外傷等。雖說能同樣治病，金膽要比墨膽名貴。薩達布曾用一隻碩大的豬膘換得一隻金膽，但換來了，也就僅僅是有了，有了一樣好東西，用破皮子嚴嚴實實裹好，塞進某個板壁夾縫裡，卻從不曾用過。車爾皮措同藏人一起趕過馬幫，知道金膽的用途，只是怕冒犯了薩達布。

「熊膽喇嘛香灰比過？它神是哪一位？」薩達布媽媽疑惑。

車爾皮措無言以答。

「神它喇嘛請來的比不過，喇嘛請來的厲害多多。」沙達比比劃劃，「只是讓人燙燙那種鬼，最最怕熊膽裡那個神，它同喇嘛請來的神一家人是，喇嘛請來神母親是，它兒子是囉。家裡分它管著那個讓人燙燙的鬼。」

車爾皮措讚許地望著沙達。

薩達布沒吟了會，趕忙進正屋，又叫嚷車爾皮措和沙達也進去。她忘了那裹著熊膽的小包塞在哪個木楞縫隙裡了。

三個人摸了滿手塵土，終於找到破皮子小包。

車爾皮措割下蠶豆粒大的一粒熊膽，用涼水化開，為了避免羅石虎在昏迷中把熊膽碰撒，薩達布媽媽用一根大針扎刺羅石虎腳後跟。他果真清醒過來，乖乖喝下熊膽水，一滴未撒。隨即，他罵了一聲，便再也不吭聲了。

此時，東方天際泛起朦朦朧朧的神祕光亮，一道彎彎曲曲的白光正從黑暗中漾出。

羅石虎躺了三天，薩達布媽媽和沙達精心照料，沒人提及他的病因。

羅石虎退燒了，唯身體虛弱得厲害，五官大了，臉長了，一動就出汗。沙達擔心他上下樓摔著，讓他在家裡解便，羅石虎硬是不肯。出出進進，他重重踩踏著樓板，讓腳下發出昔日的宏亮聲響。他人瘦了五官大了，精神不佳卻又要強振，相貌便顯得十分兇狠。家裡無人不懼，每每聽到那震盪樓宇的腳步聲，眾人便鴉雀無聲，側耳聆聽，彷彿那病漢故作雄偉的腳步聲中能聽出什麼話語。就連薩達布家的男阿夏們，也聞聲肅然。

羅石虎還偏偏不肯待在屋裡，每天硬到院裡待會，他站是站不住幾分鐘的，就坐在經樓的臺階上，還是半靠半坐。每次出來他總是穿著黃軍裝上衣，陽光照在那舊軍服上，舊軍服便嶄新耀眼，越發黃，軍味十足！顆顆黃銅釦子亮澄澄的，像他的眼睛。他坐在臺階上，居高臨下俯瞰全院，誰要進院、出院，入正屋、上女兒樓，都非得從他眼皮下過。他目光炯炯地望著你，並不說話。初時還覺好笑，後來便沒人敢正眼看他，大家都感到莫名的畏懼，瞥上一眼，看到的宛如一尊金銅塑像，遠比寺廟裡的菩薩威武。那菩薩的眼睛不及他亮。

院裡無人無響時，羅石虎總是瞇縫著眼睛望太陽。望呵望，直望得那太陽的核兒落進他的雙眼，他的臉龐像太陽一樣紅，一樣光亮，鼻子、嘴巴、臉頰都像在爐火裡煉鑄，眼睛裡蓄著兩股沸騰、鮮紅的液體，閃閃爍爍，欲溢未溢。

有天狂風大作，他仍坐在經堂前不肯進屋，但見粉紅的塵煙繞著他旋轉飛舞，猶如一朵祥雲托著他飄飄逸逸。沙達勸說都挨了罵，誰還敢去拽他？大家身在屋裡，心在風中飄搖，忐忑而惶惑。

車爾皮措見多識廣，說漢族的英雄都練過「馬步」，是種武功，練得好的能把一頭飛奔而來的黃牛頂個跟頭，羅石虎可能就是在練這種功。

有一天，羅石虎說要走，要到金沙江邊去伐木，還說家裡沒活做了。眾人皆勸，無用。轉天早晨他走了。像他那天回來一樣，就揹著那一個背包走了。

沙達跟在他後面，一直送到村口。

周認為，外來的東西有時攪混了瀘沽湖面，摩梭人需要現代化的交通工具，很需要電訊，如同需要電和自來水一樣，這些東西能徹底改變他們的物質生活，但外面的文化價值觀至少現在的阿烏這一代人是不能認同的。

66 打獵難圓舊夢

出獵。

獵狗顛顛地跑在馬隊前面，黑的、黃的、白的，疾速地揮動短腿，旁若無人地張望；馬兒步履輕盈自得，似跑非跑，鈴聲脆，蹄聲輕。晨風徐徐，鳥兒啁啾。那少英騎黑馬在左，達珠騎棗紅馬在右，我騎白馬走中間。身後是十來個土司兵、男女奴僕，還有馱著帳篷、食物的馬匹，銜成一長串。路兩邊的稞子地一片青綠。

兩天前，那少英就派人來約我去瀘沽湖打野鴨，說是據下人稟報今年湖邊野鴨異常肥大，此乃吉祥之兆，預兆今年四畜興旺，糧食滿倉。這野鴨要是不打不順天意。這番話肯定是那個把事給編的。我欣然應諾，卻猜不透他哪來的興致，陡然變得如此殷勤。

羅石虎種下的那幾架地的旱穀，已經一尺高，就要抽穗了，那少英曾幾次提起那穀子，執意說摩梭人自古以來不種穀子，永寧壩子不曾長過穀子，大軍若是為口糧而種穀，那就不必辛苦了，他那少英願去外地買來穀子饋贈。他擔心的同我們希望的正相同，都為「春播一粒籽，秋收萬擔糧」。那幾架地的穀子已成了摩梭人飯後茶餘的話題，甚至有人從十幾里外趕來，看看摩梭的土地是不是真的長出穀子。

儘管他口氣一次比一次硬，我卻始終不鬆口。他是區長，無法反對倘若種穀子比種稞子產量高，又不會給摩梭人帶來什麼災難，那何樂而不為呢？他是吃白米的，說不出白米不如稞子好吃，可他就不高興，有兩天拒不見我這個副區長、他的助手。自然，都是有事外出，不在府上。還派把事來責問：

「為何要留羅石虎他們待在村裡，什麼時候把他們收回來？」

謝天謝地，他的催促使我立即召回孫富猴，並告訴沙達和直馬家，一旦羅石虎和高文才回來，就叫他們立即到工作隊報到。我還託馬幫尋找他們。我不怕向司令員交代了，怎麼說那少英都認為他們三個是我們留下的坐探，他們又的確打著解放軍的旗號辦事，不收也得收。當然，自從知道了他們留下來以後的經歷，他們內心所受的痛苦磨礪，我心裡無法平靜，無法棄之不顧。我常常會想起自己在三天之內找對象、結婚。於是，我便覺得可以理解他們，我確信，每個人都會在一定的特殊環境裡幹出自己始料不及的事。

我給司令員寫了一封長長的彙報信。

大路拐出了稞地，進入赤裸著紅壤的窪地。路被踩得黃黃的，纖細如絲地向前游移。

越往前走，土壤的顏色越發紅，紅土一顆顆黏結在一起。

「你知道瀘沽湖的傳說嗎？知道母親湖是怎麼來的嗎？」達珠興致勃勃，「從前那裡只有一個泉眼，天天去那裡揹水的女人們都得排隊，等很久很久。有個聰明的姑娘就提出擴大泉眼，於是女人們每揹一桶水，就挖一鋤，天長日久，就挖掉了半座山，可泉水還是很細。但女人們不氣餒，還是天天挖。有一天，就是那個提議擴大泉眼的姑娘來揹水，她一鋤挖下去，就聽見轟地一響，山塌了，水漫了出來，從此就有了瀘沽湖。只可惜，那姑娘也留在水底了……」

「多美的傳說。」我感歎。

上了一個緩坡，濕漉漉的湖風吹來，帶著濃郁的湖腥味，吹得我猛然挺起腰來，看見了！山口裡盛滿迷迷濛濛的湖光水色，紫微微又暗暗泛紅，像是一道彩虹墜入了深深的湖底融化了，或是就漂浮在水面上，緋紅淡紫，煙波浩渺。

「走啊！」達珠喊了一聲，打馬飛奔。

整個馬隊迎著湖風奔馳起來。

那一片緋紅淡紫的湖光似紛紛揚揚開來，卻又總紛揚不開去，是在變變幻幻。少頃，繽紛的五光十色如塵埃消落，先是看見隱約的一汪淡藍，漸漸地鋪漫開來，也越發清晰旖旎，像一片藍天。及近，但見湖水跳跳躍躍，似憑空飛來，每每要劈頭蓋下，卻又總在躍躍之中。

待到湖邊，煙靄全無，天亮，水亮，萬道金光蕩漾碧水之上，蔥蘢群山似融於湖中，一片墨綠。眺望波光瀲灩中，小島亭亭，廟宇玲瓏。

我們在湖邊觀賞之際，土司兵和男女奴僕就在岸邊拴馬，卸馱，安營紮寨。霎時間，馬嘶、人叫、狗吠。

獵狗引路，我們向一旁的蘆葦叢走去。那裡正飛起一群黃斑斑的野鴨，飛得頗為整齊、好看。飛不遠，牠們又落入葦叢中。那少英走在前頭，兩手空空，屁股後跟著一個扛著兩支火藥槍的土司兵；達珠穿一身藍卡嘰布騎馬服，揹著一支火藥槍，倒也滿瀟灑。我提著一支美式小卡賓槍，走在最後。

春暮夏初，蘆葦葳蕤，稈青葉綠，一片蔥鬱。它環湖如帶，散布在山凹裡；凹裡避風，土濕如肥。走到第一個葦凹子跟前，那少英就站下了：

「打野鴨人一起在不得多，頭前你們去。」

達珠朝我招呼一聲，從牽狗的奴僕手裡拉過一條黑狗，就朝前走。

我跟了過去，我想到恐怕會有這一步。走出一段，我回頭瞥了一眼，那少英還佇立在那，目送我們。

沿湖邊小道，繞過一個凹子，來到一片密密簇簇的葦子前。

達珠停下，問：「你打過野鴨嗎？要行就你走前面，這裡頭野鴨多得很，打著有狗去撿。」

「我走前面。」我拉開槍拴，推上子彈。

「你負責打，牠管揀，我來提。」達珠笑著說。

我提著小卡賓槍，鑽進沒人深的葦叢。我想速戰速決，儘快擺脫她。如她走前面，準亂放槍，半天打不著。我雖沒打過野鴨，可打過仗，人不會比野鴨難打。

走進葦叢才發覺，它遠遠比從外面看稀疏。簇簇蘆葦三五一群，拉開距離，長長葦葉面青背灰，帶有絨絨的細毛，葉尖撓人。我一手提槍，一手撥拉葦葉，「撲楞楞！」一隻野鴨從幾步外的葦叢中飛起來，隨即更遠一點的地方騰起了四五隻。它們在空中排成一行，迅速飛去。獵狗叫一聲，又不叫了。

我回頭看，她也正在看我。

走到飛起的野鴨的蘆葦跟前，葦稈上沾著幾片白絨絨的鴨毛。

我頭也不回地說：「跟緊點。」

緊走幾步，貓腰鑽進兩簇交織的葦梢，再跨出一步，踩斷了一根嫩葦，「吐嚕嚕」，一隻肥肥的野鴨從幾步外的葦叢中騰飛起來。離得太近了，清楚地看見它牠忽閃的翅膀閃耀著金黃的斑點。牠向前伸著頭，直立翅膀，像聳著肩膀飛。

我訥訥：「真多。」

「多，你怎麼不打？」達珠問。

「牠先發現了我。」我朝前走。

「你想走到牠跟前再打？」

達珠在身後嗤嗤地笑。那邊傳來一聲槍響，是那少英在打，大概挺順利。

我有些惱怒，極力小心翼翼地向前走，避免踩斷一根葦稈，不讓一片撥過的葦葉發出響聲，就像摸崗哨一樣謹慎。眼睛嚴密地搜索進入視線的每一簇蘆葦。

67 達珠打獵絕技

後面，達珠「嗤嗤、嗤嗤」不時發出笑聲。我回頭瞪她一眼，她正彎著腰笑。

我不睬她，逕自向前搜索。可心不順，手腳重。

「撲楞楞！」一隻野鴨飛走了。

「吐嚕嚕！」一群野鴨飛走了。

「嗤嗤嗤，嗤嗤嗤」，達珠還在笑，每每野鴨飛走，她就興災樂禍。狗也「哼哼」開了，每當達珠笑，牠必定要「哼哼」幾聲。不遠處，槍聲一聲接一聲，聽得出那少英興高采烈，那槍聲歡歡的，響響的。我極力抑制著自己的種種不快，一步步向前搜索。目標！我看見一簇顫抖異常的葦稈，我朝後面狠狠地揮揮手，示意達珠別出聲。我端著槍，大貓著腰，一步一步地前進。

我看見了：青青的葦稈叢中有個扁扁的醬色長嘴在晃動，它後面是咖啡色的腦袋，骨碌碌轉動的黑眼珠。我單腿跪地，舉起槍，瞄向被葦稈遮住的身體。擊發前我又猶豫了，推算是否正確？牠的體積到底有多大？「嗤嗤嗤」，達珠又笑了，那野鴨「吐嚕嚕」飛起來，抖落幾片絨毛。

「妳你回去！要不妳來打！」我發火。

「你生氣的不要嘛，野鴨人話的喜歡聽，像你這種過去悄悄的，牠們山貓來了以為。」

達珠還在笑。

「行，你走前邊。」我不笑。

達珠給獵狗解開皮繩，拍拍牠的頭，又往火藥槍的槍機上裝好銅帽，現在只要槍機砸下來，落在銅帽上，古老的火藥就會把鐵砂從槍口裡噴出去。有時那鐵砂會異想天開地從斜刺裡殺出去。於是槍管就炸了，射手就成了麻子。奇妙的是那麻點散布得很均勻，凡是槍炸致麻的，都有很漂亮的麻子。我看著，達珠老練地將槍口朝上地端槍，笑笑，轉身走在頭裡：

「我還以為你會打野鴨，看來你恐怕是第一次來打野鴨。」

「我是第一次，可打獵沒像妳這樣說說笑笑的！」

「打獵就是為了好玩，怎麼能不說不笑？我看你是不喜歡來打野鴨，要不怎麼不高興？要是我今天問你，春天的柳葉像什麼，你準會說像蟲子。」

「再說鴨子都飛光了。」我望著別處。

「你跺跺蘆葦。」達珠站下，輕聲說。

她雙手端槍，偏頭瞅著葦子深處，不像開玩笑，我朝一旁的葦根跺了兩腳。蘆葦嘩嘩一響，七八米外的葦叢中騰起幾隻野鴨，就在牠們剛剛飛出葦梢一尺高，達珠雙臂一伸，端平了火藥槍，動作乾淨利索、準確，姿式滿好看。「轟！」槍口噴出一團火光，鐵砂像密集的黑雨噴射出去，一團灰烏烏的煙塵散開。透過煙塵隱約可見，飛翔的野鴨陡然一顫，有的往上跳，有的伸展著翅膀，像斷了線的風箏，打著轉栽下來。

黑狗颼地衝了出去。

達珠回頭笑笑，又望那落鴨的方向。

我也笑了。

蘆葦深處響起狗的吠叫聲，一聲接一聲。達珠把手指塞進嘴裡，一聲響亮的忽哨在葦叢裡轉了一圈，騰空而去。一會兒，獵狗銜著兩隻野鴨回來了。

我翻著看了看，每只隻野鴨都中了三顆以上的鐵砂。

又走，我自然成了提鴨人，獵狗仍負責撿打中的野鴨，也不再哼哼，達珠雙手端槍成了理所當然的打鴨人。她還笑，但笑得不刺耳，沒有人提了獵物還不高興，獵物對於獵人就像興奮劑。

我說：「會打不打，想看我出洋相。」

「你那陣根本不想讓我打。」

「妳沒說。」

「是你，連話都不想說。」

她回頭看我一眼，我沒再吭聲。

蘆葦叢裡野鴨實在是多，多到不怕人的程度，我們說著走過去，牠們都不願躲閃。就是打一槍，牠們也飛不出幾十米，就落下了。因為蘆葦太密，不轟起來反而不好打，子彈都讓蘆葦擋住了。達珠完全是憑判斷，走一段，她就叫我跺跺蘆葦，於是就有野鴨飛起，她就擺出瀟灑的姿式，槍口就在轟響中噴出一團火，射出密集的黑雨，散開一團煙霧，野鴨就在煙霧中墜落的墜落，騰飛的騰飛。獵狗就衝將出去，一會兒就渾身水淋淋地跑回來，嘴裡叼著野鴨。

「跺跺蘆葦。」達珠說。

「我轟牠們起來。」我不想老聽她的，大喝一聲，又一聲，像攆雞轟鳥。前面的葦叢平平靜靜。

我說：「沒有。」

達珠跺跺蘆葦，一隻野鴨「撲楞楞」飛起來，飛遠去。獵狗疑惑地望著我們。

我望著那飛遠去的孤鴨：「真不明白牠怎麼想。」

「牠也不明白你。」

葦叢搖擺起來了。葦稈柔和地一起一伏，倒下去猶如千頃碧波，翻起來恍如萬道白光；窸窸窣窣的聲響像浪湧拍擊堤岸。快到湖邊了，從搖曳的葦梢上望去，一片藍瑩瑩的湖水在閃耀。

「跺跺蘆葦。」

葦叢中騰起一大群野鴨，像一朵黃雲。一片密集的銅線，一群編隊整齊的轟炸機，掠著葦梢斜斜地飛去。忽兒牠們又朝水面俯衝，在快要同水光接觸時，消失了。那裡距湖心的小島已經不遠了。

我問：「不打了？」

「還嫌少？」

我看看雙手提的野鴨，至少也有十幾隻了。

「他們打的比我們多吧？」

「跟他比，那少英對東西從來沒有嫌多的時候，吃夠了還要帶走。別給他賣勁。」

我緘默，我們往回走。

「想撿鴨蛋嗎？」

「哪兒有？」

「就在那個小島上，遍地都是，要是不關廟門，野鴨準把蛋下到神像的懷裡。」達珠眼睛一眨不眨，「說好了，吃完飯就划小船去，就我們倆，不要他們去。」

「怕不行，我和那區長還有公事要談，不是光來玩。」我推諉。

「別哄人，明著告訴你吧，約你來打野鴨是他同我商定的。」

達珠攆上來。我站下，望著她，她毫不示弱地執拗地對視，目光深邃。我思忖著點點頭。她矜持地也點點頭。

無奈。

湖畔，米黃色的沙地上立起三頂帳篷，像三朵大蘑菇，點綴得藍天碧水親切、恬靜。

確切地說不該稱帳篷，應稱蒙古包，它是用氈子圍成桶形，頂呈圓錐形。三個帳篷排成一行，大的在中間，兩邊的略小。湖邊泊有幾隻方頭方腦的小木船，帳篷左邊的山崖下炊煙裊裊，僕人們在那裡忙忙碌碌。

獵狗也跟著人們跑來跑去。守在大帳篷門口的土司兵看見我們回來了，一貓腰鑽進帳篷，隨即高高挑起氈子門簾，走出了那少英。

68 達珠揭祕族史

他黃布襯衣上套著黑緞子馬甲，肥大的黑燈籠褲上紮著一條寬寬的皮帶，上面鑲有黃閃閃的銅塊，使他越發顯得矮小精悍。

他滿臉堆笑：「你們打多不有我，我打得看看你們，他們人兩個提，都汗流多多。」

「那區長槍法好，老當益壯。」我恭維。

「你打那麼多吃得完嗎？照摩梭的規矩，見者有份，吃不完的見誰都得給一隻。」達珠說。

「百姓規矩那種囉，我總管百姓不是，敢來分有哪個？」

那少英大笑。

達珠不屑地瞅那少英一眼，往四下裡喊道：

「人吶？沒長眼還是沒長腳？」

兩個奴僕聞聲跑來，接走我拎的野鴨。

達珠一轉身，「蹬蹬蹬」地進了右邊的小帳篷。

我詫異，那少英倒若無其事。他邀我去看他的戰果。他打的野鴨都扔在一隻小船裡，差不多裝滿船艙。望著那麼多沾著血污的野鴨堆在一起，在強烈的日光下散發著飛禽特有的味兒，打獵時的快感消失殆盡。

吃飯了，大帳篷裡竟然擺出一張嶄新的紅漆圓桌，盅碗盤筷更是一應俱全。奴僕們穿梭般地上菜，我和那少英、達珠圍桌而坐。

「這圓桌也是馬馱來的？」我問。

「那邊村子來送，這裡我耍玩，樣樣他們要來送，船是他們來送，柴是他們來送，要哪種你說給我。」
那少英抓起筷子，拈了一口剛端上來的菜。
「不光是吃的、用的，要阿夏村裡也會送。」達珠刻薄。
那少英尷尬地咧咧嘴：「嘿嘿嘿……」
達珠有氣，是為我推諉，還是有意搶白那少英給我看？
桌子上擺滿了，滿是大碗大盤，滿是盛得尖尖的，滿是熱氣騰騰，滿是各種香或不香的味，滿桌的筷子揀來拈去，滿滿的塞了一肚子鹹、酸、辣和撐、飽、脹。
奴僕們撤下碗筷，又端上茶來。
「那區長想不想撿鴨蛋去？達珠告訴我島上有很多鴨蛋。」
我主動開口，眼睛盯著那少英。
他瞟了達珠一眼：「村裡我事情多多有，去你們快快吧。」
喝罷茶，那少英送我們出來。
我坐船頭，達珠坐船尾操槳。漸漸，微笑的那少英和恭敬的奴僕們，都慢慢的地變小了，模糊了，連三頂白蘑菇似的帳篷也模糊了。
湖水洶湧起來，小船起起伏伏，一上一下，浪花啪啪地拍打著船弦，濺起雪白的水花。達珠穿著白衫、白裙，身體隨著小船的起伏，蕩動雙槳優雅地一仰一合，身後是千傾碧波，萬道金光。
「妳你真行！會打獵，還會划船。」我說。
「別說好聽的。」達珠滿臉不悅。
我趕忙扭頭望望那遠遠的、像罩著一層煙靄的小島，又回過頭來：

「怎麼不是，總管請我打野鴨，都找妳商量。」
「那是為了叫我來，這你還不明白？」
我心頭一跳。小船在起伏，頭高尾低，尾高頭低，達珠也在我眼裡一上一下，背後波光閃耀，越發看不清了。
「算你聰明，如果你不說上島，我就把要告訴你的話，永遠埋起來。」達珠恨恨地說，「約你出來是他說的，包括去撿鴨蛋，可他不知道我有話要跟你說，更不知道我是多麼恨他！我曾想趁解放的混亂殺了他，可惜，沒亂……」
「你真敢瞎說胡編。」我大笑。
「你還是不信我的話。」達珠歎口氣，使勁揮動雙槳，槳蹭著船幫在呻吟，「我給你講三個人，就是你們費好大勁調查的，憑你那句讓我高興的話——開春的柳葉像小魚起誓，一句謊也不說。」
槳聲勻勻，小船起伏。我的眼裡，達珠隨著萬頃碧波起伏。
「我恨那少英不是一年兩年了，就像他們那家給我們家當總管，不是一代、兩代一樣長。」
「按照祖先傳下的規矩，最早只有土司是世襲相傳，那時總管根本算不了什麼，只是比普通百姓略略高一點，因為他整日跟在土司後面，見面時免予下跪。後來，隨著土司的財產越來越多，事情也就越來越多，土司就不想再做那些記帳、算帳的小事，就越來越多的把這些事交給總管料理。因為家大、業大，事情複雜，不便經常更換管家，何況他又瞭解土司家的底細，土司就有心找一個忠實可靠的人，世世代代給自己當管家。那時的總管又極力表現得溫馴、可靠，比最好的獵狗還會為主子著想。於是，就有了世襲的總管。沒人記得清這是哪位祖宗做出的決定。」
「總管專做迎合土司的事，幾代人做下來，已經完全摸透了我祖輩們的脾氣、心理，就像狗一樣會討主人喜歡，還有了一套奉承主子的本領。土司想笑，總管就能立刻引他大笑，土司想火，總管就隨意責罵身邊的奴僕，讓土司有發火之處。聽人說，有一次土司想發火，總管見四下無人可遷怒，就自己打自己的嘴巴，狠狠地打，讓土司看了消氣。」

「就在總管這樣盡心侍奉下，不知道是哪位祖宗，又同意設立總管府，一般日常事均交總管處理，自己只管吃喝玩樂，不問正事。反正天是土司的天，地是土司的地，普天之下，莫非王土。」

「我的祖輩們就這樣高枕無憂地走過幾代人。」

「有一天他們醒來了，卻為時已晚。作繭自縛了。這是在我爺爺那一輩發現的。要說還得談到娶妻，不知是什麼時候開始，土司家族開始形式上的娶妻，分家也隨之出現。照規矩，土司由長子、長孫相傳，其他兄弟均分家出去，另立門戶，成為高於自由百姓的貴族，我們話稱『司匹』。他們不承擔任何稅差，土司給每個另立門戶的人一份殷實的財產，奠家底。其中必不可少的是好地若干架、好布多少匹，還有幾個奴僕。不理家業的祖輩們多少年來就一直這麼分贈，直到我爺爺那一輩才發現，倘若再照此分贈，土司家就將捉襟見肘，入不敷出了。他們也才發現，總管家裡的馬比自家多，總管家裡的糧食比自家多，總管家裡進出的人比自家多。」

「其實，不光是我們家，整個家族都日落西山，氣息奄奄了。早先分出去另立門戶的那些貴族，因為只會收租享受，收入有限，再加上他們的子孫也攜帶一份土地，另立門戶，有些人家連貴族的面子都保不住了，實則成了自由百姓，甚至遠不如那些趕馬跑買賣的富裕。」

69 總管土司恩怨

「這種衰落也不光是我們果錯甲池土司一家，金沙江邊的拉伯土司，四川的木里土司，雲南的永寧土司，還有許多土司，都差不多在那一時期發現自己的經濟每況越下，不如自己的總管了。祖輩們傳下的一手遮天、神鬼之下、萬人之上的氣概，像火一樣燒烤著他們焦急的心。那時，平日裡閉門不出，貪擱於鴉片床上的土司們四處走動，互相傾訴苦衷，尋求恢復往日的實力和雄風。」

「當時，四川有個土司，宣布讓位一年，讓一個精明的跑過馬幫的夥頭，充當代理土司。那傢伙上得臺來，就不顧忌土司抹不開面子的毛病，首先要總管繳稅，而且一追幾十年。同時巧取豪奪，將總管的馬幫全部要過來。還是那幫人馬，還是照舊跑買賣，收入全歸土司。一年後，老土司重定，賜代理土司為總管，罷免了原先的總管。」

「那時候，總管們惶惶不可終日。雖然總管經濟實力遠比土司雄厚，勢力日益強大，百姓的眼裡仍是土司為大，總管只不過是給土司辦事的，總管也不敢違抗土司的旨意，但是，像四川那個土司那樣的實屬鳳毛麟角。」

「那時，我爺爺已六十有餘，父親正當年，可父親只是抽鴉片比爺爺厲害，祖先傳下來的氣概之火，遠不及老態龍鍾的爺爺。爺爺要父親效仿四川的那位土司，重振家業，再展雄風，父親苟且偷生，得過且過。我的媽媽是那少英的表姨，整日裡哄著父親躺在床上吸鴉片，樂不思蜀。」

「爺爺步履踟躕，空有壯志，悔恨不已，很快就過世。」

「爺爺去世不久，那家就派人來求親。那少英便娶了我姐姐。幸好那時我還小。那家還同時許諾，土司所吸鴉片均由那家供奉，永世不變。多好的心……」

小船起起伏伏，達珠不知啥時放下了雙槳，黑黑的沉思的眸子，在萬傾碧波上閃耀。我回頭看看，船頭正對小島，水流緩緩地推著小船。

「我們家就這麼一蹶不振，由此你可以知道了我的父親，現今永寧的土司，你們委任的大官。但是光憑這些你還不能瞭解那少英其人。」

「摩梭人得天獨厚，永寧壩子氣候溫暖，土地富庶，而周圍的山上天寒地冰，土壤貧瘠，黑彝食不飽腹，常常下壩掠搶，世代相傳。山上壩裡幾乎成了仇人，見面時都互相提防，為了保障壩子裡的安全，總管府年年派款，購買槍支，加強防衛。可壩子裡的百姓還是屢屢遭劫，派款也就遂年增多。就是那少英接任總管後不久，一天夜裡，一股黑彝竟衝進永寧鎮，燒毀了半條街的房屋，搶走了許多耕牛、馱馬，土司兵龜縮在總管衙，一槍不放。」

「事後，十幾戶無家可歸的老老少少，聚集喇嘛寺，祈禱哭訴，一片哀聲。直至深夜，寺內仍哭聲不斷，越發淒慘。當時主寺的八十高齡的老活佛，為哀聲所動，也為哀聲所憤。他同喇嘛們議定，轉天早晨至總管府興問，為何年年收款抗匪，土匪來了又龜縮不出。當夜，這消息就傳開了，家喻戶曉，人人都要隨老佛爺去總管府興問。」

「天大亮，老佛爺率喇嘛們走在前頭，後面跟著幾百名憤怒的百姓。他們來到總管府門口，人家不讓進，說總管不在。大家不信，老佛爺硬要進，無人敢阻攔，大家進去了，這才知道那少英在深夜就出逃雲南了，人們被激怒了，罵他做賊心虛，有人點了把火，燒了那少英的議事廳和衙門。」

「火燒總管府後，那少英更不敢回來。過了一段時間，人們平靜下來，覺得太造次了，永寧壩裡沒有總管名不正，言不順，凡事無條理。後來，大家推派幾人到雲南去請那少英回來，說只要他從今後竭心盡力做總管，大家照舊擁護他。」

「那少英還是不回來，倒是一個月黑風高的深夜，來了一股土匪，槍殺了老活佛，割去他的耳朵，燒了喇嘛寺。沒兩天，從麗江開來一個連的國民黨兵，說是平叛，搜殺喇嘛和那些鬧事的人。爾後，那少英回來了，他下的第一道命令，就是要大家捐款，重建喇嘛寺。並叫他弟弟做寺裡的堪布，就是專管喇嘛的官。」

「就是在兩年前，那少英還辦了一件名揚四方、威鎮全壩的事。那一年，他忽然動了佛心，要到西藏去朝拜。你知道，我們這兒的喇嘛，沒到過西藏朝聖，就像沒有上過大學，算不得正經喇嘛。經過一番大肆準備，那少英帶著給他馱吃、穿、用的馬隊，浩浩蕩蕩出發了。從永寧到西藏，往返得三個月，他一個多月就回來了。」

「他在半路上結識了一個黑彝的頭領。據說西藏的喇嘛嫌那黑彝為非作歹，恐壞了教名，不准他來朝聖，他只好掉頭往回走，使他和那少英遇上了。你怎麼也想不到，那少英同黑彝頭領在深山小店喝了一夜酒，第二天就掉轉馬頭，不去朝聖了，跟著那個頭領上了他的寨子。他們在那裡喝了血酒結拜為兄弟。那少英就帶著去朝聖的馬隊回來了。」

「凡是去西藏朝拜學經的，不論遇到什麼風險，就是討飯也要討到西藏，半途而回的要被人譏笑。那少英走時宣揚得太厲害了，他必須給人們一個回答。他叫人傳話，摩梭與黑彝素來不合，此次得以和黑彝頭領結拜兄弟，乃是佛祖的旨意，要我們合好。雖人未到西藏，已領佛祖恩典。」

「黑彝不來騷擾了？」我問。

「不亂搶，」達珠冷笑，「只搶讓那少英不順眼的。」

我沉默。

達珠操起槳，身體一仰一合地划著，像一隻雪白的水鳥，飛掠碧波之上。船頭「嘩嘩」響著，濺起星星點點的水花，落到我的後脖頸上，藍瑩瑩的天空，雲團耀眼，太陽在雲中行馳，湖面忽亮忽暗。

我說：「接著講呵，還有一個人是誰？」

槳聲勻勻、滔聲陣陣。

「講清他們倆，就講透了那個人。」

達珠停下槳，撩開被湖風吹到眼前的一縷頭髮，又操起槳，又一仰一合，她黑黑的眸子從我肩上望出去，望著已經不遠的小島。她目光深沉、執拗、隱藏幾分惆悵，似乎那裡也有一泓深深的湖。面前若不是一顆真誠的心，那就是一眼最險惡的陷阱。

我扭頭望去。哦，小島多麼近，又多麼遠，起起伏伏的湖面忽而把它送過來，忽而又把它拽走。它是那麼美麗，坡上長滿荒草，疏疏密密，瀟瀟灑灑，荒得實在好。一條灼紅的彎彎曲曲、曲曲彎彎的小徑伸向山頂的寺廟。那是座舊廟，舊得充滿靈氣，不高不矮，又不失威嚴；兩扇小門緊閉，門上紅漆隱隱發白，白得讓人感到樸實、親切；那牆壁已經斑駁陸離，泥灰脫落不少，露出一塊塊褐色的土坯，脫得好，它使人想到風風雨雨中的小廟；屋角翹簷翹得好，像兩隻烏黑的牛角直指藍天白雲，屋脊上鑲著一行琉璃瓦，赤橙黃綠青藍紫，像姑娘們的裙衫……

70 歷經風口浪尖

「看水裡。」達珠在背後說。

我這才發現周圍水色黯然，俯瞰水中，水底竟有一個綠色王國、一片大森林。墨綠色的水下植物密密簇簇，千姿百態，一圈圈紫微微的光環在閃耀，使墨綠色的森林幽深莫測。

一條條巴掌大的銀亮的魚，不時出現在林中，搖頭搖尾巴，那金線就像被彈撥的琴弦發出若有若無的錚錚聲。

看不出湖水到底有多深，但見林中細藤纖蔓飄飄逸逸伸向水面，翠綠、紅紫、灰藍，像彩帶飄出水，一個個托著白玉般的小花骨朵。我伸手去拽，藤蔓滑溜溜，脫手而去。此時，船前船後、船左船右，撒滿點點白花，它們在碧波裡搖曳，就像夜空的繁星。浪湧過來了，一下就吞噬了它們，浪湧過去了，它們又精神抖擻地鑽出水面，輕盈搖曳。就是我們方頭方腦的小船像坦克車壓過去，它又依然故我地在碧波上跳躍。

「你們家鄉有嗎？」達珠問。

「除了瀘沽湖，世上恐怕再也沒這麼漂亮的湖底森林。還有這些小花。」

「等你離開永寧時，把瀘沽湖也帶走吧。」

「怎麼帶？」我笑著轉過身來，「是挑還是揹？」

「人的骨頭是山捏的，肉是水化的，帶走一個摩梭人。」

達珠眼裡波光閃爍。

我渾身的血都熱了，瞬間，又涼了。

「有個麗江人了。」

「她不是你想找的人！」達珠狠狠地划著雙槳，「我叫人去瞭解過，你們認識三天就結婚了，你不愛她！」

「胡說！」

「就是！」

我轉過臉去，心裡泛起一片淒苦。

唉，離開她以後，我曾搜腸刮肚地給她寫了一封仍不失熱情的信。她的回信也寫得不省勁。此後我就再也不願硬榨些感情來訴諸筆端，空閒下來想起那人、那事，我簡直懷疑那是不是我？滿腔悔恨，萬般無奈。

船頭抵著小島，我踩著船頭跳上岸，立刻不敢挪步了。綠綠的草窩捧著一簇簇白生生的大鴨蛋，就是光禿禿的沙土地上也躺著卵石般鴨蛋。

達珠只在前面引路，半句話也不說。

我雖然也不想說話，又禁不住要說：「這裡的鴨蛋真多。」

「嗯。」

「怎麼沒人來撿了去賣？」

「嗯。」

我也不說話了。沉默中，我們沿著曲曲彎彎的小徑上到坡頂，在廟門口站站，又繞著廟宇轉了一圈，又回到廟門口站站，又沿著彎彎曲曲的小徑下到坡腳。我這才想起來，該進廟裡看看。鴨蛋雖多，我只撿了兩個，達珠一個也沒撿。我剛把鴨蛋放在船艙中間，船頭就離開岸邊，馳向發暗的洶湧的湖面。

起風了，灰烏烏的雲團，疾馳的雲團源源不斷地從天邊湧來，染黑了湖水，千道水光萬傾碧波消匿，湖面黑得像是凝固了，一大塊一大塊的有稜有角的水塊在緩緩移動。小船躑躅不前。船頭撞起簇簇白浪。達珠把辮子盤在頭頂，抿著嘴唇，身子疾速地仰合，槳聲嘩嘩。我也抓起一把槳划。

風裡的濕氣正越來越重。一群群野鴨飛來了，牠們還只是一片黑點時就把信息傳來，轉瞬間飛掠過我們的的頭頂，像一群密集的烏鴉，渾身黝黑，看不見那米黃的腳掌，和翅膀上的金亮的斑點。

野鴨都飛去了，天空更暗了，湖水黝黑如墨，帶稜帶角的巨大水塊匆忙地起起伏伏，像是要直立起來。小船在水塊上顛顛簸簸，一會沖上這塊，一會又沖上那塊，一會又被兩邊巨大水塊擠撞得簌簌發抖。無法判斷我們划出了多遠，還要再划多久。身後的小島被濛濛雨霧籠罩，顯得很遠很遠；前面晴天裡高大清晰的山巒，也變得黑黑的、矮矮的，朦朦朧朧。

「哐！」水塊撞在船頭上，濺起高高的水花，灑給我一頭，濺給達珠一臉。

「雨天好划船。」我找著一句話。

「對，下雨涼快。」達珠尖著嗓子。

我真想誇她，沒說，只是拚命划。

一陣轟轟隆隆的雷鳴從遠處滾滾而來，走到半路稍一停頓，又撲了過來，就在我們頭頂上炸開。驟然，暴雨「嘩」地撒滿湖面，千朵水花，萬道漪漣，沸沸揚揚，大千世界囂囂鬧鬧。一道道閃電，一串串雷鳴，雷攆著電，電趕著雷，大塊大塊的湖水在雷電中奇蹟般地直立起來，又重重撲倒，小船猶如一片樹葉，隨著浪湧忽上忽下。

「進水了！」達珠驚叫。

「妳快划！」

我撇下槳，抹把臉上的雨水，脫下兩隻膠鞋往外舀水。馬上又摔掉膠鞋，用雙手往外擢。雨水往艙裡澆，浪花往艙裡鑽，水已淹過腳脖子，眼瞅著還在漲。我叫達珠也放下槳擢水。眼下最要緊的是別沉船。

達珠擢著水喊：「該死的，怎麼還不來接我們！我們打兩槍吧……」

雷聲、濤聲、雨聲，吞噬了她的聲音。

「嬌小姐！」她突然罵起來，「趕快擢！」

雷鳴電閃，小船顛簸，黑浪滔天，暴雨如注。達珠跪在艙裡拚命往外擢水。船艙太小，我們肩擦著肩，腿挨著腿，各自向一邊擢水。我盯著船幫上一個疤痕，它正處在船幫的中央線上，只要艙裡的水淹不過它，小船就沉不了，不管漂到哪裡總不會進大海。

閃電耀眼，一道道像鑲進小船裡；雷聲震耳，總是在我們頭頂上炸響；雨拚命地往眼裡射，打得眼皮生疼。小船在波峰浪谷中，忽上忽下，忽高忽低，橫過來，豎過去，一會兒又打起轉轉。艙裡的水始終不見少。突然，一個浪峰從斜刺裡撲過來，撞在船頭上，一股水忽地沖進船裡，頓時，那疤痕淹沒了，小般變沉了，像在下沉。

「達珠，妳聽我說！」我扯著嗓門喊，雙手還不停地擢水，「聽著，妳用一隻手，抓住我的腰帶，用一隻手擢水。」

「一隻手幹什麼？兩隻手擢還嫌慢吶！」

「傻瓜，船要翻了，要沉了！抓住我，妳就不會被淹死！」我喊。

「用不著，船翻了，你會救我！」達珠更大聲。

「好達珠，聽我的，快抓住我！」

天太黑，我看不清她，只是大聲喊。我感到船就要沉了，翻個了，只要一個浪橫橫地沖來，周圍卻有數不清的浪。

71 那若害死文才

顛簸中，一隻手緊緊拽住了我的腰帶。

「你為什麼要找那個女人？」

她在喊，在雷閃雷鳴、駭浪狂雨中呼喊。

我只是拚命擢水。

「你怕我！你……你才那麼幹！」

我看見一座黑黑的小山似的浪峰壓了過來，躲不開了，小船就要碎、就要沉、就要翻了。我一手抓住船幫，一手抓住她的手：

「抓穩！」

「你說呵！」

「是又怎麼樣！」

巨大的浪峰劈頭蓋臉地砸下來，震耳欲聾。懵懵懂懂之中，小船忽地往下一沉，像是觸到了湖底，又猛地一竄，歪歪斜斜、搖搖晃晃地漂泊在雷鳴電閃之下，駭浪暴雨之中。

奇蹟，小船沒有沉，也沒翻！裝著半船水仍在漂，只是我和達珠都被浪砸倒在艙裡。

我完全相信那個摩梭婦女抱著豬槽在洪峰中脫險的傳說了。

欣慰之際，我觸摸到槳柄，它比手掌寬大。我抓起來，把兩隻槳併在一起，大聲喊叫。達珠明白了，握住一頭，我們就像用一塊木板往外擢水，小船搖晃得更厲害了，每往外擢一次水，船弦歪得幾乎舀進浪來，也全然不顧。「咔嚓！」一道蛇形閃電映在湖面上，久久不熄，閃電的尾巴宛如印在小船上，使我們為之一怔。

「我們要活！」達珠喊。

「快擢！」我也信心十足。

雷鳴、閃電、駭浪、暴雨。

船兒方頭方腦。船兒方頭方腦。

黃昏，風停雨住。

暮色中，我們方頭方腦的小船徐徐靠岸。一艘大木船停在岸邊，男女奴僕們垂頭恭候。

達珠還沒下船，就罵：「人都死光了！為什麼不去接我！」

「老爺說，你們躲雨小島上，叫天黑黑再去接。老爺村裡在著。」

達珠驚愕、疑惑，她看我一眼，匆匆走向她的帳篷。

我走進自己的帳篷，那少英用意蹊蹺，居心叵測。我剛換上僕人送來的乾衣服，達珠闖了進來，神情嚴峻。

「怎麼了？」我問。

「你要是不要我，我就找一百個阿夏！」

「達珠！」我使勁嚥下一口什麼，久久才說，「妳去上學吧，上我們的學校。」

瀘沽湖醉人的不僅有當地奇異的風俗，而且有那一泓醉人的湖水。這裡天高地闊，天藍水清，湖光山色，草木葳蕤，可以隨時領略到古人「落霞與孤鶩齊飛，秋水共長天一色」的美妙意境。泛舟湖中，任小舟剪開綠綢似的湖水，讓水花在晨曦濡染下溢彩拋金，真是痛快愜意之極。只有在這時候，我們才又想起那美麗的傳說，想起馬失前蹄的後龍和丟失明境的仙女，竟那樣令人起敬——高於一切！

獵歸。

馬鈴脆，蹄聲歡。

那少英說笑話，談景物，妙語連珠，笑聲朗朗，達珠滿面春風，或捧或逗，出口成趣，像隻銀雀。他們都笑，我也笑，氣出丹田，口如喇叭狀，笑聲蓋過馬蹄聲，縈繞在馬頭上。

那少英高興什麼？就因為打了那麼幾隻野鴨，就一反常態？那還是認為我已經和達珠好上了？要不就是成心想用這種嘻嘻哈哈，消除昨天那場暴風雨所帶來的陰影。事後他肯定會想到自己的疏漏：達珠會追問奴僕為何不撐大船去接。那達珠又高興什麼呢？是做給那少英看，想麻痹他？可我總覺得她的欣喜不乏真情實感，是為小船即將顛覆時我那句胡言亂語？

我莫大的懊悔。這種懊悔充斥我整個胸間，可卻始終不能泯滅一股絹細的暗流，它欣慰、愜意。

說笑間，總管府出現在眼前，太陽已快落到門樓頂上，門樓下的陰影裡，僕人垂手恭立。那少英不說了，達珠也不笑了，我也緘默了，三個人就像是一起閉上了嘴。靜謐如濃霧漫了過來，將我們緊緊裹住。

馬站下了，鈴站下了，我們也都站到地上。

我向那少英告辭，一嘟嚕客氣話；那少英向我告辭，一嘟嚕客氣話；我向達珠告辭，一嘟嚕客氣話；達珠向我告辭，一嘟嚕客氣話。嘟嚕嘟嚕完了，我跨上馬，直奔那邊青磚綠瓦的區政府小院。

馬兒跑得輕鬆，我渾身輕鬆。

推開虛掩的院門，院內景象莫名其妙：木板是木板，斧是斧，鋸是鋸，鑿是鑿，錘是錘。板子看斧子，鋸子咬著板子，鑿子和木板連在一起，錘子盯著它倆；張曉成和隊員們立在其間。我跨進院裡，他們停止了砍、鋸、鑿、錘的動作，雙雙眼睛都盯著我，連同板子、斧子、鑿子、錘子都盯著我。我納悶：「這是幹什麼？做飯桌？板凳？……」

沒人答腔，沒人動彈。

我從他們和它們中間穿過去，全身感染了異常的異常。我在屋簷石階下轉過身來。正對著張曉成，他眼神鬱悒，手裡攥著一把大解鋸，鋸子夾在一塊厚敦敦的木板裡，鋒利的鋸齒上沾著淡黃的絨絨的鋸末。

「怎麼了？」我的聲音像鋒利的鋸齒，「說呀。」

「他回來了。」

「誰？」

「高文才。」

「人吶？……」

我環顧左右：木板、鋸子、斧子、鑿子……我忽然感到害怕，戰戰兢兢地掃視隊員們，張張面孔像雙雙眼睛那麼鬱悒，眼睛像面孔那麼木然。那木板敦厚、沉重，那斧子，冰冷兇狠，那鋸齒尖利，那鑿子堅硬……這一切串在一起拼出一個厚厚實實的恐怖的盒子，把我塞了進去……

我在石階上坐下，眼睛盯著張曉成。他寬寬的肩上扛著一片太陽，黃黃亮亮的一片，不圓不方也不橢，就是那麼一片；他的臉變得很黑很黑，鼻樑上鑲了條金絲線。它顫了顫，淌到嘴上，嘴唇也鑲上金絲線，它起伏如浪……

高文才是帶著一個槍洞回來的，那槍洞正正地打在太陽穴上，是一起給那若趕馬幫的那個夥計，用馬把他馱回來的。

那個夥計提供的情況很簡單，那若的馬幫並沒有去西藏，只是在大小涼山的各個領主之間轉來轉去，同時百般欺辱高文才，高文才逆來順受。幾天前，他們離開涼山，回永寧。

就在前天深夜，他們投宿在深山裡一個小馬店，那若遇見了一個朋友，在那個朋友的房間裡聊到半夜才回來。這期間，高文才也說是會朋友出去了，他先於那若回來睡下。那若回來後，二話沒說就給躺在被窩裡的高文才一槍。高文才挨了一槍後睜開了眼睛，睜得大大的……

72 文才情留摩梭

那若說，高文才想壞他們的買賣。然後就和那個朋友辭了趕馬夥計，自己吆馬走了。那個夥計不忍心丟下高文才，就把他的屍體放在馬上馱回來。半路上他知道大軍又回永寧了，就想把高文才送到工作隊，途經烏求村時，被直馬家硬把人要走了。他只好來報個信，以便脫掉干係。

大概就是在我和那少英、達珠說說笑笑往回返的時候，張曉成派人到那個深山小店去追捕那若，派人到直馬家接高文才回來，派人找來板子，開始做棺木。這一切偏偏發生在我說說笑笑的時候！

「那怎麼還沒接回來?!」我怒不可遏。

「她們就是不給！」張曉成憤憤地說，「我又叫孫富猴去了。」

「她們憑什麼不給！」我嚷，眼睛掃視大家。

「直馬一聽說我們是去接高文才，就躺在門洞裡，又哭又鬧，不讓咱們的人進去。咱們的人怕把事情鬧大了，影響不好，就回來了。」

「高文才死得太慘了……不能再把他交給直馬家。」

「她們騙了他，坑了他，害了他，讓她們安葬，他會死不瞑目！」

「他是我們湘西老表，要按我們湘西的規矩安葬他。」

「我說給孫富猴了，誰要再阻攔，就把誰押到工作隊！」張曉成說。

做棺材。

摩梭人實行火葬，他們用的棺材只有箱子大，沒用。我們要做真正的棺材。院子裡一片參差的響聲：沉重的，尖利的，鈍的，生硬的，冰涼的，嚼不動，嚥不下……

我和張曉成拉對頭鋸，厚厚的方板立在我們中間，鋸子夾在方板中間，要把它解為兩塊，一塊做棺材的後板，一塊做高文才的墓碑。「嚓啦啦」，他拉過去，「嚓啦啦」，我拽過來，雪亮的鋸齒帶著包穀麵般的鋸末，飄飄灑灑。在一片沉重的砍鑿聲中，拉鋸聲又細又尖。

「嚓啦啦」，鋸子拉過來。

「給高文才穿軍裝，穿我那套新的。」

「嗯。」

「嚓啦啦」，鋸子又拉過去。

「墓碑上要寫清楚，他是咱們的人。」

「行。」

「嚓啦啦」，鋸子再拉過去。

「還要寫上，他是烈士。」

「嚓、嚓、嚓」，鋸條在木縫中像蛇一樣扭來扭去……

我望著張曉成，他眼裡噙著淚。我心裡說不出是什麼滋味。在軍分區搞學習整頓時，張曉成給我提過意見，認為我對羅石虎百般遷就，特別不應該在孫富猴和高文才離開永寧之前，還允許他們和那些女人告別；可現在，高文才死了，他比誰都為他想得周到，但我沒法答應。給他穿上新軍裝，承認他是解放軍，這行，我敢，司令員會同意的，他本來就是一名好戰士，倘若他活著回來，毫無疑問地會得到這一切。可要承認他是烈士就難了，畢竟他是為同女人睡覺，犯了錯誤才被留在這裡，人們都說他是為了同那若爭阿夏，才去趕馬幫的。而烈士只能是那些在戰場上浴血奮戰、英勇獻身的勇士，或是對革命做出巨大貢獻、死而後已，成為人們楷模的人。他偏偏是為了女人鋌而走險，相差太遠了，即使是他發現了些情況，跟蹤監視，慘遭殺害，也黯然失色。

「嚓啦啦」，鋸子拉過去。

「嚓啦啦」，鋸子拽過來。

鋸子鋸著我的心。

院外有聲響，由遠及近。

孫富猴回來了，還跟著兩個隊員。他們三個悻悻地踏進院裡，就像我踏進院裡一樣，大家都盯上他們，一片肅靜。

「札石不肯交人，連門都不讓我們進，她說寧可跟我們來……」

「她人吶？」我問。

「走到半路，她又賴著不肯走……」

「你呀你，找阿夏找得你連個女人也對付不了！」我吼起來。

孫富猴面紅耳赤，不敢吱聲。

「要不回高文才，我就不回來！」張曉成衝出去。

兩個隊員扔下斧子，跟去。

我沒阻攔，聽著急驟的馬蹄聲由近漸遠。

我們繼續做棺材，很累，很累。

「砰砰砰，砰砰砰」，長長的棺材突然出現在我們眼前，斧聲走了，鑿聲走了，鋸聲走了，就連人也好像不復存在了，院子裡靜穆無聲。白生生的柏木棺材躺在院中，棺面上有一層淡黃色的毫光，太陽拉長了個子，躺在棺頂上比大小，柏木味飄蕩。我們疲憊不堪地坐在臺階上望著棺材，望著自己親手做的葬具，好像不相信那是自己做的，想說什麼又說不出來，心裡一片陰暗，比棺材沒做好時還暗。

少頃，我問：「還有什麼事要做？」

有人從牆角抱來一大抱松枝，還有人拿來一把紫微微的和奶白的小野花，於是大家就動手紮花圈。我想起來了，起身把做墓碑的木板放在臺階上，用毛筆蘸著鍋煙水工整地寫下：

中國人民解放軍特遣分隊戰士

高文才　之墓

永寧民族工作隊敬立

花圈紮好了，墓碑寫好了，就放在院牆下。院裡越發顯得晦暗，暗得凝重，凝重得肅穆。大家又在石階上坐下，看著散發著柏木味的棺材，看著長長的太陽從棺頂上移下來，順著側板讓人難以覺察地往下滑。頂板上的太陽在變細，側板上的太陽越來越胖。

院外，馬蹄聲由遠及近。騎者在下馬，馬在噴鼻子，刨蹄子。院門一響，進來一個年輕的摩梭女人。她一手提著裙腰，走了兩步便站下了，雙眼像小鬥牛似地望著我們；白麻布短衫，烏黑的圓圓的髮盤，映襯得她的臉盤火一樣紅，火一樣辣。她站定的時候，張曉成也跟著進來了，他指指那個年輕女人：

「她、采爾……」

我們忽然間都愣了，是為她敢來，還是為她那不可言喻的倔強、執拗、火辣的充滿野性的眼神？

我們不說話，她也不說話，雙方就這麼對峙著。但這僅僅是一瞬間，我們馬上就變成了不可抑制的狂風暴雨：

「妳……」

「妳……」

「妳……」

電閃雷鳴，倒海翻江，斥，吼，罵，我們被壓抑的悲痛，還有種種複雜的情感，終於可以盡情發洩了。高文才一死，我們大家都覺得有許多對不住他的地方，那若跑得不見蹤影，連為他報仇都辦不到，真枉為他的戰友。

采爾一動不動地站在門洞前，像棵憂傷的小草。她頭上、臉上、身上都透出被雨淋濕了的那種緊巴、畏縮，憂傷像水珠似地順著裙邊往下滴答。

猛然間，我們大家幾乎同時閉上了嘴，沉默了，院子裡靜了下來。

「辦事你們工作隊，人我們家裡是。」采爾抬起頭，眼神更為憂悒倔強，「你們不可以把男人我的搶去，死了也不可以搶，漢族也這種規矩不有！」

73 為進天堂準備

我們又被激怒，電閃雷鳴。

「妳……」

「妳……」

「妳……」

采爾一聲不吭。倏然，她一提裙腰，一轉身跑了。院外響起急驟的馬蹄聲，很快就消失了。

院子裡靜了靜，亂了。大家情緒鼎沸，叫，罵，有的要去追采爾。有人大聲咳嗽，是在門口乾咳，咳得奇怪，我回頭看：把事站在門口。

院裡肅靜。

我問把事：「有事？」

「那區長請黃副區長到總管府吃晚飯。」

「你告訴那區長，謝謝他，今天沒法去……」

「那還有一件事，」把事上前一步，眼裡閃過一絲猶豫，「那區長叫告訴你們，高文才同那若為爭阿夏，鬧出人命，實在丟人。那區長說，為了不讓學壞，準備派人到直馬家，取走高文才的屍體，扔到山上。」

「你說什麼？」我上前一步，把事退了半步，我真想抓住他的領子，「你告訴那區長，高文才是被那若謀殺的，那若是反革命！我們正在抓他，絕不會饒了他！高文才的安葬，誰也不能插手，他是民族工作隊的人，我們自己會安葬他！」

把事連連頷首。

把事走了，院裡更顯肅靜。

棺材頂上的長長的太陽滑到了側面板上，又哧溜一下墜到了地上，它一下子變得很長很長，頂著兩邊的院牆。亮度卻弱了，並還在逐漸減弱。棺材失去了太陽，透出了自我凝重、森嚴的氛圍，沉重的本質。

暮色降臨，濃濃的，厚厚的，整個大地都透出棺材般的凝重和森嚴的氛圍。我和張曉成騎著馬直奔烏求村。我一定要收回高文才，親手安葬他。

暮色淡處，烏求村影影綽綽。那裡響起三聲沉悶的火藥槍聲，縈繞在暮色蒼茫的穹窿，久久不散。這是采爾家在向親戚朋友通知喪葬，亦是叩響陰間的大門，為高文才喊路。

我們打馬飛奔。

烏求村裡人影幢幢，穿梭往來。

采爾家門前，松明火如燈籠高挑，照亮了川流不息地進進出出的人流。進去的人都手捧豬膘、麻布和酒。我們剛下馬，就見喀喀池拉木惶惶地迎了出來，手裡提著一把長刀。

她三步併做兩步，百褶裙「嘩嘩」響著，來到我跟前，雙手捧起閃亮的長刀，深深地躬下腰。

此刻，出出進進的人們在門周邊了一圈，誰也不出聲。

我說：「你把刀收起來，我們只是來接高文才。」

「人你們我家來死，大門上你們三刀得砍，想咒什麼得咒。」

「砍妳們大門三刀？」

「是囉，規矩我們這樣，你們砍吧，我們對他不好，對你們不住，氣你們得出。」

我凝視那長刀，這才明白它的用途。

「砍囉，不砍你就是我們不饒。」

老人仍深深地躬著腰，聲音沙啞，捧著刀的枯瘦雙手在顫抖，長刀便也抖了起來。圍觀者齊聲相勸。我雙手接過刀，老人這才直起腰，眼裡閃爍著感激的欣慰的光。周圍密密匝匝的眼睛也都亮了，歡悅了。我望著他們，忽然想起那個黑夜，打虎歸來的那個黑夜，在那片曠野，那像星星一樣圍繞著我，溫暖了我的心的雙雙眼睛……

我囁囁：

「要砍，就該砍害死高文才的那若，我們解放軍不能砍老百姓。」

我把長刀扔在地上，它像蛇一樣跳了跳。

圍觀的人齊聲歡呼。

喀喀池拉木抽泣一聲，趕忙拽著我走向院門。圍觀的人們閃出一條路，他們的眼睛又像那天晚上一樣可親。

一支松明火把照得院裡通亮，它像把火炬撕破了黑暗。正屋裡，松明燈盞盞，照亮了竈臺左右邊那扇隱密的小門，它大大地敞開著，透出一片幽暗。

跨進小門，我好像進入了一個神祕的世界，上半身處在深邃的黑暗中，下面卻是一片朦朦朧朧的光亮。高文才赤裸裸地躺在平鋪在地的床板上。他身體的四周圍擺著一盞盞小小的清油燈，銀亮的燈碗和橘紅的燈芯同時發出光輝，照出肅穆、神祕、生和死、明和暗、鬧與靜。空氣中瀰漫著一股強烈的某種山草的香氣，芬芳奇異，令人昏昏然然，一嗅鼻子就吸進肺裡。頭頂上，一股冷風穿梭往來，寒氣逼人，直往頭髮裡鑽。那片黑暗瞪著眼睛，幽深莫測。

喀喀池拉木往前讓，我們就朝前走了兩步，就全看清了。

他輕輕地闔著眼，靜靜地仰臥著。他削瘦，額頭更顯寬了，嘴唇更顯厚了，鼻樑更顯高了，臉更顯白了，顴骨上凝集著兩團金光，嘴唇上有根根短粗的鬍茬。我有一種奇怪的感覺：他比活著的時候更像他。

銀亮燈碗裡的纖細燈芯在搖曳，映在高文才身上的微弱光亮也跟著一顫又一顫，於是，他的鼻翼在翕動，他的胸膛在起伏，他的皮肉裡血液在流動……我忽然想抱住他，他宛如還活著！

直馬三姐妹從黑暗中走出來。她們紅腫著眼睛，緊抿著嘴，一聲不吭地來到屍體旁。她們的白麻布衣裙，在這昏暗的光暈中，越發白，越發麻，白麻得陌生。她們在屍體旁跪下，我這才看清她們還端著水缽，拿著銀亮的淨碗。

直馬用一隻銀亮的淨碗，從水缽裡舀出水，也舀出一片銀亮聲。札石接來，再遞給采爾。采爾的手顫抖著，將第一碗水涓涓地傾注在高文才的臉上，並輕輕地喃喃著。高文才的額頭像雨後的土地一樣濕潤、光亮，眼皮像在蠕動，彷彿是眼珠在骨碌；鼻樑越發挺括，乾涸的嘴唇含著幾粒水珠。

第二碗水涓涓地澆在高文才的心窩上。采爾抽抽噎噎地喃喃著，還是聽不清，淚像斷了線的珠子。高文才，你聽見了她說什麼了嗎？她澆的或許不是水，是滾燙滾燙的血，它要讓你那冷卻的心重新起搏，重新發出「咚咚咚」的聲響。

第三碗水涓涓地淌遍左臂，第四碗水涓涓地淌遍右臂。她半哭半訴，那斷斷續續的話語是為他祈禱：「讓你的右手能摟住任何一個漂亮的女人，讓你的左手能一巴掌砍得出一馱柴。」

我就聽清這麼一句。

第五碗、第六碗水涓涓地澆過兩條大腿，第七碗、第八碗水涓涓地澆到左右兩隻腳上。采爾的聲音越發大了，如泣如訴：「平日裡我的腿上連著你的腳，你的腳上連著我的腿，我們分不開，走不散。到了陰間，走哪上哪，你都孤單單，腿要勁，腳要靈，讓再高的山在你腳下變矮，讓再尖的石頭在你的腳下變平。」

第九碗水，也就是最後一碗水，涓涓地澆在縮成皺核桃似的生殖器上。采爾大哭著說：

「倘若來世能相逢，倘若來世你要我，我要給你生下一百個孩子，都是女孩，都像你！」

74 姐妹痛別文才

洗畢，直馬拿來一塊新織的白麻布和新搓的麻繩，它們像緞子一樣光亮。

我納悶：「拿繩子幹什麼？」

「捆他坐，肚子裡在著一樣。」直馬說。

我和張曉成對視，喀喀池拉木比比劃劃地又說了一遍，我驚詫，照摩梭人的規矩，人死後要裹上麻布，捆成盤腿而坐，類似在娘胎裡姿式。

喀喀池拉木說：「哪種樣子來世上，走去也要成哪種。」

哦，我喟然長歎。

「指導員，高文才已經死了兩天了，身子都硬了，再踒骨頭會斷……」張曉成揪著心。

我像聽見了骨肉撕裂聲，不寒而慄：「采爾，能不能不捆不踒？」

三姐妹正給高文才赤裸的身體纏裹白麻布，她們停下手來。

采爾抽噎著說：「你們疼怕他，我們怕一樣呢，他聲音響一點，我們心要破呢……你們心寬吧，我們淚水流多多，他軟軟會呢……」

燈火搖曳，我看見采爾臉上淌著淚珠，直馬和札石的臉上也淌著淚，不時有淚珠滴落在高文才赤裸的胸膛上，胸骨間已經汪著一層水，是淚還是清水？無法想像淚水怎麼浸軟僵硬的屍骨，無從知道屍骨抑或是會為哭聲所柔，更無法推測那要多少淚，多少情。

我無言再勸，卻越發怕看、怕想，便退出來，退到正屋，退到院裡。張曉成和喀喀池拉木也跟了出來。

我對喀喀池拉木說：「你們好好待他，我們走了。」

「心你們寬寬放，」喀喀池拉木連連點頭，「明天早早來。」

我們就退出了喀喀池拉木家。

村裡照舊人影幢幢，人們還在穿梭往返於直馬家，為葬禮忙碌。我們牽著馬走，走到人稀路靜處，我遲疑地站下。

「該問清楚，她們三姐妹到底誰是高文才的老婆？」

「還想問？」張曉成也站下。

「怎麼？」

「我看……是誰都行。」

我想了想，也就沉默了。黑暗中有人走來，站定，是車爾皮措，沙達的舅舅。他拉過我手中的轡繩，說：

「規矩我們，親戚送葬參加來，家家住得，你們就我家住，明天不要來來跑跑。」

我看錶，已是零點了。

我們和車爾皮措睡在柴草房裡。沙達和薩達布媽媽給送來被褥，就送到柴房門口，沒進屋。車爾皮措毫無睡意，躺下了還不停地給我們講。

采爾家窮，本來是做不起大道場的，那是既要請喇嘛，又要請達巴。可她們家非要給高文才舉行最隆重的喪禮，村裡人竟家家支援，這大道場是要做成的。像這樣下去，到別人家做兒子、做舅舅的人會多起來的，就是規矩破得太多了……

我琢磨他話裡有種不盡的意味，但睏倦襲來怎麼也想不清爽。

翌日。采爾家裡瀰漫著肅穆、聖潔的氣氛。經樓上坐滿了披著橘黃色袈裟的喇嘛，誦經聲如嗡嗡的蜂群在院裡盤旋，達巴已披掛停當，他是位五十來歲的老人，身穿紅布袍，頭纏紅布，上面插有斑斕的野雞毛。

厄車此爾牽出一匹渾身掛滿紅紅綠綠紙條的駿馬，同達巴一起向外走。我也跟去。

出了院門，達巴騎上馬朝村口的小河走去，我們步行跟隨。迎面而來的行人，一律朝達巴躬腰行禮。我們身後跟著許多人，老人、孩子都有。

摩梭人的事總是像謎一樣讓人費解。達巴是摩梭人自己的教職人員，達巴教信仰萬物有靈，靈魂不滅，崇拜祖先。它最先有三大菩薩：阿衣讓巴拉——保佑家庭平安的竈神菩薩、尼魯諾戛拉——保佑牲畜興旺菩薩、者汝琬戛拉——保佑莊稼豐收的。後來因為事太多，鬼也太多，災也太多，菩薩不夠用，有時遇上災難找不著管事的菩薩，於是，達巴教就又發展了九個菩薩，分管繁雜的人間瑣事。但是，人們還不滿足，想知道哪個災難哪個鬼所為。於是，達巴教又公布了十二個對芸芸眾生危害最大的鬼的名字，經常詛咒，即可避邪。大約是在這時候，喇嘛教徒進入永寧傳教。喇嘛教宣傳佛學，歧視婦女，同母權制思想相對立。奇怪的是它竟然存在下來，誰也不知道達巴和喇嘛教進行過怎樣的交鋒、惡戰，沒有留下一點有關這方面的資料哪怕是傳說。總之，在永寧形成了這樣一種奇怪的宗教共存的局面：達巴拜喇嘛，喇嘛拜達巴，有了凶災禍難，達巴驅鬼開路，喇嘛誦經隨後。

到了小河邊，達巴跳下馬來，厄車此爾取出一隻鋥亮的淨碗——好像就是昨晚采爾用的那一隻，舀起一碗水，交給達巴。達巴口中念念有詞，猛地潑向馬頭。馬一機靈，連退兩步。

厄車此爾連舀九碗，達巴連潑九碗。潑畢，達巴突然放聲讚誦：「馬呵馬，雷聲天上的快，快不有你；燕子飛得快，快不得趕你；老虎、豹子跑快，快比你不得……」

說罷，他縱身上馬，打馬飛奔進村。

我們跑著攆去。

我剛到十字路口，遠遠望見達巴的馬已衝到采爾家門口了，門裡突然衝出幾個身披光怪陸離的獸皮盔甲的人，手持長矛相攔。達巴毫不畏懼，打馬衝撞，那些神兵天將亦不畏懼，揮矛或刺或打，那馬奮力衝入大門。

我跑進院裡，院裡無事一樣：誦經聲如群蜂縈繞，達巴坐在屋簷下喝茶，其他人也都脫去了獸皮盔甲，靠邊坐下。厄車此爾正把馬牽回圈裡，他招呼我過去，鄭重地說：

「心你放放，洗馬過囉，他要去多遠路都馱得。」

張曉成不知從哪冒出來，對我耳語：「他們把他放那了。」

張曉成領著我走到經堂小樓的下面，推開一扇小門，我們跨進一間陰冷的小屋，門「砰」的一聲又關上了，供臺上的清油燈光晃了晃，又穩定下來。燈光映亮了供臺上一尊尊小小的神像，五顏六色，形狀各異；神像腳下排列著一串酒盅大的銀亮的淨碗，裡面盛著五穀雜糧和各種食物。供臺下面，一簇簇黃的、白的紙花叢中，立著一個兩尺來高的白麻布口袋，它緊緊地靠著供臺。我想起昨晚直馬手中的白麻布，渾身不禁一悸。紙花叢中的白麻布口袋是新織的，燈光下如綢如緞，閃耀著點點光亮，同纏裹淨身後的高文才的白麻布一模一樣，可這麻布口袋僅兩尺多高，幹乾癟癟，高文才至少也有五尺多高呵。

75 輪迴的金鳳凰

燈光越發昏了，越發黑了，陣陣寒氣浸透肌骨，四下裡的黑暗緊緊地包裹著我們，頭頂上誦經聲縈縈繞繞，「嗡嗡嗚嗚」，其間不時響起一聲又一聲的清脆鈴響，和叩擊樓板的聲音。我感到氣悶，頭暈，乏力。

出了小屋，張曉成說：「走吧，去吃飯。」

「吃飯？我不餓。」

「不餓也得去吃，你看有多少人等著。」

我這才注意到門洞裡簇擁著許多老年人，男的、女的，都在望著我們，喀喀池拉木正同他們說著什麼。我望望厄車此爾，他正在給站在圈外的一條黃牛的角上拴麻線。那細細的白麻線先爬上經樓，再伸向樓下安置屍體的供房，穿過房門上的鐵環，又伸向端坐在正屋前的達巴，在院裡形成一個「>」形。將活著的死去的，人和神、動物都連在一起了。

達巴身旁放著一張供桌，上面有神像，有食物，有清油燈。桌子的另一旁站著采爾三姐妹，還有其他一些女家屬。殺牲馬上就要開始了。

昨晚車爾皮措就告訴我，殺牲是大道場中僅次於洗馬的重要儀式，采爾家請的達巴極有神威，能唸咒語使龐大的黃牛跪倒在地，淚流滿面，他已經好幾次顯示出這種神力。

我不信，很想看，就對張曉成說：「你去應付一下，我在這看看。」

「不行，人家不答應。」

「你們去得囉，達巴咒要唸到下午，牛要倒下午才倒得。」厄車此爾過來說。

「咚！」有人朝天放了一槍，古老的火藥槍聲像雷一樣響，淡藍色的氤氳籠罩在院子上空。達巴「伊伊呀呀」地唸起咒語，雙手在臉面前比劃，左手落，右手起，右手落，左手起，就像在按一個不肯沉入水底的葫蘆。采爾和女人們「撲拉拉」，都向著供臺跪下，一片哭聲。

這時候，喀喀池拉木陪著一位威嚴的大娘過來，說：

「家她吃飯請，去你們囉。」

出了采爾家，我們就進了對門的一家。正屋裡擺了兩桌菜，一桌已經圍滿了人，他們在吃。女主人介紹，他們都是我們的親戚。我怔了一下馬上恍然：我和張曉成是代表高文才的家人，那采爾的親人便理所當然是我們的親戚。我向他們點頭致意。坐下來之後，張曉成說了句什麼，我沒聽清，腦子還在想那如緞的小小的白麻布口袋。

我吃了一碗飯，一盅酒，多少菜就不知道了，反正在女主人的謙讓下，滿桌的菜我都拈過。女主人不吃，就坐一旁勸我們吃。當她又要給我盛第二碗飯時，張曉成拉起我來告辭。女主人只好作罷。

「你有多大的肚子？咱們得挨家吃遍！」

張曉成對我耳語，我看他一眼，不甚明白。

門洞裡，早有一位儀表親切的老年婦女在等候，我們馬上又被領進隔壁的一家，又是有許多親戚，又是酒肉飯菜，又是主人陪伴。

出這家進那家，一家接一家，竟然是挨家吃著走！

我們吃到十字街口，南面、北面和西面街口的三家都要先接我們去，後來還是南面街口的人嘴巧，把我們領進他家。

真沒想到，吃飯也會吃累人，儘管到每家一次揀幾筷子菜，喝一杯酒，我頭暈了，舌頭也麻了，眼睛好像也花了，也不知道都吃了些什麼菜，都是什麼味。吃著吃著客氣話也給吃了，出進也不說了，好像挨家赴宴是理所應當的，就像主人請我們那麼當然。主人見我們不說客氣話，反而高興。

不光是我們在挨家吃請，全村的人，包括外村趕來弔喪的，都在挨家吃請，村子就像個旋轉的大磨盤，帶著一種巨大的不可琢磨的轟鳴聲。

我們吃遍了南面十幾家。

我們吃遍了西面十幾家。

夕陽銜山，村子裡一片朦朦朧朧的金光。一個古老的禮儀總算完成了，我站在村中的十字路口上，望著遠遠的采爾家的門口，那裡仍舊出出進進著忙忙碌碌的男男女女。此時肚子裡盛著的家家戶戶的酒肉飯菜，已滋潤了我的全身，我的每一個毛孔都散發著種種不同的香氣，渾身感到一種從未有過的莊重和愜意。高文才可知他受到如此厚葬？

我急切地想知道那牛是否為達巴的祈禱所跪伏，不是迷信，要真那樣，似乎更能慰藉高文才。

庭院裡，半面金光燦爛，半面陰暗，經樓擋住了夕陽。達巴坐在光亮處唸咒使法，女人們還跪在地上痛哭，哭得更加兇。我看見，跪在最前面的采爾三姐妹面前的紅土地上印著一灘灘濕印，在夕陽的輝映下猶如一灘灘血。老黃牛仍紋絲不動地站在圈欄前，角上拴著那根細如絲線的通往喇嘛、死者和達巴的麻繩，那麻繩還是緊繃繃的。牛正好站在光亮與陰暗的交界線上，一面棕紅似火，一面陰暗如土，兩隻眼睛極有光澤地望著女人們，一眨不眨。

女人的哭聲越聽越慘，越聽越複雜，哭竟然有種種聲響，我幾乎被融化在哭聲中。哭，嚎啕聲驚放不羈，奔騰直瀉，捶胸跺足；哭，泣訴聲悠悠顫顫，似江河嗚咽，千折百轉，溢於肺腑，千呼萬喚，聲嘶力竭；哭，哽咽聲噎噎嗚嗚，咔咔呃呃，氣斷中腸，血嘔於心，撕肝裂肺；哭，嚶嚶啜泣如煙如絲，縈縈繞繞，淒風苦雨……

我也想哭，鼻子酸楚，淚在眼眶裡打轉。我忍著，站不是，坐不是，高文才呵……忽然，我發覺那牛像在動！呵，牠琥珀色的雙角簌簌顫抖。

那簌簌的顫抖是從竹節般小腿搖曳而上，粗壯的大腿也顫抖起來，每一塊肌肉都在顫悸，簌隨之抖到牠的肩胛、脖頸。呵，牠的眼睛也像在顫抖！不，那裡蓄著一汪液體！忽然，夕陽的金光照亮了牠全身，金色的光亮中，牠那棕紅緞子般的皮毛顫抖得更激烈，抖出一道道波浪，一道道光亮。那波浪越來越大，越來越猛，越來越急。哭還在哭，經還在誦，像是一切如常，又分明有異。「轟隆！」黃牛前腿一屈，跪下了，一顆蠶豆大的淚珠滾出那楚楚動人的黑眼睛。

沒人叫，沒人喊，哭照舊哭，經照舊誦，咒照舊咒，一個青年提著把刀奔向那牛。我看見那牛跪伏在地上憐憫地望著痛哭的女人，動也不動，那青年手中的刀閃電般地一亮，那牛的脖頸上竄出一股殷紅的血，噴得老高老高，又像天女散花落下來……

靜了。哭的不哭了，誦經的不誦了，唸咒的不唸了。少頃，跪伏的女人們互相攙扶著站起來，破涕為笑……

他是烈士！

我去取那墓碑，我要在那上面添寫張曉成要求的那兩個字！

我突然抑制不住地淚流滿面。我跑出去。我騎上馬。我打馬飛奔在村外的大道上。

黎明，三聲沉悶的炮響。

迎著曙光，送葬的隊伍湧出了采爾家。走在最前面的是四個孩子，扛著四面紅黃彩旗，接著是開路的達巴，然後是厄車此爾牽著那匹經過洗禮的駿馬，牠跳跳躍躍，急不可待。

再後是由四個人抬的方方的貼著花紙的棺材，緊跟在後面的是幾十個喇嘛和采爾的全家及親屬，我們民族工作隊的全體同志也在內。七八個小夥子走在送葬隊伍的兩側，不斷朝天放槍。

葬場設在村後一個突兀的山嘴上，從這裡可以俯瞰村莊和整個永寧壩。晨曦中，兩米多高的「井」字形柴架迎風挺立，裡面塞滿了松明柴。高文才面向東方端坐「井」架之上，喇嘛們坐在南面，親屬們背朝東，面向「井」架而立。

我們等待第一縷陽光，那是點火的信號。

獅子山巔灰濛濛的雲層慢慢泛紅了，先是淡如胭脂，隨即又紅如桃花，燦如錦緞。一陣晨風掠過，紅霞漫天。倏然，那緊貼著獅子山巔的紅霞深處，迸射出一道金光，剎那間，「井」字柴架點燃了！它騰地竄起一股丈餘高的火苗，火苗又燒紅了獅子山巔，燒出一輪噴薄的紅日，它紅得像一汪血。迎著晨風，迎著紅日，「井」越燒越旺，呼呼作響，像隻搧動翅膀的輝煌燦爛的金鳳凰！

我目不轉睛地凝視火焰中的高文才。我看見他在笑！笑容滿面。他一定很滿意迎著晨風，望著日出，走向另一個世界。

呵，摩梭人，送葬也要選擇這麼美好的時辰！

釀小說58　PG1033

摩梭女人傳奇

作　　者　朱家興
責任編輯　林泰宏
圖文排版　楊家齊
封面設計　蔡瑋筠

出版策劃　釀出版
製作發行　秀威資訊科技股份有限公司
114 台北市內湖區瑞光路76巷65號1樓
電話：+886-2-2796-3638　傳真：+886-2-2796-1377
服務信箱：service@showwe.com.tw
http://www.showwe.com.tw
郵政劃撥　19563868　戶名：秀威資訊科技股份有限公司
展售門市　國家書店【松江門市】
104 台北市中山區松江路209號1樓
電話：+886-2-2518-0207　傳真：+886-2-2518-0778
網路訂購　秀威網路書店：http://www.bodbooks.com.tw
國家網路書店：http://www.govbooks.com.tw
法律顧問　毛國樑　律師
總 經 銷　聯合發行股份有限公司
231新北市新店區寶橋路235巷6弄6號4F
電話：+886-2-2917-8022　傳真：+886-2-2915-6275

出版日期　2014年10月　BOD一版
定　　價　400元

Printed in Taiwan

國家圖書館出版品預行編目

摩梭女人傳奇 / 朱家興作. -- 一版. -- 臺北市 : 釀出版, 2014.10

面 ;　公分. -- (釀小說 ; PG1033)

BOD版

ISBN 978-986-5696-51-1 (平裝)

857.7　　103020546

讀者回函卡

感謝您購買本書，為提升服務品質，請填妥以下資料，將讀者回函卡直接寄回或傳真本公司，收到您的寶貴意見後，我們會收藏記錄及檢討，謝謝！如您需要了解本公司最新出版書目、購書優惠或企劃活動，歡迎您上網查詢或下載相關資料：http:// www.showwe.com.tw

您購買的書名：________________________________

出生日期：________年________月________日

學歷：□高中（含）以下　□大專　□研究所（含）以上

職業：□製造業　□金融業　□資訊業　□軍警　□傳播業　□自由業

　　　□服務業　□公務員　□教職　□學生　□家管　□其它_____

購書地點：□網路書店　□實體書店　□書展　□郵購　□贈閱　□其他

您從何得知本書的消息？

□網路書店　□實體書店　□網路搜尋　□電子報　□書訊　□雜誌

□傳播媒體　□親友推薦　□網站推薦　□部落格　□其他__________

您對本書的評價：（請填代號　1.非常滿意　2.滿意　3.尚可　4.再改進）

封面設計____　版面編排____　內容____　文／譯筆____　價格____

讀完書後您覺得：

□很有收穫　□有收穫　□收穫不多　□沒收穫

對我們的建議：________________________________

____

____

____

請貼
郵票

11466
台北市內湖區瑞光路 76 巷 65 號 1 樓

秀威資訊科技股份有限公司 收

BOD 數位出版事業部

....

（請沿線對折寄回，謝謝！）

姓　　名：__________________ 年齡：________ 性別：□女　□男

郵遞區號：□□□□□

地　　址：____

聯絡電話：（日）____________________（夜）____________________

E-mail：____